論創ミステリ叢書
50

戦前探偵小説四人集

論創社

戦前探偵小説四人集　目次

羽志主水《はしもんど》

星田三平

米田三星

凡例

一、「仮名づかい」は、「現代仮名遣い」（昭和六一年七月一日内閣告示第一号）にあらためた。
一、漢字の表記については、原則として「常用漢字表」に従って底本の表記をあらため、表外漢字は、底本の表記を尊重した。ただし人名漢字については適宜慣例に従った。
一、難読漢字については、現代仮名遣いでルビを付した。
一、極端な当て字と思われるもの及び指示語、副詞、接続詞等は適宜仮名に改めた。
一、あきらかな誤植は訂正した。
一、今日の人権意識に照らして不当・不適切と思われる語句や表現がみられる箇所もあるが、時代的背景と作品の価値に鑑み、修正・削除はおこなわなかった。
一、作品標題は、底本の仮名づかいを尊重した。漢字については、常用漢字表にある漢字は同表に従って字体をあらためたが、それ以外の漢字は底本の字体のままとした。

戦前探偵小説四人集

羽志主水
（はしもんど）

蠅の肢《あし》

「君、ここに見えるのは何だか判るかイ」と、エルンスト博士は今まで熱心に覗いていた顕微鏡から頭を反らせて、私にその顕微鏡を覗いて見ろという身振をする。

自分が、この独逸《ドイツ》のソーンダイク博士と唄われている法医学者エルンスト博士に、自分の好奇心《ものずき》から志願して助手として出入りし初めてから既に三四年になる。殆んど毎日入浸りになっているから、最近に博士の手にかけた事件で自分の全然無関係なのはホンの数えるほどしか有るまいと思う。紛糾《こんがらか》った糸屑のような難事件に、最初《のっけ》から干与《かかりあ》っていて側から、博士が精密の観察と犀利《さいり》の判断で、ズンズン明快に片づけて行くのを眺めて居るのは、好奇心の満足とか、学識の修養とかいうよりも、むしろ完成した芸術に全身を浸して居るような気がして限度《とめど》なく嬉しい。

一体、今度の事件というのは、伯林《ベルリン》のゲルハルト・ストラーセのある下宿屋に起った傷害事件——殺人未遂事件で——自分は、この大家を煩わすほどの大事件とも思わないが、何か別に事情が有ってか、陸軍省機密部から特に博士に委託したのを見れば、あるいは意外な重大事件かも知れない。被害者は南独逸生れの二十六歳の青年で、理学研究のため伯林大学化学科に入っている。天生の叡才と勉強精励で近々立派な業績を遂げるに違いないと、教授や同僚から未来を嘱望されていた。背の高い、瀟洒《こざっぱり》した、青い瞳とブロンドの頭髪《かみ》を具えた人好きのする容貌の持主だ。

下宿の主婦の云うには、昨日午後四時四十分頃研究室から帰って七時頃約三十分ほど外出して帰ったが、これは夕飯のためだったろう、その後は全然室《すっかりへや》に籠っていたのはいつもの勉強だろうと思った。処が午後十時から二十分とは経たぬ時分、その室の方で呻くような異様な音声が聞えるので、主婦が長女と駆け付けると、室の戸に閉めては有ったが錠は卸《お》りていないから明けて入ると、電燈は書卓子《かきものづくえ》の上だけ点いている。室の主は書卓子の凭椅子《よりかかりいす》に深く埋って、頸を少し右方《みぎ》に屈《ま》げて居るのが見える。近く寄って見ると、蒼白《まっさお》な血の気の無い顔に眼は半眼に開け、口は半ば明いて時々呻き声を発している。娘の捻ったスウィッチに照し出された一室は整然《きちん》として乱雑の跡もない。青年の顔を再び覗いて見ると、右の後頭部から血が出ていることが判ったので、驚いた主婦は長女に早く警官を呼ばせると、折好く直ぐ傍の四辻で巡査に出逢った、時を移さず警官と医師が馳せ付けた。

医師の診察の結果では、後頭部の創《きず》は、何か鈍な物で打ったためで、深くは無いが、震動が深く脳髄に及んで振盪症《しんとうしょう》を起して意識を失なって居るが恐らく一時間以内には我に返るだろうとのことで、現在の位置と創所との関係から推して自身で打ち付けたものとは思えず、十中九分九厘は後上方から、何かで叩かれたために相違ないという事だった。色々治療を始めた内に捜索係は躊躇なく丹念な秩序的な検視を行った。窓にも次の寝室《ねま》にも全然証跡が無く兇器らしいものも見当らぬ。主婦を訊問したが、下宿の人は全体で四人、残り三人はいずれも外出中で、午後に帰ったのは被害者丈であったし、この時間には主婦は長女と長男の居間に居て、娘がピアノを弾き息子がヴァイオリンの伴奏をしていたので格別変った物音も聞かなかった。二度目の演奏の済んだ時に娘が呻き声に気が付いたとのことであった。

この検視の結果を早速警察署に報告すると、当直の副署長が被害者の名を聞いて、パウル・クラウスと二三度呟いて急いで特別人名簿を繰ったが、電話で陸軍省機密部に何か話すと急に緊張した風で部下を督励し出した。

こんな始末《いきさつ》で、エルンスト博士が機密部からの委託でこの事件に携わったのだ。博士が恰度居合わせた自分を引連れて現場に出張した。いつも博士の遣り口で自動車の中でもただジット考えていたが頓《やが》て頭を揚げると私に向って、「これはね、陸軍省の特選依託研究の高級武器の秘密に関することなのだヨ」と言ったがその時には車は現場に着いた。家の外構えを一瞥した上、立関、ホール、廊下と視ながら室に入ると直にスット大体を頭に納めた上、書卓《つくえ》の上からその周囲《まわり》を殊に綿密に検べた。書卓の上には研究上の参考図書が数冊置いてあったが、その書籍の列べてある位置は誰か手をつけて直したかと訊ねたが、警官は絶対に触れたことが無いと断言した。

「君、この書籍の位置を書き留めておき給え」

と博士は自分に命じた。それからアチコチ検べては、何か点頭《うなず》いていたが主婦に対《むか》って、

「この部屋はいつ掃除しましたね」

「一週間に一度大掃除をして、あとはチョイチョイ机や寝台の傍丈行《や》っておきますが、今日午後二時頃恰度大掃除をしました。妾は痞性ですから眼を通して不満足だと何遍でもやり直しをさせます」

と主婦は自慢を交ぜて返事した。

その時一人の警官が入って来て博士に、怪我人が気がついて、何か喋舌《しゃべ》り出したから来て呉れと告げた。

怪我人は医師が先刻《さっき》主婦の居間に隣っている広間に移して療治をしていたのだ。行って見ると、未だ朦朧《ぼんやり》ながら、手足や頭を動して頻りに何か呟いていたが、その内容は余り種々雑多の詞《ことば》が走馬燈《まわりどうろ》の如く続くので全然混沌《コンフューズ》を脱することが、出来なかったがその内特にに二三度『プロトコル』(調書)という辞《ことば》が明《あきらか》に聞えた時、博士の眼には光が増して会心の点頭が続いた。頓て博士は私を促して自動車に乗った。自分は五里霧中の感がして何が何だか判らず、何の手懸りもないのにどうした事かと不思議に耐え兼ねて博士に訊ねた。

「これからどうなりますのですか」

吾ながら智慧の無い聞きようだとは感じたがこれが本音だったのだ。

「自宅《うち》へ帰って研究室でちょっと仕事をすればそれまでサ。犯人の逮捕は電話で宜《よ》かろう」

「…………」

返事も合槌も打てないので黙って居た。

「犯罪の動機に就いては先刻俥の内で君にも話しておいたから、君の知識と僕の知識とは全く同じだヨ。一緒に検視穿鑿《せんさく》したのだから君の判断も有ろう、どうだネ」

「……ウウ、譫言《うわごと》の中で随分何度も『プロトコル』（調査書類）という詞を繰返しましたが、自分の研究している新武器の秘密書類でも奪われたのでしょうか」

「ア君、今頃でもだのでしょうかだの云ってては困るネ、これは已《すで》に陸軍省機密部から委任の命令があったという事で極っているほどだ、ただその証拠は君は譫言の内容丈に依ってるようだが君に見取図を書いておいてもらったあの書卓子の上の書籍の排列工合だネ、あれで判るじゃないか。数冊の図書に囲まれて書卓子の手前の方に二十五仙米《センチメートル》四方（八寸角）ほどの空き地面が有って傍に鞘を脱した万年筆があれば何か研究の結果を整理して書き込みを行っていたとは誰でも気が付かなきゃなるまイ、それに兇器も判ったのだし、犯人の範囲も極限定されてきたからネ」

「ヘエー、兇器ですって？」

「ここに持って来たこれだ」

と一本の葡萄酒の壜を出して見せた。いつの間に携えて来たのだろう。しかし三分の一計《ばかり》呑んだ普通のシャトウ・ラフィートの壜だ。指紋でもついているのだと思って乾いた手巾《ハンケチ》で受けようとすると、

「大丈夫、指紋も何も綺麗に拭いてあるヨ、何、指紋は大方頭始《のっけ》から付かない丈の用心はしていたろうヨ、握《つか》んでもいいのだヨ」

と云われて受取るなり熟々《つくづく》見たが、幾分古びて手ずれたペーパーの端に葡萄酒の汚れが有る外何も無い、栓《コルク》にでももと疑ってみたがこれまた何も変りはない。この葡萄酒で汚れた処がと、も一度見直した時に博士が、

「そこサ、他の部分は綺麗に拭き去られたが、そのペーパーの隅の赤い汚染《にじ》み丈が残ったのだ、新しいから鮮紅に近いが、古くなれば黒ずんで来る。こりゃ葡萄酒の汚染ではない、一度検鏡すれ

ば直ぐ判る。君、赤い物を直に葡萄酒と速断してはいけないヨ、葡萄酒罎に附《っ》着いていてもサ」

この時自動車は博士の宅に到《っ》いた。直に出入口から研究室に入って、自分は今見たペーパーの汚れを顕微鏡標本に作ってみるとそこには立派な新鮮の血球……哺乳動物に共有型の赤血球が無数に見えた、これでは血色素試験の如き間接方法の必要はない、が人間の血か他の哺乳動物の血か区別をつけなければならぬ、それには先日博士から読めと命ぜられた論文が早速役に立つ、それは近来学問的に独立し来った日本の血清学者東博士の創始した「血色素免疫の絶対特異性」を応用する血液鑑別方法だ、これで行れば人血か否かサッパリ判るがと考えながら博士に振向いて見たら、博士は何やら小さな二仙平方ほどの紙片を見ていた。それから傍の顕微鏡に覗き込んで微笑して、モー度紙片を眺め出した。やがて決然たる態度で、電話機を取上げて陸軍省機密部を呼出した。

「犯罪の動機は先刻貴方の御推察の通りで、その犯行は遂行されました。兇器は被害者の室の暖炉の上の棚に載せてあった葡萄酒罎を以て後頭部を殴った訳です。犯人ですが、特定の人物を指すことは未だ不能ですが、仮令《よしんば》特定人物を指しても恐くは最早その人物の手にはないに相違ない。一二日経てば特定人物は捜当《さぐりあて》ますが、それでは肝腎の書類が失われるから、その方の手配が肝腎です。即ち犯人は外国人です。しかも日本人です、これは確定です。その理由は御目にかかって申しますが、取急いで行われ度いのは国外に出る日本人及その荷物、日本または日本関係宛の郵便物荷物、またはその疑ある物は厳重に国境及各都市において検査することです、真逆《まさか》に日本人と目星がついたとは知らぬうち、早く国境を通過さえすればと時間丈急いで、さほど根強く巧んでは居ますまいから速行が主眼です」

電話は切れた。博士が振向いた時、後に立って半ば呆れ半ば疑って突立っていた自分の顔や恰好がよほど気に入ったと見えてニヤニヤ笑いながら肩を叩いて、

「マア坐ろう、ペーパーの汚染は人血だろう……ン、とにかく葡萄酒の汚染で無くて新しい血斑だネ。人間のか動物のかは後でもいい。左様、東氏の方法は嶄新《ざんしん》で決定的な法だ、明日から行って

みて呉れ給え。ただ今度のような場合には拙速で無ければならぬから、自分は人血として推理を進めた訳だ」

「日本人と推定なさったのは根拠はどこにあるのですか、私には皆目判りませんが……」

「これは私も全く僥倖だと思うヨ。往きの自動車の中で考えたのだが、目下軍備殊に新武器の発明研究には各国劣るまじと努力して居る、従って諸外国での新発明または創見には飛耳張目《ひじちょうもく》の有様だ、その内でも一等強国として均衡を保持して行く国ほど、それには死物狂になる、だから我国独逸での創意を窺う者の蔭には必ず他の強国の顔が視《のぞ》いているはずだ。犯人は内国人でも外国人でもとにかく後には強大な外国が控えて居る。そこでサ、向うへ着いて色々検査してる内被害者の煖炉の傍の敷物の端にここにあるこの小さな紙屑が落ちていたのサ、我輩より前に警察方面からも捜索したのに、私の手に入ったというのは全く僥倖《しあわせ》さ。マアとにかく、実物を見たまえ」

と云って傍の時計皿の間に伏せてある小紙片をピンセットで挿んで渡された。

二仙平方ほどの薄手の紙で一ト角は直角だが、他の角はいずれも不整でなお繊維がバサケている、不揃に三つに折れて大分黝《くろず》んで摺れている。紙面には綺麗な字でG、H、N、Oや数字が書いて裏表で十二字だ。多分は化学式記号と察せられる。

「これは化学式を書いたノートブックか何かの破片《きれはし》ではありますまいか」

「ウン、その通りだ。それでその紙をよく見給え」

と注意されたので再び取上げて見て、先刻博士が灯光《ひかり》に翳していたのを思いついて、その真似をして見ると、小さな透し模様がある、しかし紡錘形のような、何だかえ態の知れぬ恰好である。頸をひねって考えていると、

「その透し模様を何と見るネ」

「何だか判りませんが、エキゾーティック（異国風）の模様ですが、これが日本の模様ですか」

「そうだ、僕はこの屑を拾った時、万一他からついて来たのではと思って掃除の事を聞くと、五

六時間前に大掃除を完全にした所だと云う。先に気の付いた葡萄酒罎の載ってる棚の直下《すぐした》に落ちているのなら、被害者の物で無い限り、加害者が恐らく罎を拭うために手巾でも取出す時に、ポケットの内から附いて落ちたのじゃないかと考えて、紙面を見ると符号が書いてある。被害者の手跡と比べて見ると違う上に、恐しく几帳面に綺麗に書いてある。規則的に教育された他国人の独逸語は文法に適って、適い過ぎて丸で文章のようで却って妙な感のすることは君も御存じだろう、それと同様に欧米以外の外国人の書く欧米文字は教育ある人では殆んど区別がつかぬほど達筆に書かれてもどこかに几帳面過ぎる処があり、綺麗過ぎる。それから紙質は我独逸の品と同様で、日本も最近十五六年来科学的工業も盛んになっているから、優劣丈で内国品か否かは一概に云われなかったがちょっと灯に翳してこの透し模様を見た時に総ては解決したと思った。これは我輩の記憶に存する日本特有の模様だ。見給え、この形は大体は紡錘形だろう、ところがこの一端が逆に切れ込んでいる、モ一つこっちに半分現れているのも同一形のものだ。これはネ日本人が日本人の花として愛して誇っている桜の花の花弁を象徴《シンボライズ》したものだ。この形を五ツ放射状に組合せて中央に蕋《ずい》の形をつけた桜花は日本では巨多《ざら》にある。話は別だが円周を書いてその六ケ処に逆に小さな円周を割込ませて、六出の雪の象徴《シンボル》としたの等は天才的の創意と思う。単に円周を書いて月と為し、以上の三者を特に月雪花として賞讃して居る。

　そこでこの点から思い付いて更に考えてみると、この紙片はノートブックの頁《ページ》の下の角に当るのは記載してある文字の位置で推測出来よう。処で吾々は書物の頁を繰るのに上の角を指で開けるのに、東洋人は一体に頁の下の角を指で開ける習慣がある、この紙面の向って左の面が特に擦れているのもその所為《せい》だろう。

　これ丈で充分だと思ったから、引き上げて来て早速調べて早急の手配の注意をしておいたのだが、先刻君に僥倖だと白状したのはも一つの事があるのだ。もしこの紙屑が先着の警察官の烔眼に止ったとすれば、旨く行けば上述《いままで》の結論に達するかも知れぬが、最後の一つが保たれなかったかも知れぬ。それは私が注意して白紙の上で折れた紙屑を開いた時に溢《こぼ》れ落ちた物が、多分宙に飛んだろうと思うのサ。その一物というのがこの顕微鏡にかけてあるものだ。君、ここに見えるのは何だか判るかイ」一度覗いた顕微鏡から頭を反らせて覗いて見ろと促すのだ。

自分の見た処では小さな昆虫の前肢の一部らしく、肉眼で見ると異《ちが》って恐しい棘毛《きょくもう》だらけな、節のある肢の先端には殊更に発達した櫛形の棘毛が有る。見た所を正直に答えると博士は頷いて、

「いかにも昆虫、殊に蝿族の前肢の一部だが、この櫛形の肢端の棘毛に附いている、楕円形のものは何でしょう?」

「植物の花粉か、芽胞のように見えますが……」

博士はニコニコしながら、

「も少し動植物学、微生物学の勉強が入りますネ。これはネ、こっちの楕円形の繊細《きゃしゃ》な方は、アンキロストマータ、ヅオデナーレ(十二指腸虫)の卵だ。こっちの楕円形のズングリした方の奴は、アスカリス(蛔虫)の卵サ。

こんなに一本の肢に腸寄生虫の卵を幾個《いくつ》も附着《くっつ》けているような蝿の生息を免《ゆる》しておく強国は世界中に日本より外あるまいじゃないか」

監獄部屋

（一）

同じ持場で働いている山田という男が囁いた。

「オイ、何でもナ、近《ち》けえ内に政府の役人の良い所が巡検に来るとヨ」

「エッ、本当かイそれア、いつだってヨ」

「サア、そいつア判ら無えがナ、今度《こんだ》ア今まで来たような道庁の木ッ葉役人たア違うから、何とか目鼻はつけて呉れるだろう、いつもいつも胡麻化されちア返《けえ》るんだが、今度アそうは往くめエ、しかしこれで万一《もし》駄目だとなりゃ、この世は真暗闇だぜ」

「そうサ、何しろ役人位《ぐれ》えにアビクビクしねえ悪党揃《ぞれえ》だからナ、今までの木葉役人は瞞《だま》かされたり、脅かされたり、御馳走されたりで追ッ払われたんだが、東京から大所が来るとなりゃ、今度ア、その手じゃア往かねえ、何しろ一日でも早く来て、俺ッちの地獄の責苦を何とかして呉れなけりゃ、余命《いのち》ア幾何《いくら》もありやしねえや」

「マア、厳重《しっかり》吟味して圧制な……」

突然《だしぬけ》に近い所で、巨《でか》い声がした。

「何奴《どいつ》だア、何ヨグズグズ吐《こ》きアがる、土性《どしょう》ッ骨ヒッ挫かれねエ用心しろイ」

帝釈天と綽名《あだな》のある谷口という小頭《こがしら》だ。

「仕事の手を緩めて怠ける算段計りしてけッかる、互《たげえ》に話ヨして、ズラかる相談でもしてみろ、明日ア天日が拝め無《ね》えと思え」

実際ウカウカしていると容赦なく撲ったり、蹴倒したりするから、ダンマリでまた労役《しごと》に精を疲らす、しかしちょっと鵜の目鷹の目の小頭、世話役の目の緩むのを見て同様の会話が伝わる、外の組へも、またその外の組へも、悪事じゃ無いが千里を走って、この現場中へたった一日で噂は拡まる。

（二）

　現場といっても、丸ノ内のビルヂング建築場でも、大阪淀屋橋架換《かけかえ》工事場でも、関門聯絡線工事場でも無い。往年《さきのとし》、鬼怒川《きぬがわ》水電水源地工事の折、世に喧伝された状況《ありさま》を幾層倍にして、今は大正の聖代に、ここ北海道は北見の一角×××川の上流に水力電気の土木工事場とは表向、監獄部屋の通称《とおりな》が数倍判りいい、この世からの地獄だ。

　ここに居る自分と同じ運命の人間は、大約《かれこれ》三千人という話だか、内容《なかみ》は絶えず替っている。仕事の適否とか、労働時間とか、営養とか、休養とかは全然無視し、無理往生の過激の労働で、人間の労力を出来る丈多量に、出来る丈短時間に搾り取る。搾り取られた人間の粕はバタバタ死んで行くと、一方から新しく誘拐されて、タコ誘拐者に引率されてゾロゾロやって来る。

　三千人の内には、自己の暗い過去の影から逐《お》われて自棄《やけ》で飛込んで来るのもあるが、多くは学生、店員、職工の中途半端の者や、地方の都会農村から成功を夢みて漫然《ぶらり》と大都会へ迷い出た者が、大部分だから、頭は相応に進んでいて、理窟は判っていても、土木工事の荒仕事には不向だ。そこへ圧搾機械のような方法で搾られるんでは、到底耐《たま》ったもので無い。朝東の白むのが酷使の幕明で、休息時間は碌になく、へトへトになってちょっとでも手を緩めようものなら、牛頭馬頭《ごずめず》の苛責の鉄棒が用捨なく見舞う。夕方ヤット辿り着く宿舎は、束縛の点では監獄と伯仲《おっつかつ》でも、秩序や清潔の点では到底較べもので無い。監獄部屋の名称は、刑務所の方で願下げを頼み込むに相違ない。

　搾り粕の人間の斃《やっ》れ死は、まだまだ幸福な方で、社会――娑婆《しゃば》――で云えば国葬格だ。未だ搾り切れずに幾分の生気を剰《あま》している人間は、苦し紛れに反抗もする、九死に一生を求めて逃亡も企る。しかもその結果は恒常《いつも》、判で捺したように、唯一の「死」。その死の形式は、斬殺、刺殺、銃殺はむしろお情けの方で、時には鬱憤晴し、時には衆人《みんな》への見せしめに、圧殺、撲殺、一寸試しや焚殺《ふんさつ》も行われる。徒党を組んだ失敗者は時に一緒に十五六人鏖殺《おうさつ》されたこともある。

この世界では斯《かか》る男性的な、率直な方法が、何の障碍《こだわり》も無く行われるので詐欺、放火、毒殺などの女性的な、迂曲《まわりくど》い方法は流行らぬ、この世界では良心や温情は罪悪である、正義や涙は箆棒《べらぼう》である。腕力、脅威が道徳で、隠忍、狡猾が法律である。殺人、傷害、凌辱、恫喝が尋常茶飯事で、何の理由も無く平気で行われ、空気で始末される、淫売窟に性道徳が発達しない如く、斯る殺人公認の世界には探偵小説が生じ得ない。

（三）

山田という男は、早稲田に居る内、過激思想にかぶれ、矯激な行動をやったので半途で抛り出された上、女の事から自棄《やけ》になって、死ぬ積りで飛込んで来た丈に中々負けてはいないが、力ずくでは何ともならぬ。思想の宣伝で行っ付けてやるのだと予々《かねがね》言っていて、随分自分も御説教を聞かされたものだ。それでも虐待には熟々《つくづく》やり切れぬと見えて、

「来るッてエなアいつだろうナ、なまじ聞かされた丈に待遠うで仕方がねエ」

「御同様サ、今日聞き込んだが、二三日前《めえ》に這入《へえ》って来たバック（東京下りのハイカラ）の生ッ白《ち》れエ給仕上りの野郎に聞いたんだが、議会で政府のアラ捜しより能の無え議員が、大分鋭く監獄部屋の件で内務大臣に喰って掛ったそうな、責任塞げにでも、役人に調査材料を集めに派遣《よこ》すのだとサ。いずれ議会の開期中だから、そう遠くもあるめエ、しかしネ、オイ、こんな一目瞭然の事実

を山の鬼共はどう糊塗《ごまか》す積かナア、ちょっと思案が付かねエがナア」

「奴等は一筋縄でも十筋縄でも行かねエ悪党の寄集りだから、いずれ直に御辞儀は仕まいが、俺などが来て随分鼓吹宣伝したために第一こっち等が今までの人間見てエに黙らされちアいねエ、思う存分役人の前でスッパ抜いてやるから、何と遣繰《やりくり》したって、どう辻褄が合うものかヨ、隣の飯場に居る玉の井の淫売殺しをやった木村ッてノッポが居るだろう、彼奴《あいつ》も誰が何と云おうと喋《しゃべ》舌り立ててやると言ってたサ、四五人が先棒になって喋舌れば、後は皆元気付いて口が開《き》けるだろう、そうすりゃ蜂の巣を突ッついたようなもんだ、二百や三百の上飯台《うわはんだい》の悪党共がジタバタしたってどうなるもんか、生命を投出してりゃ何《な》アニ！」

被害者の希望、歓喜は、虐待者の憂慮である。人々の希望が日を逐うて潮《うしお》の如く高まると共に、上飯台の連中や幹部連の凄惨な顔色はいよいよ深くなる。ただでも油断のない眼は耀《ひかり》を増し、耳は益々尖って来る。

「また今日も親方連は会議室へ集ってるが、念入と見えて、かなり長くかかってるな。一番性の悪い、残酷な閻魔の親爺が、この二三日の気の荒さッちゃ無えそうだ、だが独りぼッちになると時々溜息突いてるって話だ、よッぽど気になるんだろう」

「それア奴等だって悪い事たア百も承知の上だから気にもなりア、溜息も突こうサ……黙ッた黙ッた帝釈天だ」

「ヤイヤイ、此奴等《こいつら》アまた怠けやがるナ、なに言ッてやがったんだ、エエ、オイ（と山田に向って）生公、何の相談をしやがったんでイ」

「ウン、何も話なんか仕やし無えや」

「何ヨ、手前は一体生意気だぞ、オダ上げると焼きヨ入れてやるぞ、それから手前達、今日は特別に早引けで五時限りにして遣るから、その跡で持場や、部屋の居廻りヨ念入りに片付けて掃除をしろ、それからモ一つ言っておくがナ、手前達、物を言うにア、ようく後前《あとさき》ヨ考えてぬかせ、ウッカリ顎叩くと飛んでも無え間違になるぞ、後で、吠え面かかねエようにしろ、大事《でえじ》に使やア一生ある生命だア、勿体なくするな」

啜鳴続け、睨め付けてノソリノソリ往ってしまうと、

「一生ある生命には違ねえが、その一生が平均三ケ月てんだ、晩《おそ》かれ早かれで同じ事だ」

「しかしあんなに駄目を押して、予防線《くぎ》をさすッてエなアどうせ例《いつ》もの恫喝《おどかし》だろうが――奴等も大部こたえたらしいナ」

「オイオイ、それよりゃ早引けの掃除ッてなア、いよいよ明日になったんだぜ」

「それサ、己《おれ》も先刻《さっき》からそいつを言おうと思ってたんだ、何しろ有難てエ有難てエ、ア、助ったナア」

と歓喜の色は一同《みんな》の顔に漲った。

(四)

山の幹部連中は前の晩から十何里距《へだ》った汽車の着く町まで出迎に出かけている、留守は上飯台の連中が、取片付けに吾々を追廻しながらも、口ではそれとなく、裏切りをすれば生命は無いぞと脅すのを忘れなかった。しかも眉間の間には心配と反抗との混交《まじ》った凄味を漂わせている。一方吾々下飯台の方は、幾月にもこんなお手柔なこきつかわれ方に遭遇《でくわ》さないので、却て拍子抜がして、変てこだがさすがに嬉しさは顔や科《こなし》に隠されぬ。殊に山田のハシャギ方は随分目につくので、何かなければ良いがと思わせる。

午前十一時頃、見張の者から巡察官の一行が二里ほど先の「五本松」の出端《ではな》に見えたとの報せは、殆んど万歳を喚起《よびおこ》すほどの感激を生じた。

「エ、オイ、あと一時間だ。タッタ一時間だ」

中には髯だらけの顔の中に光ってる双の眼に涙をたたえ、それが葉末の露と髯に伝わる、という光景もある。

緊張の一時間、希望の六十分は直経《すぐ》過して、約四五十人の出迎人に護衛された、官憲一行の馬車が到着した。

脚本「検察官」の幕切は、国王の権威を代表した官憲一行の到着を知らせる大礼服の士官が現われる所だったと記憶する。今は二十世紀、ここは日本国だけに厳めしい金ピカで無いから、いずれも黒のモーニングに中折帽で、扮装《いでたち》丈では長官も属官も区別はつかぬ。山の主任連はフロックに絹帽子《シルクハット》乃至山高で、親方連も着つけない洋服のカラーを苦にしながら、堅い帽子を少し阿弥陀に被ってヒョコスカ歩廻っては叱言《こごと》を連発している、大分恐入ってる風に見える。

やがて、かれこれ十人計の一行は主任の先導で、休憩室に宛てられた事務所の二階へ歩を移した、その時に順になったので、役人の親玉と次席とその次位は判別できた。隊長は案外見立のない瘠《や》せ男だが、さすがに怜悧《りこう》想な、底光りのする眼付であった、次席に六尺近い、いい恰幅の、ちょっと関取と言いたいような体格の所へ、真黒な頬髯を蓄えてる丈に、実に堂々たる偉丈夫だ、ただ左の中指に太い印形付きの黄金指環が変に目についた、その次の男は中肉中背の若い男だが、体の科《こなし》から、互の会話振から一人で切廻したがる才子風の所がアリアリと現われている。その後からは秩序もなく六七人が随《つ》いてゆく。いずれも威張れる所で精々威張り貯めておこうという、マアマア罪のない連中らしい。

午餐《ひる》がどんな御馳走だったか判らぬが、いずれ小賄賂の意味で、出来る丈の珍味を並べたことだろう。今度はさすがに今までのように変な女を御給仕に出すことは差控えたらしい。

午後一時に総員広場に集れの布令《ふれ》が廻って、時はいよいよ目睫《もくしょう》に迫った。山田は蒼白くなっては度々水で口を濡しながら「サア往こう」と昂然として言う。

三千人と一ト口に言うが、大したものだ、要所々々に上飯台の連中を配置し、寸分も足掻《あが》きを効かせまいと行届いた手配だ。しかしこの三千人の口にはどうして手を宛てられるかと私は他人事《ひとごと》ながら案じられて、背延びをして幹部の方を見たが、謹慎の象徴のように固くなってるのが見えた丈だ。

山の主任が立上って、内務省から派遣された大河内参事官を紹介し、何か不平でも希望でもあらば申立てるよう仰せられたから、その旨申伝えると述べて着席する。大河内参事官は、痩ッぽちの体に似合わず、吃驚《びっくり》するほどの大声で訓示を始めた。良く透る歯切れのいい弁で、内容を平易《やさし》く要領よく述立てる所はさすがにと思わせた、当局においては虚心平気で実地の真情を審《つぶ》さに調査報告し、改良すべき点ありと認むれば、飽までもこれが改善を命ずるのである、腹蔵なく述るがよい、世評が嘘《うそ》伝であって欲しいと思うと述べた。

参事官が椅子につくかつかぬに、私から三人目に居た山田が、何か述立てようとすると、直後に見張っていた帝釈天の谷口が、後から肩口を握《つか》んで小突いた、すると壇上の椅子に居た次席の偉丈夫山本さんが突立上って、谷口を睨め底力のある声で叱り付けた。「君は誰か、何故発言を妨げるか、今参事官閣下の言われた事が判らんか止めなさい」

と威厳ある一ト睨で、帝釈天は凹《へこ》んで面をふくらせたのは、溜飲が下った、山本さんは更に主任達の方を向いて、

「今の妨害者は当現場の監督者側の人とすると、この際あのような挙動は、貴方達に却て不利益ですぞ」

と決め付けた、主任と閻魔と閉口しつつ弁解がましく、述立てようとするのを耳にもかけず、

「今の発言者、遠慮なく述べなさい」

これに勢づいた山田は感激に満ちて滔々《とうとう》と述べた、いかに無道徳で、いかに残酷で、いかに悲惨であるかを、実例を引き引き巨細《こさい》に訴えた。一同は山田が自分達を代表して弁して呉れるとして肯

定の色に満ち満ちた。続いて淫売殺しの木村も案の定立ち上って喋舌ったが、弁舌では山田に及ばないが、例証を挙げることの綿密なのには誰も彼も「よくマア」と感服した。無論陳述は属官が、一語も洩さず速記している。一方主任連の凹み方ッたら無い。

勢を得たので七八人の者が続いて訴えたが、その了《おわ》ったのは三時にもなっただろう。スルと参事官が立上って、大体要領は得た、更に何か変った、新しい方面の訴は無いかと尋ねた。

みんなが絶叫し、獅子吼《ししく》したあとではあり、別に新しい種もないので、誰も口をきく者もなかったのに、一人の十八九の若僧が出しゃ張って、どう変り栄えもせぬ事を、クドクドと東北弁で述べた時……実にその時だった……。

壇上の席に突ッ立上った大河内参事官閣下が、破《わ》れ鐘のような大声で呶鳴った。

「黙りやがれッ、七ッくどいッ」

若僧は一縮《ひとちぢみ》になる、一同呆気にとられてポカーンとした儘、咳払い一つ聞えぬ。

「黙らねえか、五月蠅《うるせ》エや、何ンだ、言う事アそれッ切りか、下ら無エ同じ事をツベコベツベコベ、ぬかしやがって耳が草臥《くたび》れらア、コウ手前達ア、この山に居ながらこの山の讒訴《ざんそ》をしやがってそれで済むか、山にもナ、楠孔明《くすのきこうめい》が控えてらア、一番灰汁《あく》洗いを喰わせたんだゾ。俺は参事官でも四時間でも無エ、高間の初蔵という者だ。手前達の内に良くねエ企らみをする奴があるので、偽勅使で一杯引ッ掛けたタア真逆《まさか》に気も付くめエ、智慧の足り無エ癖に口許《くちばかり》達者にベラベラ喋りやがって、今にその舌の根ッ子オ引ン抜いてやるから待ってろヨ。今手前達の言立てはすっかり速記にとってあるからそれについて言抜はまた幾何《いくら》でも考えられらア、馬鹿野郎共め」

山本さんも立上って呶鳴った。

「獣め、口先計達者で、腕力《ちから》も無けりゃ智慧もねエ、様ア見やがれ、オイ、閻魔ッ、今頬桁叩きやがった餓鬼共ア、グズグズ言わさず——見せしめのためだ——早速片付ちまいねエ」

(五)

山田を始め七人の運命は、何の疑を挟む余地もなく、簡単に、凝滞《こだわり》なく、至極男性的に、明白に処断されたのは勿論である。

一週間後、内務省参事官の一行が、道庁の警察部長を先導に乗込んだ時には、気抜した萎《いじ》けた被虐待者から、疑惑に満ちた冷眼で視られた丈で、一言の不平も、一片の希望も聴き取れずに引き上げた、そして本省への報告に、

「世間伝うる如き、所謂監獄部屋の虐待惨酷は、精査の結果、これを認むる能わず」

越後獅子

羽志主水

（一）

春も三月と言えば、些《すこ》しは、ポカついて来ても好いのに、この二三日の寒気はどうだ。今日も、午後《ひるすぎ》の薄陽の射してる内から、西北の空ッ風が、砂ッ埃を捲いて来ては、人の袖口や襟首から、会釈も無く潜り込む。夕方からは、一層冷えて来て、人通りも、恐しく少い。

三四日前の、桜花でも咲き出しそうな陽気が、嘘のようだ。

辰公《たつこう》の商売は、アナ屋だ。当節流行の鉄筋コンクリートに、孔を明けたり、角《かど》を欠いたりする職工の、それも下ッ端だ。商売道具の小物を容れた、ズックの嚢《ふくろ》を肩に掛けて、紐は、左の手頸に絡んでその手先は綿交り毛糸編の、鼠色スウェーターの衣嚢《かくし》へ、深く突込んで、出来る丈、背中を丸くして、この寒風の中を帰って来た。

去年の十一月に、故国《くに》の越後を飛出す時に買った、このスウェーターが、今では何よりの防寒具だ。生来の倹約家《しまつや》だが、実際、僅の手間では、食って行くのが、関の山で、稀《たま》に活動か寄席へ出かけるより外、娯楽《たのしみ》は享《と》れ無い。

夕飯は、食堂で済した。銭湯には往って来た。が扨《さて》、中日《なかび》の十四日の勘定前だから、小遣銭《おこづかい》が、迚《とて》も逼迫で、活動へも行かれぬ。こんな時には辰公は常《いつ》も、通りのラヂオ屋の前へ、演芸放送の立聴きと出掛ける。これが一等支出が立た無くて好いのだが、ただこの風に、耐《こた》える。煎餅屋の招牌《かんばん》の蔭だと、大分凌げる。少し早目に出掛けよう。

隣りの婆さん、この寒さに当てられて、間断無《ひっきりな》しに咳き込むのが、壁越しに聞える。今朝の話では、筋向うの、嬰児《あかんぼ》も、気管支で、今日中は持つまいという事だ。何しろ悪い陽気だ。

（二）

佳《い》い塩梅に、睨《ねら》って来た招牌の蔭に、立籠って、辰公は、ラヂオを享楽している。

「講座」は閉口《あやま》る。利益《ため》には成るのだろうが、七六ツかしくて、聞くのに草臥《くたび》れる。そこへ行くと、「ニュース」は素敵だ、何しろ新材料《はやみみ》という所で、近所の年寄や仲間に話して聞かせると辰公は物識《ものし》りだと尊《た》てられる。迚も重宝な物だが、生憎、今夜は余り材料《たね》が無い。やッぱり寒い所為《せい》で、世間一統、亀手《かじか》んでいるんだナと思う。今夜は後席に、重友《しげとも》の神崎与五郎の一席、これで埋合せがつくから好い……

と、ヒョイッと見ると向側の足袋屋の露地の奥から、変なものが、ムクムクと昂《あが》る。アッ、烟《けむ》だ。火事だッと感じたから「火事らしいぞッ」と、後に声を残して、一足飛に往来を突切り、足袋屋の露地へ飛込んだ。烟い烟い。

右側の長屋の三軒目、出窓の格子から、ドス黒い烟が猛烈に吹き出してる。家の内から、何か呻《うな》るような声がした。

火事だアッと怒鳴るか、怒鳴らぬに、蜂の巣を突ついたような騒ぎで、近所合壁は一瞬時に、修羅の巷《ちまた》と化してしまった。

悲鳴、叱呼《しっこ》、絶叫、怒罵と、衝突、破砕、弾ける響、炎の吼《うな》る音。有ゆる騒音の佃煮。

所謂バラック建ての仮普請が、いかに火の廻りが早いものか、ちょっと想像がつかぬ。統計によると、一戸平均一分間位だ相な。元来《もともと》、木ッ葉細工で、好個《いい》焚付けになる上に、屋根が生子板《なまこいた》で、火が上に抜けぬので、横へ横へと匍《は》うからだろう。

小火《ぼや》で済めば、発見者として、辰公の鼻も高かったのに、生憎、統々本物になった許りに、彼にとっても、迷惑な事になってしまった。

（三）

三軒長屋を四棟焼いて、鎮火はしたが、椿事突発で、騒は深刻になって来た。

辰公の見たのが、右側の三軒目で、そこには勝次郎という料理職人の夫婦が、小一年棲んでいる。火が出ると、間も無く近所に居たという、亭主の勝次郎は、駆けつけて来たが、細君《かみさん》のお時の姿が見えない。ことに依ると焼け死にはせぬかと警察署の命令で、未だ鎮火《しめ》りも切らぬ灰燼《はい》を掻いて行くと、恰度、六畳の居間と勝手の境目に当る所に、俯向けに成った、女の身体が半焦げに焼けて出てきた。

焼け膨れて、黒く成って、相好は変っているが、十目の観る所、お時に相違は無かった。しかしその屍体の頸には手拭がキリリと巻き付いて、強く強く、膨れた頸に喰い込んでいる、掘り出した者が、アッと、思わず抛り出したも無理はない。

事件は急に重大に成って、署や検事局へ電話、急使が飛ぶ。

亭主の勝次郎は、早速拘引される。後の、近所の噂は尾鰭が附いて、テンヤワンヤだ。足袋屋の主人《あるじ》は、その長屋の家主なので、一応調べの上、留め置かれた。辰公の参考人として取調べられたのは申すまでも無い。

（四）

大家さんの足袋屋の主人の陳述は次のようだ。

火元の勝次郎夫婦は、十月ほど前に、芝の方から越して来た。勝次郎は、料理屋の板前で、以前、新橋のＫ……で叩き上げた技倆《うで》だと、自慢してる丈の事は有って、年は二十八だが、相応に庖丁も効き、ついこの間までは、浅草の、好く流行る二流所の割烹《りょうりや》の板前だった。ただ、一体が穏当《おだやか》でない性質《たち》の処へ、料理人に殆んど共通な、慢心ッ気が手伝って到る所で衝突しては飛出す、一つ所に落着けず、所々方々を渡り歩いたものだ。現に、浅草の方も、下廻りや女中に、小ッ非道《ひど》く当る上に、そこの十二三になる娘分の児を蹴ッ飛ばしたとかで、主人がカンカンに怒ると、反対《あべこべ》に、出刃を振廻したとか、振廻さぬとかで、結局失業《くび》になってこの方、ブラブラしている。酒もタチが善くない方で、道楽もかなりだそうな。細君は二つ下の二十六で大柄な女で、縹緻《きりょう》は中位だが、よく働く質だ。お針も出来るし、繰廻しもよくやっていた。三年越し同棲《いっしょ》に成ってきたというが、苦味走った男振りも、変な話だが、邪慳《じゃけん》にされる所へ、細君の方が打ち込んで、随分乱暴で、他所《よそ》目にも非道いと思う事をするが、どうにか治まって来た。ただ、勝次郎が、かなり盛に漁色《のたく》るので、これが原因《もと》で始終中争論《しょっちゅういさかい》の絶え間が無い。時々ヒステリーを起して近所の迷惑にもなる。

「何しろ十月許りで、もう店賃《たなちん》は三つも溜めちまう。震災後、無理算段で建てた長屋は焼かれる、類焼者には、敷金を一時に返さにゃならず。それに火災保険が、先々月で切れていたのです」

と足袋屋の主人、ベソをかいて零《こぼ》した。

壁一重隣りに住んでいた、類焼者《やけだされ》の、電気局の勤め人の云うには、

「細君は悪い人じゃないが、挨拶の余り好く無い人で、虚栄坊《みえぼう》の方だ。夫婦喧嘩は、始終の事で珍しくも無いが、殊更《とりわけ》この頃亭主が清元の稽古に往く師匠の延津〇《のぶっ》とかいう女と可笑《おかし》いとかで盛に嫉妬《やきもち》を焼いては、揚句がヒステリーの発作で、痙攣《ひきつ》ける。こうなると、男でも独りでは、方返しがつかないので、こちらへお手伝御用を仰せ付かる。

火の出る二三十分前にも、また烈しく始まったが、妙にパッタリ鎮まったとは思っていました。

それに、また聴きだから、詳しくは知らないが、慥《たし》か去年の暮、お時に生命保険をつけたッて事

です」

署長の睨んだのが、亭主の勝次郎だことは、明かである。従ってその調べが、寸分の弛《ゆるみ》もなく、厳重に行われたことは勿論だ。

勝次郎は、中肉、むしろノッポの方で、眼付きは剛《きつ》いが、鼻の高い、浅黒い貌《かお》の、女好きのする顔だった。

声は少し錆のある高調子で、訛のない東京弁だった。かなり、辛辣な取調べに対して、色は蒼白《あおざ》めながらも、割合に冷静に、平気らしく答弁するのが、復《また》、署長を苛立たせた。

「此奴《こいつ》中々図々しいぞ、何か前科があり相だ。早速調べさせよう」

と署長は考えた。

しかし本人の答弁は、キッパリしていた。

「お時をドウするなんて事は、断じて有りませんし、そんな事は考えた事も有りません。それア、喧嘩も仕ました、余り従順《おとな》しく無い奴で、チットは厭気のささないことも無かったんです。何しろ、嫉妬焼きで、清元の師匠と、変だなんて言いがかりをするのが余り拗《くど》いので、今夜も殴《は》り倒して遣りました。一体、今夜は、大師匠（延津〇の師匠喜知太夫）が、ラヂオで、『三千歳《みちとせ》』を放送するというんだし、丁度今、それを習っているんだから、聞き外しちゃ大変だ、師匠を誘って、いつもの、砂糖問屋の越前屋さんへ行くことにしてあると話すと、今度ア越前屋の出戻りの娘さんも、清元の相弟子だから、怪しいと、ヤに因縁を附けて嫉妬《やきた》立てるし、今夜は、咽《のど》ッ風邪で熱があって苦しいのだから、家に居て看病して呉れる位の真情《じつ》が有りそうなものだとか厭味らしく抜かす。締めようとする帯を、引奪《ひったく》ったからこっちもカッとして殴り倒して大急ぎで飛出して、直に越前屋へ行きました。エエ、火事だと言われた時には、越前屋でラヂオを聞いてたのです。決して間違ったことは致しません。その手拭は、確に自宅《うち》のです。出掛る前にはどこにあったか、覚えは在りません。

保険は去年の暮に、以前横浜で懇意にしていた男が、勧誘員になって訪ねて来て、強《た》って這入れと勧めるから、両人《ふたり》共加入《はい》りました、その時、細君《おとき》が、保険をつけると殺される事があると言ったのが原因で、大喧嘩をして、お叱りを受けたことがあります。

その手拭は、浅草の今〇ので二三本あるはずです」

是非共、要領を得ようと、署長はかなり骨を折って、多少高圧的に鞠問《きくもん》もしたが、どうも手答が無い。

そこへ、検事局から、山井検事が、書記を連れて、出張して来た。

(五)

中肉中背、濃い眉毛と少し大き過ぎる締った口の外には特長のない、眼鏡も髪もなく、毬栗頭《いがぐり》で、黒の背広に鼠《ねず》色のネタクイという、誠に平凡な外貌《ようす》の山井検事が、大兵肥満で、ガッシリした、実行力に富む署長と、相対した時には、佳いコントラストを為した。

この年若な、見立てのない青年検事を向うに立てた時、署長は思った。役目の手前だ、拠《よんどころ》無い。こんな青二歳に何が判るかマアこっちで御膳立てをしてやるから、待ちなさい。こんな場合にいくつもいくつもぶッ突かって修業をしてから、初めて物になるんだヨと。

腹の中で、こんなことを考えているのを、当の相手の検事は知ろうはずがない。署長と警部の調査報告を、平凡な顔で謹聴して、一句も洩さず頭に入れる。所々で、ハアハアと謙遜な相の手を挟んだ。

報告が、一と通り済むと、それでは現場へ廻りましょうと座を立った。

屍体を巨細に視た上、煤けた部分を払わせて、熟々《つくづく》と眺めていた山井検事は、更に頸の部分、手拭の巻きつけてある工合や、頸に喰い込んでる有様等、詳細に観察した後、二三の質問を、警察医に発した。次に現場の踏査に移り、慎重に視察した揚句、署長にそう言って屍体のあった周囲二メートル平方の広袤《ひろさ》を、充分に灰を篩《ふる》わせた。

「この屍体は、大学へ送って解剖に附することにしましょう。いずれ明日に廻りましょうナ」

署長の井沢さんは得々然《きをよく》して、

「マアこの事件も大事にならずに済み相ですネ、犯人が、手拭が自宅の物だと自白はしているし……」

「井沢さん、大事にならずに済み相だ事は私も同感ですが、犯人とか、自白とか云うのはどうですか。それはこの焼けた屍体が、他殺だと決った場合でしょう、今では、勝次郎が承認したと云うべきでしょう」

「エッこれが他殺じゃ無いかも知れんと云われますか？」

「確定は解剖の結果に俟《ま》たなくては成らないが、今私一個の推定《かんがえ》では、他殺では無さ相です」

「ジャ自殺ですか」

「自殺とも思いません」

「そ、そんな、これ丈証拠が揃って……」

「イエ、小生《わたし》は他殺でもなく自殺でも無い、変死と思います、過失のための火傷死でしょう。

小生のそう考える訳は、屍体は煤や灰で、ひどく汚れているが、これを綺麗に払《はら》拭って視ると、肌の色が、屍体と思われないほど、鮮紅色《あかみ》がかって紅光灼々《つやつや》としていることだ。

色合の佳い屍体を視たら、まずチヤン化合物中毒か、一酸化炭素中毒を考えろと、法医学は教えています。烟にまかれて死ぬのは、不完全燃焼で出来る一酸化炭素を、肺に吸込んでその中毒で死ぬので、已《すで》に呼吸《いき》の無い屍体を、烟や火の中に抛り込んでも、この中毒は起しません。

また、その外に、俯向になっている上面《うわつら》、即ち背中や腰の部分に、火傷で剝けた所がありますネ、その地肌に暗褐色の網目形が見えます。これは小血管に血が充ちた儘で焼け固まった結果です。屍体の焼けたのでは、血の下方に降沈《さが》った面には、有りますが、上ッ面には生《で》きない相です。私の推察が当ってるとすれば明日の解剖では、多分、血液は鮮かな紅色で凝固《こりかたま》る性質を失っている上に、一番素人《しろうと》にも判るのは、肺の中に煤を吸い込んで居るだろうと思います」

黙って聴いていた署長は腹の中では、セセラ笑った。本草の通り代脈喋舌るなり、何がア、本に書いてある通りに事実が出遇って呉れるなら世話は無い。第一、シャーロック・ホームズみたいにお話をされるのが癪に障って溜らぬ。

「確かに自宅で使用っている手拭で頸を強く締めて深く喰い込んでいても、未だ他殺で無いと言われますか」

確に痛い所へ命中《こた》えたろうと見ると、検事は案外平気な顔で、

「私は、確かに自宅で使ってる手拭だと判ってるので安心したのです。これが他家《よそ》のではまた別に考え直さなけりゃなりません。

あの手拭が頸に纏い就いてる有様《ようす》を巨細視《よくみ》て下さい。あの手拭は交叉して括っては無い。端からグルグル巻き付けた形になってます。活きてる内は締まっていず、死んでから締ってきて、喰い込んできたのです。換言《はやくい》えば軽く頸に巻きつけておいた手拭は、そのままで、頸の方が火膨れに膨れて、容積《かさ》が増したから、手拭が深く喰い込んだのです。創国時《はじめ》のアメリカ人が蛮民だ、人道の敵だと目の敵にして、滅してしまったアメリカ印度人《インデアン》は、その実、平和の土着民で白人こそ、侵略的で人道の敵だったのと同じことです。

手拭は自宅の物で宜《よろ》しい、咽ッ風邪で、咽喉が痛むから、有り合せの手拭を水で絞って、湿布繃帯をしたのでしょう」

「しかしネ勝次郎が邪魔払いなり、保険金なりのために絞め殺して、直に放火して、大急ぎで越前屋まで往って、何喰わぬ顔して居るとも考えられませんか」

「それは、考えはどのようにも出来るが、事実とシックリ合うか否《どう》かネ、次に時刻ということが大事の問題になりますネ」

この時焼跡から帰って来た巡査部長が白い布の上に拡げた焼け残りのガラクタの中に、歪《ひず》んだ、吸入器の破片があった。

「想像ですが、喧嘩をして夫は飛出す。熱はある、咽はいたむ。湿布をまいて吸入をかけて居ながら色々思い廻してみると口惜く心細くなって来る。昔の癪、今のヒステリーの発作を起して痙攣《ひきつ》ける。前後不覚でアルコールを蹴飛ばす。その内に燃え移った火や烟に責められて、初めて吾れに返って、逃げようとしたが、寒い晩で戸が閉じてあって出られずに、死んだとする。

吸入器から火事を出すことは随分多く、病院では殊にこれに注意を払う習慣だそうです。

つまり、火を出した時は当人は活きていいていしかも動けなかったのです。活きていて初めから動ければ直に逃げる訳でしょう。

ア、砂糖問屋の者を呼込んで下さい」

（六）

越前屋の二番番頭が始終の様子を知っているというので出頭した。二十五六の心粋な男だ。

「ヘイ、今夜は勝次郎さんは何をおいても喜知太夫の三千歳は聞きに来るはずだ、気早なのに似合わず大分遅いと話してたら演芸放送に移ると間もなく来ました。最初は、吉住小三治の越後獅子でしたが、中途だったから挨拶もしませんし確な時刻は判りません」

今度は辰公が訊問された。初めは発見者だから定めし賞めて呉れるだろうと思ってたのに、警官が大分高飛車に出たので大《おお》いに感情を害してプリプリしていた。

「君は烟の出る窓の中で、咆り声を聞いた相だが確かネ」

「人間だか猫だか判らないが、とにかく咆り声を二度までは聞きました」

「初めて烟を見付けた時刻は何時何分だネ」

「時計を持って居無いんで……」

「時計が無くても判るだろうが」

「それア貴官《あなた》無理ですぜ、火事を見付けて、時計を見てから怒鳴るなんて、そんな箆棒《べらぼう》な話アありゃしません。働いてから、紙屋さんの時計を見たら九時過でしたヨ。別な話だけれど震災の時だって、十一時五十八分テ事ア後で、止った時計を見たり、人に聞いたりしたので、一人だってグラグラッ、ハハア五十八分かなんて奴は無かったでしょう。仮令《よしや》時計を見たって三十分も四十分も違ってるのが沢山《ざら》だから駄目ですヨ」

「宜しい。井沢さん、この男の言う通り実際我国では、時刻の判然《はっきり》しないのには困りますネ、西洋では五分の違いで有罪と無罪と分れたという実例もありますが、そうは我国では参りませんネ、曽《まえ》に一高の教授が、曙町の自宅から学校までの間の人家の時計を、二百六十とか覗いて見たが、正確な時刻を示してるのが、五ツだった、その上学校の時計台の時計が、正に二分遅れていた相だ。口のよくない外国人が『日本には時計はあるが時が無い』と云った相だ。時の会の宣伝も中々骨が……」

ウン君はラヂオを聞いてた相だが、何を聞いていたネ」

「何んでも越後獅子て云うんだが、あれはネ、私の国では、蒲原《かんばら》獅子と云いますヨ」

「ウン蒲原獅子か、面白いネ。そのどこン所だった、覚えて無いかネ」

「どこって云われても困るナ、浪花節なら大概判るんだが、モ一度聞けば判るんだが……」

「井沢さん楽器店から蓄音機と越後獅子のレコードを取り寄せて下さい。その来るまで、次の室《へや》に控えさせておいて、モ一度越前屋の番頭を調べたいのです」

羽志主水

越前屋の番頭の証明によれば勝次郎は長唄が始まると直ぐ来たらしいが判然しない。ただ、確に憶えているのは、勝次郎は清元をやる丈あって長唄も多少は耳がある様子で、

「小三治さんは旨くなったネ。今の己《おの》が姿を花と見てという所の見をズッと下げて、てエエを高く行く所なぞ箔屋町（小三郎）生き写しだ」と評したのを覚えていると申立てた。

間もなく蓄音機が持込まれ小三郎吹込みの越後獅子が始まった。一生懸命聞いていた辰公、「うつや太鼓」から「己が姿」の件《くだん》が夙《とく》に済んで「俺等《おら》が女房を賞めるじゃ無いが」に来た時、ア、そこですそこですと怒鳴った。

門並に延寿の話《かた》るやかましさ　（主水）

天佑（セミナンセンス）

両雄は並び立たずの喩はあるが、両雄が和衷協同して並び立ったら嘸《さぞ》良かろうとも思われる。世界の強国が交互《かたみがわり》にお山の大将ごっこをやるために、どの位多くの幸福が、世界人民から奪い去られるか判らぬ、と平和論者は言う。数世紀前まで欧州を脳ました宗教戦争、我邦でも昔の山坊師の跋《ばっ》扈《こ》や足利末世の門徒騒ぎもその当時の当事者には、大真面目の、生死の争だったに相違ないが、現代の世界では殆んど諒解に苦むことだ、それと同様に、国家間の武力による争闘も数世紀の未来には、あんな馬鹿げた事が、何故《なぜ》行われてたろうと疑われるようになるに決ってると平和論者は言う。

この話は未だ世がそれほどに経たぬ時で各国の人は各自の風俗と歴史と皮膚の色とを固執して、各国自己の採り分が相手方に比べて微《すこ》しでも多い事のためには、世界総体の富が、煙硝や火炎や鹹《しお》水でどのように減ろうとも、天物を暴殄《ぼうてん》しようとも、これは止むを得ない正義だと観念してた時分の事である。

日本と〇国とは、移民問題や学童問題や、迫害事件で仲違《たが》いになることは決して無い、もしあるとすれば、それは必ず〇国の手が支那を操って日本と背中合せにする時の事である。一方は金と力とでどこまで押して行っても良いと思い、一方は他の事では随分我慢もしたが抜刀《ぬきみ》で玄関から上り込まれては最早《もう》勘忍もこれまでとなる訳だという事は已《すで》に数十年前から識者という人々から聞かされてきた所だ。そしてそれが今昭和〇〇年に到って不幸にも予言は適中して、両国の交りは終に断絶を見るに到ったのである。

それより二十年以上も前から、〇国の富力と積極方針とは全世界各国を震駭せしめ、各国頸《くび》を縮めてただその鼻息を伺う有様で、東洋各国も御多分に洩れず目前の利害と勢威のために、支那を始めとして尽く懐柔威圧されて、甘んじてそのお先棒を承ることになった。支那は多年の間小癪千万な島帝国奴《め》と歯咬《はがみ》をしても、太刀打ちのならなかった所へ雄大な後立《うしろだて》を得たのに有頂天になり、今やその使嗾《しゃくり》にのって公然反《アンチ》日本の立ち場を暴露《むきだ》して来ったのだ。更に延びてきた魔手は朝鮮台湾の治安を揺り動かし、更に日本国内に大正以来勃興しかけた共産主義者、無政府主義者と暗黙の内に握手して内部からの崩壊を策し来った。

しかし日本もまたその年間を無為には過していなかった。国民思想の擁護振興、財政の整理緊縮、産業の奨励興振、保健の革新、武器の研究、軍需品の自給、食料の自足と百般の事業に死力を尽した。大正より昭和初年に亘りてダラケ初めた人心は漸く緊張を呈してきた。それには遅蒔ながら施行された絶対禁酒法の効果も与《あずか》って力があった。「速力の素」たる石油の不足は頁岩《けつがん》の乾餾で補い、食料の不足は台湾の開拓と補助食料の完成貯蔵に成功し、潮汐及海波を動力化する事は工業を一変し、電波を耕作栽培に応用し、羊毛は台湾東部、朝鮮、北海道の牧畜業奨励で大半《おおかた》は国産で足り、その他塩、綿花、毛皮、ゴム等の必需品もそれぞれ新式の製法代用品で七割までは自力に恃《たの》む所まで漕付けた。就中破産に瀕した我国の経済を救い、円がルーブルやマルクの跡を追う危機を脱し得た助けの神は、実に黄金化生法の成功であった。往昔錬金術者《アルケミスト》が夢想した水銀を錬って黄金と化する法は大正末年に学術的には成功の緒に就いたが、必死の努力によって今や大量製産に成功したのだ。公表すれば、自己の不朽の栄誉ともなるのを、忍んで国家に貢献して我邦独占の秘法として黄金市価の暴落を防いだことは、その発明者に満腔の敬意を表さねばならぬ。以上諸種の考案発明発見等に就いて研究品または学者の熱誠努力は言語に絶し、世人も今や染み染みその難有さが判ってきた。一方、対外的には、欧羅巴《ヨーロッパ》やラテンアメリカ諸邦が、皮膚の色からはむしろ反日本的である所を、巧に誘導して、〇国に対する反感憎悪嫉妬の心理を旨く捉んで、甚しく向《プロ》日本的に傾かせたのは外交の一大成功であった。

火薬は既に十二分に詰った。残るは口火に火を点けるまでだ。口火は炬火を要せず、燐寸一本で足りる。揚子江畔国旗侮辱事件と○国大使館邦人ボーイ虐待致死事件で十分だった。

戦争の詳細はこれを戦史に譲らねばならぬ。臨戦範囲は北太平洋全面、支那、印度支那、比列賓、南洋及アラスカに亘り、広さこそ欧州大戦争に劣れ、深刻さはむしろこれに数倍した、蓋し二十年の星霜は兵器の進歩、戦術の躍進に十分の余裕を与えたからだ。

南支那海の第一回海戦にて該方面の制海権はまず日本の手に帰したが、○国太平洋艦隊の主力に対して、日本本土を擁護するため、早々北方に引揚げた。故に布哇《ハワイ》、印度方面、欧洲航路も随分不安のものであった。第二回布哇西方の海戦……否、海空戦……における成功がまず大勢を決したようであった。しかしこの一戦は四分六分の損害で双方の痛手はかなりに大きかった。

日本は立上りざま出足鋭く寄切るを利とし、○国は天産、資力、工業能力輸送能力よりして持久戦で時を延し、徐ろに敵の疲れを待つ四つ角力に利があった。だから布哇沖の会戦以来の睨み合い状態は日本にとっては甚だ苦しい不安を生じた。お互に迫り合ってる時には、懐の暖い方は楽だが、素寒貧の方は四苦八苦を嘗《な》めさせられる。十年や二十年来急に思い付いて倹約を初めた僅の貯金帳では心細い。

支那は今は制海権を日本に占められたとは言え、諸種の原料の対日輸出を極度に制限して来た。露国は赤色に染る点があるので深入は出来ぬ。而して欧洲、印度、濠洲、南米の輸送路は余り安全とは云えぬとなって来れば、物資の不足は目前に迫って来る。中々節倹唱導や節約条例位では追つかぬ。このような状態がなお数ケ月続けば、戦闘には勝目でも、戦争には敗北しなけりゃならぬ。

この経済的封鎖に対して日本人は極度の忍辱と克己とで消費生産両方面に健闘したので容易に屁古垂れようとも見えなかった。しかるにここに何んとも困ったことが湧上って来た。それは実に「鉄の不足」である。鉄が古代から人間生活に必要だという事は考古学の書物を改めて繙《ひもと》くに及ばぬ。鉄が人間生活に必需の度は文明の度につれ急々の速度で増してきた。現今の文明は「鉄の文明」ともいい得る。鉄無くしては一日も文明社会は活き行けぬ。平時にさえしかり、況んや「血と鉄」との戦時である。

日本とてもこの必需不可欠品に甚大の注意を払ったことは申すまでもない。昭和の初年でさえ、年額約二百万噸《トン》の需要に対して、国内で産出する鉄鉱は、僅に十万噸位に留り、その余は支那から原鉱、印度から銑鉄の形で入る外、既製品として英米独等の諸邦に供給を仰ぐ有様であった。国産の助長も数々行われた。大部分が東北地方に限られたのが、その後朝鮮、台湾に新鉱脈を発見し、採鉱法の進歩も著しく、また一時絶望とされた砂鉄精錬法も完成された。東北大学の鉄鋼研究もまた見るべき業績は挙げた。色々の努力によって今や年産額百五十万噸に鰻上りに殖えたが、困った事には需要はそれ以上に増して、今や五百万噸の桁を破ったのである。

大正の御代、欧州大戦争の折、大需要の結果として、世界的に鉄飢饉を巻起した時、日本もそれに巻込まれて、狂奔的に鉄の値が騰り、銅と鉄とどっちが高いかとまで心配され、道路側《みちばた》の溝《どぶ》の鉄蓋や公園の柵の鉄鎖もどんどん失敬された。都市の泥溝《どぶ》で笊《ざる》一つ持って沈んでる鉄屑を掬《すく》い揚げて多くの人が立派に活計《くらし》を立てたものだ。露伴翁の随筆にあったが、川尻で水上から流れ溜る雑物を掬い揚げて活計を立てる「ウッチャリ拾イ」またの名淘《よな》げ屋という商売が、ここに大仕掛に現われる奇観を呈したものだ。

しかし今度の鉄飢饉に比べては、そんな事は物の数ではなかった。支那からの原鉱は全然来ぬ。印度銑鉄は運輸不安のため輸入は激減した。英独瑞方面の輸入は増加はしたが、需要の数分の一にも達せぬ。それは世界の鉄産額の五割を占めている○国が、自分には入用はないが、相手を困めるために、価に拘わず買占めを断行したからだ。従て世界全般に亘る鉄の暴騰逼迫となり、怨嗟の声は地球の全面を包んだ。

殊更その衝に当ってる日本の苦み方は絶対的だ。数斗年来買ためて、不必要な物件まで鋼鉄化しておいた智慧も、九牛の一毛ほどの助けにもならなかった。恰度幕末に水戸の烈公が寺々の梵鐘を潰して大砲にした程度だった。節約や流用は、無きには勝るが、この桁違いの開きをどうともすることは出来ぬ。それでも厳重な罰則を設けてこれを励行するに躊躇はしなかった。雨樋を修繕して罰金を喰い、釘を水中に落して猫いらずの御厄介になるような事も演ぜられた。絹物や傲りの物が天保度の御沙汰で苛《いじ》め付けられたのを笑う訳には行かない。ショウウィンドウにこそ並べられぬが、実に鉄は今や貴金属となったのである。

大旱《おおひでり》に雨を望むといおうか、難破船で水を求むると云おうか、沈没潜水艇が空気を欲すると云おうか、譬えようの無い鋼鉄の飢渇が襲い来った。しかし外方の戦況はその内に次第に有利に発展し始めた。その一つは日本独特の無線電波操縦の潜航艇隊の活躍によって布哇真珠湾なる○国艦隊主力部隊に再び立つべからざる痛傷《いたで》を与えたのと、も一つは長くとも四五ケ月で擲き付けられると観られていた日本が存外粘り強く半年以上も頑張り続け、未だ中々へタバリそうにも無いと観てとった諸外邦の態度が著しく変った事である。これは何も日本が憐《いと》しいからではない、日本を啻めてしまった跡の○国の横暴振りに恐れを為《な》したからだ。原因はどっちでも構わない。とにかく旗色が案外良くなって来た。旗色の良くなったのは大に嬉しいが焦眉の急は依然として鉄の欠乏である。三国誌に書いてある。赤壁の戦の前、北岸に屯《くっつ》する魏の百万の大軍は呉蜀聯合軍の計画で、焼き討に都合佳くなっている。偽り降って火を放ける役も出来た、矢種も十分に貯った、万事の手筈が整ってるが、ただ一つ肝腎要《かなめ》の東風が吹かぬ。欲レ破ント二曹公ヲ一、宜クレ用ユ二火攻ヲ一、万事倶ニ備リテ、只欠ク二東風ヲ一。そこで孔明が七星壇上に風を祈って、終に魏の大軍に揚子江で水雑炊《みづぞうすい》を御馳走するという段取だ。今の状態は甚だこれに近い。しかし今、孔明が再生して七星壇上に祈っても、東風なら吹くかも知れぬが、鉄鋼では歯も立つまい。せっかく好転しかけた形勢もこの一事でキッチリ行詰ってしまった。宝の山に入りながら手を空しくしてでも元へ帰れば良いが、これでは全くダイヤモンド窟に閉込られて餓死するのと同様だ。残念とか遺憾とかで済せる訳のものでは無い。我慢してみても、憤慨しても、努力しても、この動かすべからざる現実を何んとも為て見ようがない。苦しい時の神頼みが人情だ。万事を尽しての上の神頼みだ。元冠の時には神風《かみかぜ》が吹いた。今度も、どんな風が吹かぬとも限るまい。しかし公平に考えれば先方にも荒神様がついて居るのだから到底アテにはならぬ事だと最早《もう》沮喪《がっかり》した人も多かった。国の滅亡、民族の衰退も目前に迫った。世も末だ、この世も終りだとも思われた。

この惨憺たる国情を悲む人は必ずここにドンデン返しの一齣を予期するだろうが、そうは問屋で卸して呉れぬ。それ所か更に更に悲観すべき突発事故が持上ってしまった。十月の初、三日の払暁というに日本全土に亘って一大地震が襲来したのだ。四国中国から近畿地方も激震であったが、最も甚しかったのは九州で、震源は九州南部と丈で、詳細は通信交通共に杜絶したので、全然《まるきり》判らぬ。福岡方面で偶然、同払暁南の方に一大火柱を認めたと同時に未曾有の震動が起ったという事、熊本県方面は今以て炎烟に包まれて何が何とも判らぬという飛報があった。地震学教室等の発表では熊本県人吉の西方七八里、県境辺に震源あって恐らく新に火山噴出せるならん歟《か》との第一報であった。大正十二年の関東地震ほど重要《めぬき》の都会を含まぬが、震動の強さと広さとが数倍したために、被害の総計は生やさしいものではなく、中々重大な痛手を与えられた訳である。国難に加うるにこの災厄は全く泣面に蜂の喩、上下暫く呆然として自失せぬものは無かった。

地震学では、地震は構造地震と噴火地震とに大別するそうだ。地層の変化、断層、地辷、陥落等で来るのと、火山噴出で来るのとである。噴火地震の方が概して軽いというのだが、しかし孝霊天皇五年に近江が沈んで琵琶湖となり駿河に一夜で富士山が噴き出したとすれば、随分大地震だったに違いあるまい。

第二報以後の報導は引続き悲観材料のみを齎《もた》らした。九州南半の被害の甚敷さは話にならぬ、附近海陸共に目も当てられぬ有様である。人吉西方に一大火口を生じ、瘴煙《しょうえん》濛々として近づき難い。概算二億の損害と見積られる。

しかるに災後五日目に、驚くべき飛報が全国を動かした。探検隊の諸学者の探査によれば、今回の地震は地震の原因論に一新範疇《カテゴリイ》を附け加えさせた。即ち構造地震でも、噴火地震でも無い。それ等地球の内的原因によるもので無くて、外的原因で来たものだ。一トロに云えば地球と小流星と衝突したためだ。即ち大きな隕星が落ちたのだ。重量八百万噸に余る山のような隕石だ。そして九割以上の鉄を含む磁鉄鉱から成る隕鉄だ。

小判の包で横面をはられたと同然、痛いは痛いが、時にとって、このような適当な贈物がどこにまたと有るか。これが天来の福音でなくて何だ。実に天佑だ。日本にはいつも天佑がついている。

そんな大な隕石があるかと横槍を入れる人に伺う、今まで地球表面に落下して発見された最大の隕石はグリーンランドにある重さ三十七噸のものだ、しかし将来、それ以上のものが落ちないと誰が保証出来るか。

随筆篇

処女作について

沢山書いた所で、処女作を顧みて何か述べるというのが普通の段取りで、また当然のことでしょう。小生のようなカケダシにとって、処女作即全集ですから困る。臍の緒切って始めて天ぷらを食べさせられて無我夢中で居る所へ、天ぷらの味いに就きてと御注文になるような工合で、ただモウ旨味う御座いますと申す丈で、烏滸《おこ》がましく何か申上げる事もありません。

昨年春に書いて、新青年八月号に載った「蠅の肢」が小生の処女作です。かようなものでも多少は因縁があって出来ましたのです。

日本の首都だ、世界第何位の大都会だという東京で、未だに下水がなく、肥料車が朝夕の郊外往還を連行し、座敷のアイスクリームの上へ、掃除口から一直線に蠅が飛んで来ようという有様。衛生設備の最も大きな欠陥が、割合に平気の平左で看過されていながら、一方にはそれチフスだ、さアコレラだ、ワクチン注射を強制する、これも来年の流行には期限切れで通用しないとなると、年百年中種々の流行病のワクチン注射で、寧日なしという訳だ。源を培わずに末清かれと祈っても無駄だ。已に上水設備がある、下水設備は当然過ぎることである。余り一般の人が、無神経だから為政者も等閑になるのだ。正面からの議論は、已に仕尽されている。一つ搦手口から推参しよう、所謂諷諌の形式を採ろうと思ったのです。

それですから「蠅の肢」で小生の言い度かったのは、最後の一行、「こんなに一本の蠅の肢に腸寄生虫の卵を幾個も附着《つ》けているような蠅の生息を容しておく強国は、世界中に日本より外あるまい」です。生れ故郷、祖国の悪口を申したようで、あるいは怪しからんと憤慨された正純な方があるかも知れませんが、真意は前述の通りで、劇で言うと涙の愛想尽かしという所の積りでした。

犯罪の（殺人未遂、強奪）動機を軍機殊に新武器発明の横奪とし、犯罪の後に強国の眼が光っていると引張り、兇器は有合せの葡萄酒壜として葡萄酒の汚斑と血斑と対照させ、犯人は特定の人物を指さずに日本人だとしたのは、舞台を独逸に採ったからで、日本人に通有の、頁の下隅を繰る癖、几帳面な欧字の書き方、桜の花弁のスカシある紙片等の道具立をして、おマケのようにして、紙片の中に折込まれていた蠅の前肢を顕微鏡で見るという仕組にしたのです。犯人を限定しなかったのは、病気の療治にも病源不明に拘らず、拙速を貴んで緊急処置に出ることが随分あるからです。なお色取りに、東博士の論文を引用しましたが、これは架空ではなく、東京帝大血清学教室で東繁造博士の為《や》った大きな業蹟です。

　この作は初め医事雑誌にでも出そうと思いましたが、小酒井さんに一度見て頂き度いと願いましたら、これは新青年へ出して上げようと、肝煎って下さったので、拾い上げて頂いた訳です、御親切身に染みています。

　一番初めは独逸人の原作で日本人の訳という体にして、キーフェル氏作（松の意）。羽志主水（橋紋三）の訳としましたが、編輯の方で、翻訳の体裁ではマズイから創作として出すとのことで、承知しました。随て首をチョン切られたペンネームが出来上った訳です。

　つまらぬ事をクドクド申上げました。ついでに、読売の文芸欄に「無名作家の正体、蠅の肢から足がつく」として何か書いてありましたが、小生はかほど歯の浮くようなことは申さなかった。同時に掲げられた写真を見られた小酒井さんから、御目にかかるは始めてと御挨拶ありましたので、あの談話が私のでないと同じく、あの写真は私も始めてお目にかかるほどで、全く別人です、小さんの落語「粗忽長屋」じゃ無いが、もしアレが私だとしたら、この私は一体誰だろうと御返事をしたら大に笑われました。

雁釣り

午前《ひるまえ》の診察をしている最中、「三井物産ですが、今、高い所から人が墜落して、大怪我です、直にお往診《いで》を」と言って来た。救急要具を持たせた看護婦を連れて、大急ぎで、二丁ほどの所を、物産の七階建の入口へ駈け付ける。

そこに待受けていた人が、待兼ねた様子で、「何卒《どうぞ》こちらへ」と、建物の中へ案内する。オヤ妙だナ、アアそうか、建物の中央《まんなか》の採光《あかりとり》の広間《ホール》の床へ落ちたんだナと考えながら這入る。先に立った男が、「何卒こちらへ」と二階の階段へ平気で登る。それじゃ違った、が一体どこへ落ちたんだろうと、後について登る。ト、直にまた三階の階段を登る。変だナ、更に急いで四階へ登るじゃないか。勝手にしろと続いて登る。急ぎ足の男は、平気な顔で五階へ登る。

五階の事務所《オフィス》の扉《ドア》が開けかけになっていて、薄暗い廊下へ窓からの夏の陽光《ひざし》を導き込んで羞明《まぶ》しい。その事務所の広い室《へや》へ入るとガランとして、勤め人は一人残らず窓から、重り合って戸外《そと》を覗いている。

「先生だ」「医者だ」と囁く人々の、避《よ》ける間を窓に近づいて見ると、その窓から八九尺隔てた隣りの四階建の水平《ロク》家根《やね》へ丈夫な板で急拵えの橋を架けてある。また「何卒こちらへ」だが、今度の「何卒」は、今までの何卒と違って、目の眩むような、命懸けの何卒だ。念仏を唱えない計りにして、水平屋根の上に立った時、足許に、微に息の通ってる丈の若い男が、横《よこた》わ……ヘタバって居た。七階の窓硝子《ガラス》の外側を拭いていたとき、踏み外してこの四階の屋根の上に真逆様《まっさかさま》に墜ちたため、本当に骨身を砕いてしまったのだ。可哀想だが、策の施すべき処が無い。

建物の中へ誘い込まれ、二階三階と階の上る毎に昂《たかま》ってきた疑惑――高処から墜ちたというのに、無暗に高い処へせり上るという矛盾――がここで一掃された、緊張の緩んだその刹那、耐えられぬ笑いの衝動を感じた。死生を分ける厳粛なるべき時間に、殊に責任ある医師として不都合だと叱られるだろう。が、実際その不都合な笑の衝動を堪《こら》えるには、随分苦んだ。何故？

落語に雁釣り、と云うのがある。不忍《しのばず》の池に降りた雁を捕えようと、夜明前に忍び込んで、腰の綱で数匹の雁の脚を縛り上げている時、夜が明けて、羽音揃えて一度に飛び立った雁のために、反対に吊し上げられて千住《せんじゅ》の方へ……。振り落されたのを危く縋り付いたのが、谷中天王寺五重の塔の天ッ辺の九輪の擬宝珠《ぎぼし》。「助けて呉れ」の悲鳴を聞き付けた通りがかりの人が、下から仰向いて、「ドウシテソンナ所へ上ッタンダア」上から「落チタンダア」

こいつをフッと思い出したからです。

（コノ話ハ小生ノ実際ノ経験デス、友人伊藤信雄君ニ話シタラ、令弟松雄君が、「象徴」へ芸術的ニ書カレタコトガアリマス）

唯灸《ただきゅう》

Ａ　どうだ、この頃は。
Ｂ　どうもこうも無いヤ、景気が悪いから、元気も無いんだ。
ウ、新聞に大業に出てたナ、君の自動車が人を轢き殺したって。
Ａ　殺しやしないヨ。
Ｂ　活したのかイ、マア佳いや。開業早々で縁起でも無いようだがあれで君が外科病院をやってるのが、すっかり広告されたんだ。存在を知られた訳だ。飛んだ僥倖だぜ。これから時々轢く事だ。
Ａ　冗談云うな。しかし存在を知らせるのには好都合だったネ、宅から病院へ行こうと思ってネ、タキシーで○○○町へ来ると、ヒョロヒョロッと、車の前に出て来て倒れた男があったんだ。運転手が驚いて梶を切ったので、足の趾先を少し計り轢いたんだ。俺は本を見ていたので、よくは判らなかったが、運転手の言うには、ドウも態としたに相違ないのだ。
Ｂ　タキシーは箱型かイ。
Ａ　箱型だったヨ。
Ｂ　君も金満家の相が具わってるんだナ。
Ａ　そこでネ、とにかく、僕の病院へ連れてって療治をして、無料で置いて遣ったら、三日目に退院させて呉れといって帰ってしまった。
Ｂ　何も請求せずにネ。
Ａ　ウン、負傷した時、運転手が自用車じゃ無い、自分が責任を負うと云ったら、ちょっと忌な顔をした相だ。

B　それとも、病院の賄が不味いので閉口ったかナ。

A　馬鹿言え。しかし、これも不景気の所為だろうナ。だがネ、景気の佳い時には佳い時でやっぱりこんなことが有るんだぜ。ソラ大正八年頃の成金時代に大阪ではネ、成金の自動車のまえに、貧民の子供が倒れて、轢いて呉れとフン反り返るんだ。喇叭でも槓杆でも動かない、持て余して、五円札を出すと直に道路が開通するんだ。買路銭だネ。その方が手ッ取早くて佳かったという話だ。

B　君は、落語家の小さんの「行き倒れ覚え帳」てのを聞いたことが有るかイ。

A　ウウン、無いヨ。

B　生来顔色が悪く痩せこけて、見るから病人らしい男が、それを資本に始めたのが、行倒れ業さ。人の軒下で横腹を押え、顔を獅嚙めて、ウウンウウンうなってる。親切でおセッカイな江戸ッ子が放っては置かぬ。訊ねる儘に蚊の鳴く声で、哀れッポイ身の上話。及ぶ丈の手当をして幾らか恵む、近所四隣を勧誘して来る長兵衛もあるので商売が行き立つ。ただ、ヒョイッと忘れて同じ所でやらかすとバレルのが心配だ。そこで、覚え帳をつける。

何月何日　日本橋通三丁目東露地、奇応丸、懐炉一つ、握飯五つ、袷一枚、銭五百文。

何月何日　神田鍛冶町角、反魂丹、握飯三つ、銭三百文。

何月何日　……

何月何日　……

何月何日　芝新網、唯、灸。

涙香の思出

涙香小史という名前を見たのは、私の十歳位の頃と思います。多分、涙香氏が自分で万朝報を発刊した頃でしょう。「捨小舟」が連載されるのを毎日楽みにして居ました。初心者は凡て左様だが、中に現われる人物を、実在の人と思って、哀れがったり、悪んだり、筆者の力で何とか救って遣って呉れと祈りました。また可笑しいことだが、園枝嬢が乞食の境遇から救上げられる所で、洋服なぞ着ている西洋にも、乞食があるのかしらと小供心に怪しみました。西洋はお金のある所、洋服は豪気なものと先入的に考えていたのでしょう。また皮林育堂という敵役が悪らしかったので、大岡育造氏の名を見ると、キットよくない人だと独ぎめにして居ました。この小説は大したものでは無いと思いますが、これと同時に慥《たしか》、都新聞に連載された弦斎の「桜の御所」とこの捨小舟とが私の小説への病み付きでした。

それからは翻訳探偵小説、非探偵小説から、天人論まで随分永い愛読者でした、あら方読んだが、またあら方忘れましたが、「幽霊塔」の漢文の讖語《しんご》を一時はスッカリ暗誦したものでした。「鉄仮面」などは最もいいと思った。筋や詞は忘れても、銷魂《しょうこん》的歓喜は永久に残っています。

涙香氏の翻訳は、行き方は違っていても、二葉亭氏や、不知庵氏のそれと同じく全く堂に入ったものということは已定の事です。「巌窟王」や「噫無情」などは今に到っても何遍でも倦きずに同じ興味で引摺られてゆきます。逐字訳を読んでも、英文でよんでも（これは無論コッチが悪いのです）、何様にも引きつけられない。丸で比較にならぬ。鷗外先生の「即興詩人」の訳は、原著以上だというが、涙香氏のヂューマ物はそれほどには行かなくとも、総ての翻訳中の白眉だとは言えるでしょう。一旦、嚥み込んで全然《すっかり》消化して浄化して、清き甘き乳汁として乳房から与えられるのと、絹漉しやガーゼ漉しの重湯との相違は確にありましょう。話は外れますが、涙香氏の探偵小説濫読時代に、春陽堂の探偵小説集を読みました。その内では、どなたかが言われたが私も鏡花氏の「活人形」が最も感銘が深う御座いました。また、倉の二階から引張り出した中に、桃色の西洋紙表紙の小冊子「楊牙児《ヨンゲル》疑獄」というのがあって読んだ記憶があります。

マイクロフォン

公私共に服喪につき新春之御挨拶態と省略仕候旧年中一と方ならず御眷省を蒙り難有御礼申上候本年も不相変御引立願上候。

扨只今二月号マイクロフォンを読みて不覚シマッタと叫び人の居らずして顔の紅むを覚申候。飛んだ大失敗をやり面目も無之候御迷惑相かけ候段御詫申上候。

恐入候得共次号に次の文マイクロフォンにおのせ被下度願上候。参った葛西村人及小三郎好き両氏から御叱りを受けたときは蒼くなり赧くなり致しました、正に判然と判断と参りました。ウロ覚えで並べたのが肝腎の順序が反対で、成って無い。花嫁の綿帽子を除ったら目ッかちだったのと同じで、誠に面目ありません。辰公の耳にとまるには「オラガ女房」は佳い文句だとハット思ってつかってしまったので今更臍を咬んでも間に合いません。仕様が無いから「晒す細布手にクルクルとに来た時そこですそこですと辰公が叫んだ」と訂正したいと思います。大失敗の段読者諸君に御詫申します。

水上呂理《みなかみろり》

精神分析

水上呂理

三月も半ばだった。——上野の森の黒ずんだ色が薄らいで紫色に煙ると見るのも、あながち春という言葉に引き摺られた気のせいばかりでもあるまい。五重の塔も燻《いぶ》しが褪め、広小路の方に見える仁丹の広告塔も艶めいて見える。動物園のライオンの吼える声さえが厳冬の時のように行人《こうじん》の心を寒くはさせなかった。——だから公園を歩む人々は、仮令《たとえ》それが用事のある人でも、いつとはなしに歩調を緩めているのだった。

そうした人々の中に、これは一段と緩やかな歩調を運んでいる一人の男があった。折れそうに背の高い痩せた青年で、広い肩巾だけが男性としての頼りを保って行きずりの人から不安の念を一掃させている。他人の陰影までも買い込んで来たかと思われるような暗い感じであるが、やはり春は楽しいのであろう、打ち振るステッキも軽々と、薫《くゆ》らす煙草の煙は空に向って吐き出されているのである。楽しい想いを頭に描いているのであろうか、彼の頬には微笑さえ浮んでいるではないか。煙草の最後の一と吸いを思い切りスパッと頬一ぱいに吸い込むと彼は吸殻を勢よく地べたに叩きつけた。そして空いた手を休めるべく外套のポケットに突っ込んだ。その瞬間、彼の眉は心持ち顰《ひそ》んだのである。と、彼の手はポケットから一枚の大形な角封筒を摑み出していた。中から現れたのは一葉の写真であった。彼は「あ!」と叫んでその場に棒立ちになった。そして踵《きびす》をめぐらすと今来た道を急いで引っ返した。

青柳と翠川《みどりかわ》は議論の後の興奮を顔に浮べながら、階上の居室から階下の応接へ下りて来た。青柳はまだ論じ足りないらしく、階段を下りながらも翠川に話しかけるのであった。

「……だからといって僕は何も君に精神分析学を信ぜよというわけじゃないよ。そうした好意はフロイド彼自身も云っているとおり、有難迷惑なことに相違ないのだからね。ただ僕は今も例に挙げたような患者は、フロイドの説く理論に従って、立派に健全な精神状態に復活せしむることが出来るのだということを云えば沢山なんだ」

簡単な説明が許されるならば、青柳は精神病を専攻して大学の助手をやっている男、今はフロイドの精神分析にその特有の凝性《こりしょう》を発揮している。翠川は彼の高等学校時代からの親友、今ではまるでお門《かど》ちがいのマルキシストである。経済科の助教授という肩書は持っているがまだ講座を受持つには至らない。学生時代、あのサン・シモンやクロポトキンやが貴族に生れながら革命に走ったのに青年らしく感激して、自分も名門の嫡子でありながらその方の道へ足を踏み入れた熱情家なのである。しかし、現に今も彼が踏んでいるところの絢爛《けんらん》たる絨緞がいかに高貴な贅沢物であることを知らないほどのお坊ちゃんであり、一般にマルクス信徒が刺戟なしには踏み躙《にじ》らぬところを、彼は日常土足にかけて何の不審も起さないところに、一個の理論家に過ぎないことが正直に表白されていた。

応接室に入ると青柳は卓上の煙草函から上等のトルコ巻を一本無雑作につまんで火を点じ、天井から下っている華美なシャンデリアに煙を吹きかけると外套を取ってモゾリと手を通した。そして「やあ、失敬」と云って頭を下げるでもなくそのまま帽子をかぶって玄関を飛び出した。上野の森がほど遠からぬ行手にコンモリと繁って彼を歓迎するかの如くであった。彼はその森の中に差しかかった。シットリと冷たく湿った老杉《ろうさん》の呼吸《いき》は、議論に熱した彼の頭を涼しくしてくれた。すると、議論の前に持ち出した今日の訪問の主なる要件――結婚の問題が脳裡に復活してきたのであった。

――先生大分乗気らしかったがどうだろうか。……贅沢な彼奴《あいつ》でも幸子《さちこ》嬢なら文句はないはずだが。……先生今頃写真を眺めてニヤニヤしているかも知れない。

青柳は自ずとこみ上げて来る微笑を柔く噛みしめた。

——この物語の発端に出てきた「彼」とは即ちこの青柳の事なのである。彼、即ち青柳が外套のポケットから摑み出して驚いた写真は、全く驚くのも無理はない。先刻彼が手ずから翠川に渡した花嫁の候補者南幸子の写真ではないか。

彼は森の道を引き返しながら、その写真を渡した前後の光景を脳裡に描いてみた。——二人はティー・テーブルをさし挟んで相対していた。話が始って彼はポケットから写真を取り出して相手に渡した。相手は暫く魅せられたように眺め入ってから室の隅の机の上に置いた。そうだ、その位置も確かに右の隅の本の上であったことに間違いはない。それから翠川は彼を送り出すために階下におりるまでその位置を動かなかった。そして帰る時も彼の外套には手を触れなかった。

——実に可怪《おか》しいぞ！

彼は殆んど駈足であった。で、再び翠川家の門を潜った時には、竹のような強靱を誇る彼も息を喘《はず》ませていた。翠川はまだ自分の室へは戻らずに応接室で新聞を拡げていた。彼のただならぬ有様で戻って来たのを見ると、小さい柔和な眼を滑稽なほど見開いて、「どうした？」と太った短い身体を持ち上げて来た。

「うむ、先刻《さっき》渡した写真だがね、あれは君の室にあるだろうか」

翠川は眼を旧《もと》の細さにかえすと、団子のように椅子に身体を投げつけた。

「吃驚《びっくり》させるのは止せよ。……あるにきまっているじゃないか」

「君、ちょっとそれを確めてくれ給え」

「莫迦《ばか》な、何を狼狽《うろた》えているんだね」

しかし相手の顔が非常に真剣なので、彼も再び友人をその居室に案内しないわけには行かなかった。

で、写真はあったか？——それは暫くウロウロし出した翠川の顔色が物語っていた。彼は落つきなく室内を見廻しては青柳の顔を眺めるのであった。

青柳はポケットから写真を取り出して黙って翠川の眼の前に突き出した。翠川はさすがにムッとした。だが次の瞬間には笑いを爆発させた。

「あはははは、おい、からかうのは止せよ。吃驚するじゃないか」

しかし相手の顔色が哄笑の波に捲き込まれないのを見ると再び不安に逆戻りした。彼の眼は「一体どうしたのだ」と相手に訊《ただ》していた。

「これが僕の外套のポケットから出てきたんだよ。つまり僕の知らない間にポケットの中に入っていたのだ」

「ふむ、……君のポケットへ……知らない間に……」

二人はお互に瞳を見合わして突っ立った。それから期せずして机に接している窓に向った。

窓はあいていた。が、二階の窓である上に、この室とは鍵の手なりに接続している翠川の妹美須子の室からは五六間《けん》以上は離れていないのであるから——つまり、彼女の室からはこの室の内部まで見透せる訳なのだ——窓外から持ち去ったものとは考えられない。現にそういう今も彼女は得意のヴァイオリンを練習しているし、——彼女は音楽学校に通っていた——先刻議論の始まる前に、煙草の煙を追い出そうとして翠川が窓をあけに立った時も、彼女が窓枠の草花の鉢を弄っているのを彼は見たほどであるから、外部からこの室内を窺うことはまず絶対に不可能と云ってよかろう。微風さえもない日ではあったが、もしやと思って二人は庭を見下した。がそれらしいものの影さえなかった。それから召使達が呼ばれて調べられた。彼等の真実な顔は全く何も知らないことを物語っていた。

彼等は椅子に身体を埋めて考え込んでしまった。巷《ちまた》の騒音を離れた大邸宅の一室は春日の残光を窓に受けて空気は発酵するかと思われるまでに匂わしく沈緬《ちんめん》し、灰皿のトルコ巻の緻密な灰が音もなく落ちるのであった。

裏庭の菖蒲も凋《しお》れて濡れ燕が日本造りの母屋の軒を掠《かす》めるようになった。写真紛失事件がいつとはなしに疏遠《そえん》されて、結婚問題が有耶無耶《うやむや》の裡に葬られてしまった頃に、第二の事件がこの邸宅を驚かした。

更に新らしい結婚問題が翠川の上に起っていた。話は大分進んで双方戸籍謄本を交換するまでになった。

翠川の謄本が相手方の傍島《くらしま》家に書留郵便で届いた。封を切って謄本の中の彼の項が開かれた時、家人はその紙面の端から端まで朱線が走っているのを発見した。それはその項目の抹殺——当人の死亡を意味するものだ。家人の驚いた事は云うまでもない。驚きの少し静まった後に仔細に調べると、ただ朱線が引いてあるだけで、何年何月何日に死亡したというような文字は見当らない。悪戯だろうか、それにしては不気味過ぎると家人は思った。何者かの呪いではあるまいか——彼等はそうも思った。

謄本は翠川家に送り返されて来た。翠川は首を捻った。その謄本を封筒に入れて固く封をしたのは翠川彼自身で、彼が謄本を調べた時には勿論朱線は引かれてなかったのである。

それを郵便局へ持って行って書留にしたのは書生の水谷であった。彼は二十歳になるむしろ愚鈍に近い実直な青年で、今日まで怪まれるような挙動は一つもなかった。翠川はとにかく彼を訊問してみたが、不審の点を発見することは出来なかった。

翠川は青柳を招いて新らしい事件について話した。けれどもその結果は、晩春の彼の居室の空気を、煙草の紫煙とともに沈ませるに過ぎなかった。警察に届けようかという話も出たが、事件が余りに空漠としているので、もう暫く見合せるという事になった。

不思議な空気がこの家を包んでいる事が感じられてきた。今度の結婚問題もそれなりに立消えとなってしまった。そして第三の事件がそれから間もなく不気味な空気を震駭《しんがい》せしめたのである。

ポプラの青春の葉が強い陽ざしを受けて、室内までも緑色に染りそうな初夏の日であった。翠川の母須賀子未亡人が応接室で、縁談を持ち込んだ婦人客と話していた。彼女は小間使のお照を呼んで息子の写真を持って来るように命じた。先方へ届けてもらうためだった。ところがお照はなかなかそれを持って来ないので須賀子未亡人は彼女を呼んで催促した。

「御隠居様の仰った所に写真が御座いませんでしたので、お嬢様に御伺いしたものですから遅くなりました」というお照の返事であった。そう云いながら写真を差出した彼女の手は怪しいほどブルブル震えていた。フッと振り返った未亡人が叫んだ。

「おや、お前どうかおしかえ」

お照の顔は真蒼であった。

「いいえ、……ちょっと頭痛が致しますものですから……」

彼女は走るようにして室を去った。主人は心配そうに眼で見送った。客は、これも訝し気に眼を追わした。

それから一時間近く経って、暇《いとま》を告げるために客は椅子から立ち上った。その時、荒々しくドアを排して美須子が室内に転げ込んだ。

「お母様、お照が大変よ。早く、早く……」

未亡人は客への挨拶も忘れて娘の後を追うた。客は不安と不愉快の表情の下から独言《ひとりごと》した。

「どうも先刻のあの娘《こ》の顔色はあまり変だった。……卒倒でもしたのかしら」

お照は自分にあてられてある小さな陰気な室で俯伏せに倒れていた。須賀子未亡人が「お照、お照、しっかりおし」と呼びながら引き起したのを見ると、顔はまるで血の気がなく、瞳孔を大きく開き、半ばあいた口からは涎《よだれ》がタラタラと流れている。明かに虚脱の状態である。

「美須子、早く塩野さんへ電話をおかけ」

騒ぎをききつけて女中や書生が駈けつけて来た。そしてただオロオロするのを未亡人はキビキビと指揮して、蒲団を伸べさせ、知覚のない身体をそこへ横《よこた》えさせた。

須賀子未亡人は冷酷な人間ではなかったが、しかし何よりも家名を重んじた。それでこうした突変に臨んでも、家名と小間使の死とを秤にかける事を忘れなかった。その心は彼女の眼をして、召使等がお照の身体を蒲団の上に横えさせている間に、室内の隅々までも注意深く検査せしめた。その眼は針箱の蔭に転がっている小さな薬瓶を発見した。彼女は何気ない様子でそれを拾うと帯の間に匿してしまった。そうした真の目的がどこにあるかは彼女にもわからなかったろう。殆んど無意識的だったのだ。

このように機敏な未亡人ではあったが、しかし、一つの重大な手落をしていることに気がつかなかったのは千慮の一失であった。それは訪客をかなりの長時間うっちゃっておいたことである。不安と好奇心とに満されたこの婦人客は最後に書生の水谷をつかまえた。

「この騒ぎは一体どうしたというのです?」

青く膨れた、それでいて膏《あぶら》のギラギラと浮いた、奸策そのもののような婦人客の顔には、威して聴こうという肚であろう、俄か造りの怒気が漲っていた。愚鈍に近い水谷が苦もなくその手管に引っかかったことはいうまでもない。彼はオドオドしながら有りのままを残らず喋舌《しゃべ》って、須賀子未亡人の苦衷を滅茶々々にしてしまった。書生の去った後で婦人客は室の中をあちこち歩きながら切れ切れに呟いた。

「……自殺……自殺……小間使……若主人……」

解釈すれば恐らくこうであろう。

――翠川とお照は慇懃を通じていた。きょう、彼女は未亡人から彼の写真を持って来るようにと命じられて結婚の話と覚った。自分の恋人の写真を自分の手から敵に渡す……そんなことが出来るものか。だが主人の命令は至上だ。可憐な小娘は毒を呷って主人の命令を守ると同時に、その胸に永遠の恋人を抱いた。

婦人客は「おお危い、危い」と独言して椅子に腰を下した。

ちょうどその時、お照の室の外で須賀子未亡人と美須子との間にこんな会話が行われていた。

「あの病人を一番先に見つけたのは誰なのかね」

「私よ」

「どうしてお前が一番先に見つけたのだえ」

「私のところへ兄さんの写真はどこにあるのだろうと聞きに来た時の様子が何だか変だったのを思い出して、心配になったものですから来てみるとこの始末でしょう、私吃驚してお母さんのところへ飛んで行ったのですわ」

「お客様のいるところへはもう少し落ついて入って来るものですよ。晒さなくともいい恥まで晒さなければなりません。そう、そう、あのお客様は……」

未亡人は漸く大切な客をうっちゃっておいた事に気がついた。彼女は応接室へ飛んで来た。

「どうも飛んだ失礼を致しました。召使の者が脳貧血を起したので御座います。大した事では御座いませんから、間もなく恢復致しますことでしょう」

ゴクリと唾液《つば》を呑み込んだのは、内心までは平気を装うことが出来なかったのであろう。

客はすぐ辞去した。

それと殆んど行き違いに、かかりつけの塩野ドクトルが玄関へ乗りつけて来た。

須賀子未亡人はすぐお照の室に案内して召使等を斥け、手当にかかった。嚥下物《のみもの》を吐かせたり、注射をしたりした結果意識は短時間にははっきりしないまでも、生命は大丈夫という見込がついた。

未亡人が怖いものに触れるようにあの小瓶を帯の間から取り出して示した時、ドクトルは好奇的の瞳を輝かした。

「ほう、これは催眠剤のギアールだ。——こんな気の利いた薬を平常用いていたのですか」

彼女はちょっと躊躇《ためら》った後に決心した。で、ドクトルの方へ膝をにじらせると声を落して云った。

「これは、ほら、ずっと以前に先生から教えて頂いてあれから倅《せがれ》が用いているあれなのですが……」

ドクトルは幾多の経験から早くも事情を察したのであろう、幾つも大きくうなずいて見せた。そこへ突け込んで未亡人は更に膝を進めた。

「実は先生に折り入ってお願いがありますのですが、……あまり名誉な事件でもなし、出来ることなら世間に発表せずに済ませたいと思うのですが、日頃の御好誼《ごこうぎ》でいかがでしょうか」

ドクトルは頤《あご》に手を持って行って困った様子を見せた。それは貪欲のなす狡猾な表情であった。——こうした表情は、事件を秘密に葬ることに依って得られる報酬を恐らく何倍かにするであろうから。それから彼は薄くなりかかった頭を撫でて云った。

「そうですな、……これで絶命したものだとすると事は面倒ですが、この分では大丈夫らしいですから、左様、出来るだけ穏便に取計ってみましょう」

ドクトルはいろいろ手当の方法を注意した揚句、ぼろい儲けに心の中で赤い舌を出しながら帰って行った。

青柳が未亡人からの電話によって飛んで来たのはそれから間もなくであった。

「まあ、青柳さん、飛んだ事が起りましてね。伜に電話を掛けたのですが学校からどこへ行ったか分らないので、他に相談するような人もないしするから、御迷惑とは存じましたがあなたに来ていただいたような訳なのです。どうぞお助け下さいましね」

未亡人は彼の顔を見るなり、興奮のための饒舌で一気に喋舌ってのけた。そして彼を居間である奥まった日本間に導いた。

事件の概略を聴き終った青柳は腕組をして考え込んだ。

「……一体翠川君はお照さんをどう思っているのでしょうね」

「さあ、それなんですよ。私の見たところでは伜は何とも思っていないらしいのですがねえ。ずっと前にもお照の挙動《そぶり》がどうも怪しいと思ったので美須子にもきいてみましたらね、兄さんは何も感じていない、お照が想っているだけだと申すんですよ。お照もやっと十七の小娘でほんとにねんねえなんですからね、ただポーッとしているだけなんだと私は思っていました。結婚の話を聞いて、それも纏ったというのならともかく、何も死ぬほどのものはないと思いますがね。……変ですねえ」

二人はともすれば各自の物思いに黙り込んでしまうのであった。二人の考えの一致した点を探せば、翠川の結婚に邪魔をするある力がどこかに潜んでいるに違いないという、極めて漠然とした一事に過ぎなかった。実際、写真紛失事件といい、戸籍謄本抹殺事件といい、また今度のお照服毒事件といい、いずれも翠川の結婚に絡まる問題なのである。何人の頭にも疑念は沸くはずだ。

取止めのない話のうちに時間が経って行った。美須子がその間に二三度姿を見せたが、興味のなさそうな顔をしてすぐ室を出て行った。他人の事というと、若い娘にも似合わず非常に冷淡な彼女だった。間もなくシューベルトの幻想曲が、遠く離れた彼女の室から、狂わしい旋律を初夏の午後の空気に伝えてきた。家人の一人が昏睡状態に陥っているというのにこれはあまりひど過ぎると彼は、ひしがれた松葉牡丹のような小間使のために義憤を感じた。

——だが待てよ、日頃冷静を誇るこの俺が、何等論理的の検討を経ずして彼女のヴァイオリンを非難するのはおかしい。無関心でいられないのは、彼女に対する平静でない気持が俺の頭脳のどこかの隅にもう巣をくっているのではないかな。

義憤が苦笑に変った時に女中の一人が、お照が意識を恢復したことを知らせて来た。未亡人はすぐにも事情を問い訊《ただ》してみようと立ちかかったのを青柳が引き止めた。

「今訊いたって無駄ですよ。泣くだけで返事をしないにきまっています。興奮している時は一人で寝かしておくに限ります」

日が暮れかかった頃に翠川が帰って来た。母なる須賀子未亡人は早速今日の事件について話した。彼の驚いた事は勿論であるが、しかしただ驚いただけで別に困った顔もしなければまた悲しい顔もしなかった。未亡人も青柳もそれを見ると何とはなしに肩が軽くなったような気がした。

夜食が済んでいろいろな話をしているうちに時間も大分遅くなったので、青柳は勧められるままに泊ることになった。翠川と彼は二階の翠川の居室に引き退った。

須賀子未亡人はついに我慢し切れなくなってお照の室を訪れ、何故薬をのんだかを問い訊した。しかし小娘は青柳の云ったとおり、首を振って返事をしなかった。蒼ざめた顔に眼だけを光らせて天井を凝視して彼女は、口角の筋肉をピクピク痙攣させせながら、しまいには首さえも振らなくなった。

翠川の室では二人の男が話を続けていた。

「君は三つの事件の主体が同じ人間だと思うかね」

こう云って翠川は相手の顔を覗き込んだ。青柳は一つ大きく煙草の輪を吹いた。

「それが大きな疑問なんだ。それさえわかれば問題は解決されたも同様なんだがね。……もし同じ人間だとすればだ、それはお照さんだということになるのだが、常識的にはあのおとなしい娘がそんな大仕事を企てようとは思われない。……ところでそのお照さんだが、一体君にはどんな関係があるんだね」

「関係？……莫迦《ばか》を云っちゃいけない。そんなものは何もないよ。……彼女が僕に対して特殊な関心を持っていることは僕も知っている。しかし女というものに対して僕は、ただ単に若くて綺麗だというだけでは満足が出来ないからね」

そこで話は途切れた。どうにも筋を運ぶことの出来ない行詰りが、無暗と二人の頭を疲らせるばかりであった。青柳は窓際へ立って行って、カーテンの間から頭を外気に突き出した。鍵の手なりに隣り合った美須子の居室の窓が明るく彼の眼に映った。彼女は寝る支度でもしているのであろう。窓枠に三つ四つ並んでいる西洋草花の鉢を室内のガッシリしたテーブルの上に運んでいる。青柳は疲れた頭で何考えるともなくボンヤリその様子を眺めていた。

植木鉢を運び終ると彼女は次にピアノの上や大きな本箱の上やに散在している花瓶を同じテーブ

ルの上に集めた。青柳はやっぱりボンヤリとそれを眺めていた。

花瓶を一とまとめにしてしまうと彼女は次の控室との境の重そうなカーテンをめくった。そこに彼女のベッドが現れた。青柳はハッと放心の状態から醒めて思わず眼を外した。――偶然にうら若い女性の寝室を覗いた羞恥からであった。しかし誘惑は既に彼を捉えてしまっていた。彼は出来るだけカーテンから顔がはみ出さないようにして、外した眼を再び彼女の方へ戻した。

彼女はまず枕の位置を正しく揃えた。と、彼はおや！　と心に叫び声をあげて思わず眼を瞠《みは》った。――四角な羽枕が二つ、ピッタリくっついて並んでいるではないか。

――ほほう、恋をしているのか！

彼は心の中で呟いた。まだ肩上も取れないヤンチャな彼女が……と思うと、事の意外に驚かされるばかりであった。

――それにしても相手は誰だろう？

彼は頭の中に知っている顔を物色してみた。しかしすぐ行詰ってしまったのであった。深夜戸締りの厳重な、殊には猛犬まで備えているこの邸宅の彼女の寝室へ迎え入れることの出来る恋人というのは、邸内の者でなければならないであろう。邸内の男と云えば、翠川と書生の水谷とそれに庭園の手入れなどをする治助爺やだけである。翠川は正真正銘の実兄、治助は六十をとうの昔に越した老人、残るのは水谷だけだ。面皰《にきび》だらけの醜怪な顔をした愚鈍な水谷と……これもちょっと考えられないのである。

邸内のものでないとすれば？……その時彼の頭をサッと掠めたものがあった。彼は面目なさそうに首を縮めた。

――ああ俺は何という痴《たわ》け者だ、乙女の夢というものがわからないのか。彼女の動作は現実の世界のものではないのだ。彼女は恋人との結婚生活を想像に描いているのに相違ない。つまりままごとに過ぎないのだ。

その間に彼女の方では掛蒲団を両手に摑んで宙に吊すと、袋の中のものを下へ落すように二三度上下に振った。その結果、中の羽が下の方に固《よ》って塊が出来た。それをベッドの上に拡げて再び塊を叮嚀にほぐし均《なら》すのであった。彼は、可怪しな事をするなと審《いぶか》った。塵埃を払うのなら窓際へでも持って行ってもっと勢よくパッパッとやらなければならない、羽をほぐすなら初めから塊をつくらないがよい。

窓を閉めるのであろう、彼女は寝室を出てこっちへ向って来た。彼は慌てて首を引っ込めた。そしてさり気なく椅子に戻って、彼女の不可解な今の動作について考え込むのだった。思えば鉢と花瓶とを一つのテーブルに寄せ集めたのも疑えば不可解である。窓枠の鉢を取り込んだのは好いとして、花瓶までも一と所に集めたのは何のためだろう？

彼は翠川にきいた。

「君、美須子さんは幾つだっけね」

「十九さ」

「誰か婚約者があるのかい」

「ないよ。そんな事は君はよく知っているはずじゃないか」

翠川は、青柳が何故問題外の美須子の事なんか考えているのか、いささか不平らしかった。しかし彼もまた人の心を観るには敏感であった。

「あ、君は今、美須子の寝室を見たね」

青柳は顔を赧《あか》らめた。

「君、どうか無礼を許してくれたまえ。寝室の様子がどうも少し妙だったものだからね……」

「まあ、そんなに改まるなよ。……しかし君、君だから話すのだが、あいつは変な癖があるので実際閉口するんだ」

「癖？……というと？」

「つまりああいう動作を毎晩やるんだよ」

「ほう！」

「ええと、……植木鉢や花瓶をテーブルの上に集めたのは見たかね」

「うむ、見た」

「今夜は君がこの室にいるのでやらなかったが、まだ他にも習慣があるんだ」

「ほほう！」

「植木鉢と花瓶を寄せ集めると、次には時計を室外へ放逐することになっているんだ。大きな大理石の置時計から、机の抽斗《ひきだし》の中の腕時計に至るまで皆んな持ち出して僕の室に運んでしまうんだ。鉢や花瓶や時計を処理する理由はと云えば、睡眠を充分取るためには騒々しさの一切の根元を除去しなければならないというのだ。即ち鉢と花瓶は万一夜中に落っこって睡眠を妨げることがあるといけないからで、時計は勿論音がするからだ」

「抽斗の中にしまい込んだ小さな腕時計が眠りを妨げるだろうか」

「妨げるというんだね。……不思議なのは、それほどまでに静寂を要求する彼女が、一晩中僕のこの室との間のドアを開けておかなければ承知しないのだ。時計を放逐し、それから君が今見た寝室の動作が終ると最後にそのドアをあけるという順序になるんだ。……矛盾しているとは思わないかい」

「ふうむ、……実に不思議な習慣だなあ。そういう矛盾を平気で実行しているのは確かに研究に値するぜ」

「それは君の研究の範囲内の現象じゃないか、何か精神病的の？……」

「そうだ、僕も今そう思っていたのだ」

「あれが一生続くんじゃ困るからね、一つ研究してみてくれたまえ」

「一体いつ頃から始まったことなんだい」

「そうだね、そんなに古い事じゃない、……一年位前からだろうか」

ともかくもその夜はそれで寝ることになった。翠川は青柳を客間に導いた。そして立ち去ろうとするのを青柳は呼び止めた。

「あの薬瓶は確かに君のものに相違ないね」

「間違いなく僕のものだよ。机の抽斗に入れておいたのだがさっき調べたところ正しく紛失していた」

「そうか。……それじゃお寝《やす》み」

「お寝みなさい」

翠川は寝室に入る前にお照の室をのぞいてみた。彼女は空洞《うつろ》のような眼を天井に向けていた。看護をする女中は風呂にでも入っていると見えて他には人がいなかった。彼が入ってきたのを見ると彼女はひどくドギマギして、視線の遣り場に困った末に顔を背けてしまった。彼は静かに彼女の枕辺に坐った。

「お照、お前どうしてこんな事をした？」

彼のやさしい声をきくと、彼女の眼は見る間に潤んできた。そして咽び泣きの声を立てまいとしてしきりにゴクゴクと生唾液《なまつば》をのみ込むのであった。

「泣かなくともいい。……もう皆な寝てしまって誰も聴く者はいないのだから、僕にだけ本当の事を話してくれないか」

彼女は振り向いて彼を仰いだ。その視線は最早《もは》や惑うことなしに彼の瞳の上に夏の陽の如く注がれるのであった。——涙は頰の上に線を引きながら。

「さ、誰にも黙っているから早くお話し」

彼女の唇は震えるだけで初め声は出なかった。出てきた声はガチガチ触れ合う歯の音のために、機械のように軋んでいた。

「私は……私は……先生の事ばかり想っていました。だのに先生は……」

彼女の小さな顔は、突然覆われた両手の下で無残に蠢《うごめ》いた。肩が波を打った。

彼は余りに激烈な室内の情景に打たれて呆然とした。最初に気がついたことは、こんな場面を人に見られたら、という恐れであった。その恐れは彼をして彼女を慰めることを忘却させた。そしてその事に気がついた時、彼はもう室から飛び出してしまっていた。

――そうか、やっぱり俺の事を考えていたのか。叶わぬ恋だとは思ってもいたろうが、現実に人手に渡さなければならぬ場合に遭遇したとなれば、おぼこ娘の純情だ、カッと逆上していっその事と思い詰めないとは誰が保証出来る？

彼はベッドの端に腰かけて頭を抱えた。

翌朝青柳は早くから眼を醒した。彼は長い身体を尺取虫のように階段の上に屈伸させて二階に運び、遠慮なく翠川の居室のドアをあけて中に入った。そして窓を一杯にあけ放つと爽かな初夏の空気が青葉の匂いをとかして清水の如く室内に流れ込むのであった。彼はパタパタと胸を叩きながら四五遍深くそれを吸い込んだ。

――今日も好い天気らしいな。

彼は独言を云ってネヴイブルウの空を仰いだ。間もなく太陽が顔を出すであろう東の空は橙色に燃えていた。紫の煙が彼の愛好するトルコ巻の先端から緩かに立ち昇った。と、キッキッと金属の軋るような音がするので眼を走らせると、南洋産の小猿がもう檻から出て高い止り木の上にやはり初夏の黎明を享楽しているのであった。

その止り木はかなり高いもので雨水を落す樋に沿うて立っていた。止り木を見た彼の眼は勢い無意識的に樋に伝って走るのであった。それは翠川の机の置いてある窓から一尺ばかり離れた所を走って屋根に達しているのである。猿のような器用な動物ならば、もしも鎖が許したならば、止り木から樋を伝って雑作なく窓に達することが出来るであろう。

その時、電光の如く彼の脳裡を掠めたものがあった。――この春、窓際の机の上から消え失せた南幸子の写真事件である。あの不可解な事件の犯人はあるいはこの小猿ではなかったろうか。彼はいきなり寝室のカーテンをめくって叫んだ。

「おい、翠川、ちょっと起きてくれ。大事件だ」

熟睡していなかった翠川は忽ちベッドの上に起き上った。

「何だ、何だ」

「あの庭の小猿の世話をしているのは誰だい」

「お照だが、どうかしたかい。猿が死んででもいるのか」

「いや。そうじゃない。猿の世話をしている者にちょっと訊きたい事があるんだよ」

「お照じゃあ弱ったね。しかし僕の代理で勤まるものなら、後できいてやってもいいよ」

「そうか、じゃあ頼む。……一つ訊いてくれ」

青柳はベッドに近づき、翠川の耳に向って何か囁いた。翠川は不審の眼を光らせながら、首はしきりに合点合点をしているのだった。

青柳が話し終ると今度は翠川が彼の耳を噛るようにして囁く番だった。

「ふうむ、やっぱりそうだったのだな。……恋が彼女をそうさせたか、か。……とすると今君に頼んだ話は大変都合好くなる訳だ。というのは、人間は恋人の前では嘘がつけないものだからね。仮令嘘をつかなければならない場合でも、これは嘘です、嘘をつかねばならないのです、と表情が訴えるものだよ。その表情を読破すれば好い訳だ」

朗らかな朝日がお照の室の窓を赤く染めた。彼女は恋を打ち明けた後の軽い安堵と幸福のために、その赤い窓から葡萄酒のような陶酔を感じた。そして幾遍目かの小さな吐息を漏らした時に璋子が静かにあいて恋しい人が入って来たのである。葡萄酒の酔に似た興奮は一時にカッと顔に上ってきた。

「お照、どうだね工合は？」

彼女は蒲団の襟に顔を埋めた。それを見ると彼はこの小娘のために声をあげて泣いてやりたくなるのだった。そのセンチメンタルな気持を自分で叱りつけて、蒲団の襟を少し持ち上げた。

「ね、お照、ゆうべ聞くのを忘れたんだが、あの薬だね、あれは僕の室の本箱の上から持ち出したものだろうね」

彼女の眼に困惑の色の現れたのを彼は見逃さなかった。その困惑の中から彼女は口の代りに、そうですと合点とうなずいた。

彼は膝を進めた。

「それからもう一つ。……この春、南さんのお嬢さんの写真が僕の室の机の上から消えてなくなって、それが青柳の外套のポケットから出て来た事件を覚えているだろう。あの時……」

彼は額に滲み出る汗を拭いた。

「庭の猿がその写真をおもちゃにしているのを見つけて、お前がそれを取り上げたろう。それを見ていたという者があるんだがね」

彼女は憤然として起き上ろうともがいた。

「まあ、どなたです、そんな事を仰言《おっしゃ》るのは、嘘です、嘘です。その方に会わせて下さい。あんまりひどう御座いますわ」

彼女の泣声が爆発した。予期しなかった猛襲に彼は全く狼狽した。

「いや、それを僕が信用したわけじゃない。だからそんなに怒るんじゃないよ。しかし少しでも疑ったのは僕が悪かった勘弁してくれ」

しどろもどろに云って彼は室から飛び出した。そんなに慌てていながら不思議なことには、海底に漂う海草のように揺れている彼女の黒髪が疼くように眼にこびりついているのであった。

翠川の報告を聞いた青柳は矢庭に立ち上って呻いた。

「僕の思った通りだ。僕の想像は適中してゆくようだ。……僕はこれからちょっと活動してくるよ。春以来の謎を今月中に解決するつもりだ。楽しみに待っていたまえ」

そう云うや否や彼は、「まあ朝飯を食って行きたまえ」という翠川の声を頭で振り払って飛び出した。痩せた長い身体を幾段にも曲るようにして急いで門を出てゆく彼の姿は、蛙を追う烏蛇のように不気味であった。

青柳は夕方再び翠川の邸を訪れた。鷹揚にステッキを振りながら大股に門を入って来る様子には最早や烏蛇のような険しさはなかった。迫った眉も暗い影を見せず、夕暮に青く黛《ひ》いたようであった。

「成功さ、勿論」

彼は何よりもまず一本のトルコ巻に火を点じて愉快そうに薫らすのであった。

「僕はあれから家に帰ってちょっと参考書類を調べ、ある所へ出張して証拠物件を手に入れ、それから理論を統一するために上野の森を散歩してここへやって来たのさ」

彼はしきりに煙草の煙の行衛《ゆくえ》を楽しむのだった。

「で、これから、いかにして事件を解決したかを話したいのだが、その前にちょっと美須子さんに会わしてくれないか」

翠川は隣室との境のドアを開いて妹を呼んだ。彼女はスカートを蹴って飛んで来た。

「やあ美須子さん、今日は一つ僕が面白い実験を御覧に入れたいんですがね。……またトランプの手品かっていうような顔をしていますね。いつもあんな子供だましのような事ばかりやりはしませんよ。僕だって気の利いたやつの一つや二つは知っているんです。……さて満堂の紳士淑女諸君、世は滔々《とうとう》として唯物論に傾き、福本イズムがどうの、コンミュニズムのプロカルテーゼがどうのと騒々しい限りを尽して居りまして、些かも心霊界の神秘などに触れようとは致しません、私はここに鑑《かんがみ》るところがありまして、先年やかましく問題になったところの透視術を新らしい科学的方面から研究し、幸にも最近漸く完成の域に達することを得たのであります。……という訳で、美須子さん、今日はその驚嘆すべき実験をお目にかけたいと思うんですがね。あなたが誰にも見せないで大切にしまっておく物の内容を云い当ててみましょう。……さあ、何がいいかな。……そうそう、あなたは鍵付の日記帳をその上にまた精巧な鍵のついた机の抽斗の中にしまっておきますね。そしてその鍵は寝る時も肌身離さずに持っているそうですね。そういう日記帳なら透視甲斐があるというものです。それを実験に供してみようじゃありませんか。さあ、早く持っていらっしゃい」

美須子は鋭い澄んだ眼を瞬って、青柳の云っていることが果して冗談なのかどうかを確めるように、暫く彼の顔を見つめていた。シャープな顔面線とは不似合な靨《えくぼ》が片頬にだけ浮んだ。それは怪しくも彼女を美しくする武器であった。彼女はそれによって彼を嘲弄した。そして身体をくねらすと一足とびに自分の室に飛んで行った。間もなく鍵のかかったままの日記帳が彼の眼の前に投げ出された。

「さあ、偉大なる神霊学者さん、早く腕前を見せて頂戴」

彼女は依然として片靨に依って嘲笑を続けている。彼は勿体振って日記帳を机の上にキチンと置くと、眼をつぶって右の掌でピシャンと額《おもむ》を打った。そしてその手を放さずに顔を日記帳の上に持って行き、三四分間その姿勢を保った後徐ろに顔をあげた。彼は厳かな顔をして彼女の瞳を凝視しながら、重々しく口を開いた。

「三月二十八日、晴。……ああ、美須子さん、あなたは午後窓際に立って庭を眺めていましたね。……そう書いてありますよ」

彼女は日記帳を取り上げ、鍵をはずしてそれを開いた。その日附の頁《ページ》が出ると、「あら！」と小さく叫んで身体を硬ばらした。片髱は嘲笑を中止した。

「……すると美須子さん、あなたは小猿の鎖が外れているのを発見しましたね。止り木の運動に厭《あ》きた猿はヒョイと樋に飛びついた。スルスルとそれを伝って上ったり下ったりしている中に今度は二階の窓に飛びついた。そして手を伸して机の上から厚い四角な紙片《かみきれ》を失敬した。……どうです、あたっているでしょう」

美須子の顔色は蒼ざめて筋肉が突っ張ってきた。反対に彼の顔に微笑が浮ぶと厳かな口調からだんだん元の冗談らしい口調にかえって行った。

「あなたは庭へ下りて行って小猿を瞞《だま》して紙片を取り上げてしまった。それが南さんのお嬢さんの写真だったのです。あなたは悪戯気から——そうです、ほんのちょっとした悪戯気から、それを応接室の私の外套のポケットへ投げ込んだ……どうです、見事に的中しましたね。何と凄い透視術でしょうか……」

突然、彼女は身体を震わして、脱兎の如く自分の室へ逃げ込んだ。

「ふうむ、あの事件の犯人は彼女《あれ》だったのか」

翠川は唸るように云って溜息をついた。青柳は例の寛ぎのトルコ巻である。

「そうだ、あの事件の犯人も美須子さんだったのだ」

「え?……あの事件の犯人も?……というと他にも事件があるのか」

「あれだけの事なら何も蒼くなって震えながら逃げ出さなくともいいだろう。あんなに狼狽したのは、後に控えているもっと大きな事件の発覚を恐れたからだよ」

「もっと大きな事件?」

青柳は大きくうなずいた。そして自分の言葉を享楽するように悠々と語り出した。

——あの事件は雇人が片端から調べられて予想外に騒ぎが大きくなったので彼女は少し怖くなったが、それだけ興味は大きかった訳だ。そこで間もなく次の計画を思いついた次第なのさ。それは例の戸籍謄本抹殺事件だ。

君はあの謄本を入れた封書を書留郵便にするために、書生の水谷君に局へ持って行かせたね。しかし彼が局へ持って行ったのは君が認めたその封筒ではなかったのだ。というのは家を出る前に彼は美須子嬢に呼び止められて、その封書を否応なしに奪われてしまったのだ。彼女にしてみれば前々からその機会を窺っていたのだから堪らない。彼は初め極力拒んだが、恋する者の弱さから、とうとう彼女の要求を容れてそれを渡してしまったのだ。……妙な顔をしているね。……ははあ、恋する者云々《うんぬん》か。そりゃ鈍物だって恋はするよ。鈍物だけにやる事は露骨だ。いつぞやの夜、君を訪問した時、左様ならをしてこの室を出ようとすると、奴《やっこ》さんが美須子さんの室のドアの鍵孔から中を覗いているのを発見したんだ。僕は恥をかかせまいと思って見ない振りをしてしまったがね。——あとで君に注意しようと思っていつも忘れていた。恋すればこそそんな危険も冒すのだ。

で、彼女は密かに封じ目をはがそうとしたが巧くゆかないので破ってしまい、中の謄本に朱線を引いて新らしい封筒に入れ、破った封筒の筆蹟を真似て字を認め、それを水谷君に渡した。彼はそれを局へ持って行ったという事になるのだ。……君はよく妙な顔をしたがるね。……僕は今ここへ来る前に傍島家へ出張してその封筒を貰ってきたのだから確かなものだよ。謄本の外に君からの書信も入っていたのでいい工合に保存してあったのだ。見たまえ、これだ。君の筆蹟を真似てはあるが、君の字でない事は判るだろう。しかし君は今この冒険をやったのが美須子さんであるということをどうして僕が確かめたかを疑っている。勿論、これは僕の想像だ。想像ではあるが、間違いはないつもりだ。しかし念のため、水谷君をちょっとここへ呼んでくれたまえ。確かめてみるから。……と、それから、お母さんに隣りの室に来てもらって美須子さんを注意してくれたまえ。もしかの事があると大変だ。娘さんは気が小さいものだからね。

間もなく水谷が翠川に連れられて不安そうに室へ入って来た。隣室にも人の入った気配がした。多分須賀子未亡人であろう。

「水谷君、僕は君に面白いものを見せてあげたいんだがね」

青柳は愉快そうである。例の封筒が水谷の鼻の先に突きつけられた。

「あ！」

彼は息の詰ったような顔をして、鈍調な身体を不器用に二三歩後へヨロヨロさせた。三十秒ばかり彼は石油缶のように無表情に突っ立っていたが急に絨緞の上に坐るとペコペコお叩頭《じぎ》をし始めた。

「先生、どうか勘弁して下さい。あとは決してやりませんから……」

泣いた河馬《かば》のような顔を見て二人は吹き出しそうになったのを危く堪《こら》えた。

「よし、今度だけは許してやる。二度と悪い事をするんじゃないぞ」

水谷が涙をボロボロこぼしながら出て行った後で、青柳は得意の微笑を翠川の上にそそぎながら話を続けた。

——いよいよ、話は本論に入って来たわけだ。云うまでもなくお照服毒事件さ。あれは全部お照の意思から出た行為ではないのだ。自殺行為の裏面にはある大きな力が働きかけているのだ。僕が今までに数回自殺者を手にかけてきた経験からいうと、徹頭徹尾自分の意思から出た自殺というものはあんなに人を不安にさせるものではない。助かった自殺者というものは、まるで深い淵のように凄いほど静かなものなのだ。ところがお照さんの様子はどうだったろう？　昏睡から醒めた後の、あの何者かに追われるのを恐れているような眼色を見たまえ。この事件には必ず第三者が介在しているに相違ないと僕が思ったのはこの点だった。

これを証明してくれるのは薬瓶だ。これについては恐らく君も不思議に思っているだろうが、彼女は薬瓶を君の本箱の上から持って行ったと云っているのに、君はまだ確かに机の右の抽斗に入れておいたものだと云っている。今朝の彼女の返事は、君の報告に依ると、非常に不安に満ちたものだったそうだね。況んや物品についてはその所有者が最もよく知っているはずだから、それは当然君の言葉を信ずべきで薬瓶は正しく机の抽斗に入っていたのだろう。とすると、薬瓶のない所から彼女は薬瓶を持ってきたという不合理が生じてくる。そこでここに第三者が介在して、その者から薬瓶を貰ったという事が想像されてくるのだ。勿論その第三者なるものは、君の机の抽斗から窃かに薬瓶を持ち出したものであらねばならない。

隣室で人の争う声がした。と、バタバタと荒々しく走る足音がしてパッとドアがあいた。飛び込んで来たのは美須子であった。母なる未亡人が後を追って来た。

美須子は呆気に取られている二人の前に立った。瞳が坐って、痙攣のために顔が歪んでいる。モノトナスな空虚な声がガチガチ噛み合う歯の間から迸った。

「兄さん！　戸籍謄本に棒を引いたのも、お照に薬を服ましたのもみんな私なんです」

「？…………」

翠川は動かぬ瞳で妹の瞳を凝視するばかりであった。彼女の歪んだ顔面筋が緩んできた。と、彼女は失神して崩れるように床の上に倒れた。

「美須子！　美須子！」

母は狂気のように娘の肩を抱きあげた。翠川は二人の上に折り重った。ただ青柳だけが別世界の人間のように落ちつき払っていた。彼の二人を叱り飛すように刎《は》ね退けると、小さな美須子の身体を軽々と抱き上げ、大股に隣室のベッドへ運んでしまった。

「何も心配なことはありません。こういう場合によくある脳貧血です。こう頭の方を低くして、……すぐ気がつきますよ。君、葡萄酒を持ってきたまえ」

三十分の後、翠川と青柳は元の椅子に腰をかけていた。青柳は隣室に聞えないような低い声で話すのであった。それは沼の底から漏れて来るような不気味な声であった。

——美須子さんがああして自白したので話が非常に進めよくなった。もう遠慮なくズバズバ云う事が出来るというものだ。僕の想像はいよいよ出でていよいよ確かになってきた。

お照さんが毒を服んだ経緯というのはこうだ。——彼女が君の写真のある場所がわからないと云って美須子さんの所へ聞きに行ったね。美須子さんは彼女が君を想っていることを女独特の敏感さで知っている。そこでこんな工合に焚きつけたのだ。——「お照、お前は自分の想っている人の写真を他の女の人の所へ持って行くつもりなの？　口惜しいとは思わないのかえ。だけど御主人の命令ならきかない訳にもゆかないわね。私なら毒を服んでその写真を持って行くわ。——でも本当のところはこの結婚問題を打ち壊してしまえばいいんだから、自分で死んでしまってはつまらないわね。……ああ、いいことがある、こうしたらどう？　死なない程度の分量を服んだら……。大事の場合だもの、少し位苦しいのは我慢しなけりゃ」

こう云われてみればそこは小娘だ、逆上して理性なんかどこかへ吹き飛してしまう事ぐらい雑作はない。その気になって、さて薬はという段になった時、美須子さんは君の机の抽斗からヂアールの瓶を持って来たのだ。彼女もヂアールにかけては兄貴に劣らない愛用者だから分量に精通している事は君も承知のとおりだ。で、彼女は致死の一つ手前の分量を秤ってお照さんに与えた訳なのだ。お照が何故薬瓶を持っていたかって？　そこは美須子さんの頭脳の働きの鋭いところだ、第一に盗んで服んだという自発的自殺の証拠になる。第二に面当ての自殺だということを不言のうちに示すには君の薬を服んだという事を一見してわからせるに如《し》くはない。第三に手当を受ける場合非常な便宜になる。

翠川はテーブルに覆いかぶさっている上半身を更に一段と乗り出させた。その拳はもどかしそうにテーブルを打つのである。

「君、一体何だって美須子はそんな事をしでかしたのだい。その理由は何だろう？　え、その理由は？」

青柳は反対に身をひいて後に反った。鋭鋒を避けるという貌《かお》である。ただその刺すような眼だけが反撃を試みている。

「さ、それだ。それが非常な大問題なんだ。いくら兄貴でも——いや兄貴だからこそ実に話しにくいのだがね……」

「すると美須子が何か不道徳な事でも？……」

青柳は慌てて遮った。

「いや、決してそんなことじゃない。事は道徳不道徳の問題というよりも学術上の問題なんだ。……話しにくい事ではあるが、学術上の問題とならば厳粛な気持で話すとしよう」

彼は両手をテーブルの上に組んで相手の瞳を覗き込んだ。

——君はこの春、あの写真紛失事件の起った日に、君と僕がこの室で論じ合った問題を覚えているかね。……たしかフロイドイズムについてだった。乳児に既に性的の衝動がある、母は初恋の対象である、というのを君はしきりに揶揄していたではないか。そのフロイドの学説が今度の事件の解決の鍵になろうとは、僕は夢想さえしなかったよ。僕は今ここで君と再びフロイドの論議をしようとは思わない。何故ならば事実は僕の勝利を証明してくれるだろうから。しかしただ話の理解を早くするために、これだけの事を冒頭しておきたいと思うのだ。——即ち、神経症の症候は性的の代用満足であるという事を。

何故こんな突拍子もない冒頭語を持ち出したかと君は疑うだろう。しかしちっとも突拍子じゃないんだ。ズバリと云えば、君の妹は神経症なのだ。そしてその症候は、性的の代用満足を立派に現している。話しにくいと云ったのは即ちここだ。

君は、何を以て神経症だと断定するかと聞くだろう。平常の挙動に神経過敏なところも見えるが、そうだと断定させたのは、ゆうべ彼女の寝る時に図らず僕に見せてしまったあの不思議な動作だ。あまり不思議なので、僕はお照自殺事件という由々しき大事件の真只中に飛び込んでいるのを暫しが間に忘れてしまったほどだった。ゆうべ寝ながら考えている中に、チラッと頭の中に来たものがある。で、今朝はあんなに早くここを飛び出して家に帰って研究書を調べにかかった。その結果あれが立派な神経症であることを発見したのだ。フロイドに従えば、それは就寝儀礼と云って立派な強迫症候なのだ。

第一に総ての時計を室外に放逐したのはいかなる理由だろうか。精神分析の結果、時計が女性の性器官の象徴であるという理由で彼女がそれを斥けたものであるという解釈に到達したのだ。元来一般に時計の持つ性的意味は、周期現象の規則正しいという点から、月経に関聯しているものである。例えば多くの女が自分の月経は時計のように正確にめぐって来ると自慢するようなものだ。だから僕は初め彼女の月経が周期正しく来潮しないので時計を虐待したのが始まりでそれがついに強迫観念にまで変化して行ったものではないかと疑った。だが、僕はいつぞや犯罪と月経との関係について君と論じ合った際、神経質の者の月経にまで話が飛んで、神経質の者に不規則な月経が多いという事実の例外として、君が妹の事を持ち出したのを思い出したのだ。で、その疑問は撤回して別の解釈を求めなければならなくなった。

極めて常識的ではあるが、次に僕は音について考えてみた。即ち時計の音がやかましくて安眠を妨げるのではないかと思った。しかし少し考察を進めればこの考えも撤回しなければならない。何故ならば、時計の規則正しい単調な音は睡眠を誘いこそすれ、決してその邪魔をするものではないのだ。不眠に悩まされる時に時計の音を勘定するのは一般に行われていることだ。

しかしまだ僕はへこたれなかった。そして音について更に一段の考察を深めた時に、僕は思わず膝を打った。全く別箇の意味を発見したからだ。それは時計のコッチ、コッチが実に性興奮の際のクリトリスの動悸に比せられていることなのだ。彼女はこの悩ましい感覚のために幾晩の安眠を妨げられたことだろうか。その結果は勃起恐怖を惹き起すに至った。そしてついに置時計は愚か、抽斗の中の腕時計までがお相伴を喰って室外へ放逐される憂目を見るようになってしまったのだ。

植木鉢とか花瓶とかはフロイドに従えば女子の象徴とされている、窪み、孔等が何を現すかを考えれば自ずと肯かれることだろう。鉢や花瓶を不安な場所から安全な場所へ移して落ちて毀れるのを防ぐのは、取りも直さず処女性の保護を意味している。彼女が、僕等から見れば至極安全だと思われる本箱やピアノの上から大きなテーブルの上に移すのは、何ものかに依って脅かされる処女性の強い保護心から来る強迫感のしわざなのだ。

次は寝室における所作だ。彼女は羽枕を二つ並べた。ベッドに一人寝る場合は誰だって真中に寝るだろう。そうすると彼女の頭は丁度羽枕と羽枕との合せ目に落ちることになる。――実際見たわけではないのだが、恐らくこう断定して誤りないだろうと思う。それがまた問題なのだ。枕と枕の合せ目の窪みは××の××を意味している。そしてそこへ行く自分の頭は××の××の役目を勤めているのだ。君は、おぼこ娘がそんな事を知っているはずがないと云うだろう。しかし便所の楽書《らくがき》は処女にこうした知識を与える。またこの頃の婦人雑誌は性的方面のきわどい記事を満載して読者の好奇心を唆《そそ》っているではないか。深窓の処女でも性的行為のいかなるものであるかを知るのは至って容易《たやす》いことなのだ。

さて次に彼女は掛蒲団を吊して二三回上下に振る。そして出来た膨らみを平らに均らす。ここにもまた性的の意味が存在している。膨らみをこしらえるのは妊娠を意味している。ところがそれを均らすことに依って彼女は妊娠を否定しているのだ。

以上四つの動作を通観すると、彼女が性興奮のためにいかに悩んでいるか、そしてそれを克服することにいかに努力しているかがわかる。それは実に惨澹たる激しい闘いなのだ。君もあの年頃に味った狂わしい苦闘を想起してみるがいい。

が、ここに一つの疑問がある。それはこうした彼女のエロチックな願望の目的となっているものは、ただ漠然たる異性なのであるか、それともまたある特定の異性なのであるか、ということだ。幸いにこれに対して解決を与えてくれるものがある。それは彼女の最後の動作、即ちこの室との境のあのドアをあける動作だ。それは明かに君という男性との交通を意味しているのだ。莫迦な、兄じゃないか！　と君は云うだろう。しかし彼女のような天才的な人間には殊にあり勝ちな事実なのだ。これはわれわれがエヂプス錯綜と呼んでいるものに属する現象だ。君はあの父を殺して母を自分の妻としたエヂプス王の話を希臘《ギリシャ》神話の中で読んだだろう。性対象へのグラグラした関係は、開闢《かいびゃく》以来凡ゆる時代を通じて、最も原始的な民族にもまた最も文明開化した民族にも現れてきている事実なのだ。

さあ、話はいよいよ結末に到達したようだ。ここまで話したら、写真紛失事件といい、謄本抹殺事件といい、お照服毒事件といい、犯罪的行為の目的がどこにあるかがわかるだろう。……そうだ、君の結婚問題を破壊して君に対するエロチックな願望を続けたかったのだ。しかしここに彼女の名誉のためにも断っておかねばならないことは、エロチックな願望の対象が君に在ることを彼女自身は意識していないということなのだ。悩ましい欲望は覚える、そして君を慕う心も知っている。にも拘らず、この両者の間に連絡があることについては彼女は無意識なのだ。君は不思議に思うだろうが、神経症の特徴はここにある。つまり意識的には彼女は、君に対して現在以上の関係を望んでいるものではない。隣接した室に起居して現在ある如く君の愛を一身に独占していたいに過ぎないだろう。しかしながら一皮剥けばエロチックな欲望の焔が燃えさかっていることを彼女は意識しないのだ。神経症はこの不健全な状態から芽生えたのだ。

僕の説明はこれでおしまいだ。君は今突然、底知れぬ不気味な沼のような危険状態に投げ込まれている君自身を発見したわけなのだ。その君の苦しさを僕は充分に知ることが出来る。

実際翠川は頭を抱えて滅入り込む聴手《ききて》であった。彼は呻きながら哀願した。

「君、何とか救済する方法はないものだろうか。こうしておいたら彼女《あれ》も自滅のほかあるまい」

青柳は自信に満ちた態度で云った。

「僕は冒頭に云ったね、――神経症の症候は性的の代用満足であると。だから神経症から解放されるためには、その代用を正当に置き換えればいいわけだ。……わからないのかい？　つまり、最も簡単に云えばだね、正当の結婚をすればいいということになるんだよ。勿論結婚の欲望を起させるがためには、症候に対する応急の手当を加えなければならない。それは暗示に依り、無意識から意識にまで引き上げることに依って達することが出来るのだ」

翠川の顔は一瞬間パッと明るくなった。しかし次の瞬間にはまた沈鬱に返っていた。恐らく彼は次のようなことを考えていたであろう。

――結婚？　そいつはよかろう。だが待てよ。相手は一体どうするんだ。あんな天才的なやつだから、そう易々と相手が見つかるものではあるまい。恐らく一生かかっても打《ぶ》つからずに終るかも知れないのだ。

青柳は親友の苦悶を見るに堪えないものの如く、静かに椅子から立ち上り、窓際に行って空を眺めた。星は彼と話したそうにしきりに瞬いていた。彼は窓から離れて蓄音器の前に立った。一枚のレコードが間もなく静かに回転し始めた。

――おや、これはきのう美須子さんが弾いていた曲じゃないか。人が苦しんでいるのに無遠慮にもほどがあると思ってムッとしたものだったっけ。

彼は心の中に呟いた。

——これがシャロック・ホームズのような名探偵ならこの事一つで犯人と睨むところなのだろう。手ぬかりだったわい。

だが、シューベルトの幻想曲を蓄音器にかけたのは手ぬかりではなかった。何故ならば、この曲を最も愛好する隣室の美須子をして思わず耳を聳《そばだ》てしめ、その甘美なメロディーは青柳の傑《すぐ》れた力に対して思慕の情を唆《そそ》り立てるに充分だったからである。しかし、二人がついに結婚するに至った事件は翠川とお照が結婚するに至った事件と共に、後の物語に譲らなければならない。

蹠《あしうら》の衝動

水上呂理

一

検事局の薄暗い一室。立派な服装をした若い紳士が、検事に対して熱心に話しかけていた。二人の間のテーブルの上には二枚の新聞の切抜があった。その記事が話題なのであろう。検事――名は伊達と云った――はただ聴者《ききて》で、しかもいかに熱心な聴者であるかは、その指に挟んだ一枚の名刺が始終微かに震えているのでも知れる。恐らく彼は名刺を下へ置く事さえも忘れているのであろう。名刺には『医学士門脇功三郎』と記されてあった。勿論これは話者《はなして》の姓名に違いない。以下『私』とあるのは門脇医学士の事である。

二

私がその男の妙な動作に気がついたのは、やはり私が神経衰弱患者であったからであるかも知れません。いや、少くともその動作が何を意味しているかを理解し得たのは、私が神経衰弱患者であったために相違ないのです。医師の私が神経衰弱とはちょっと変に聞えますが、ここではその原因にまで溯ってお話しする必要はないでしょう。

ところで、その奇妙な動作の事ですが、その男は私の真向いに腰をかけていました。場所は省線電車の中で、年齢は三十五六位でしょうか。外景の目まぐるしい移動に圧倒されたように力なく眼を閉じていたのが、突然カッと見開くと、急に生気を帯びてきて執拗に何かを求め出したのです。私は外界に何か異様な現象でも起ったのかと思って、ソッと首を捻って背後《うしろ》の窓から外を覗いて見ましたが、何も異常はありません。で、相手の眼は、再び視線を戻すと、これはほんの瞬間に様子が変って、何ものかを憤って頻りに焦立《いらだ》っているのです。顔面の全筋肉、肩の線までが焦立たしさを助けるかのようにギチギチとしているのです。いや、そればかりではありません。膝が波を打っています。そして足が……私は愕然としたのです。それは何と、私があの時にやる恰好とまるで同じではありませんか。靴に包囲された足が一生懸命に踠《もが》いてのた打ち廻ると、靴の底が貪慾な触覚でザラリザラリと床の上を舐めます。靴の甲が卵を呑んだ蛇の腹のようにギョロンギョロンと脈打つのは、異常な力が入っているからでしょう。そうだ、私と全く同じです。この男は足の『土踏まず』を地べたに——今の場合は靴の革底に押しつけたい衝動に駆られているのです。その証拠には、不可能を憤る眼の色が、いよいよ執念深くチロチロと鬼火のように燃えているではありませんか。

その時、私は血管の中に、何か熱い濃厚な液体のようなものが注入されたような気がしました。すると『土踏まず』の衝動が勃然として起ってきたのです。

「ああ、俺もか。俺もか。しかもこんな人込みの電車の中で……何を、神経衰弱奴《め》、今日は負けるものか。見事に圧《おさ》えつけてくれるぞ」

ところが衝動というやつは、圧えれば圧えるほど燃えて来るものなのです。足をずらせまいとすると、心臓がギュッと吊し上げられるような気がして思わず眼を剝きます。途端にザララと靴の底が床を這うと、チャールストンでも踊るように爪尖《つまさき》が醜い色気を出して閉じたり開いたりします。意思に反して運動するのですから、不器用で畸形的で、操り人形そっくりです。

私の懊悩は極度に達しました。その苦悶の有様を、同じ病の彼が何で見逃すものですか。彼はハッと打たれたらしく、そしてその驚愕は瞬間に好奇に変って行ったと思われました。何故なら、彼の足の運動は忽ち止んで、その眼は私の足と眼の間を頻繁に往復し始めましたから。

その時、私は憤りを感じ出しました。この憤りはまた好都合にも、私の衝動の火を消す役目をしてくれましたが、衝動が納ると真先に差恥を感じました。それから恐怖が襲って来ました。それは悪魔に自分の影を売ったところのあのプラーグの大学生の恐怖に似た恐怖でした。そこで私は席を立ってドアの所まで行った時に、電車は新橋駅のホームに入りました。そこは目的駅ではなかったけれども、押し出されるように飛び降りてしまいました。

私は新橋を渡って銀座通りをフラフラ歩きながら神経衰弱について考えていました。もう空は暗くなって、街燈や飾窓《ショウインド》が輝き出していました。調子の狂った頭には、丁度微酔者が光の巷《ちまた》を眺めるような一種の昂奮を以て、それが迫って来ました。

「綺麗な光だなあ。この酔ったような気持はどうだ」

と、むしろ自分の神経衰弱を讃えるような気持で、蹌踉《そうろう》たる足取を続けて行った時、次に申し上げるような一つの事件が起ったのです。

街角を曲る時よく神経衰弱患者を襲うところの、出会い頭に何か危険なものが、飛び出して来やしないかという強迫観念が、尾張町の角を曲ろうとした私の脳裡をサッと掠めました。私は釘付にされたように立ち止って、波立つ胸を鎮めようと努めました。しかし強迫観念は事実となって現れ、一個の驚くべき存在が私の視野の中に飛び込んで来たのです――先刻《さっき》電車の中で向い合った、奇妙な慾望を持った男が、ヒョッコリ眼の前の曲り角から姿を現して、こう云ったのです。

「やあ、とうとう追いつきましたぞ。私と同じ奇病を持ってるあなたが、急に懐しくなって、私も有楽町駅で降りて、ここまでやって来たんです。いや、失礼ですが、私は淋しいのです。いかがでしょう。お暇は取らせませんから、御迷惑でなければ、一つそこらでおつき合い願いたいと思うのですが」

そして彼は私の驚きと躊《ため》らいとに背中を向けると、ドンドン先に立って歩き出したのです。気の弱い私は断る事も出来ず引き摺られるように彼の後に従いました。

「ここはどうです。料理も相当食べられるし、綺麗なのもいますよ」

彼が立ち止ったのはカフェー・タイガーでした。と云っても、この方面とまるで没交渉の私には、それが何という店かその時は分らなかったのでしたが。従って私は看板でも見るつもりで軒を仰ぎました。と、何と驚いた事には私の頭の上に、大きな張子のような虎《タイガー》が不恰好にぶら下っているではありませんか。強迫観念が突然私を店の中に飛び込ませせました。

「どうしたのです、君。吃驚《びっくり》させるじゃありませんか」

全く私は自分でも吃驚する位狼狽していました。何の虎の看板位で、と少し冷静を取り戻した時に、私は持前の科学考察的態度で心理解剖を試みてみました。すると果して糸を引くあるものが驚きの裏に潜伏している事を発見したのです。ここで私は、このカフェーで二人の交渉がどんな風に発展して行ったかをお話しする前に、その所謂あるものについて手短かに申し上げたいと思うのです。

三

初めにちょっと申し上げましたように、私は医師でございます。専門というと大袈裟ですが、精神病についてはかなり努力的な研究を続けてきたつもりです。郊外にささやかではありますが、ちょっとした設備のある病院を持っていまして、幸いな事には患者もポツポツございます。

診察室の窓に沈丁花《じんちょうげ》が匂っていましたから春もまだ浅い頃だったでしょう。一人の美しい婦人不眠症患者が私の病院にやって来ました。大変憔悴していましたが、非常に美しい素質だけに、凄艶という感じが濃く出ていました。

彼女の病状は相当進行していて、不眠症の揚句、昼間起きていても夢を見ているようで、それが現実か夢か、自分でも判断しかねるというややこしい状態でした。そして、彼女はこんな事を云いました。

「私が不気味な恐ろしい夢を見るようになったのはもう大分以前の事です。こんなのを今でも覚えて居ります——椎の木かなんかの覆いかぶさるような、丁度お伽噺の魔法使いのお婆さんでも出て来そうな大きな森の中に迷い込んだのです。歩いても歩いても森の外へ出る事が出来ません。気が狂いそうになって駈け出すと、真黒い土がモクモクと膨れ上って、大きな蕈《きのこ》が頭を出します。それが忽ち人の背ほどに伸びて、行方《ゆくて》を塞いでしまいました。それを除けて進もうとするとまた蕈が現れ、しまいには蕈の群に包囲されて身体がつぶれそうなので、唸ったところ目が醒めました。

恐ろしい夢は毎晩続きました。それでだんだん寝《やす》むのが怖くなって参りました。しまいには昼でもウツラウツラと眠っているのやら醒めているのやら判らない有様になってしまいました。

茫乎《ぼうっ》として大変遠いことのような気がしますが、よく考えてみると四五日前です。独りでいるのが無闇に怖くなって、浅草の盛り場へ出かけて行きました。そして仲見世を通りかかると、一軒の店の奥の方に大きな張子の虎が、吹き込む風のために長い首を一生懸命に振っているのを見つけたのです。私は悪魔が胸の中に飛び込んだような気がして、思わずゾッと身震いが致しました。その晩からなのです。張子の虎が私の寝室を襲うようになりました。夜中にフッと、物の怪《け》とでも云いましょうか、不安な気がさして来たので頭を擡げてみると、どうでしょう。張子の虎が蒲団の上に乗っかって首を振っているではありませんか。驚いて刎《は》ね起ると、姿は見えずただ夜がシーンと更けているだけです。

次の晩にはそれが蒲団の中へ侵入して来ました。何かが私の傍に潜んでいるような気がしたので、ソッと手をやってみると正しく触れるものがあるので、探ってみると張子の虎ではありませんか。夢だろうと身体を抓《つね》ってみましたが痛いのです。これが夢でしょうか。もう一度手をやってみると張子はまだ潜んでいます。頭の中がジーンと鳴ったかと思うと私は気を失ってしまいました。

次の夜は女中に一緒に寝てもらいましたが駄目なのです。張子はやはり来ました。ジーッと眼を据えた私の顔が怖いと云って、女中は逃げ出してしまいました。

私は寝む事が恐ろしいのです。毎晩こんな事でしたら、しまいには気が狂って死んでしまうでしょう。どうぞ安眠させて下さい。たった一と晩でもグッスリ眠れたら、ああどんなに嬉しいことでしょうか」

夢遊病者が夢の中でその夢の話をしているような不気味さを、私はこの女に感じました。真昼間ではありましたが、診察室の中は魚も息も潜める古沼の底のようにさえ思われました。迫って来る鬼気の中で私が判断した事は、ただ彼女が極度の神経衰弱症だという事だけでした。こんな判断なら何も医者の手を煩わせなくてもつきます。何がこの美しい女性を斯《か》くまでに悩ましめたか、そんな事を考える余裕の出て来たのは、彼女が帰ってから三十分も経ってからの事だったでしょう。

「この女には何か大きな秘密があって危害が迫っている。その危害から救い出すのでなければ、いくら治療を加えたところで無駄だ。そこで、この病院に入院させて奥まった一室に絶対に世間から隔離させせなければならない」とこう私が決心をしたのは、それから二三回彼女を診察した後の事でした。ところが私のこの決心と共に、彼女の姿は私の所から消えて再び病院に現れなくなってしまったのです。あの重態だ、発作的にフッと自殺を図るような事がないとは誰が保証出来ましょう。それ以来私は始終彼女の事が気にかかりました。思えば私の心の一隅に、この女性は巣を営みつつあったものに違いありません。

四

私が頭の上にぶら下っている虎の看板を発見して驚いたのは、以上のような強迫観念を告白して夢魔《むま》のように姿を消したところの、一人の女性を常に疑問にしていたからでありました。

ところでタイガーの二階では、二人の神経衰弱患者が病的な人生の幸福を感じ出していました。

私を連込んだ男はここがお馴染と見えて、いろいろな女が私達のテーブルの傍を通る度に、何か言葉を投げかけたり、目配せをしたりして行きました。刺戟が増加すると共に私達の快楽は、普通人の何倍かの速度を以て昂進して行きました。突然彼は声を潜めると首を前に突き出しました。

「それはそうと、先刻君は大変驚いてこの店へ飛び込んだが誰か会ってはならない人にでも会ったのですか」

これは恐らく真先に発したかった質問なのでしょうが、今まで我慢していたのです。彼の眼は、この患者特有の秘密を探る慾望に、ドンヨリ燃えていました。私はまた私で、秘密を発表する快楽で一倍です。

「実はね、表の虎の看板ですがね、あれに開聯して一人の美しい女性の戦慄すべき物語があるんです」とこんな風に持ち出したものです。乗って来たい彼はゾクゾクと身体を震わせました。そこで私は幾分の誇張も混えて、あの凄惨な患者の話をしたのです。果せるかな、彼は異常な聴者でした。実におかしいほどの緊張を以て私の語に没頭して来ました。そのかぶりつくような熱心さには、私は恐怖をさえ感じたのでした。この男は神経衰弱患者の描く妄想に特別の興味を覚えるのかも知れません。熱心も熱心、最後に彼はその女の住所姓名をきかしてくれとせがみ出したのです。これには私も少からず驚かされました。しかし勿論、医師法を犯してまでも患者の秘密を初対面の人に漏らすほどの物好は私も持ち合わしていませんので、それだけは発表出来ないと断ると、彼は大分不平そうな様子でした。

さてその話が済むとまた酒でした。芳醇な香は悪魔のように執拗《しつこ》くつきまとい、病気に悪いなと思えば思うほど誘惑の度が深まって行って、一つの杯の誘惑に負けると二杯目の誘惑が美しい女の手によって矢継早《やつぎばや》に控えているのでした。脆弱になっている私の神経は炎天の犬のように喘ぎ始め、やがて室《へや》の中が大きな浪のうねりのように揺れると、間もなく私は意識を失ってしまいました。その晩私は自動車に乗せられて家に帰ったそうですが、こんな事があって以来私の病気は一段と悪くなったようでした。

五

その後、私はこの不可解な人物と会う機会がありませんでしたが、ある晩意外な場所で意外な時間に、彼を発見したものです。

意外な場所とは、私の病院なのです。妻を失って以来、孤独の私は、独り者の気軽さで、診察室と隣り合った電気治療室の一隅を夜だけ寝室にしていたのですが、その夜、夜更けにふッと眼を醒すと、診察室で異様な物音を聞いたように思いました。いや、眼が醒めたのは、その物音のせいに違いないように感じられました。

私はぎょッとしながらも、恐々《こわごわ》起き上って、診察室に通ずるドアをそッと開けて見ますと、意外、卓子《テーブル》の上に帳簿を拡げて、熱心に調べ物をしている怪漢が、他ならぬ彼だったではありませんか。

「おッ、君じゃないか!」

と、私が叫ぶと、彼も初めは少からず吃驚したようですがすぐ冷静になって、

「僕だ!」と答えながら、とんと卓子の上の帳簿を指で叩いたものです。

私は一瞬間にある事を理解しました。ひろげられてある頁《ページ》は、私のところから忽然姿を消した、あの不可解な神経症の女の領分でした。数多い患者の中からそれを探し当てたこの男の敏感にはちょっと驚かされました。

「君はこの間もあそこでこの女の身許を知りたがっていた。一体君とはどんな関係があるのですか」

彼と私とはいつの間にか椅子に腰を下して膝を突き合していました。二人とも強度の神経衰弱患者です。それが深夜の診察室で、人に気付かれないように声を落してボソボソ語り合っている有様

は、かなり妖怪なものに相違ありません。ところがそういう情景にまた、ゾクゾクと昂奮を感ずる二人でした。

「いや、吃驚なさったでしょう。実にどうも済まないと思います。しかし僕としては、こうするより外に方法がなかったのだからどうか勘弁して下さい。……まあ一本どうですか」

彼はシガレットケースの舶来煙草を私にすすめて、自分も一本を口にしました。そして紫の煙と一緒に、次のような話を吐き出したのでした。

「僕はこの間新宿の武蔵野館で、『心の秘密』という映画を見たのです。そこで僕は二つの大きな収穫を得ました。一つは映画そのものから得たのではないが、君という不思議な人物を発見した事です。君はその僕の隣に腰かけていましたよ」

この男は実に奇襲を以て私を驚かせる癖があります。私の度胆を抜いたのはこれで幾度でしょうか。してみるといつか省線電車の中で向い合って腰をかけた時には、彼に取って私は初対面の人間ではなかった事になります。これから何を言い出すのか、私は射すくめられるような恐怖を感じ始めました。

ところでその時の映画の事をちょっと話させて頂きますが今も申し上げました通り『心の秘密』という題のついたフロイドの精神分析を通俗化した独逸《ドイツ》物でした。主役が有名なウエルネル・クラウス。インポテンツに悩む男が、精神分析に依って春の衰えを回復するという筋です。精神病を心ひそかに専門と自負している私ですから、遠い所を電車に乗ってわざわざ観に行った写真だったのです。日本刀をシュッシュッと扱《しご》く男、機関車のピストン、廻り階段、ヌクヌクと伸びる塔煙突、洞門等々、それらはスクリーンに現れた夢の性的象徴なのでした。その極端な場面に来た時、私の隣席にいた男がクスッと卑猥な笑声を漏しました。真面目な映画を笑うとは何という不謹慎な奴だろうと思って、私はその男の横顔をグッと睨みつけましたが、それが今私と向い合って話している男であろうとは夢にも知りませんでした。

「僕は今、君という不思議な人間を発見したと言いましたね。それに不思議だからこそ発見したんですよ。というのはそこで君の奇癖を最初に発見したのだから」と彼は言葉を続けるのです。この間お目にかかった時は、電車の中で偶然あの奇癖を発見したように言いましたが、実はあれは二度目だったのです。いや、偶然どころか、本当の事を言えば、あの奇癖を確めるために試験的に君に対して誘惑を試みたのでした」

　一体この男は何を言い出すのでしょうか。私はさッと顔色を変えました。

「君は覚えているかどうか、写真を観ている最中に僕はある事を想像して思わずクスッと笑った。あまり下司《げす》な態度だったので自分でも顔が赧《あか》くなったが、その時君は横目でジロリと僕を睨みつけましたね。すると間もなく君の奇妙な足の運動が始ったのでした。僕はスクリーンを眺める風をして綿密にその動作を観察し始めました。そして僕は、煩悶している君の運動について考え始めたのです。一体これは何を意味しているだろうかと。実に難問でしたよ。最初はどこか靴の中が痒いのではないかと思ったが、それでは両方の足が左右相対的《シメトリカル》に動作する点が解決出来ません。間もなく僕は一つの解釈方法を考案したのです。それは君のやる通りに密かに僕も足を動してみるという方法です。その結果どうだろう、僕の足はある不思議な衝動を感じ始めたではありませんか。靴の底からわずかに離れて少しの間隙をつくっている土踏まずの部分が、妙にむず痒いように焦《じれ》ったく、例えばモンモリと積まれた湿った砂を力一杯踏みしめて、心ゆくまで接触の快感に浸りたい、そういう欲望を起さしめるところのものです。これには僕も面喰いましたよ。一体こんな不思議な衝動が世の中にあるものでしょうか。僕は悪魔に試されているような恐怖を覚え出しました。と同時に、今自分の感じているこの衝動が、果して隣席の男の衝動に相違ないであろうか、それを確めたくなってきたのです。しかしそれにはどうしたらいいか。まさか直接きいてみる訳にも行きません。

　と、君は、衝動がなかなか鎮《しずま》らないので腹を立てたのか、チョッと舌打をすると、座席から立ち上りましたね。そしてズンズン出口の方へ歩いて行きます。僕は逃しては一大事と続いて立ち上りました。やはり悪魔の試みというやつでしょうね。そして館を出ると見え隠れに後をつけて、とうとう君の家まで行ってしまったのです。君が医者なのを確かめると、仮病《けびょう》でも使って面会の機会をつくり、衝動の話を持ち出すという方法も考えついたのですが、いざ実行となると、さすがにそれだけの勇気は出ません。が、門の前を往ったり来たりする中に、一つの名案を思い浮べたので、その日はそれで退却しました。

次の日から君の門前の張り番が始まり出した。そして二日目に首尾よく君を捉まえる事が出来たのです。君は家を出て電車に乗りました。僕は後をつけて同じ電車に乗り君の真向いに腰を下しました。それから間もなく君の衝動の真似を始めた訳なのです。君は見事に僕の誘惑に引っ掛かって奇怪な足の運動を開始しました。そして僕は完全に、君のその奇怪な足の運動が何を意味しているかを確める事が出来たのでした」

彼はそこで一息ついて、私を見守りましたが、私が何か云いたがっているのを見ると、すぐ続けました。

「君はあまり僕が執拗くつき纏うのを不快に思っていますね。不思議な衝動を確かめてどうしようというのか、君はそれを疑問にしている。全くそれは疑問に価する問題です。ところがそれに対する明快な答案は、残念ながら僕自身も提出する事が出来ないのです。そんなはずがあるものかと言われるでしょうが、実にどうも不思議な事には、自分でした事が、後で考えると何のためにしたか、自分でも判らなくなって来るのです。ただ、こういう事だけは言う事が出来ます——僕という人間は、普通一般の刺戟では何の興味も感ずる事の出来なくなった、病的に神経の麻痺した一個の文明病患者である。これは君の眼から見れば、恐らく立派な神経症の一つに数えられるべきものでしょう。幸にして——いや、不幸にしてかも知れません——僕には親から譲られた、ちょッとした財産があります。それで毎日大して働く事もなく、犯人の足跡を嗅いで歩く刑事のように、変った刺戟を探し廻っているのです」

実に止め度もなく廻転する車輪のような男です。莫大なエネルギーがこの我儘な車輪を廻転するために費されて居ります。彼が続いて語り出した次の話を聞くと、車輪の廻転はいよいよその速力を増したかのようであります。

「ところで、僕が武蔵野館で二つの収穫を得たと言った、その一つがまだ残っている勘定です。それは映画そのものから得た収穫で、フロイドが夢の性的象徴として提供した沢山の例がそれなのです。僕はあの映画から、夢に現れて来るところの性慾についていろいろ教えられるところがありました。こんな事を医師である君に話すのはおかしいが、例えばあの映画の主人公が不倫の妻を刺し殺そうとして、日本刀を無茶苦茶に突き出すが目的を達しないところがありますね。あれはインポテンツを示したものでしょう。ところが恥かしい話ですが、僕それ自身インポテンツで悩まされているので、特に感銘が深かった次第です。僕のは性慾の濫費から来ているのでしょう。一体こうした種類の病気を持つ者は、性的関係の事実には非常に変態的な感受性を持つようになって来るらしいですね。話しが漸く本論に入って来たようですが、この間君が話した婦人の患者に、僕が特別の興味を持つようになったのは、簡単に言えばこういう経過なのです。詰《つま》り……」

ある氷解が私の頭脳をかすめました。私は手をあげて彼を制し、きっぱりこう云いました。

「つまり、こう仰言《おっしゃ》りたいのでしょう。あの婦人患者はある男性から極度の性的圧迫を受けている。実に堪えられないほどの圧迫を。暗い大きな森も、蕈とか虎張子とかもこれは総て男であるべき器官を象徴しています。そのです。暗い大きな森も、蕈とか虎張子とかもこれは総て男であるべき器官を象徴しているのです。その堪え難い圧迫は彼女を極度の神経衰弱に陥らしめた。ところで君はと言えば、インポテンツの変態性慾者で、しかも金と暇のある猟奇者ときている。謂わば不具者《かたわ》同志が集って、常人には想像も出来ない悦楽の世界を創造してみようという慾望が君に起らなかったら不思議だ。それほどまでに君はあの女に惚れ込んでしまったのです。ほかに彼女の身許を知る方法がないとしたら、この病院に忍び込んで患者名簿を調べる位はむしろお安い御用でしょう。ましてそうした冒険が、異常な刺戟を欲する君の感受性をよろこばせる事が出来たなら、それは一挙両得というものです」
図星を指されたと見えて、彼は返事をする代りにニヤリと陰惨な笑いを浮べました。そして「いずれまた」と、普通の場合なら通り一遍な、しかしこの場合には極めて意味深長な別れの挨拶をただ一言残して、猫のように窓から姿を消してしまったのでした。

六

こんな事件があってからかれこれ一ケ月以上も経った数日前、私は驚くべき記事を新聞紙上で発見したのです。この切抜きがそれなのですが、話の順序としてもう一度私にそれを読む事を許して下さい。

「府下目黒町中目黒八に居住する有名なる小説家野崎光氏方では毎日午前十時頃には起床する同居人岡田幸子《ゆきこ》（二五）が、二十四日午後一時頃になっても起きないので老婢山内よねが奥六畳の座敷に入って見ると、幸子が何者かに斬られたらしく血塗れの姿で絶命しているのを発見、驚いて附近の駐在所へ訴へ出たので、警視庁より里見捜査課長、高橋係長、相沢鑑識課長、村松警察医以下、東京地方裁判所より長谷川判事、伊達検事が現場に急行検屍したが、鋭利なる刃物で蹠を横に一文字に剔《えぐ》られ深さ骨に達し、なお後頭部に打撲傷あり、死後約十時間を経過したものと推定された。他殺の疑い充分であるが犯人は外部より侵入した形跡なく、光氏の姿が当日は見えないので同氏に嫌疑が懸けられている。同家は前記三名の小人数で、主人光氏は文壇の寵児だけに交際広く、毎夜深更に帰宅するので老婢は先に就寝し翌日まで顔を合わさないのを常とし、光氏の身の廻りは幸子が面倒を見ていたものであるが、老婢の言に依ると当夜光氏が帰宅した事は確実で、時間は不明であるが同女が夜中に一度眼を醒した時、奥座敷で光氏が幸子と話している声を聞いたと言っている。幸子は一ケ月ほど以前から同家に寄寓しているもので、その素性については老婢を始め光氏の友人間に誰一人知っている者なく、病身ではあるが非常な美人で、光氏との交情は頗る濃かであったと老婢は証明している。兇行の原因は痴情関係と推察されているが問題なのは蹠の傷で、斯《か》かる箇所を斬られたのはいかなる情況に依るものであるか最も疑問とされている。なお兇行に用いられたと推定される刃物は長さ八寸の非常に鋭利な西洋懐剣で、日頃同氏が愛好し装飾用として壁間に掛けておいたものであり、血に染まって被害者の足許に投げ出されてあった、察するに被害者は犯人と争って倒れた所を懐剣で斬られた上、何物かを以て後頭部を強打され絶命するに至ったものであろう、その筋では幸子の素性を調査すると同時に光氏の行方を捜索中である」

この事件と私との間にどんな関係があるか、それは最早や御想像の事と存じますが、この記事を読んだ時の私の驚きもまた御想像下さる事と思います。殺された岡田幸子という女は私の病院に通っていたあの不思議な患者であり、犯人であるとの嫌疑を被っている小説家野崎光氏は、電車の中で、また私の病院の診察室で私を驚かしたあの不思議な男であるのです。勿論これは推定です。しかし私がこう推定を下すには充分な理由があるのです。女は最初私のところに診察を求めに来た時、下大崎七、岡田幸子、二十五歳と名乗りました。

次に、犯人と目されている小説家野崎光氏が、果して私の遭遇した不思議な人物であるかどうか。不注意な私は、タイガーでも診察室でも、彼の名を聞く事を忘れていたのです。しかしこれは被害者の場合より更に確実で同一人と断定して万々間違いはないと信ずるのです。というのは、第一にこの記事に挿入されてある野崎氏の写真が、私の接した不思議な人物と寸分の違いがありません。けれども他人の空似という事もありますから、私はこの記事を見た夜、例のタイガーに出かけて女給から、曾つての私の連れが野崎氏である事を確かめました。

さて、事件の中心人物の素性が判明したとすると、次に頭に来たのは、二人の関係を知っているのはあるいは私一人であるまいかという事でした。もしそうだとすれば、これは打っちゃってはおけない、これほどの大事件を取調べる上に仮令《たとえ》少しでも手掛りになるべきものを秘密にしておくという事は許さるべきでないと思ったので、ここへ出頭した次第なのです。

二人の関係を知っているのは私だけではあるまいかというのは、あの診察室の深夜の出来事があるからです。彼はああして彼女の住所と姓名とを突き止めると——運悪くそれは真実の住所姓名であったのです——すぐ実行運動に入ったのでしょう。そしていかなる手段に出でたものか想像の限りではありませんが、とにかく成功して二人はついに同棲するに至ったものと思われます。これを事実とすれば、この間の消息を知るものは私以外にはありません。ただ、彼女の情夫はこれを知っているかも知れませんが、未だに鳴りを潜めているところをみると、今回の事件に関係するのを避けようとしているものに相違ありません。何故情夫があるのを知っているかと仰言るのですか。前にも申し上げましたように、彼女の神経症は性的関係の嫌悪、恐怖から来たものであり、これは明かに彼女の独身でない事を証拠立てているものであって、しかももし正式の結婚をしたものとするならば、彼女が初めて診察を受けに来た時「独りでいるのが怖くなって」などと言う訳はありません。彼女は密かに匿まわれていたものに違いないのです。

七

検事さん、長いお饒舌《しゃべり》を致しまして御迷惑かと存じますがいよいよ申し上げる事も結末に到着しましたような訳ですから、もう暫くお聴きを願いとうございます。これから事件の当夜の事を申し上げたいと思うのです。これも私の推測ではありますが、真実を外れているような事は万々あるまいと確く信ずるものなのです。ちょっとお断りしたい事は、今までもそうでありましたが、今後は最も断定的の言葉を使いますけれども、今申し上げたように実際は徹頭徹尾推測なのですから変にお取り下さらないようにお願い致します。

当夜、野崎氏はいつものように夜更けてから帰宅しました。勿論アルコール分は摂取して居りました。病気に悪いと知りつつ悪い事をするのがこの病気なのですから。彼は春の夜の湿った空気の中で異常の昂奮を覚えていたに相違ありません。そして幸子の居室に入った時、そこに展開されたある雰囲気の濃厚さに咽せ返ったのであります。というのは、彼女は彼女自身の変態的傾向の故に、彼の変態的嗜好から何等の圧迫を感じないばかりか、むしろ親密をさえ感じていたのですから、室内の装飾の如きも彼の病的昂奮を呼び起すような偏奇的に凝ったものに違いないのです。そこで間もなく深夜の遊戯が始まった次第なのです。

ところで、その深夜の遊戯なるものですが、普通の神経の持主では到底想像も及ばないところの奇行というより外はありますまい。その深夜の遊戯こそ、今回の事件の運命を決する重大な鍵なのであって、これを当事者の頭になって充分に理解するのでなければ、この事件は永久に謎であろうと思うのであります。

彼の昂奮の度が加わるにつれ、しかもその昂奮が尋常の手段によって満足されないとなると、彼の足の裏の土踏まずの衝動が、俄然猛烈な勢いで勃発して来るのです。私の経験から申しますと、この衝動は初めはそう度々起って来るものではないので、何かこう悪戯半分の気持でこの衝動をからかっている中に習慣的なものとなり、自分の自由にならない事があってイライラした焦《じれ》ったい気持が起るその度毎に首を擡げて来るようになるのです。彼もまたこの衝動を玩具《おもちゃ》にしている中にいつしか癖になってしまったに違いありません。曾て電車の中で私を嬲《なぶ》りものにした時、よもやそれが彼の災いの原因《もと》となろうとは夢にも想わなかったでありましょう。

そういう病癖たる衝動を征服するために、彼は今や種々珍奇な方法を取らなければならなくなって来ました。最近発見した最も効果のある方法は、ある人間を室の中に立たせて自分も向い合って立ち、相手の足の甲の上に乗っからせてもらいながら、ヨッチ、ヨッチと室の中を歩き始めるのです。何の事はない、歩きたての、あるいはやっと立つ事の出来るようになった幼児を足の上に乗せて歩かせてやる、あの「あんよは上手」なのです。そうすると彼の土踏まずの凹所は、相手の甲の凸斜面にあたって、分厘の隙もないようになり、譬えようのない満足感が彼を支配し始めます。

さて、その夜もこの奇怪な遊戯――彼等に取っては遊戯どころの騒ぎではないのですが――が始まりました。二人がヨッチ、ヨッチと座敷の中を廻っている中に、壁間に飾られてあった懐剣を身体でこすり落とした事を、当然のことながら彼等は気が付きませんでした。落ちた懐剣は畳に突き刺さり刃を上に向けて斜に立ちました。それから彼等の何度目かの廻転の後、危険な懐剣は彼等の針路に当り、彼女の足の裏がその刃の上に落ちてきました。鋭利な懐剣は深く畳に突き刺っているので刃は容易に横を向かない上に、彼女の足の上には彼が乗っかっているので、咄嗟の間に敏捷に足を引っ込める事が出来ません。二人の体重によって刃は充分に彼女の蹠を剔《えぐ》りました。ワッという叫び声に彼は思わず手を放すと、彼女は仰向けに倒れてそこには何か固い器物があって、それに後頭部をガンと打ちつけると意識を失ってしまいました。が、もしも彼が医者の所に担ぎ込むか、または医者を呼ぶかして、応急の手当を加えたならば、あるいは彼女の生命は取り止めたかも知れません。しかし醜怪な変態的行為に耽っている真最中の出来事という事が極度に彼の心を畏縮させて、彼にそういう手段を取る事を躊躇させました。ほんの僅かの冷静さえあれば、医者の前などは何とでも胡麻化せるのですがよほど度胆を抜かれたのでしょう。殊に重い神経衰弱と来ているので、すっかり取り乱してしまい、彼は周章狼狽して家を飛び出してしまったのです。彼女は脳震盪《のうしんとう》と多量の出血のためについに絶命しました。

八

以上で事件に対する私の観察は終りました。何の目的でくどくどと長いお話を申し上げたか、それは申すまでもなく自分の恥しい病気を訴えて出る事のできぬ野崎氏に対する嫌疑を解くためです。その後新聞に現れたところに依りますと――このもう一枚の切抜きがそれですが――氏の行方は依然不明で、犯人としての嫌疑はいよいよ加わり、殆ど真犯人と断定されているかの如くであります。これは実に誤った推断でありまして、しかもその誤りを主張する事の出来る立場にあるのは前申し上げました通り、私を措いては外になかろうと思うのです。

九

門脇医学士の話はこれで終り、彼は検事局の薄暗い室を去った。しかしそれから数日の後、彼と伊達検事とは再びその同じ室で、同じテーブルを挟んで話していた。ただ前と違っているのは、今度は検事の方が話者であるという事だった。以下『私』とあるのは伊達検事の事である。

一〇

……いや全く、あなたの言われた通りでした。あれは殺人事件ではありません。従って野崎氏に対する嫌疑は晴れた訳です。この事は明日の新聞に発表されるでしょう。と同時に、不思議な新事実が報道されて、読者を驚かせるに相違ありません。

あなたの注意に従って、あれから私は新たなる方針の下に再びあの現場の検査を開始した結果、期待した新証拠が発見されなかった代りに、数箇の新しい事実に気が付いたのでした。

発見されなかった新証拠というのは、懐剣が落ちた事によって付けられたであろう畳の上の傷です。懐剣が飾られてあった壁の下の畳を、実に根気よく検査したのですが、懐剣が突き刺さった形跡は更にないのです。とすると懐剣は犯人の手によって外されたのではないかという疑問が当然起って来るのですが、しかしこの疑問は次の一つの事実の発見によって綺麗に拭われたのです。一つは、懐剣の太い柄が鈍い三角形を成していて、刃の背に当る方が三角形の一辺を成している事です。懐剣が畳に突き刺さって刃が上に向かなくとも、その柄のその一辺が畳に着くならば、刃は上を向いて安定を保つ事が出来ます。ですから刃を踏むというあなたの推断は毫も覆されない訳です。更にあなたの推断の正しい事を証拠立てるものは、もう一つの事実の発見で、それは刃の中央部に血痕が附着していて先端には附着していないという点です。これは無論、人を突刺したものでない事を証明します。

以上の事からして私は次の推断を得ました――野崎氏は幸子と相擁して座敷の中を歩き廻る遊戯に耽っている中に、壁間の懐剣に触れてこれを落とし、懐剣はその三角形の柄のために刃を上に向けて、二人の針路の畳の上に静止した。幸子の足はついにこの刃を踏んだが、彼の足のためにその足を引く事が出来ず、深い劓り傷を負うに至った。

私はあなたの観察の鋭いのに驚歎し敬服せずには居られませんでした。そして更に更にあなたの推断の正しいのに感心したというのは彼女が後頭部を強打したであろうところの物件として、支那製の陶器の火鉢が附近に置かれてあるのを発見した事でした。

一一

ところがですね、門脇さん、最後にたった一つ困った事実を発見したのです。懐剣は野崎氏の怪奇趣味からして鞘を払ったまま壁に掛けられてあったもので、従って危険であるからして、物が触った位では落ちる事のないように、しっかり取り付けてあったという点です。これは一体どう解決したらいいのでしょうか。

と同時にですね、門脇さん、よく考えると、あなたの観察は少々鋭過ぎはしないでしょうか。奇行の座敷めぐり、懐剣の落下、その上にのしかかった足の裏――いかに緻密な推理を運んだとしても、これらの間に、あのような見事な連絡を発見する事の出来る能力が人間にあるとは、私にはちょっと考えられないのです。それも現場を検屍しての上ならばあるいはとも思われますが、あなたはあの座敷へは一歩も入っていないではありませんか。私の脳裡をサッと疑念が掠めたのは無理もない事でしょう。

それと共に私の頭に浮んだのは、あなたの病気の事でした。あなたもまた神経衰弱に悩まされていると言い、そして妻を失なったとも言われましたね。私はそこに何か関係が伏在しているのではないかと思って、調査の手を伸ばしてみると、どうでしょう、妻を失なったとは妻に死なれた事でなく、妻に去られた事であって、しかもその原因は性的不満にあった事が発見されたではありませんか。失礼ながら、あなたもまたインポテンツなのではないでしょうか。私は変態性慾と犯罪の関係には特別な興味を持って居り、この方面の研究にはちょっと深く頭を突っ込んで居るものですが、この病気の者には、他人の情事を窺って満足するという変った傾向の者が多いと言われていますね。この事から私はある暗示を得ました。そしてその暗示を深めたのは、あなたもまた幸子に特別な関心を持っているという事でした。あなたはこの前、彼女の病気の事を話した時に、言葉ははっきり思い出せませんが「心の一隅にこの女性は巣をくい始めた」という意味の事を言われましたね。あれは確かにあなたの失敗でした。心を寄せている女の情事を窺《ぬす》み見る——これはアブノーマルな性慾の所有者に取っては堪らない魅惑でしょう。

一二

おや、門脇さん、どうかなすったのですか、顔の色が真蒼ですよ。しっかりして下さい。あなたも案外気が小さいですな。尤も気が大きけりゃ、野崎氏に殺人の嫌疑がかけられたとて狼狽して陳弁のために検事局に駈けつけるような物好きはなさらんでしょうがね。人に迷惑をかけて打っちゃっておかれないのは、結局あなたも正直者なのです。

ところで法律上から言えば、あなたが震えるほどそんなに恐ろしい罪ではありませんよ。あなたの主張される通り、これは殺人事件ではありません。尤もあなたが彼女を殺す目的だったというなら別ですがね。果してあなたにその意思があったでしょうか。医師であるあなたが、蹠を傷ける事に依って殺人の目的を達し得るとお考えになったとは到底想像出来ません。

そこで事件の真相はこうです——変態的な嗜好から、あなたは彼と彼女との関係を嗅ぎつけて——もう少し詳しく説明すれば、あなたは前に、新聞記事を読んで彼が小説家野崎光氏である事を初めて知ったように言われましたが、あれは嘘で、彼があなたの診察室に侵入したという夜の明くる日あたり、あなたは早速タイガーに行っているじゃありませんか。そして彼が有名な野崎氏であると知るや、あなたはもう夢中になってしまったのです。あの有名な小説家と、自分が密かに思いを寄せている美しい女との、アブノーマルな情痴の世界を、ただ自分一人だけがこっそりと発《あば》く事が出来たなら、どんなに愉快だろうと。そこで忽ちその実行に着手したというのはいずれ劣らぬアブノーマルな紳士方ですね。その計画の一つを摘発するなら、彼女はあなたの診察を受け始めて間もなく突然姿を消したように言われましたが、これも嘘で、実は彼があなたの診察室に侵入した日の五六日後まで、彼女はあなたの診察を受けていたのです。尤も突然姿を晦《くら》ました事にしないと、彼が彼女に興味を惹かれる点が朦朧《もうろう》としてきますからね。あなたは自分の思いを寄せている女が、人に奪われつつあるのを知っていながら、診察を続けていたのです。実に奇怪な性格ですな。

——こうしてあなたは彼と彼女との関係を突き止めて、彼等の痴態を窓の隙間から覗って密かに享楽している中に、ふと目についたのは向う側の窓近く飾られてある懐剣で、それを見るとあなたの血管の中に、傷に苦しむ美しい女の姿態を見て楽しもうという残虐な血液が、ドクンドクンと脈を打ち始めました。そこで裏庭の窓際に廻り、彼等が夢中で座敷中を狂い廻っている隙を窺いカーテンの間から手を差し込んで懐剣を外し、それを彼等の行進路上に刃を仰向けにして押してやったのです。ところが事実は計画以上に進展して、彼女は火鉢に頭を打ち付けて昏倒し、そして死んでしまいました。

いや、もう申上げますまい。あなたのその病的な輝く瞳と、火のような息を感じただけで、検事の私としては満足です。門脇さん、もう一度云いますが、あなたは殺人者ではありませんよ。

犬の芸当

水上呂理

〔1〕

人々は一発の銃声を聞いた。号砲を射つべきではない午前中の今頃――不吉の予感に一時顔を見合せると、彼等は一斉に立ち上って走り出した。バラック小屋のドアを排して殺倒した彼等の眼に飛び込んだものは、チンチンをしているジャックの異様な姿であった。非凡な芸才を持つこの名犬にとって、チンチンぐらいはお茶の子であるのに、この不安定な姿勢はどうしたというのだろう――怯えた眼をして、わずかに後足で立っているに過ぎないというのは。

人々はただ事でないと思った。一と塊に寄り添いながら、次の室との仕切りのカーテンを払い除けた瞬間、彼等は予感の的中にサット蒼ざめた。ジャックの主人公であり、彼等の僚友である青田が、室の真中に俯伏せになって倒れていた。彼等の眸が一瞬の間に捉えたものは、この不幸な僚友の下顎部から糸のように首にまつわってササクレ立った木の床の上に、あたかもビロードの上に転がした水銀のように、コロリと溜った少量の血液と、頭から少し離れて投げ出されてある一挺の拳銃とであった。

彼等の中の一人は「おい、青田さん！」と呼んで反応のないのを見ると、ソット鼻口に手を翳してそれから手首の脈膊に指を触れたが、後に立っている僚友達の顔を見上げて静かに立ち上った。
「駄目か！」その中の一人が唸いた。

カーテンの真正面に、この室でたった一つの低い窓があって、その向うには、海岸の埋立地の軟かな土を持つ広場が展けていた。一人の青年が、灰色の空と、同じ色の海と、古びた帆を揚げた漁船とを背景にして、その広場を横切って窓の方へ走って来る。窓から首を突っ込むと、
「おい、どうかしたか?」

人々は頭を上げて、

「佐野か、青田さんが死んだ！」

佐野と呼ばれた青年は、青田の死体を見て途端に事情を了解したらしかった。

「殺《や》られたんだな。……犯人は飯能だよ」

事もなげにいう佐野の顔を人々は呆気にとられて暫く見詰めるばかりだった。それを押っかぶせるように佐野は、

「僕は今青田さんに会おうと思ってこの広場を歩いて来るとパンという物音だ。自動車のパンクかと思ったね。すると一人の男がこの家の方角から転ぶようにして走って来るんだ。変だぞと思っているうちに、やって来た男を見ると、飯能じゃないか。顔色と云ったら蒼白《まっさお》で眼だけが狂気牛《きちがい》のように血走ってるんだ。（飯能さん、そんなに周章《あわ》ててどうしたんだい）と聞くと、ちょっと速力を緩めて何か云ったようだったが、ただ口がバクバク動くだけで何を云ってるのか分らないので、（え？）と聞き直した時には、前よりも一層早い速力で走り出していて、仮令返事をしたところでもう聞こえもしなかったろう。こりゃあいよいよただ事じゃないと思って、いきなり駈け出して来たんだ」

変事を知ったジャックは、人々の足の間から頭を出して主人の身体に鼻を近づけるかと思うと、いきなり弾き返されるようにまた足の間を潜り抜けて、狂気のように室中を駈け廻り、窓を躍り越えて広場の方へ弾丸のように飛んで行くと、すぐ引き返して来て、再び人々の足の間を潜るのであった。ウ、ウ、ウ……と唸る声は人々の魂を圧し悲しませた。

〔2〕

黒羽サーカスは大変な当りを取って続演また続演、欧洲から帰朝以来五ケ月近くもこの海岸の埋立地に興行を続けていた。珍らしい動物の曲芸、美しいレヴュー、空中曲芸、曲馬、綱渡り、オートバイ曲乗り、手品——そうしたものの中に可憐な人気を呼んだのは悧口な名犬ジャックのいろいろな曲芸であった。玉乗りも上手だし、カードの数字も読んだ。真実で熱心な訓練手青田の一本の鞭は、砂に文字を書くよりも鮮かにこの名犬を駆使した。青田とジャックは全く一心同体であった。彼等はケージの近くに建てられたバラック小屋に起居して、何者にも侵されない幸福な平和な生活を送っていた。

ジャックは生れると間もなく青田の手に育てられて芸を仕込まれた。彼以外には誰の命令もきかなかったので、稀に彼が病気でもして出場を休まなければならない時は、ジャックの曲芸も当然休止だった。こんな時には「おいジャック、いい加減にしろよ」などと、嫉妬に似た気持で頭を張られたりもしたが、元来青田という男が、この社会には珍らしい重厚な性質で思いやりが深く、よく仲間の面倒を見たので皆な懐き、いつとはなしに推されて団長の次に座る位置を占めていたので、従ってジャックも一座の者から可愛がられていた。

この平和な生活に突然悲劇が訪れようとは——

〔3〕

警視庁から数名の係官が駈けつけて来た。死体検証の結果、弾丸は下顎部から射込まれて脳に達し、致命傷を与えていることが判明した。拳銃は曲芸の空砲用のもので、青田の所有品であり、本物であるから、勿論実弾を発射することも出来ることが確かめられた。銃口を嗅ぐと火薬の匂いがして、極めて短時間の間に使用されたことを物語っていた。

室はともかく二つ。入口のある室には粗製のテーブルがあって、その傍に犬がいたのだった。テーブルの上にはビスケットの袋が乗っており、床の上にも一箇転がっていた。彼がジャックにチンチンさせてその御褒美に与えようとしていたものであろうか。カーテンで仕切られた次の寝室(というよりは、一つの室にある寝台とカーテンで仕切った、という方が適切かも知れない)は正面が低い窓で、それは開け放たれてあった。

窓の下の軟い土には、窓の方に踵を向けた二つの靴跡が揃って歴然と捺印されてあった。窓から飛んだ足跡に相違ない。

鉄製の組立て寝台、その下のトランク等々、皆な整頓されていて、荒らされた形跡は少しも見えない。

他殺か自殺か? それは当然起らねばならぬ問題だ。

係官の大多数の意見は他殺であった。その理由――

一、犯人と思れる者(飯能)が、広場を逃走して行くのを一座の者(佐野)が目撃している。窓の下には犯人が急いで飛び下りた足跡がある。

二、一座の者が銃声を聞いて飛び込んだ時、ジャックがチンチンをしていた。この犬は青田以外の何人の命令にも服しないから、チンチンの命令を発した者は青田であらねばならぬ。彼の自殺を主張する者ありとするならば、凡そ人間は自殺する直前、犬と戯れるが如き余裕を持ち得るかどうかを、その前にまず証明せねばならぬ。

三、遺書がない。

四、青田に自殺せねばならぬような原因を発見することが出来ない。例えば病気、借金、失恋等々。ここで困るのは、青田の生命を奪ったところの拳銃が彼自身の所有品であるということだが、これはどこかに載っかっていたのを犯人が使用したか、あるいは奪って狙撃したものであるとの解釈は下し得るのである。

こうした事情のもとに、佐野が指摘した殺人容疑者飯能の追跡捜査ということになった。

飯能は黒羽サーカスでは重要なメンバーの一人で、綱渡りの名人であった。ステージでは華かな曲芸の故に人気はあったが、高慢と金にダラシがないのとで仲間の評判は好くなかった。

ところで、彼は、悲劇の現場からさして遠くない繁華な街の、とある酒場で泥酔に近いまで酒を呷っているところを刑事に捕われた。穿いていた靴を窓の下の足跡に当てて見ると、寸分の隙もなく一致した。「俺じゃない」と喚く彼は、足蹴にされながら警視庁の留置場に叩き込まれてしまった。「俺が人殺しをやった? 馬鹿野郎、人を殺した人間がいつまで現場近くにウロウロしてるかい」と何時間か留置場の中で暴れて警官を手古摺らせていたが、やがて仰向けになった泥亀のように寝込んでしまった。それからまた何時間かして眼を覚したところを調室に引き出されて訊問の矢面に立たされた。係官に答えたところによると、彼は青田から借りた金の返済期限が来たが、返済出来ないので猶予を乞うためけさ訪れると、どうしても待てないというのでしまいには喧嘩になり、青田がテーブルの抽斗から拳銃を取り出して迫って来たので、空弾だろうとは思ったが、いつもテーブルの上に置き放しになっている拳銃がその時に限って抽斗の中に蔵ってあったので、あるいは実弾でも入っているのではないかとも思い、立ち上るなり一足飛びに窓を飛び越えた拍子にパンという拳銃の音を聞いたが、恐ろしさのために後も見ず広場へ逃げ出した、というのである。

飯能の供述は看過することの出来ない重大な要素を多分に持っている。彼が述べたような情況の下で人はその生命を失い得るであろう。即ち過失による死だ。飯能を追って行った青田が、何かに躓きでもして倒れた拍子に、握っている拳銃で自分を射つということはあり得ないであろうか。

警視庁は他殺説と過失死説との分岐点に立って悩みを新たにしなければならなかった。

〔4〕

それから数日過ぎた。サーカスでは青田の後に彼の寵愛していた青年佐野を据え、飯能の穴は――彼は釈放される模様が見えなかった――やはり彼の助手の役を勤める松島という青年で埋めて、興行を続けていた。ただジャックの曲芸だけは、前にも述べたとおり、青田以外の何人の命令にも従わなかったので、中止するよりほかなかった。また仮に誰かの命令をきくとしても、彼は主人を失って以来すっかり鬱ぎ込んで食事も満足に摂らず、前足の間に首を落して動こうともしない時間の方が多かったので、とてもケージに引き出すことは出来なかったであろう。その毛沢《けつや》を失って急に肋骨の出て来た佗しい姿はサーカスの人々の心を打った。中でも女の人達は思わず顔を背けて涙を拭くのであった。

ジャックにも劣らず悄気て見えたのは、留置場の中の飯能だった。彼は山積する不利な証拠の中で身動きも出来ない様子だったが、頑として犯行は否認し続けた。

当局もいささか持て余し気味のある日、不思議な訪問者が彼等を驚かした。飯能の後任者松島青年の思いがけない出現だった。彼は係官の狼狽の真中へこんな言葉を叩きつけた――。

「私は最初やはり飯能さんが青田さんを殺したのだと思いました。何と云っても問題が金の事ですからね。だけどよく考えてみると、飯能さんはそりゃあズボラですが、昂奮して人を殺すような人じゃありません。永いこと交際《つきあ》ってる人でも、一度だってあの人の怒った顔を見たことがあるでしょうか。あの時、私達はあの小屋の前の空地で戯談口を叩き合っていたのですが、拳銃の鳴る前に小屋の中からは大きな声一つしなかったのです。喧嘩でもあるのなら、嫌いな方でない私達が聞き逃すはずがないのです。また突発的でなく計画的なものだとしたら、正午《ひる》近い時に、大きな音のする拳銃を撰ぶはずがありません。

私は青田さんとはどうこうという間柄ではありませんが、飯能さんは、まあ私の先生格の人ですから、もし間違って罪人にでもなったら気の毒だと思って、少しでも警察の方々の参考になる点が発見出来たら幸いと、その後人知れず研究というと大袈裟ですが、いろいろと調べてみたのです。

つい先ほど、私は飯能さんが飛び下りたというあの窓の所にボンヤリ立っていました。そのうちフッと、一つ飯能さんと同じように窓から飛んでみようという気になりました。そこで窓の少し手前から、フィールド競技でやる助走をやって、窓際で踏み切った瞬間、何だか身体がフワリと少し下った気がしました。ハテナと思って床板を調べてみると、踏み切った板は、隣りの室から窓へ行く通り路になっている幅の広い一枚板で、床下の二本の横木に打ちつけた釘が、毎日人が幾度となく通る震動からでしょう、緩んだり抜けたりして、一本としてきいていないのです。つまり横木の上に乗っかってる変なシーソーのようなもので、普通の人の重さでは、板の重さの方が少し勝っているのでシーソーになるようなことはありませんが、駈けて行って踏切りでもやると、何倍かになった人の重さで窓の方の端が下って反対に室の入口の方の端が刎ね上る訳になるのです。

そこで私は思いました――飯能さんが窓を飛び越えようとして踏み切ったトタンに、後から追いかけて来た青田さんが入口に姿を現わす、足元に刎ね上っている床板があろうとは想像もしないので、これに足を浚われてバタリと前に倒れる、握っていた拳銃がはずみを喰って発射して、青田さん自身に命中する。

勿論これは想像なのですから、破られるだけの論拠があるのなら私は手を突いて謝罪《あやま》ります。けども、どうぞ調べるだけは是非調べて頂きたいと思うのです。お願い致します」

この青年のいう所は実に理路整然としているので、係官も小憎らしいとは思ったが、即座に反駁すべき論拠も見当らず、「御苦労」と云うよりほかなかった。彼は誇らかな足取りで警視庁から出て行った。口笛でも吹いていそうな軽快な後姿を鋪道の上に見せて。

後で係官の誰彼《たれかれ》が、

「チッ、小癪な！」

と舌打ちをしたことだが、ともかくもう一度現場を臨検しようということになって、間もなく何度目かの検証がバラック小屋に行われた。松島は盛んに愛嬌を振りまきながら一行を歓待した。

なるほど松島が云ったように、床板の一枚は釘が取れていた。そして窓の方の末端だけは下に横木がなかったので、ここへ重い物が乗ったならば他端は刎ね上るに違いない。事実、丁度飯能と殆んど同体重と思われる一人の刑事が、はずみをつけて窓を飛び越えると、一方の端が五六寸ほどではあったが刎ね上ったのだった。「ふうむ」と唸る声や溜息が同時に漏れた。

この中でただ一人、少し表情のかけ離れた人間がいた。若い刑事の岡田で、ベッドの端に腰を下したきり、先刻から少しも動かないのだった。それがいきなり立ち上ったかと思うと、力一杯助走をやってパッと窓を飛び越えた。足が地面に着いた点と、飯能の足跡があった地点とを比べて見た。窓からの距離において、彼の足跡は飯能のそれに遥かに及ばないのだ。次に彼は窓枠の上に乗って一足飛びに飛んだ、今度は丁度飯能の足跡のあった辺へ落ちた。彼の眼がギラリと光ったかと思うと、その手は松島の腕を摑んでいた。

「おい、もう一度本庁へ行って、俺の得心の行くように説明し直してくれないか」

松島は蒼白になってヘタヘタと崩れかかるのを、岡田刑事に抱きすくめられて、自動車の中へ叩き込まれた。臨検の一行は何が何だか分らないながらも、何か事件解決の上に新らしい鍵が投げ与えられているのだということだけは考えられて、無音のまま二人の後に続くのであった。

〔5〕

「サーカス殺人事件

水上呂理

幇助者の検挙でスピード解決

「犯人飯能も遂に口を割る」

こんなような標題《みだし》でセンセーショナルな新聞記事が紙面を彩ったのはその次の日であった。その新聞を手にして、岡田刑事は独り窓に倚っていた。お濠端の新緑の柳は風に靡いて、梳る乙女の髪のようだった。青空には大きく鳶が輪を描き、お濠の水の上には小さな水禽が玩具のように浮いていた。彼はそれらのものから晩春の憂鬱を感ぜずには居られなかった。それは勝利者の常に経験する所のものであり、酬いられることの少い社会奉仕者の常に嘗める苦盃であった。事件解決の鍵は完全に彼が発見したものであるのに、その記事中には彼の名は遂に発見出来なかったのだ。

鳶を眺めている眼が疲れてきた。窓枠に頤を乗せると、いつか瞼がトロリとくっついてしまう。その時ポンと肩を叩く者があった。

「岡田君、鬱ぎの虫かね」

振り返ると、M新聞の敏腕記者高峰が立っていた。

「仮の不貞寝さ。何事も宣伝の世の中でね、口の重い僕なんか、総監から御褒美を貰っても、新聞にゃ一行だって出ないのさ」

日頃の親しさから、こんな愚痴も出た。

「君が御褒美？　知らなかったよ。御手柄は一体何なんだい」

攻め立てられてポツリポツリ岡田刑事は語り出した――

「この新聞で見ると、事件は初めから殺人の一本槍で、一時俄然過失死説に傾いた経過なんか少しも書いてないね。ところが事実は大波瀾を経て過失死説から殺人説に逆戻りし、この標題にもある通り、幇助者まで現れて、最後に犯人の自白によって決定を見るに至ったのだが、その殺人説のレールに脱線車を引っ張り上げたのは、見得を切る訳じゃないがかくいう僕なんだ」

岡田刑事の眼は春昼の憂鬱からさめて、冷徹な光りを放って来た。

「抑も——というと開き直るが、笑わないで聞き給え——僕が最初に懐いた疑問は、あのジャックの態度だ。青田の命令にしか服従しないというあの犬が、主人の死に直面してチンチンを続けていたというのは何を語るものだろうか。これは少くも犬が不安の念に駆られていなかった証拠と見るべきだろう。そこで、青田と飯能は極めて平和に談笑していたものと想像することが出来る。それはテーブルの上のビスケットが証明している。あのビスケットは青田が買い求めたものではない。彼はジャックに犬専用のビスケットしか与えなかった。ところがあれは犬ビスケットでなくて、人間の食う、しかも高級品に属するビスケットだ。とするとこれは、飯能がお土産に持って来たものと見るのが至当だ。事実、サーカスの人々が買いつけのお菓子屋を調べると、その日飯能が買っていることがわかった。そこでこういうことが云える——一心同体の青田とジャックを離させておいて一と仕事するには、青田をして犬に芸当を命ぜしめ、よし！　という解除命令を発する前に、犬の見ない所でやっつけてしまうより他に手段はない。で、お土産のビスケットを青田の手で、お預けをして犬にチンチンをさせ、自分は外面《そと》でも見るような風をして隣室に行き、青田を呼んで入って来たところを一発ズドンとやる。犬は拳銃の音には慣れっこだから変事起れりとも知らず芸当を続けているうちに、飯能は窓から逃走する——と、こうだ。

　この僕の推理を証拠づけるものが三つある。一つは飯能が最初に吐いた言葉の中に、借金の言訳に行って喧嘩になった、ということがあるが、喧嘩になったら犬はおとなしく芸当なんかしていやしないし、後で松島があの時小屋の前にいたが喧嘩らしい声は聞かなかったと云っているから、喧嘩はなかったものと見られる。第二に、飯能が云うように拳銃を突きつけられて逃げ出したとしたら、何を好んで直ぐ近くの入口から逃げないで、面倒な隣室の窓からなぞ逃げようか。第三に、飯能は青田が拳銃をテーブルの抽斗から出したと云っているが、青田はいつも寝る時拳銃に実弾をこめて寝台の枕下のシーツの下に置き、次の日の午後出演する間際までそのままにしておく習慣で、彼の小屋に繋く出入りする者は大抵これを知っている。

以上は僕の他殺説の論拠だが、あの松島という青年が飛び出して過失死説を持ち出した時には、僕も思わずギクリとしたよ。一見理路整然としていて、打ち込む隙も見えなかったからね。きのう現場を再検証して、あの床板がシーソー状態になっているのを見た時には、実際あの若僧に一本やられたかと思った。床板に釘を抜いて芝居を企んだのじゃないかと思って調べて見たが、釘穴は古いし、釘抜を使った跡も見えない。同僚の一人が試みに飛んでみると、床板が刎ね上って夢中で追いかけて来る者の足を掻っ払うに充分だ。僕は口惜しかったね——こんな素人の若僧に出し抜かれるとは。

僕はジッと歯を食いしばって涙を嚙み殺し、突き上げて来る胸を無理に押えに押えた。すると、いつか君が締切時間々際に原稿を書く時、一時はカーッと上ってしまって、ちっとも鉛筆が走らないが、それを押し切るとやがて砂塵の道に水を撒いような澄んだ気持になると云ったね。その心境が僕に来たのだ。自分ながら神経が剃刀のように冴えてきたのがわかった。そこで松島の陳述の再吟味にかかったのだ。

第一に不思議に思われるのは、彼松島の陳述が余りにも隙がなさ過ぎることだ。

曲芸師でしかない彼に、まるで名探偵の記録のように見事な陳述が即座に——彼がきのう本庁に出頭する直前の実験を彼は語っている——出来るものとはちょっと想像されないからね。しかもその陳述なるものが、あの現場の窓のところにボンヤリ立っているうちに、不意に窓から飛んでみたくなった、というんだが、これは余り劇的だ。といって僕は劇のことなんかサッパリわからないが、イブセンとかなんとかいう偉い人の劇には、あんなような気味の悪い場面がよく出て来るね、君。死骸こそないが、床にはあの時の血潮が拭い切れないでドス黒い模様を残している不気味な室の中でただ一人ボンヤリしているなんていうのがまず人間として有り得ない上に、不意に窓から飛んでみたくなったというに至っては、これはどうしてもイブセンの幽霊ものだ。で僕は、こいつは作りものじゃないかという疑問を持ったのだ。

窓から飛んでみたら身体が床板ごとフワリと沈んだ、なんていうのもうま過ぎるじゃないか。何もかも偶然ずくめだ。その偶然ずくめなところに、かえって何か秘められた作為が潜んでいるのではなかろうか。

偶然と見せかけた作為。その間に何か大きな手抜かりはないものだろうか。これは自分で実験してみるに限る、こう思って僕は力一杯窓から飛んだ。すると、どうだろう、僕の足跡と飯能の足跡があった地点とは三尺以上の距離があるではないか。つまり僕の跳躍力は彼の跳躍力に遥かに及ばないのだ。いかに彼が曲芸で練えて身が軽いとはいえ、こんな僅かばかりの距離のなかで、三尺以上の差違が出来ようとはちょっと信じられない。飯能の足跡が、窓枠の上に立って飛んだら、丁度自分もその上に落ちそうな見当に思われたので、次にその通りやってみると果して予想通りの結果となった。僕の手は松島の腕をいつの間にか摑んでいた」

ここまで語ってきた時には、岡田刑事の眼光は冷徹から灼熱へと変っていた。彼は煙草を一本つまみ出して胸一杯に吸い込むとフーッと天井に向って吐きつけた。こだわりのない彼は、これで今しがたまでの憂鬱を吹き飛ばしたかに見えた。

その時ドアが開いて、捜査係長がヌッと顔を出した。

「岡田君、飯能の奴到頭泥を吐いたよ。金じゃなかった。金銭上の問題と見せかけて実は青田の地位が欲しかったんだ。飯能は……」

岡田刑事は「ああわかりました」という代りにちょっとおどけた様子で手を横に振った。係長は「アッハッハ」と訳もなく哄笑して、バタンとドアを閉めた。

「ちょっと邪魔が入ったね。で、さっきの続きだが……」

岡田刑事はまた語り出した。

「何もかもすっかり打合せ済みの謀殺事件なのさ、要するに。僕はそうだとは思っていたが、今係長が報告して行ったように、青田を亡き者にして副団長の地位を乗取りたかったのだ。奸智にたけた飯能は松島を薬籠中のものにして、初めは飯能を自殺と見せかけようとしていろいろ策を練ったが、肝腎の自殺の原因となすべきものが見つからない。そこで自殺の原因からまず製造しようというので、イカサマ賭博に誘ったところが、あべこべに飯能の方が負けてしまって、青田に大変な借りが出来るという始末になった。ところがどこまで奸智に鋭い奴だろう、その借りをまた逆に利用しようという算段だ。そこで思いついたのが過失死さ。彼は青田の留守に床下に忍び込んで、床板に背中を当て足を踏ん張ると、元来がバラックのやわい建物だから、床板は苦もなく剝がれた。釘の穴は煤かなんか塗って古い釘跡に胡麻化してしまった。曲芸の綱渡りも名人だが、犯罪の綱渡りも大した名人だ。

殺人事件と見られてまず第一に自分が容疑者と指されるだろうとは、彼も覚悟していたに違いない。何故なら彼が青田と賭博をして負けた事件は仲間に知れ渡っているからだ。そこで彼は一世一代の大芝居を打ってみようと決心するに至った。即ち自分は犯行は飽くまで否認するが、それは容易に信じられないであろうから、他殺説ならそれもよろしい、その方へ充分注意を向けさせておいて、パッと鮮かなドンデン返しを打つ。注意を悉く浚って過失死へ持ってゆけば効果は百パーセントだ。それには自分から過失死の証拠を挙げたのでは効果が薄いから、頃合いを見計らって腹心の松島を何喰わぬ顔で登場せしめ、さり気なく殺人罪を否認せしめ、青田の過失死を立証せしめる。立派な筋書だ。だが、上手の手から水が漏れたね。大体芝居が上手過ぎたよ。過ぎたるは及ばざるが如しさ」

〔6〕

事件に不思議な色彩を与えたジャックの芸当は、あれが最後の芸であった。この怜悧な犬は主人の死を悲んで、最早や簡単な「お預け」さえもしなかった。青田の跡を襲って彼の新らしい主人となった優しい佐野さえも、これはどうにも出来なかった。彼は佐野に曲芸、殊にチンチンを要求されると、悲しげにかすれた細い声を発して後込みし、首を地に着けて容赦を乞うのである。彼は今は生ける屍であった。人はよく、大天幕の中から起る急霰のような拍手に耳を傾ける彼の姿をその天幕の蔭に発見して目頭を熱くするのだった。

青田の横死の原因を発見させてくれた手柄者でもあるにも拘らず、彼は、主人の傍にいながらその不幸を防ぐことの出来なかったのを、自分の責任の如く思っているのであろうか。

麻痺性痴呆患者の犯罪工作

（検事局書記の私的調書）

水上呂理

（一）

　規模の大きさとか、内容の複雑さとか、社会への影響の深刻さとかの点から云えば、この奇怪な精神障碍者の犯罪の上に出る事件は、数限りなくあるであろう。しかし人間の精神を歪めることによっていかに異常な犯罪が生じ得るかということを示した点では、あるいはこの事件は近頃犯罪史中の圧巻であるかも知れない。試みにこの事件に関係ある法律上の問題をちょっと頭脳《あたま》に浮べただけでも責任能力の問題、犯罪の客体に対する錯誤、教唆従犯の共犯関係、消極行為による殺人犯等々、いずれも議論の存するヴァライティで、乾燥無味と謂われる法律も一瞬生々した精気《エスプリ》を帯び来り、何となく測々心に迫るのを覚えるのである。ああ私は今このペンの尖《さき》に、この問題の渦中に没頭して我れを忘れている青柳検事の悽愴な顔を、一気に描き出すことが出来そうな気さえする。

　狂人田沼佐吾平《さごへい》とは何者であろうか。卒然として見れば彼は一個の麻痺性痴呆患者に過ぎない。しかし暫く彼と相対するならば、彼が発狂状態を利用して奇怪な犯罪を企てるに至った恐るべき才能を、相手を射竦めないではおかない鋭い眼光の中に発見するであろう。それは麻痺性痴呆患者特有の、あのノロノロした四肢の動作や、身体の震顫《しんせん》や、あるいは舌足らずの発音などとはまるでかけ離れた生命力を持って居り、その目だけを見るならば、人はそれが狂人ではなくて削り取るばかりに画面を凝視する没我の芸術家と見誤るに相違ない。

　私が初めて田沼佐吾平を知ったのは、子殺し犯人たる彼が無責任能力者としての狂人の浅間しい姿を折々病院の灰色の室に荒れ狂わせているのを、青柳検事や警視庁の係りの人達と臨床訊問した時である。彼ははだけた着物を括っている帯代りの細紐の下に両手を差し込み、ベッドの傍に古木のように立って私達を迎えたのであった。見知らぬ冷たい顔を順々に凝視した彼は、灰色の壁まで後退りすると守宮《やもり》のように壁面に吸いついた。そしてギリギリ窓際の方へ躪り寄って、テーブルの上の硝子《ガラス》の水呑を摑んだかと思うと、私達めがけて投げつけ、身を翻して窓から逃げ出そうとした。医師と看護婦に阻まれてそれは果さなかったが、ベッドに押えつけられるまでの彼の形相というものは、地肌の透いて見える薄い髪の毛が、肋骨の露出した胸の鼓動と呼応する如く波打ち、皮下に死脂《しし》を鬱蓄しているであろう蒼黄色い額には粒々の汗が噴き出し、片隅の上唇だけを斜めに引っ釣らせて頰の筋肉はヒクヒクと裸虫のように痙攣している——ああこれが、この世における四十男の面貌であるのだろうか。

医師は周章《あわ》てて私達を戸口から押し出して云った。

「御覧の通り昂奮がひどいようですから、今日のところは訊問を中止して頂きたいのです」

こうして私達は一語も発しないうちに臨床訊問を終らねばならなかった。扉《ドア》を透して私達の背後に投げつけた彼の爆笑が、患者の逃走を防ぐため厳重な戸で両端を扼《やく》した隧道《トンネル》のような廊下に陰々と響き渡った。悲惨な哄笑、それは何を意味するか。今ここに便宜上、彼の書斎から発見された自叙伝風の手記に、この哄笑の解説者の役を勤めてもらうことにしよう。左の一文はその手記の一部分であるが、これから重大な罪を犯そうという者が、何の必要があって次のような不思議な文字を書きつらねたかの詮議立ては後に廻すことにしたい。

× × ×

刑法第三十九条「心神喪失者ノ行為ハコレヲ罰セズ」……こんな有難い法律があるのを世の中の人間は何故利用しないのだろうか。どうしたら犯跡を残さずに罪を犯すことが出来るか、などと考えるのは、よほど頭脳《あたま》の悪い奴のすることだ。無責任能力者なんていうといかにもやくざに聞えるが、その実狂人と子供は法律の国のエヴェレストだ。近づくべからず。

俺は今狂人への過程を辿りつつある。正真正銘の狂人になるのも間があるまい。ああこの陶酔境を欣求することの久しかりしよ。俺は日ならず逸子《いっこ》を殺すことが出来る。誰憚らず、快適な心を以て。こみ上げて来る嬉しさを俺はどうすることも出来ないのだ。

一体俺がいつ頃からこの計画に没頭し始めたかということになると、俺の身体中をノタ打ち廻る毒血が、サルヴァルサンと水銀では到底浄化し切れないまでに濁り切っているのに気付いた時を第一階梯とすれば、心理学者三宅浩精《こうせい》博士と会った時を第二階梯とすることが出来よう。

俺は今でも、サルヴァルサンと水銀とでは結局救われない身体であることを知った時の、あの絶望状態を想い起すことが出来る。――俺は間もなく脳黴毒《のうばいどく》で発狂する。そして二三年後には麻痺性痴呆患者の悲惨な形骸として横わるだろう。すると俺のこの数十万の財産は、血の繋がりもない逸子の自由になってしまうのだ。可憐なる愛児真平《しんぺい》よ。お前はまだ幼いから財産の有難さを弁《わきま》えないが、成人して物心がついたならば、いかに父が賤しい女に溺れてその甘言に乗せられたとはいえ、胤《たね》も分らぬその女の私生子である逸子を養女に迎えねばならなくなった父のお目出度さを恨むであろう。お前は生れて直ぐに母を失い(ああ父はお前の母をいかに真剣に愛したか!)やがてまた父を失い財を失うのだ。不幸なる真平!

俺に逸子が殺せたら!(彼女の母に対する憎しみだけでも彼女が殺せるはずだ)どうせ余命幾何《いくばく》もない俺だ。逸子を殺して自殺すれば万事は簡単に解決する。しかし逸子には何の罪があろう。やっと蕾が綻びかけた無邪気な乙女だ。悪鬼に化さない限り暴虐の手は下せないではないか。思えば俺のこの僅かばかりの良心という奴が恨めしい。そしてそれにもまして厄介なのは、殺人行為の恐怖だ。俺のこの繊弱な心は、その大きな恐怖を考えただけでも萎縮してしまう。

眠られぬ夜が続いて、俺は到頭重い神経衰弱に罹《かか》ってしまった。苦しさの余り想い出したのが、中学の同窓で、今実験心理学で売り出している大学教授三宅浩精博士だ。彼は催眠術でも一家を成していると聞く。一日《あるひ》俺は彼の門を叩いて不眠症の苦痛を愬《うった》え、催眠術の施術を乞うた。その夜、俺は彼が暗示した時間が来ると眠りに落ちて、暗示された翌朝の覚醒時間まで、昏々として死んだように眠り続けたそうだ。

よく眠った朝の爽快さは今でも忘れることが出来ない。だが、その爽朝に呪いあれ！　その日、俺の脳味噌の襞の間に、真に恐るべき悪魔が巣を営み始めたのだ。悪魔は俺の耳に囁いた。

「あの心理学者を摑えたのはお前の運の開ける始まりだ。そこで、お前に一つ忠告する。あの学者の膝下に跪き、まず五六万円の黄金《かね》を捧げて、こう哀訴するがよい――私に一つの暗示を与えて下さい、（お前は深夜逸子の枕頭に立って、彼女の頭に薪割を打ち込むのだぞ）と、いいか。殺《や》ってしまった頃には、お前はもう立派な狂人になり切っている。狂人ではいかに官憲だって手がつけられまい。分ったな」

この囁きは俺を文字通り飛び上らせた。膝頭の骨がカク、カクと奇妙な音を立てて暫くは止まなかったくらいだ。しかし思えば何たる妙計であろうか。俺は苦もなく良心を麻酔せしめて、殺人の恐怖を実感することなく夢遊の間に邪魔者を亡くすることが出来るのだ。そして醒めた時には俺はもう狂人だ。『コレヲ罰セズ』の条文は俺の頭上に陽のように輝こうというのだ。こんなうまい話がまたとあろうか。五万や六万の買収費がどうしたというのか。

恐怖と歓喜が怪しくも交錯する日に次ぐ夜その中にあって俺は機会を待った。果してスピロヘータ・パルリーダは俺の脳組織にまで喰い込んで来たらしい。毎日頭が軋むように痛む。間もなく俺は狂うだろう。チャンス！　だ。遂に悪魔の囁きが実現する日は来た。俺は五万円の現金で膨んだ鞄をさげて三宅博士の門を潜った。話を切出すと彼は言下に拒絶したがそんなことは予期していたところだ。五万円の札束をテーブルの上に並べると、寔《まこと》に万能の神は黄金なるかな、結局彼は黙諾してしまったのだ。そうと決ったら俺の心は妙に静まってきた。明日の施術はきっと成功するに違いない。俺の計略は見事に中《あた》った。俺は勝利者だ。法律だって官憲だって、指一本俺に触れることは出来ないのだ。何たる愉快ぞ！

（二）

狂人田沼佐吾平の手記はここで終っている。そして彼の計画が実行に移されたことは事実である。何故ならば『富豪田沼家の惨劇』として夕刊のトップを四段抜きの標題《みだし》で飾った事件は、紛れもなく彼の手記の再現に外ならなかったからである。ただ、結果については非常な誤算があった。いかなる誤算かは、惨劇の目撃者たる彼の秘書小川作太郎が、参考人として警察で為した供述の聴取書を読むのが早分りだ。次の一節は、その聴取書の主要な部分の抜萃である。

×

その夜（筆者註、田沼佐吾平が三宅博士の施術を受けた夜）湯殿の方で何かガタガタと鼠にしては大き過ぎる物音がしたので、寝床の中でウトウトしていた私（小川作太郎）は、ハッとして立ち上りました。時計を見ると十二時一二分過ぎ、泥棒にしては少し早過ぎると思いながら、障子をあけて廊下に首を突き出した途端、私の目に入ったのは、主人のゾッとするような姿でした。廊下には小さな常夜燈がついているので、朧《おぼろ》に全身を見ることが出来たのでしたが、その恐ろしい様子は私の網膜にこびりついて、一生消え去ることはないでしょう。瞳は凝《じっ》と空間の一点に凍りついたまま瞬き一つしないのですが、その癖その瞳は精気を欠いていて、洞《ほらあな》のように空《うつろ》なのは一段と不気味でした。ダラリと下げた手の一方には斧をぶら下げています。それは一目見て、主人の好みのストーブにくべる薪割用の斧で、湯殿の隣りの燃料部屋に日頃置いてあるものであることが分りました。廊下に面した湯殿の硝子戸があいていますところを見ると、今の物音は彼が斧を探した音に違いありません。何の感情も現れていない顔、それが斧を片手に長い廊下を音もなく歩いて来る様子は、お能の橋渡しそのままの情景でした。

主人は一歩々々私の方へ近づいて来るのですが、私は釘付にされたように、指一本動かすことさえ出来ないのです。蛇に見込まれた蛙とはこのことでしょうか。湯殿と私の室の途中に、お嬢さん（逸子）と坊ちゃん（真平）の寝室があります。主人はその前まで来ると、ピタリと立ち止って障子をあけ、吸い込まれるように部屋の中へ消えてしまいました。私の背中をサッと氷が走ったような感じがすると、駈け出す代りにその場にヘタヘタと蹲《しゃが》んでしまったのは、余りといえば不甲斐ない次第でした。瞬間、ガッというような鈍重な音がして、同時に幽かな細い唸り声が糸を引くように聞えてきました。殺《や》ったな！　いくら何でも、もう蹲んでは居られません。義足のような感じのする足を無理に二三歩引摺った刹那、主人が前と同じような無表情な様子で部屋から出て来るのを見ました。私の方へは目も呉れず、湯殿の中へ消えると、再び出て来た時には手に持っていた斧はもうありませんでした。そして私に後ろを向けて、何事もなかったように、静かに自分の寝室の方へ廊下を渡って行くのです。

お嬢さん達の部屋の外に立った時には、私の胸は早鐘を打っていました。思い切って覗き込んだ瞬間、予期したこととはいえ、凄惨な有様に思わず後へよろめいたのでした。シェードで遮った幽かな電燈の光に仄見える二つの寝床、手前の方がお嬢さん、向うのが坊ちゃんのです。お嬢さんは、こちらへ顔を向けて美しい眠りに落ちていますがああ坊ちゃんは！　夜具の襟から出ている頭は、どこかの部分が欠けてしまったように滑稽なほど形が変り、黒ずんだ液体がドロッと白い枕を伝って、シーツの上に地図のような模様を描いています。もう死んでいる！　そう直感した途端、頭の中が急に空っぽになったかと思うと、私は意識を失ってしまったのでした。

（三）

これは一体どうしたという出来事なのだろうか。肝腎の主人公田沼佐吾平は、翌朝は完全な発狂者としての姿を家人の前に曝していた。

「儂《わし》は到頭逸子を殺してしまった。あれは綺麗な娘《こ》だったから、月の世界へ行ったろう。……あそこにいるのは逸子だね。莫迦《ばか》に早く帰って来たもんだなあ」

彼は逸子を見ると、口の中でブツブツこんなことを呟いて夜半来の出来事で蒼くなっている彼女を更に怯えさせた。

間もなく彼は所管の警察署に引かれて行った。そこで暴れに暴れて署員を散々手古摺《てこず》らした末、警察医の鑑定の結果は麻痺性痴呆と診断されて、結局拘束を解かれた。そして警察署から真直ぐに、主治医折口ドクトルの経営する脳神経病院に入院させられてしまった。折口病院での彼がいかなる状態にあったかは、本文の当初に書かれた一場面で凡そのことが想像されるだろう。

三宅浩精博士が召喚されたことはいうまでもない。彼は嘲笑に似た微笑を浮べて訊問に答えた。

「いかにも田沼君が頼みに来たことは事実です。けれどもあんなことが一体正気で人に頼めるものでしょうか。あれは立派な狂人です。狂人に催眠術の暗示はかかりません。かからないことは分り切っていますから、いい加減な暗示めいたことを仄かして胡麻化しておいたのでした。五万円？どうしても取れというから預りました。無理に突っ返して、狂人のことですからどこへ紛失しないとも限りませんからな。無論田沼家へ返却するつもりでした」

博士は直ぐ帰宅を許された。

事件解決の鍵を握る田沼佐吾平の脳味噌に黴毒菌が巣をつくっている限り、脳膜上に田沼家事件の映像のピントを合わせることは不可能だ。麻痺性痴呆患者は発病後二三年の間に衰弱で死んでしまうのが大多数の例となっている。さらば事件は永久の謎として犯罪史上に一つの不滅の疑問符を刻印しなければならないのであろうか。

検事局はここで事件を組織的に解剖すべき急に迫られた。私達は二つのテーマをこの事件に発見する。責任能力の問題と、責任意思としての錯誤の問題とである。

犯罪者が無責任能力者として犯罪の成立から除外されるには、その無責任能力状態が犯罪行為当時に存在することが必要であって、犯罪の結果が発生した時に無責任能力となっても、犯罪の成立には影響がない。殺人犯田沼佐吾平の場合はどうであろうか。彼の告白的手記は彼の書斎の机上から発見された。もし彼が健全な頭脳の所有者であったならば、第一こんな危険な手記は認めないであろうし、仮令《たとい》認めたにせよ、それを机の上に放り出しておくような愚かなことはしないであろう。しかもその手記の内容は一見理路整然として軌道を外れたところがないように思われるが、仔細に再読すると、その軌道は非常識を乗せて走る軌道であって、その考え方は妄想的、その計画は架空的であるのに気がつくのである。誇大妄想、架空的計画、これらは麻痺性痴呆患者の著しい特徴とされている。然らば犯罪行為当時彼は既に無責任能力であったものと判断されるのである。

次に責任意思としての錯誤の問題——逸子と信じて殺したところ、事実は真平であったという目的物の錯誤は、殺害の故意を阻却するものでなく、逸子であろうと真平であろうと犯罪の成立には何の関係もない。しかし何故に逸子と真平とを取り違えたかという事実問題になってくると、最早法律上の錯誤の問題の如く簡単に解決は出来ないのである。私達は法律上の問題を解決すれば足り、田沼佐吾平を要するに殺人犯として起訴するか否かを決定すればそれでよいのであるがわが青柳検事の穿鑿《せんさく》眼は実に事件の背後を衝いて、驚くべき方面へ局面を誘導したのであった。由来青柳検事という人は犯罪の醸し出すあの蒸れたような空気を、重苦しい検事局の一室に凝と身動きもせずに蹲《うずくま》りながら、感触することが出来る異常な神経の所有者で、私はこの人から、鋭い智能を持ちながら身体を動かすことを嫌う蒼白な蛇を聯想するのだ。その蒼白な智能の現れの実例として、私は、ここにその局面誘導事情を簡単に書き記しておきたいと思うのである。

（四）

私が青柳検事に呼ばれて氏の室に入った時、氏は両手を後頭部に当てて天井を見詰めていた。これは氏が深く物を考える時の癖なのを知っているから、私はああまた何か起っているなと思った。――田沼佐吾平の臨床訊問が不成功に終ってから四五日経った時のことである。

「ああ秋山君、君は田沼が三宅博士の所へ持って行ったという五万円の現金を、どういう金と思いますか」

藪から棒なので、

「どういう金とは？」

「いや失敬。つまり、その五万円は、彼の鞄の中に入れられる前、どういう状態にあったか、ということなのさ」

私が返事に詰っていると、氏は委細構わず、

「僕達はこの事件を少し単純に扱い過ぎてはいなかったろうか。狂人のやったことだからどうにも仕様がない、といった投げやりの態度が見えやしないか。僕は狂人の心理をもう少し突き詰めなければいけないと思うのだ。一体狂人の心理というものは、余す所なく搔爬《そうは》し尽したつもりでいても、何かしら残されたものがあるのではないだろうか。あるいはその残されたものが、実際のところ精神障碍の本質を成すものなのかも知れないのだ。僕は狂人の心理を搔爬する一方法として、まず外的条件の吟味に手を染めてみた。この意味で田沼と最も密接な関係にあるものは勿論三宅博士だ。果して彼に五万円の現金が渡っているかどうかを調べると、渡っているのは事実だが、同時に端なくも、更に三万円の金が博士以外の別方面に使用されていることが分ったのだ。というのは、

彼は銀行預金の中から八万円の金を引出しているのだが、中五万円を三宅博士に贈った残り三万円についての使途が明かになっていない。そして今も云ったように狂人の犯罪というので事件は問題外に置かれているために、この三万円の行方についても少しも追及されていないのだ。この三万円を吟味して行ったなら、頗る面白い結果が得られはしないかと僕は思う。君はこの事件に大分興味を持って居られるようだから、特にお骨折を願いたいのです」

私は少々擽《くすぐ》ったかったが、凝としていられなくなった。そして警視庁の触手が動いた結果、三万円の現金は折口病院長の手に渡ったことが判明した。折口ドクトルが召喚された。彼は精神病では有名な大家であるだけに、悪怯《わるび》れたところがなかった。訊問に答えて、

「そうです、三万円受取ったことはいかにも事実です。しかしそれは報酬として普通一般のことをやったに過ぎません。もし悪い点があるとすれば、……何もかも隠さず申しましょう。少し前に田沼さんが見えて（もし私が精神に異状を来したなら、ある事件が起るかも知れないが、そしたら事件経過後マラリア熱療法を行ってもらいたい）と云って、前以て謝礼として三万円出されたのです。ある事件というのは、後で新聞で殺人事件と知って余りの大事に驚いた次第でしたが、どういうものか気遅れがして、この事実を申告しなかったことは重々の手落ちでした」

係官は突っ込んだ。

「しかし三万円の謝礼というのは少し多過ぎはしませんか。それに先方も経過のいかんも見ないで前以て謝礼するというのはおかしいじゃありませんか」

折口ドクトルは俯向いて暫く無言であったが、

「なるほど少い謝礼ではありませんが、全然前例のないことではありませんし、積極的に犯罪に加担しようなどという気持は毛頭……」

係官は途中から引ったくって、

「一体マラリア熱療法というのは確実な成績を持っているのですか」

「百発百中とは参りません。何しろマラリア熱に罹らせて間歇的《かんけつてき》に四十二度からの高熱を起し、病菌を撲滅しようというのですから、よほど心臓の丈夫な患者でないとこの療法は応用出来ないのです」

「田沼の場合はどうですか」

共犯関係が成立するか否かの重大な訊問であることは、法律の知識のない彼にも分った。返答の代りに脂汗が額に滲み出して来た。係官は頬の筋肉を歪めて云った。

「田沼について、この療法の効果を信じなかったなら貴下《あなた》は謝礼を騙《かた》ったことになるし、また効果を信じたならば貴下は今回の犯罪に関係があることになる。いずれにせよ、貴下は今重大な瀬戸際に立っていることを覚悟してもらわねばなりません」

係官の鋭鋒はここで一転した。

「田沼がそのことを貴下に頼みに行ったのはいつでしたか」

「あの犯罪を新聞で見た一週間ばかり前でした」

「その時の彼の精神状態はどうだったのですか」

「幾分の異状が認められたといえば認められましたが、思考力を欠くというようなことはありませんでした」

係官の眼がチカリと光った。

「おや、おかしいな……田沼があの手記を書いたのは、インキの乾き加減からしても犯行前一週間以内ということは絶対にない。すると、あれは狂人の手記とは云えないことになる。これは事件を根本から覆す大問題だ」

彼は折口ドクトルの存在を忘れ危く室から飛び出そうとして入口の扉の所で踏み止まった。

「もう一つ——精神に殆んど異状を認められなかった者が、たった一週間ばかりの間に、あんな完全な狂人になり得るものでしょうか」

「緩慢な経過を辿るのが普通ですが、大犯罪というような非常な衝動から、一夜の中に錯乱状態に陥るということも考えられなくはありません」

折口ドクトルは共犯容疑者として、そのまま拘束されてしまった。

（五）

折口病院で見たあのダラシのない狂人が、自分の精神障碍を利用して人を殺し法律上の責任を免れようとしたのさえ意外であるのに、しかも医師に手を廻して、ある期間後病源を駆逐して健康の恢復を企んだに至っては、止め度もなく廻転する異常神経に私は戦慄を感ぜずには居られなかった。そして端なくも私達の眼前に繰り拡げられてきた大きな疑問に対して、恐怖に近い圧迫をすら感ずるのだった。

即ち、田沼佐吾平は狂人を装って告白を手記し、さり気なく机上に放ったらかしておいて巧みに人の目に曝す、一方仮装告白の効果を最も確実に実現する方法として手記通りの行程を追って実行に移し、そして終局の所で正真正銘の狂人となれば、この殺人劇は正しく百パーセントの成功率だ。ところが結果は？　彼が逸子を殺すことを意図したにも拘らずその実真平を殺している。この間《かん》の粗誤《そご》を一体どう解釈したらよいのか。

無責任状態利用の犯罪――異常な衝動が検察当局を駆って活潑な機能の活動となった。何人の頭にもまず浮んで来るのは三宅博士である。事件発生の当初に召喚された時、博士は狂人に催眠術はかからないと云って、疑いを免れた。しかし今や、この主張は理由にはならないのである。彼は再度の召喚を受けた。訊問に答えたところは、仮令狂人でなかったにせよ、田沼は実際催眠状態に陥らなかった。従って暗示めいたことは云ったにせよ、それは暗示にはなっていない、というのであった。しかし警視庁の態度は今度は強硬だった。よし、彼が飽《あく》まで田沼を狂人と信じて居ったにしろ、田沼が彼の催眠術を利用して犯罪をなすであろうことは当然予測さるべきであるとの主張だった。かくて三宅博士もまた留置されてしまった。

それにしても恐るべきは田沼だ。彼はあたかも催眠術に陥っているかの如く装って、秘書小川の見ている前で物凄い犯罪を行っているのだ。

続いて田沼家の再検証が行われた。小川秘書を真先に、逸子、老僕、女中と洗い浚い係官の前に呼び出されて訊問を受けたが、ただ一つの新事実以外に目星しい収獲はなかった。新事実を提供したのは、お咲と呼ぶ、主に逸子と真平の身の廻りを世話する女中であった。

「あの晩、逸子さんや真平君の様子に変ったところはなかったかね」

「少しも御座いませんでした。平常《いつも》と同じようにお風呂にお入りになって、お坊ちゃまは八時頃、お嬢様はお書斎で御勉強遊ばして十時半頃お寝みになりました」

「寝床は貴女が支度するのだったね」

「はい、平常の通りお嬢様のを奥の方、お坊ちゃまのを手前の方へ用意致しました」

この時、日向に細める蛇の目のような青柳検事の目が、チロリと燃えたようだった。氏は初めて口を開いた。

「確かにその通りなんだね。……この前何故それを云ってくれなかったのかなあ」

独白《ひとりごと》でもいうような低い声が青柳検事の口から漏れた。

「巧みに仕組んだ大芝居に、飛んだ手抜かりがあったものだ。秘書の小川が現場を覗いた時には、逸子が手前に寝て居り、真平が奥の方で殺されていたはずだったが……」

逸子が代って訊問台に立たされた。青柳検事は彼女の胸に指を突きつけて、

「大きな秘密が貴女のその胸に潜んでいますね。あの晩貴女は何故自分の寝床を真平君のと摺り違えたか、そこをちょっと説明してみて下さい」

寝床のことを云われて乙女はちょっと頰を染めたが、意外という顔で、

「私、皆なに起されて気がついてみると、平常と違った場所に寝ているので、どうしたことかと不思議に思ったのです。寝る時は確かに奥の方へ寝たのですもの」

青柳検事は溜息を吐くと、額に拳を当てて膝の間に頭を埋めるばかりして考え込んでしまった。そして無言劇のまま、田沼家再検証は終った。

再検証で得たものは形式的には何一つない。しかし謎の鍵を探し出す範囲がグッと狭められたことは成功と云えるだろう。逸子の寝床と真平のそれとが、何故位置を転換して居ったか、この疑問を解きさえすれば、事件の本質を突き止めることが出来るわけだ。仮に逸子の供述が真実であるとすれば何人《なんぴと》かが、彼女が就寝した十時半——いや、眠りに落ちたのを十一時頃として、それから犯行まで約一時間という短時間内に寝床を動かしたことになる。十二時前一時間内の仕事というと、外部からの侵入はまず困難であるから、行動者は内部にあるものと見なければならぬ。内部の者とすれば、次の容疑者が考えられる。

第一、佐吾平自身。——万一犯行を何人かが目撃する場合を予想して。

第二、真平の死によって利益を受ける者。——逸子あるいは逸子に特に好意を持つ者。

第三、主人佐吾平の命令によって動いた者。

（十八）

田沼家再検証から数時間を経て、意外な出来事が検事局を驚かした。それは青柳検事の意見から逸子と秘書小川を喚問しようとして発見されたのであった。ことには簡略を期するために、青柳検事が翌朝苦笑と共に私に示した新聞の記事を引用しておく。

×　×　×

既報、富豪田沼家の惨劇については当の田沼佐吾平氏が発狂状態にあるため事件は一時不起訴と見られたが、その後氏の主治医折口病院長が買収されて事件に関係を持つことが発覚するに及んで俄然局面展開を見たところ、更に田沼氏の秘書小川作太郎（三四）の登場によっていよいよ事件は複雑性を帯びるに至った。即ち小川は田沼氏令嬢逸子（一八）に対し予て恋慕の情を寄せていたが、偶々《たまたま》田沼氏が銀行預金八万円の引出方を彼に命じたところから何か事情があるらしいことに感づき注意していたところ、ある日主人の机上にその手記が置き忘れてあるのを発見、盗み見るに及んで氏の恐るべき陰謀の全貌を知り、彼の意中の令嬢が風前の燈の如き運命にあるのを救わんと固く心に期するに至った。これを警察に密告して事前に喰止めんよりは、自らの手によって今嬢を救いその功を以て歓心を買わんのみか、令息真平君の死によって彼女が莫大なる財産の相続人となるべきを以て、ここに一石二鳥を覘《ねら》うに如かずとなし、遂に密《ひそか》に当夜を待つことに決心した。その夜小川は今嬢の熟睡するのを待って、その寝床を引摺って真平君のと位置を交換し、幽かな電燈の光線の下で容貌を見定めるに由なき主人を誤らしめ、兇器を実子真平君の頭上に見舞わしめたのであった。小川は今嬢に一切の事情を告げようと機会を窺ううち、昨日当局の現場検証があり、青柳検事の態度が事件の真相を見破ったかに思えるものの如く、危急を覚って一行の退邸後荷物も纏めず、事件関係の三宅浩精博士から返却してきた五万円の現金を預っているのを奇貨とし、これを拐帯《かいたい》していずれへか行方を晦《くらま》してしまった。警視庁では八方に手配して捜査中であるが未だ逮捕に至らない。因に折口脳神経病院長及び三宅浩精博士は共犯容疑者として既に召喚留置されている。

×　×　×

私が読み終ってから青柳検事はもう一度苦笑して云った。

新聞は莫迦に力瘤を入れて小川の犯罪を断定しているが、あの男を捕えたって殺人事件の解決に即答を与えるものではないさ。何故って、あの男を追及したところで（私は殺人には関係ありません。逃げたのは五万円の金が欲しかったからです。ただそれだけですよ。第一関係があるものなら、最初の訊問の時、自分の室から首を出して主人の行動を見ていたなんて、そんな馬鹿なことを自分から喋る訳がないじゃありませんか）と云われたらどうする。それよりも、僕が新聞記者なら次のようなことを書くね。彼が逸子に恋慕の情を寄せていたことは肯定するとして、

「――小川は主人田沼が遂に発狂したのを見て、ここに恐るべき犯行を計画し、その罪を主人に着せんと図った。即ち彼は自ら斧を揮って真平を殺害し、己《おの》が意中の逸子に巨万の財産を移転せしめんと欲したのである。彼が当局の訊問に答えて、あたかも主人の犯行を目前に見たかの如く供述したのは真赤な偽りであって、その兇悪は底知れずと謂わなければならぬ。この犯罪を見破ったのは青柳検事であった。氏は、小川の最初の訊問に対する供述が余りに整然としているのにむしろ疑問を懐き、殊に彼が問われざるに、兇器の斧を湯殿から持ち出す光景などを詳述したのは、兇器に対する恐怖を不用意のうちに物語っているもので、暴露によって心中の慰安を得んとする微妙な心理状態に外ならず。これを犯罪自供の第一歩と見たのであった――とね」

私の頭脳はこんがらがって訳が分らなくなって来た。田沼に殺意があって犯行に移らない前に発狂し、遂に犯行を忘れてしまったのを、小川が奪って出たものとも見られるではないか。かくして田沼家の惨劇は、幾変転を経て田沼と小川の対立の場面を最後に、未完結劇として暫く幕を閉じなければならないのであろうか。

犯罪工作者田沼佐吾平は今、マラリア療法によって一歩一歩現実の世界に近づきつつある。しかしながら彼が、再生の胸に掻き抱こうと予期した真平に代って己れを待っているものが何であるかを知ったならば、彼は慄然としてこの療法の中止を医師に要求するに相違ない。

驚き盤

水上呂理

1

飯坂《いいざか》温泉名物の鮎が橋の下の淵に手に取るように群れ戯れている珍らしさに目をくれようともせず、彼はこの清流を挟《さしはさ》む断崖の上にあるいは中腹に異様に立ち並ぶ旅館ばかりを注視している。やがて自分の思索にピリオッドでも打つように未練気もなく橋上の眺望を見捨ててしまった。そして所々に岩が頭を出している渓流について四、五丁上ると、赤秋《せきしゅう》館という物寂びた文字板の下っている門を潜る。流れに面した奥座敷に案内されると、宿帳に「鷲見《すみ》仁《ひとし》、新聞記者」と面倒臭そうに書き殴ってすぐ夕飯を命じた。飯の給仕には気の置けそうな女中が出た。盃を三つ四つ重ねたところで、

「時に君、一週間ばかり前、この家に東京の新聞記者と、金持ちのお坊ちゃんらしいのが泊ったことがなかったかい」

女はこんな場合必ずするように首を傾げると、

「ええ、競馬で当てたとかで、大変なお元気でしたからよく覚えてますわ。お一人は色の浅黒い、いい体格の方で、ほら外国の映画でよくギャングになるバンタとかパンクとかいう怪漢によく似た感じ、それからもう一人の方はどっちかといえば瘦ぎすの苦み走った神経質らしい顔の方」

「ふむ、やっぱりそうか、で、その晩二人は芸妓《げいしゃ》をあげて騒いだ後で……」

「あら、よく御存じ」

「その後で何か喧嘩でもしたようなことはなかったかい」

「さあ……」女はまた首を傾げて、「そう言えば……」

「そう云えば？」

「お床を用意に参りますと、どうしたことかお二人ともだんまりで睨み合いの怖い顔をしていらっしゃいましたっけ。私が入って行ったのもまるで気がおつきにならない様子なので私も暫く棒立ちになっていますと、痩せた方が、『よし、やろう』と云ってパッと立ち上るなり洋服に着かえ、後も向かずに部屋を出ていらっしゃるので、『どうかなさったのですか』と申しますと、太った方の方が『何でもないんだよ、急に用事を思い出して東京へ帰るんだそうだ』と投げつけるようにおっしゃるのです。……では、あれから何かあったんですの？」

「ふうむ、中原が先に帰ったんだね。……いや行方がちょっとはっきりしないもんだからね」

鷲見はそれなりゴロンと仰向きにひっくり返ると、とたんに甦ったように耳に来る温泉のこぼれ水の、とろとろとよく徹った音を立てるのにも、何の誘惑を感ずる風さえなかった。

2

地方版の締切が八時頃に終ると、市内版にかかるまで時間に少しの余裕が出来る。社会部の記者が五六人、食堂のテーブルを囲んで声を潜めたり、隣りの肩を叩いて哄笑したり、心置きなく集っている。悍馬《かんば》のような鷲見が音頭を取っている話題は同僚の失踪事件であった。

「僕も、誰でもが考えるように、アパートの管理人にある点まで事情を話して鍵を借り、中原の室を調べたんだが、失踪の理由を説明してくれるようなものは何も見つからなかった。ただ机の上に、社の原稿紙に鉛筆で『目切《めきり》』という字と『１２００』という算用数字を書き殴った得体の知れないしろ物があるばかりだ。不吉な言葉かも知れんが、これを絶筆乃至は遺書と認めるよりほかない。この一枚の紙片以外に謎を解く鍵はないとなると、僕も首を捻ったよ。

第一、目切とは何ぞや、これが難物だ。こうした場合の文字は、人生に最も深い印象を刻みつけたもの、例えば恩人とか、恋人とか、呪詛の相手とかを現わすのが通例、目切なんていう姓名がもしありとすれば稀《めず》らしい名前だから忽ち暴露するのが当然だが、諸君も彼の周囲にそうした印象的人物の存在するのを聞いたことがないだろう。それから1200だが借金とでも解釈すれば、これはまあ比較的解き易い謎だろうけど、これとて答案を纏めるまでには相当の努力を覚悟しなければならない。何しろある点まで謎の鍵を握っていると思われる室井——南米成功者として有名な室井忠太の伜《せがれ》さ、工科出の才物で競馬狂、中原とはしょっちゅう競馬に行っている——その室井が蝸牛《かたつむり》のように黙り込んでいるんじゃ手のつけようがないや。これは中原の秘密を握っていると同時に、反対に何か握られているのではないかという類推を与える。で僕の穿鑿《せんさく》癖は頻りに動いて、僚友中原のため、御承知のように事件発生の地と思われる飯坂温泉乗り込みという段取りにまでなった。

ここで僕の芸のこまかいところを示すと——東京あたりから福島競馬に出かけるほどの者は、福島から自動車で二十分もあれば、行かれる飯坂温泉に泊らぬはずはない、ときめてさて飯坂へ着いてみると、宿屋を突き止める段になって参った。名刺を出して警察で宿泊人名簿を繰るのは雑作はないがそいつは危険だ。僕は温泉街の入口の橋上に立って地勢を大観した。室井一人なら面倒臭がって橋の袂あたりの旅館へ飛び込むだろうが、やかましい中原が一緒とすると、こいつは幽邃《ゆうすい》な仙境でないと納まるまいから、と思ってどんどん奥の方へ行ってみると、あった、宿の名も赤秋館、万事中原好みだ。短兵急に女中に当ると、こいつ図星なんだ」

彼はここで一と渡り同僚たちの顔を見廻した。口の悪いのが、

「君の探偵眼も一見深刻らしくなってきて凄いぜ」

「驚くな、深刻味を帯びたところはこれからだ。閑話休題——女中を探ると、何か二人は睨み合いの末、中原が先に帰京したまでは判明したが、そこで停電してしまってどうしても先に行かない。人の寝静まった夜中にただ一人瀬の音を聞きながら湯に浸ってみた。霊泉の効顕忽ちあらわれしか、一つの啓示を得た。競馬——射倖——賭博——温泉郷、この聯想は何か悲劇を暗示しはしないだろ

うか。そこで僕は逆に悲劇――温泉――賭博とコースを追って行って思わずギクリとした。賭博、これだ。これに違いはない！　ところが室井は、『室内遊戯』にはからっきし興味を持たないんだから情ない男ではないか。

しかし僕はまた奮い立った、よし外廓清掃と行こう。で当時隣室の客というのを調べたところが、株屋の外交とか云っていたそうだが、番の女中の云うところを綜合するに、何とどうもイカサマらしいんだ。その時僕の脳裡をサッと掠めたものがあった。「目切」――原稿紙の上に躍っていた謎の怪文字、あれは「目切カッパ」を省略したものじゃないか。マッチの棒さえすれば出来るこの簡単なインチキ賭博は、旅先などには持って来いの弄《なぐさ》みとしてイカサマ師の好んで用いる方法だ。中原はこいつに引っかかったに相違ない、つまりこうなんだよ――室井と中原が競馬の穴をあてた余勢を駆って芸妓かなんかあげて騒いだ後、湯にでも浸っていると、そのイカサマ先生が入って来る。『隣室の者ですが大変な御陽気ですっかり当てられましたよ。お蔭様でこっちも寝られませんや、ハッハッハ。罪劫滅《つみほろ》ぼしにこれからちょっと手前と交際《つきあ》って下さいよ。簡単で面白い勝負事があるんです。あなた方の今日の運勢じゃこっちが危いかも知れないんだが……』とか何とか、朝来の強気を煽ったから堪らない、中原の奴忽ち引っかかってスッテンテンさ。スッテンテンならまだしも、せめて明日の競馬の元金《もとで》でも取り返そうと焦ったからいけない、室井から借りては張ったのがまた取られ、また取られして、合計１２００円也」

一同はいつか野次を入れるのを忘れて釣り込まれていたが中の一人が、

「君の推理はソウトウのもんだが、そこからどうして女中の見たというだんまりの場面、と中原だけが急に帰京したという事実が生れて来るんかい」

「それを解決するマスターキイは、女中が聞いた『よし、やろう』という中原の言葉だ。中原が憤然として出発したという事実から推して、室井が何か非常な難題の決行を１２００円提供の条件として迫ったんじゃないだろうか。例えば復讐とか、脅迫とか、秘密窃取とか。……神よ、冒瀆的言辞を許したまえ」

その時、社会部長から鷲見に電話かかって来た。

「え？　中原の居所が分ったんですって！　すぐ行きます」

鷲見が駈け出すと、ドヤドヤと一同が後に続いた。社会部長の机は忽ち人に包囲されてしまった。

「それが大森の杏花堂《きょうかどう》病院なんだ。そこから電話がかかって来て、こうこういう人相の方が貴社《あなた》の方にいませんか、御社の社名入りの鉛筆を持っているんですが……というんだ。聞いたとたんに僕は中原君に相違ないと断定してしまった。何でもそこの玄関の扉《ドア》をドタンと押すと、その場に昏倒して意識を失ってしまったんだそうだ」

3

鷲見が大森の杏花堂病院に自動車を飛ばすと、病室の入口に背を向けて立っている警官の姿を見て失敗《しま》ったと思った。事件が公になってしまった以上、こっちはよほど冷静に応対して同僚の醜態暴露を最少限度に喰い止める手段を講ずるほかない。病床《ベッド》に横った者の顔を見ると、それは紛れもなく中原だった。それにしてもちょっと会わない間に何という変り方なのであろうか。元から痩せた顔ではあったが、無精鬚の生えた頬はいよいよ肉が落ちて湿地を想わせ、飛び出した頬骨と、顔の中でただ一つ生あるもののように見えて一層濃い感じを与える眉との間に、青い陰影をぼかした眼窩の深さ。枕元に立った医師に、

「睡眠剤でしょうか」

と聞くと、医師は困惑の色を浮べて、

「吐剤を与えて、内容物を試験したのですが、睡眠剤ではありませんでした。今なお試験を続け

ていますから、判明次第お知らせしましょう」

「すると、絶望状態なのでしょうか」

「お気の毒ですが、もうその状態さえも通り過ぎて居られるのです」

鷲見は鼻の奥の方がクンと痛むと痙攣したように中原の手を握った。じっとり冷たい手であった。

4

翌朝鷲見が杏花堂病院に行ってみると、中原の死因は酸性の有機質毒による中毒死であることだけは分ったが、何の毒であるかは遺憾ながら自分の病院の設備では分らないという報告に接した。その瞬間彼は目に見えぬ妖気が中原の死骸を密閉しているのを感じた。そして発散する毒素の拡がりの奥に何故か室井の存在を意識した。すると彼の足は、いつか憑かれたように同じ大森に住む室井の邸に向っているのだった。豪華な応接室で彼は室井に不遠慮な質問を浴せた。

「君、中原は死んだんだぜ。毒を嚥《の》んだのか嚥まされたのか分らないけどな。彼奴《あいつ》への香華《こうげ》のつもりで、この俺に少しは口を利いてくれてもいいだろう。……君は中原に千円ばかり金を貸しやしないかね?」

室井は少しばかり蒼白んで、無言のまま彼の顔を見返しただけだった。

「返してくれると思って貸した金じゃないだろう」

「………」

「それにしてはあの金は少々大き過ぎるね」

「………」

「あれには何か反対給付の約束があるんじゃないかい。例えば君には嫌で出来ない仕事を中原がやってくれるというような……」

「中原君が紳士を以て自負していたことは君も知ってるだろう」

「賭博となりゃ紳士も左様ならさ。……では君は、中原が非業の最後を遂げるような原因を与えた覚えはないというんだね」

「そいつあ困るなあ、主観の問題にまでなってくるからね。僕には平気なことも彼には大問題であるかも知れないからな」

こんな調子で、結局不得要領のまま鷲見は室井邸を辞した。そして放心状態でいつか杏花堂病院の門の前に立っているのに気がついた時、一つの想念が浮び上って来た。それは室井邸と杏花堂病院とは、道は曲りくねってこそ居れ、つい目と鼻の近所にあることから来ているのだった。昨夜駈けつけた時も、また室井を訪問した時にさえも、この事実について何の疑問も起さなかったのは、鷲見ほどの記者としては頗る怪しむべきことだった。中原が、室井邸とは目と鼻のこの杏花堂病院に転げ込んだということは、疑えばいくらでも疑える関係ではなかろうか。どこで彼が毒を嚥んだかということになると、真先に疑問符を打たれるのは室井邸であるべきだ。

鷲見は精悍な日頃の彼に返ると、病院の門を潜って屍体室の中原を見舞った。そして前に見落した異常な点はないかと再吟味して右手にかかった時、人差指の指頭に二、三分ばかりの切創《きりきず》を発見した。極めて鋭利な刃物で傷けたものらしく紅い絹糸でも切って貼りつけたように可憐であった。

「こいつは可怪《おか》しい。何物をも疑っていいこの場合、これは疑問百パーセントだ。自分で刃物を持っている時、右の人差指を傷けるということは極めて稀だ。とすると、他力によって加えられたか、あるいは自力によるとしても自分が把持しない刃物に触れたか、この二点に帰結する。いずれにしてもこの切創を中心に、事件は新らしく発展性を帯びてきたようだ」

彼は呟き、頷き、かつ沈思して時の経つのも知らない様子であったが、やがて矢庭に立ち上ると戸外《おもて》へ飛び出してタクシーを呼んだ。

「帝大へ」

5

通夜の座に麗わしい人の姿を見ない淋しさを、亡き友にはうしろめたい気持を懐きながらも、誰もが秘かに心に訴えていた。到頭誰かが緒《いとぐち》をつかんで、

「それはそうと、肝腎の人が見えないね。お雪さんはどうしたろう」

と口を利いたのをきっかけに、社会部の連中が会合の度毎にゆく、料亭の愛娘《まなむすめ》が話題に上ると、座は急に生々と弾んできた。そしていつの間にか鷲見が話の波から逃げて姿を消したのを誰も気がつかなかった。ただささっきから黙々と座敷の隅に蹲っていた室井が、蛇のような目を光らせただけだった。

6

植込みの中でウ、ウ、ウと唸るロシア犬を、

「ビリー、俺だよ」

と声を嚙み殺して制すると、犬は長い毛並を擦り寄せて来る。樹間《このま》から闇を透して向うの窓を窺《うかが》うと半分ばかり開いている。芝生の上を滑るように走り、窓から首を差し込んで両手を窓枠にかけると、昔忘れぬ肘上り、身体全体が窓の中に吸い込まれた後は、何事もなかったような深々たる夜陰だ。暫くすると懐中電燈の光が、どっしりとした調度の上を這って注意深く明滅し始めた。そし

て壁に嵌め込んだ小型金庫に光線が流れた時、図らずもその傍に蹲る一個の人間の姿を映し出した。懐中電燈がボッと鈍重な音を立てて絨毯《じゅうたん》の上に落ちたのを拾い上げると喰いつくように相手の顔に直射した。竦んだ瞳孔、ポカッと開いた花弁のような唇。

「あ、お雪さん!」

思わず小声に叫ぶと、意味をなさぬ嗄れた声が彼女の歯の間から漏れた。

「鷲見ですよ」

その低く強い声をきくと、ヘタヘタと前へのめって床に崩れる彼女を鷲見は思わず抱き起し、テーブルの上に見たフラスコの水をハンカチに浸して顔に当てた。間もなく冷たい汗ばんだ手が顫《ふる》えを帯びて彼の手を握りしめてきた。

「気がつきましたか。驚かして済みませんでしたなあ。だがどうしてまた、この真夜中にこんな家にきたのですか」

お雪は幽かに頷くと、窓外に声の漏れるのを恐れながら、何もかも投げ出したような調子で話し出した。

「はしたない女とお蔑みでしょうね。だけど、どうしてもこうせずに居られなかったんですの。そもそものことは後ほどお話し申し上げますけど、今夜のことだけをお聞き下さいまし。実は中原さんとの婚約の指環が、この金庫の中に蔵《しま》ってあると中原さんから聞いていたものですから、室井さんにお話しして返して頂こうとしましたところ、中々返して下さらないのです。そうなるといよいよ指環が欲しくて堪らず、今夜はお通夜で室井さんが留守と知ったものですから、到頭女だてらに忍び込んで金庫をいじくっていたところでした」

「この金庫にそんなものが入っているんですか。……そうかだんだん事情が分りかけてきたぞ」

彼は金庫へ懐中電燈を差し向け、ダイアルに手をかけようとして、その上方に密着した不思議の装置を発見した。それは直径二寸ばかりの円盤で、円の中心から黒と白と放射線が無数に走って居り一見蓄音機の廻転盤の正しい速度を計るあの速度盤《ストロボスコープ》のようなものであった。試みに指で盤面を撫でてみたが何の変化も起らない。彼はダイアルの方はそっちのけにして、いつかこの方の検討に没頭していた。よく見ると、一本の細い線がこの装置から走って金庫の下へ隠れている。そこを窺《のぞ》くと床の上にスウィッチが転がっている。指でボタンを押えた瞬間、クーンという澄んだ微かな音が円盤装置から起ってきた。小型モーターの音でもあろうか。円盤には何の変化も現れていないので、再び盤面を指で撫でた刹那チカリと指頭に痛みに似たものを感じた。見ると二、三分ほどの直線に血がフツフツと滲み出している。鷲見の顔は見る間に土のように蒼ざめた。

「やられた、蛇の毒だ！」

彼は指を吸いながら矢庭に窓を飛び越えると、闇の中へ駈け出した。裾を乱したお雪が後を追った。そして杏花堂病院の入口の扉を蹴倒すようにして飛び込むと、顔見知りの宿直医を叩き起し、創口《きずぐち》を剔《えぐ》り取って厳重に消毒してもらった。だが身体に何の変化も起らないので、毒じゃなかったのかしらとホッとしながら大騒ぎを演じたきまり悪さを苦笑に紛らすのであった。

7

タクシーが鷲見とお雪を乗せて、深夜の街を疾駆している。速度盤事件の後、お雪を送って行く途中なのである。楚々たる麗人に話しかけるのにも、鷲見は嚙みつきそうな権幕だ。

「さっきはあなたから何故室井邸の冒険を敢行したかを伺ったから、今度は僕が室井邸闖入の経緯《いきさつ》を語る番ですなあ。

飯坂で室井と中原の間に何かあったと睨んだ僕は、注意を怠らないでいるうち中原の怪死事件にぶつかってしまった。そもそも中原が失踪後どこで何をしていたかは、いまにあなたに伺えば判明することでしょうが、とにかく中原も、それから頼りにするあなたも、姿を消して音沙汰なしなんだから始末に負えない。失礼な話だけど、心中《しんじゅう》と略《ほ》ぼ判定を下して実のところ半ば断念《あきら》めていたんです。ところへ中原だけが忽然と現れてきたかと思うと、会った時にはもう幽明境を異にしているんだから全く驚かされましたね。警察では服毒自殺と簡単に片づけてしまったが、僕は卒直にはそう信じなかった。まして病院では毒の性質の判断がつかないじゃないですか。普通の毒死ならば、すぐ判断がつくはずなのだから、これは稀有の毒物と見なさなければならない。中原がそんなものを持っている訳はなし、とすると一杯盛られたと想像するのは不自然かしら。しかも目と鼻の室井邸と病院、その極めて短い道を歩く間に昏倒したというのは、よほどの猛毒と考えねばならない。ね、そうでしょう。

その時フッと思い浮んだのは、室井の親父が南米で巨万の富を積んだこと、室井自身も南米に遊んだことがあるということです。そこで特産の毒蛇というものに一役振ってみましょか。ここに始めて合理的な説明が生まれて来るのです。何よりも中原の死顔を脳裡に思い浮べればよい。瘦せ衰えてこそいたが、苦悶の色がどこにもなく、眠るが如くであったのは神経系統を侵されたためで、毒蛇に咬まれた場合の一種の現象です。僕は動物学の権威、殊に毒蛇の研究で有名な帝大の岡村博士を訪問して意見を叩くと、南米には殆んど一瞬にして人を斃《たお》すほどの猛毒を持つ蛇がいるから、その毒であろうという疑念は充分さしはさんでよいという、答えでした。僕は中原を殺したものは蛇毒であると、固く信ずるに至りました。

さて蛇の毒とすると、いかにしてそれを注射するかが問題です、これを説明するのは指頭の創。誤って怪我をさせて、そこから毒を侵入させるような方法があるとすれば、問題は立所《たちどころ》に解決すると云ってよい。さしあたり室井の書斎でも吟味したら、何かの暗示を与えられまいものでもないと、さてこそ僕の冒険となった次第でした。……しかしあの金庫はよく考えたなあ。金庫の前に立ってあの奇妙な円盤を見れば、誰でも触ってみたくなる。ところがあの円盤は、静止すると見せて実は一分間に八十回位の回転をしているんです。あれは蓄音機の速度盤から思いついたもので、盤面の回転数がレコードの正当な回転数、例えば八十回転に一致すれば、まるで回転していないもののように見える仕掛になっている。一名「驚き盤」と云っているが、全く驚き入ったる装置ですよ。ところで何故僕が指を傷けたか。あの盤面の放射線の一本には、きっと極めて鋭利な剃刀の刃が僅かに頭を出す程度に植えつけてあって、盤面の回転に従って、鉋《かんな》が鰹節を削るような具合になっているに違いない。中原の場合は、その刃に猛毒が塗られてあったのです」

「ああ……」

と車中の麗人は白い頸《うなじ》を見せて両手で顔を覆った。

「それなら何故中原が、あの恐ろしい金庫の前に立たなければならなかったか、それを説明出来るのは、お雪さん、あなただけですよ」

「ええ、では先ほどのお約束もあることですから、そもそものことからお話し致しましょうかしら。中原さんが競馬から帰った日のことから申し上げましょう。あの日、中原さんのアパートへ電話をかけて、目黒のある家――それはこれから私が参ろうとしている家なんですわ、御承知かも知れませんけど、私の親たちは中原さんが嫌いで交際を許してくれませんものですから、その目黒の家のような所でお目にかかるより致し方がないんですの。――その家でお待ちするから是非、と云って念のため電話の番号まで申し上げました。その晩、その家で遅くまで待っていますと、中原さんから電話で、都合が悪いことが出来たから行かれないと云うんです。それを無理に頼んでともかくも来てもらうことになったんですけど、おいでになるといきなり大変なことを云うんです。何でも中原さんは、競馬で勝った勢の上に酒の悪戯もあったのでしょう、室井さんとトランプの大きな賭を始めて、瞬く間に千円ばかりの借りが出来ちまったんだそうです。それをまた室井さんは意地悪く借用証書にしてしまったんですって」

鷲見はポカンと口をあけた。

「へえ、室井と賭を？……そうですかねえ」

「ところがあの通り貧乏な中原さんでしょう、そんな大金を工面する目当なんかありゃしませんわ。酒の酔も醒めてしまって頭をかかえていますと、どうでしょう室井さんが、『どうだ君お雪さんを僕に譲る気はないか。そうすればこの証書に棒を引くがね』と云うんだそうです。ところが中原さんがまた中原さんで、『よし、やろう』と云っちまったと云いますわ。鷲見さん聞いて下さい、中原さんは私に、『今までのことは夢と思って断念《あきら》めてくれ』と、お芝居の科白《せりふ》と同じことを云うんですの。私は口惜しくて頭がカッとしました。親の反対を押し切って結婚の約束までしたのに、それではあんまりじゃありませんか。ああ何という意気地なしの男なんでしょう。私は口惜しくて、口惜しくて……」

お雪は顔を伏せ肩を震わせた。鷲見は運転手に気兼ねしながら、静かに顔を上げさせようとする。その時運転手が、

「旦那、目黒駅ですが、どう行くんです？」

お雪が別人のように、爽かに、

「そこの坂を下り切ろうという所に左へ入る小路がありますから、それを入って家数にして五、六軒先」そして鷲見に「今の話まだ続きがあるんですのよ。お茶でも差し上げながら聞いて頂きとうございますから、遅くて御迷惑でしょうけど、どうぞちょっとお寄り下さいませんか」

と先に立って料金を払うと、柴の門の、小さいながら風雅な家へ入って行く。鷲見は小気味のよい女の専断に呆気に取られながらも、職業意識を働かせて名札を見ると「切山」とあって、その下の電話番号札が「千二百番」。目黒の切山、千二百番……何と原稿紙の怪文字「目切１２００」ではないか。彼は思わず「うむ」と唸った。

8

その時、一度中へ入ったお雪が玄関へ顔を出した。「どうぞ」と云っている無言の笑顔は、鷲見の混乱した迷夢を遠慮なく破って、彼を中へ招じ入れずにはおかなかった。通された室《へや》は二階の六畳で、床には盛花が艶めいた色彩を添えている。紫檀の卓《テーブル》にお雪と向い合った時、彼は今まで見たうち一番背景に一致した彼女を見た。

「お眠くなければ今の続きをお話し致しましょうか」

こう云った彼女の舌は甦ったように滑らかであった。

「そうそう、さっきは気が急いていたものですからお話し出来ませんでしたけど、何故金庫の中に婚約の指環があるのかという件《くだり》。中原さんから飯坂の出来事を聞かされて絶交を覚悟しますと、あの人から婚約の指環を返してもらおうと思ってそれから二三日して電話をかけますと（その時は中原も恥かしくて社へ出られないか、欠勤して友人のアパートに潜んでいました）『あれは室井の金庫に入っている』と、こう云うんです。ああ何という人でしょう、『やろう』と云った一言さえ信じてもらえず、大切な指環を抵当に入れなければならない男です。私はカッとなってお父さんの貯金通帳を盗み出し千円の金を引き出すと、それを中原さんに渡して、『これでその証文とかを棒引きにして、あの指環を返してもらって下さい』と云いましたところ、どこまで残酷な人なのか、金は貰っておく指環は知らんで放りぱなしなんです。私はもう頼むまいと思いましたわ。そして直接室井さんにぶつかって行きました。すると室井さんは、『それは困る、中原が金を持って来るか、あなたが僕のものになってくれるか、どっちかでなければ』ですって。理窟ですわね。それから金庫を指して『指環はここに大切に蔵ってあるから御安心下さい。この金庫は、御覧なさい。こんな装置までしてあるんですから、盗られる心配は絶対にない』と云うので、見るとあの仕掛け。あの人は何でも発明好きで、人に盗まれる恐れのある強力な爆弾の製法を書いた書類を護るために、あの仕掛けなども工夫したんですってね。さっきあなたが説明なさったのとそっくりのことを説明してましたわ。あなたの説明聞いてる時、吹き出しそうだったけど、あなたも素晴らしい頭脳《あたま》ですのね」

その時静寂《しじま》を破って電話の鈴《ベル》が階下に鳴り、応対の声が聞えてきた。

「は？　スミさん？……少々お待ち下さいまし」

老婆が階段から首を出して、訝しそうに目を見張っている鷲見に、

「失礼ですが、こちらスミさんとおっしゃいますか。……ムロイさんという方からお電話ですが。この卓上電話へお繋ぎしましょう」

少しく躊躇《ためら》いながら受話機を取った鷲見の耳に、落ちつき払った室井の声が流れ込んできた。

「鷲見君、びっくりしてるね。何故君がお雪とそこにいるのを僕が知っているか、そして何故僕がその家を知っているか、これが君の疑問だ。まあ僕の話すことを聞いているうちに分かってくるよ。

君がさっきお通夜の席から消えたので、僕は今夜あたり何かあるなと思って家に帰ってみた。果して大ありだね。速度盤が目に見えぬ回転をやっている。これで君の御入来が分った、指を切ってスウィッチもそのまま、蒼くなって飛び出す周章者《あわてもの》の研究家は君以外にはないよ。それからダイアルがいじくってある。これはお雪降臨の証拠だ。お雪は金庫をあける必要がある。慾望じゃない必要だよ。急くな、すぐ納得の行くように話してやるから。ところで婚約の指環の件も、もう話し終った時分だろうと、頃合いを見計らって電話をかけたつもりなんだが、どうだ、聞いたかね。彼女は何と云ったか知らんが、その指環は現在彼女が所持しているんだ。それを金庫の中へ戻す必要が彼女にあるんだ。でないと罪を人に転化することが出来ないんだよ。急くなというように、今分るよ。何故現在彼女の手にあるのかって？　それは僕が返してやったからさ。今君がいるその部屋で、ゆうべ渡したてのホヤホヤだ……その通り、彼女は僕のものだったさ。僕がその家を知ってる訳も了

解出来たろう。君も自惚れは止したがいいぜ、彼女の歓待は秘密漏洩防止のための懐柔の手なんだからね。ハッハッハ……さてその秘密だが……ああもう一通話……お雪はもうその場にいないだろう？　よしと、君は彼女から、中原に対する呪いの言葉を聞かなかったか。彼女は復讐の念に燃えている。速度盤の装置を僕から聞くと、恐ろしい計画を企らんだのだ。僕は単に盗犯予防のため――あれに手を触れた瞬間驚きのために思わず犯行を中止するような具合にあの装置を考案したのだが、毒液を塗るのは彼女の発明だ。机の上に置いた毒蛇の射出液の容器を見て、『これ香水でしょう』というから、その猛毒ぶりを説明すると、彼女の明敏な頭脳はそれを速度盤に結びつけてしまった。彼女は指環を盗み出すことに事寄せて、中原を金庫の前に誘《おび》き出したんだ。君は僕を疑っていた。しかし犯人はお雪だ！」

鷲見は階段を踏み鳴らして下へ降りると玄関を覗いた。そこには彼の靴がしょんぼり行儀よく並んでいるだけだった。

石は語らず

水上呂理

1

東京都の渋谷と横浜市の桜木町の間を走る東横線が多摩川の鉄橋を渡る手前に、D駅という小駅がある。駅を出るとすぐ目の前に、ひろびろとした高級住宅街が現れる。豪華な邸宅群を見飽きた頃に、武蔵野の奥を覗くようなこんもりとした木立に包まれた、いまどき滅多に見られない赤煉瓦の古風な洋館を発見して、奇異の目を見張る人も少くないであろう。

この洋館の二階の片隅に、こぢんまりした部屋がある。廊下に面した入口の扉を排して中に入ると、西に向いた側だけに窓があり、夏の西陽を防ぐための青桐の太い幹と枝が、いまは葉を落として、踊る骸骨のように透いて見える。窓際には一台の碁盤が置いてある。それを挟んで椅子が二脚。部屋の一隅に小卓と椅子、卓上電話、書棚の一セット。部屋の調度品はそれだけである。

碁盤を見よう。盤面にはまだそう沢山の石は並んでいない。布石が終って中盤に入ろうとする局面である。

事作はこの部屋から起っている。

昭和三十三年を迎えて匆々《そうそう》の日曜日の午後、この部屋の入口の扉をあける鍵の音がして、一人の男が静かに入って来た。歳は四十五前後というところであろう。背広を着て、ネクタイをきちんと締めている。小卓を囲んだ椅子の一つに腰を下して煙草を喫う。しばらくしてまた一人の男が入って来て、「やあ、やあ」というような挨拶をし合う。同年輩で、同じような服装をしている。先の男を杉森三二郎、後のを荒谷壮吉という。二人ともそれぞれ大きな化学工業会社の研究部長、開発部長という重要ポストについており、重役も近いといわれている。

二人はすぐ、「さあ、始めようか」という目配せをして、碁盤を中に相対した。盤面に目を落した瞬間、二人は怪訝な顔をして相手の目を見つめた。

「これはどうしたんだろう?」

と、杉森は盤面の一隅を指した。

「僕も変だと思ったところだ」

と、荒谷は答え、

「とにかく、進藤さんに来てもらおうじゃないか」

と言って、卓上電話のダイヤルをまわした。

間もなくこの家の主人進藤英介が扉のところに姿を見せた。太り肉《じし》の恰幅の好い男である。年齢は二人の男より一まわりは上であろう。

「きょうはいよいよ大事な決戦だね。どうかしましたかな」

二人は盤面を指した。

「ここを見てください」

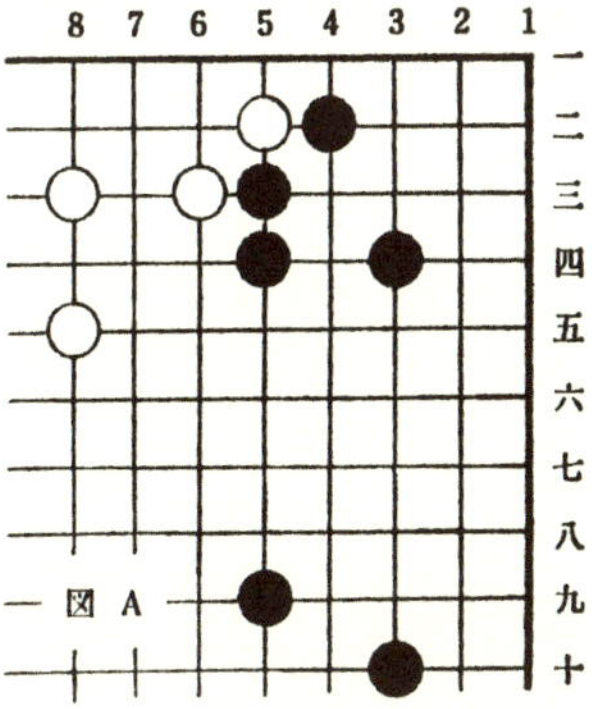

図 A

「ああ、そこか。それはこういうわけなんだ」

進藤はポケットを探って、白と黒の石二つを取り出した。

「けさ、家政婦にこの部屋の掃除をさせた。気持よく打ってもらおうと思ってね。すると、掃除器がちょっと盤に触って、石を二つ落してしまった。この石ですよ」

と、頭を掻きながら、

「当方の不注意でまことに申訳がない。では、石を元の位置に返しますよ」

進藤は白石を図Aの5二、黒石を4二に並べた。

「これで間違いはないはずだ」

と言って、じっと盤面を眺め、

「なるほどね、ここはもう一着で黒の大きな地が固まるところだ」

荒谷が周章《あわ》てて抗議した。

「第三者は発言しないでください。真剣勝負なのですから」

進藤はもう一度頭を掻いた。

「いやあ、失礼。いつもの観戦の癖で、つい口を出してしまった。勘弁してくれたまえ」

杉森は濃い眉の間に皺を寄せて、

「気が散ってしまったが、とにかく始めるとしようか」

と、碁笥《ごけ》の黒石の中に指を突っ込み、戦闘開始の身構えをした。

2

進藤英介は貿易商である。国策銀行Ｋの調査局長を勤めた俊才で、ある事件で退職すると、引き手数多の商社や生産会社を蹴って、一介の貿易商となった変り種である。いわゆる天下りを嫌ったのであろう。杉森三二郎と荒谷壮吉は、Ｋ銀行時代の進藤が最も信頼していた部下であり、二人とも課長の要職にあった。

進藤局長のある事件とは――Ｋ銀行の頭取が××省大臣をめぐる疑獄事件に連座したとき、頭取の立場を有利に導く証言で、進藤局長が正義は曲げられないとして、反対的な証言をした。疑獄事件は結局有耶無耶に終って、頭取は罪に問われなかったが、進藤の銀行での居心地は当然悪くなった。彼はあっさり辞職して野《や》に下ることになる。

〈おれは一匹狼だ。気に食わなけりゃあ誰にでも嚙みついてやる〉

そう豪語した。

世の中にはエコノミック・アニマルと呼ばれるのを、むしろ強者のシンボル・マークとして誇りを感じている商社も少くないが、それを嫌う商社も稀にはある。そういう連中はこの一匹狼に味方した。進藤の商売は相当繁昌していた。

進藤の亡父は、これまた変り種の回漕問屋で、あまり同業者の行きたがらないところへ船を回して、いっぱし金を儲けた。バナナは今でこそ安い果物の第一人者であるが、むかしは高級品であった。彼は台湾ロビイに食い入って、安いバナナを大量に買い入れ、大儲けした。それが運の向き始めであった。間もなくD住宅街の奥に古風な赤煉瓦洋館を建てた。ちょっと人の気のつかないところに凝り性があらわれていた。

〈山家育ちのわしが変な人真似をすると、とんだ物笑いになる〉

と、口癖のように言っていたのだが、たとえば庭木にしても、松とか梅とか、日本庭園のきまりとなっているものは一本もなく、朴《ほお》の木とかブナとか、見るからに野生的なものばかりが鬱蒼として一種の風趣を出しているところは、彼の風格を偲ばせるのに十分であった。

そんなわけで、進藤があっさりと野に下ったのは、父の性格を承け継いだのであろう。

進藤局長が野に下ると、特に目をかけられていた杉森、荒谷両課長も、居心地が悪くなってきた。やがて二人は、相前後してK銀行を去り、民間の大手化学工業会社——日興化学と東洋化成に引き抜かれて行った。だが、悪魔がそこに待っていた。

さて、わが国の化学工業の創生期には、化学肥料とか、化学繊維とか、何か一つ特技とするものがあれば、結構やってゆけた。しかし、競争者がだんだんふえてくると、収益がどんどん落ちる。幹からいくつも枝が出て、鬱然とした巨人となるには、いわゆる多角経営という総合組織によらなければならない。そしてその中で、商法でいえば目玉商品をつくらなければ、繁昌はおぼつかない。

化学工業もそれをつくるのに知恵を絞るのである。

目玉商品をつくる知恵――誰が考えても、原料と技術の上手な結びつきしかないであろう。原料は豊富で安価で、しかも手に入れやすいことが第一の条件である。人間の知恵は、無尽蔵の空気から窒素、水から水素を分離してアンモニアをつくり、それを元にして硫安をはじめとする人造肥料をつくった。目玉商品の第一号であった。

鉱物質も豊富な存在である。そこでは、人間の知恵が土の下から石炭や石油や天然ガスを掘り出してまず燃料とした。知恵が進んで、エチレン、ベンゼン等々、化学工業の原料となるものを無数に引き出した。それにいろいろな技術を加えて、ポリエチレンなどのプラスチック、ナイロンなどの合成繊維、スチレン、ブタジエン、ゴムなどの合成ゴムというような多くの石油化学目玉商品に仕立てた。

いまや世界の化学工業は石油化学工業の花盛りである。高度成長を迎えようとする日本も、その例外であってはならない。杉森のいる日興化学も、荒谷のいる東洋化成も、競走に後《おく》れては、と必死の形相で走り出した。

石油化学工業の発展は、世界的にみて第二次世界大戦中から戦後にかけて伸びたものが多い。ナイロンをはじめ、驚異的な技術革新《イノベーション》が鬱勃《うつぼつ》としておこったのである。ところが、日本は戦争に敗れてその後始末に追われ、石油化学の研究開発に手が届くどころのさわぎではない。なにしろ、石油資源ゼロに等しい日本が、ガソリンは血の一滴とさえいわれた近代戦争に突入したのだから。技術水準は欧米先進国にくらべて二十年も立ちおくれていた。

しかし、忘れてならぬことが一つあった。日本人の特質の一つに器用というものがある。手先の器用なことは世界的に有名だが、頭脳の器用も相当なものらしい。他人の知恵を拝借することである。〈日本はインプルーヴメント・テクノロジーの達人である〉と、外国の評論家は皮肉を籠めて批評した。他の国で開発された技術を取り入れて改善し、自分のものとする技術の巧妙さに舌を巻いたのである。

化学工業、特に石油化学はその典型的なもので、プラスチックや合成繊維などは、見る見るうちに先進国に追いつき、追い越して行った。プラスチックでは、ポリエチレンの花が咲き競ったのが日本石油化学工業繁栄の第一期であった。そして次の目玉商品の話が業界に出はじめた中に、ポリプロピレンの名があった。

3

杉森が招聘《しょうへい》された日興化学という会社は、肥料から出発した由緒ある大化学会社、また荒谷が招聘された東洋化成は繊維から出発した、これも化学業界の名門である。いまは共にいろいろな化学製品をつくって、多角経営の標本といわれるくらい、広く根を張っている。

杉森と荒谷——二人とも同じようなコースをたどった。入社当時は総務部勤務として会社の機構を頭に叩き込まされた。それから地方の大きな基幹工場の長に転出して、生産事業の実際知識を体得させられた。

どんな業界でも、他社の情報をキャッチする網があるものだ。化学業界にも、もちろんそれがあった。杉森と荒谷がほとんど相前後して地方の工場長から本社復帰となったとき、こんな情報が流れたとしても、何の不思議もあるまい。

「東洋化成の荒谷工場長が本社の開発部長に抜擢されたそうだが、もうそろそろその時期だと思っていたよ」

また、

「日興化学でも荒谷氏と同期生の杉森工場長が本社の研究部長に栄転したそうだ」

また、

「同期生といっても、会社が違えば敵同士だからね。なにか起りそうな気がするなあ」

新製品の開発にまず直面するのは、研究部とか、開発部とかであるが、要は技術の改新と製品需要市場の観測を誤らないことである。日興化学の研究部も、東洋化成の開発部も、部員をふやして陣容を整え、目玉商品の発見に目を光らせている。

杉森と荒谷が前後して工場から本社に帰ったとき、進藤は二人を招いて祝宴を張った。

「やあ、おめでとう。こうして三人が集まると、むかしに返った気がするね。ところで、これを祝って一つの提案があるのだが、聴いてくれたまえ」

何事だろう、と二人は膝を正すかたちになった。

「僕の友人がずっと前に、こんな話をしたことがある。〈君の愛する優秀な後輩二人が揃って同じ道を歩いていて、相互扶助を強調しているそうだ。企業でいえば提携ということになる。立派な精神だから結構なことだが、こいつが実際には危険な反語となることが往々にしてあるんでね。こんどの戦争だって、死の誓いをした三国同盟が脆くも崩れた。土壇場に立たされりゃあ、友情もへったくれもあったものじゃないからな。勤めの会社が違うと、友情にも奇妙な反応が起って、思わぬ大事になることがある。あの二人からは目を離さない方がよさそうだ〉とね」

「何ですって」

と、杉森が気色ばんだ。「その人は正気でそんなことを言ったのですか。いったい、日本人は他人のことを気に病みすぎますよ」

胆汁質の性格を多分に持つ荒谷は、杉森のようには興奮はしなかった。

「会社が違うと友情関係にまで亀裂が生じるというのは、いかにも狭量な日本人らしい考え方だと思います。会社が違う、と言いますが、日本の企業は本当の競争という意味を知らないんじゃないですか、ことに大手企業は。中小企業の中には、他の会社が真似のできないような、すばらしい製品をつくっているのがあります。そういうのを大手会社はどんな目で見るでしょうか。アメリカの賢明な大会社は、それを尊敬的な目で見さえして、大資本で包み込み、さらに有意義な貢献のためにその会社を吸収合併するでしょう。フランスならば、資本合弁に導いて、得意の新会社設立の戦術に出るでしょう。どちらも賢い方法だと思います」

「すると、なんだな、相手を叩きつぶすことの競争ではなくて、共存共栄のための競争ということなのだね。それでなくてはいけないのだ」

と、進藤は二人の手を取って握手させた。

「僕は二つの会社が敵視して、両君までが立場上反目し合うようになったら大変だ、とそれが心配でしょうがなかった。両君にお願いしたいのは、これからも協力的に行動して欲しいということなのだ。会社のためにもね」

二人は先輩のいささか古風なやりかたに辟易したが、新たな感激に燃えたことは確かであった。碁でも打ちながら、業界の新しい話題について話し合ったらどうかと言って、進藤が二階の一室を二人の研究室として開放しようという話が出たのも、このときであった。

4

廃墟の中の化学工業が戦後十四、五年、先進国から石油化学技術を導入して、ポリエチレンを筆頭とする第一期計画が完成した頃には、日本化学工業史上最大の技術導入事件を引き起した第二期計画劇の幕がすでに揚げられつつあった。立役者はポリプロピレンである。合成繊維の目玉商品となりうる望みは十分にあった。特許権の主はイタリア切っての大化学会社モンテカチーニである。世界の有名化学会社が競って同社の技術を導入し、企業化に突進していた。野心満々の日本の化学会社も、バスに乗りおくれては、とうごめきはじめる。日興化学、東洋化成も渦巻きの中にあった。

日興化学は東堂という専務取締役を長とするポリプロピレン研究班を組織した。実務のリーダーには杉森研究部長が指名され、年少気鋭の技術者たちが配置された。東堂専務は、日興化学が設備拡張のためにK銀行から多額の資金を借入したとき、その運営のお目付役として日興化学へ出向させられた、日興化学にとっては煙ったい存在である。

東洋化成の方も坂崎という専務取締役と荒谷開発部長を結ぶ線で研究班が堂々の陣を張った。

新星ポリプロピレンの魅力はいったいどこにあったのであろうか。この新しい星は〈夢の繊維〉とも呼ばれた。なんと浪漫的な呼び名であることよ。だが、夢とは非現実のシノニムである。それを現実化することが科学者の義務である、と日本のエンジニアは思った。

ポリプロピレンはイタリアのミラノ工科大学教授ジュリオ・ナッタ博士が、一九五五年（昭和三十年）、ローマで開かれた第四回世界石油会議で、イソタクチック重合体という化学物質の製法と構造を発表してから、一躍世界的に有名になった合成樹脂である。これを実用化する技術がチーグラー博士とモンテカチーニ社の提携で開発され、共有のかたちの特許権が認められた。

アメリカの有名な化学会社デュポンの技師カローザス博士の発見したナイロンが、すでに絹を代替している。いや、代替以上の領域を誇っている。こんどはポリプロピレンが木綿に代る番だ。夢は大きい。

回教徒が聖地メッカへの旅に出るように、日本の化学研究団は夢の繊維を探るために、モンテカチーニの本拠ミラノを訪れるであろうか。

日興化学、東洋化成両社のポリプロピレン研究班の運営が円滑に進行しているとはいえなかった。むしろ難航しているといった方が当っているようだ。真先に起った問題は、技術導入の可否論であった。的にうまく中《あた》ればよいが、外れたら莫大な損失を招き、あるいは社運を傾ける場合もなしとしないと思われる事業に、率先して手を出すことはできない、というのが多くの重役の概念的な意見であった。

これに対して、モンテカチーニから売り出されている技術は、特許に保証され、専門家の批判に応えているものであるから、たとえライセンスに巨額の一時的出費を要するとしても、需要面の測定に誤りがなければ、十分の成果を収めることができるではないか、という積極的意見と対立した。

こうした中で見逃すことのできないのは、社内の若い新鋭勢力の突き上げであった。彼等は古い殻の中に閉じこもっていることができない。日興化学、東洋化成のポリプロピレン研究班が甲論乙駁の過程のうちに辿り着いたのは、技術導入論派の強調するインプルーヴメント・テクノロジーであった。杉森も荒谷も気がついたときには、否応なしに、もはや後に退けない技術導入推進の中心人物になっていた。

その頃のある日、進藤英介は通産省の大久保政務次官と会った。活動範囲の広い進藤は、いろいろな分野でいろいろな人物と交際している。大久保政務次官とは同郷のうえに、東大独法科の同期生であった。会えば遠慮のない口がきけた。

その日も進藤は大久保とこんな話をした。

「イタリアのあるファインケミカル会社が合成香水をつくって市場に出したところが、自分でもびっくりするほどの好評なのだそうだ。僕もそいつを仕入れて、ひと儲けしてやろうかと思っているんだが、そうしたら君にも方々へ紹介してもらう考えだ」

「君のおやじさんはバナナで大儲けした今様紀文だそうだが、悴《せがれ》は香水か。しかし、密柑やバナナと香水では、大衆性に大きな違いがあるから、残念ながら大儲けとはゆくまいよ」

と、大久保はひやかした。

「いや、大儲けとは僕だって思っていないさ。今の時勢では、大儲けの口はハイエナのような大手商社にまかせておくより手がないからね。ところでハイエナどもはいま、化学会社を煽ってポリプロピレンをつくらせようとしているそうじゃないか」

「そういう噂をする者もいるそうだ」

「君が知らぬはずはない。噂以上のものがあるんだろう」

「化学会社が技術導入で競り合っているという話も聞いたがね」

「それなんだよ。僕もK銀行にいて、繊維事業の内情はよく知っている。繊維ほどむずかしい事業は、めったにないね。どんな繊維が織物市場の需要にヒットするか、それは神様にだってわからないだろうよ。それほどむずかしい問題を、通産省はいったい、どう考えているんだろうね」

大久保は首をひねって、

「化学局長に訊いてみたんだが、だいぶ困っていた。もう少し向うの――イタリアの情報も分析しなくちゃならんし、こっちの繊維市場も詳しく調査する必要があるってね」

と、煮えきらない。

「そうだろうな。日本の化学会社はあせり過ぎている、と僕も思う。ところで、君自身はこの問題をどう考えるかね」

「化学局長に訊いたばかりのところだよ。僕自身の意見なんて、あるはずがないじゃないか」

「仮に君が化学局長だったらどうする」

「無理を言うものじゃないよ。〈仮に〉に対するお役人の答弁はいつも決まってるはずだがね」

「そうだったな。じゃあ、質問はこれで打切りとしよう。だが、うっちゃっておけない問題であることは確かだね」

「そのとおり。化学会社も善処するだろうよ」

――答えは出ているじゃないか。

と、進藤は心の中で笑った。

――〈善処するだろうよ〉ではなくて、〈善処させる〉つもりなのだ。

数日後、進藤は日興化学の東堂専務を訪ねた。進藤と東堂はK銀行時代、仕事の分担は違っていたが、同じ年に入社した仲間である。日興化学の経営のお目付役として睨みをきかせていることは、前に述べた。進藤がポリプロピレン技術導入問題について東堂の所信を打診したのに対して、東堂はこう言った。

「もともと、ポリプロピレン問題は不賛成でした。何よりも会社の経営の基礎固めが僕のお役目なのだから」

進藤はうなずいて、

「あなたの考えは了解できる。仮に僕がその立場にあるとしたら、やっぱりそうしたでしょう。何でもかでも、外国のお尻にくっついて歩かなければならんというのでは、あんまり情けないと僕は思うのです。自分の力で苦境を切り開いてゆく気概を持ちたい。現に倉敷レーヨンのように、自力で開発した技術で合成繊維ビニロンの生産に成功した例だってあるじゃないですか。あの意気は買ってやらなけりゃあいけませんよ」

と、ハッパをかけた。

「だけど、そんな稀少例は説得力にならんのですよ。技術導入に熱を上げている連中の耳に入りっこないのです。それに……」

何故か東堂は言い渋った。

「それに？　なんですか」

と、進藤の追及は急である。

「むかしは同じ釜のめしを食った間柄じゃないですか。遠慮なく言ってくださいよ」

今では古語となった同じ釜のめしという言葉が気持をなごませたのか、東堂は意を決したように語り出した。

「僕の方の湯浅副社長は、根が技術畑の出だものだから、すっかりポリプロピレンに取りつかれてしまって、大変な執着ぶりなのです。彼はご承知のとおり、日興化学の基礎を築いた前社長の御曹子で、戦後斜陽会社と呼ばれるようになった社運を元に返さなければという執念に燃えている。肥料会社というのは、恐ろしく伝統を尊ぶ会社の中でも最右翼です。だから、創始者の御曹子の声ともなれば、まるで神がかりの力を持つものなのです。ポリプロピレンはもう少し検討してからにしては、という僕の声なんか通るものではないのですよ」

と嘆いた。

「ポリプロピレン技術導入班の重要な幹事役は、あなたのかつての部下であった杉森君だが、その杉森君を動かすのは班の長たる僕ではなくて、湯浅副社長なのですよ。副社長の声は僕の頭の上を通り越して杉森君の耳に入る。何たることですか」

東堂の声は憤りに震えていた。

「と言って、僕は何も杉森君を嫉視しているわけではない。誤解しないでください。それどころか、むしろ好意を寄せているのです。同じKグループですからね。ただ注意しなければならないのは、徒《いたず》らに先走りしないことです。通産省の石油化学第二期計画は、まだ決まっていない。ポリプロピレンを中心に決まるかも知れない、という噂だけのことなのです。〈夢の繊維〉が〈幻の繊維〉に終ったら、大きな悲劇じゃないですか」

最後の〈幻の繊維〉という言葉は、何故か進藤の頭にピンと来るものがあった。

5

ポリプロピレン熱は燃えさかる業火のように凄まじかった。A・B・C・D・Eの五社も技術導入の準備を進めているという情報が日興化学と東洋化成を苛立たさせた。海外の情報も急を告げていた。本拠のイタリアのモンテカチーニが一九五七年（昭和三十二年）九月に、世界最初のポリプロピレン工場を完成したのを皮切りに、西ドイツではヘキスト、アメリカではハーキュリーズという有名会社が、同じ年に工場を建設した。ほかにも数社が工場の建設に取りかかるという情報が頻々と入ってくる。

日興化学も東洋化成も気が気でない。年が改まると、通産省に技術導入の認可を申請した。が、これは冒険であった。というのは、通産省は依然として不認可の方針に傾いていたからである。石油化学第一期計画がようやく完成したとはいえ、まだコンクリート化が一〇〇％まで行っていないポリエチレンの地盤をポリプロピレンが侵す恐れがある、というのがその理由であった。

この話を聞いたとき、進藤は思わず、

「困ったことになったなあ」

と、嘆声を漏らした。

続いて日興化学と東洋化成が、モンテカチーニと技術導入の契約を結ぶために、交渉団を派遣することになったという情報が進藤の耳に入った。情報の源は以外にもイタリア大使館であった。日興化学と東洋化成の社員がしばしばイタリア大使館の産業部を訪れて、モンテカチーニの業績や特許関係の資料を漁《あさ》っているということを、進藤が懇意にしている化学業界紙の社長が知らせてくれたのである。

「荒療治以外に手はなさそうだ」

進藤が呟いたのは、それから間もなくのことである。

——この様子では日興化学も東洋化成も、手を引くことができないだろう。両方の交渉団がどっちも成功すればいいのだが、そんなことはまずあり得ない。競合となれば、繊維事業の経歴をもつ東洋化成に手があがるだろう。そして日興化学が敗退する。しかし、それでは困るのだ。両方とも敗れるなら、それは致し方がないと諦めもつくのだが……

進藤が〈荒療治〉を持ち出したのは、杉森と荒谷が碁を打ちに来た日のことである。

「いそがしいのによく打てるね」

と、進藤はしげしげと二人の顔を眺めた。

「気分転換にはこいつがいちばんの妙薬なんですよ」

「なるほどね、そうかも知れない」

と言って、進藤はしばらく何か考えていた。

「いや、それならば、気分転換の効果を何倍かにする妙法があるんだが、ひとつやってみたらどうかな」

「何ですか、それは」

と、首を伸ばす二人に、進藤は事もなげに言った。

「碁に賭けてみないかね」

「碁に賭ける？　何をですか」

と、荒谷。

「賭け碁、柄が悪いですな」

と、杉森。

「柄は少々悪くとも、これがいちばんの妙法と思いなさい」

二人は顔を見合わせるばかりである。

「頭脳《あたま》の好いお二人なのだが、まだお分りにならんとみえる」

進藤がにたりと笑った。

「ミラノ行きですよ」

またよく呑み込めない二人の様子を見て、

「まだ分らない？　勝った方がミラノへ行き、負けた方はミラノ行きをあきらめる」

二人の顔に怪訝の色が濃くなった。

「まだお分りにならないかな。僕の言い方が飛躍し過ぎているとみえる。つまり、こういうことですよ、碁に負けた方がポリプロピレン技術導入交渉団から下りる。ということを言いたいのだが……」

進藤は椅子ごと前に乗り出した。

「交渉団派遣そのものの中止なんていうことではない。それは僕なんかの口を出すべき問題じゃないからね。そしてまた、ここまで来てしまったのでは、君たちの一人の力ではどうなるものでもないでしょう」

進藤は姿勢を正すようにして、

「さてと、最近信頼できる筋から僕が直接聞いたところでは、通産省の態度はきわめて厳しいものので、会社側が想像するほど寛大なものではない。二つの会社の競合は、結局虻蜂とらずになりゃしないか、と僕は心配でならんのだ。

実のところ、僕にとっては、二つの会社がどうあろうと、何の関わりもないことだ。ただ両君の立場が心配なだけなんだ。僕はこんな商売をやるようになって荒波に揉まれ、悪ずれがしてしまったが人の心の奥底はよく覗けるようになった。この頃の両君の様子をみると、表向きは別に変ったところもなさそうだが、裏の方は大分変っている。僕の目を覆うことはできないな。何が原因か、そんなことは僕が説明するまでもないことだろう。

ただ、この際僕の望むのは、両君の変らぬ友好関係、それだけなのだ。人間の醜悪きわまる結びつきをいやというほど見せつけられてきた僕は、両君の純粋な結びつきだけに望みをかけている。わかってもらいたいな」

　杉森も荒谷も、進藤の目が潤んでいるのをみてはっとした。何も言わずに、二人は深く頭を下げた。進藤はそれをみて、すぐ快活ないつもの表情に戻った。

「それでと、なぜ僕が、事もあろうに碁に賭ける話なんか持ち出したか、を話さなければなるまいね。それがまた、びっくりするほど簡単なんだ。この際面倒な理屈を言ったらきりがない。賭けるといっても、競馬なんか外界の力に賭けるんじゃ意味がない。自分の力に賭けるんだ。これなら合理的な意味をもつだろう。相撲のようなものさ。最も科学的な、簡単な、そして冷徹な僕の提案に賛成したまえ」

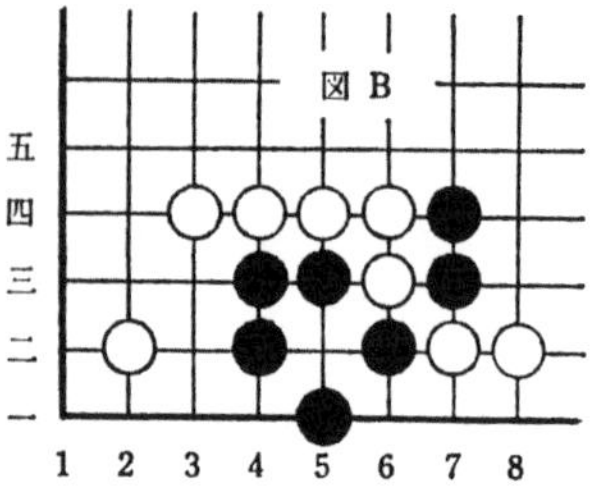

　進藤の言葉は誠意に満ち、圧力があり、少しも奇矯が感じられなかった。二人は進藤の提案を受け入れた。

「よし。それじゃあ、すぐ始めたら」

という進藤の声に促されて、二人は碁盤を挟んで対座した。碁の力は互角だったので、碁の方式にしたがって、白と黒をきめた。杉森が黒、荒谷が白に当った。情勢逼迫《ひっぱく》の折なので一番勝負とした。

「いよいよ真剣勝負だな」

と、進藤が冗談めかして言ったが、二人の表情はまさに真剣そのものであった。

　盤面は刻々と変化した。その日は布石から中盤というところで夜も大分遅くなったので、打ちかけとした。

　そして二日目を迎えた。日曜日であったが、この際だからというので、前日に引きつづいて打つことになった。

　黒番の杉森が盤面をひと通り眺め渡し、いちばん手数の少い一隅（図Aの5九）に石を打って地の拡大を狙った。すると、相手の荒谷はそれに応じないで、対角線の隅（図Bの2二）に打って、黒の五子を攻めに出た。

「しまった！」

と、杉森が叫んだ。2二はこの隅の攻防の拠点である。黒がここに先着すれば、一団の黒の活は確実となるし、反対に白がここに打てば、一団の黒の活はほとんど絶望である。黒によほどの地をつくる打点が他にあれば別として、まずここへ第一石を打つのが常識であろう。

進藤は後でこう評した。

「この石（図Aの5九）はこの隅の絶好点だから、左上の白の四子は必ずどこかに応じるだろうと思った。しかし、それは単純な考えだった。なるほど、地をつくるということでは、5九は絶好点にちがいない。ところが左下隅の2二の白の一撃で黒の一団が死んでみると、実質上の損得はどうあろうと、〈死んだ〉という事実は、黒に痛烈な心理的衝撃を与えずにはいないだろう。杉森君の気の迷いだった、というよりほかはあるまい」

この見込み違いは神経質な杉森を動揺させて、黒に失着が続出し、白の中押勝となった。杉森の失望落胆は見るも気の毒なほどであった。それを進藤がしきりに慰めた。

「杉森君、かえってこの方が好いんだと僕は思う。いまに分るときが来るにちがいない。気を落しちゃいけないいな」

6

その年（昭和三十三年）の三月に、東洋化成の交渉団がミラノに向けて慌しく出発した。一行四人、中心的人物として荒谷の顔が見られた。

ミラノに着いた日はホテルでゆっくり休養をとり、翌日の午前、ラルゴ・ド・ネガーニ街のモンテカチーニ社を訪れた。

モンテカチーニはイタリア最大の化学会社であるばかりでなく、有名な自動車会社フィアットに次いでイタリア第二の売上高を誇る大企業である。イタリア人の好む代赭色の十三階の建物は、上から見ると異様な冂形に拡がって前面の広場を抱き、大企業にふさわしい威容を示している。

その広場に立って、一行は空を仰いだ。空は紺青に澄み、遠く白い帯を流したように見えるのは、マッテルホルン、モンテローザ、ベルニナと続くアルプス山脈であろう。飛行機の旅ならば、マジョレ湖やコモ湖が、エメラルドのように輝いているのも見えるにちがいない。

一行はモンテカチーニ副社長――アンモニアの製造法を開発したファウザー博士の歓迎を受けて、すぐ交渉に入った。モンテカチーニ側はポリプロピレン担当のカルッチオ重役が代弁者として交渉の衝に当った。弁舌の達者な、なかなかのしたたか者で、交渉は難航した。経過を詳述することは不可能なので、次のような遣り取りのあったことを摘記するにとどめよう。

荒谷　貴社が世界の研究の先頭を切って、ポリプロピレンの工業化を実現した。その一日の長に敬意を表するものであるが、ドイツ、アメリカを始めとして、各国が熱烈な研究を進めているので、アイディアとしてモンテカチーニ技術を凌《しの》ぐものが現れないという保証はありませんね。

カルッチオ　企業はアイディアだけで成立するものではありません。製法、商品としての指導性などを多面的、また総合的に見る必要があります。これが実に容易なことではないのです。当社が他に先んじて工業化した事実は、相当高く評価してもらわねばなりません。ハンディキャップがいかに抜きがたいものであるかは、世界の企業家がよく知っているはずです。

独占技術という強さが向うにあった。モンテカチーニが提示した数字は、年間生産量一万トンとして、技術指導料百二十万ドル、特許使用料は年間売上高の五パーセントという高いものであった。

何度か折衝が重ねられたが、この線は動かされなかった。

東洋化成交渉団は結局この数字を呑まされた。本社に電報を打って了解を求めたうえ、いよいよ仮契約の段取りまで漕ぎつけた。

そして仮契約にサインする日が決定した。晴ればれとした顔で一行が玄関を出たとき、一台の自動車が広場に入って来た。降りた人びとの姿を見てちょっと驚いた。みな同邦人だったからである。近づいて顔かたちがはっきり判ると、驚きは瞬間に何倍かに膨れあがった。日興化学の交渉団ではないか。ことに眼球が飛び出すほどびっくりしたのは荒谷である。杉森の姿が数歩の距離にあった。

「あっ、杉森君!」

荒谷が叫んだとき、杉森は背を見せて玄関の階段を駆け上っていた。荒谷は階段の下に立って、茫然とその後ろ姿を見送るだけであった。

一瞬の出会いであり、夢をみるような場面であったが、底層は浅いものではなかった。その夜荒谷は、モンテカチーニの庶務課から教えられたホテルに杉森を訪れた。面会謝絶を覚悟の上でのことであったが、部屋に通されたので、おやと思ったくらいであった。

杉森は薄気味悪いほど落ちついていて、荒谷に椅子をすすめた。

「君は必ずここへやって来ると思っていたよ」

これが杉森の発した最初の言葉であった。

「さっきモンテカチーニの玄関で君に背中を向けたが、なぜあんなに周章てたか、不思議なくらいだ。僕はよく考えてみた。そしたら背中を見せるのはむしろ君の方じゃないか、と気がついたのだ。君に訊きたいことがある」

「僕にも訊きたいことがあるんだ。だから、こうして訪ねて来た。だが、まあ君の方から話してみたまえ。冷静にね」

「そう、おたがいに冷静にね。君の訊きたいことは、話さないでもわかっているよ。あの碁の命令に何故僕が従わなかったか、ということだろう。僕は命令に従って交渉団から下りようと思った。嘘じゃない。だが、従うべきでないことが、だんだんわかってきたのだ」

「しかしだね、君の考えがどうあろうと、約束は約束だ。それも並大抵の約束じゃないんだ。下手をすると会社の浮沈にかかわりかねない重大な約束なんだぜ。それを破るとは何事だ、と僕は言いたいのだ」

〈冷静に〉と先に言い出した荒谷の方が、かえって先に興奮しはじめた。杉森の方はあえて興奮を抑える冷やかな口調で応じた。

「僕に約束を破らせた不純な作為があったからだよ」

「不純な作為？　どういうことかね」

「あの碁のことを考えてみよう。二日目を打とうとするときに起った、ちょっとした出来事を覚えているかね」

「覚えているとも。部屋の掃除をした家政婦が、碁盤に触って石を落した……」

杉森の表情に憤りの色があらわれた。

「進藤さんがそう言って、ポケットから白と黒の石を一つずつ取り出して盤に並べた。そしてこう言ったね。〈ここはもう一着で黒の大きな地が固まるところだ〉と」

「だから僕は、〈第三者は発言しないでください〉と注意したくらいだ。進藤さんは、失礼した、と頭を掻いた」

と荒谷が言うのを、杉森は押えつけるように声を弾ませた。

「そこが問題なんだ。僕はいま〈不純な作為〉と言ったろう。あれは進藤さんの芝居だった、と後で気がついたが、そのときの僕は、すでに進藤さんの策に引っかかっていた。あの隅で地を固めれば勝ちだという気になって、固めの石を打ってしまった。その瞬間に僕は勝利に見離された。別の隅の黒の一群は白の一撃を食って即死した。僕の敗戦の原因はそこにあったのだ。進藤さんのあの一言がなければ、もちろん隅の黒に一手を加えて生きていただろう。誰だって、そう打ったにきまっている。僕は進藤さんのあの言葉を恨むのだ」

「進藤さんにそんな悪意があろうはずはないじゃないか。そんなことをして進藤さんに何の利益があるのかね」

と、荒谷が遮った。それが杉森の憤怒を刺激した。

「君まで加担するのか、あの人に」

「あの人とは何だね。口が過ぎはしないか」

「騙しておいて何を言うんだ。まさか東洋化成に手をまわしたんじゃあるまいな」

「暴言にもほどがある。恥を知りたまえ」

荒谷が口許を痙攣させて詰め寄るのを見て、杉森は扉を指差した。

「もう口を利くのも嫌になった。帰ってくれたまえ」

「なに、帰れだって?」

と叫んだとき、杉森の手がテーブルの上の大理石の灰皿をつかんだのを荒谷は見た。次の瞬間、一歩退った荒谷は頭上に激しい衝撃を感じて床に昏倒した。どのくらい時間が経ったのかわからないが気がついたときには、杉森の姿は部屋になかった。


その後確実に杉森の姿を見たという者はいない。しかし、あれが杉森という人じゃなかったろうかという情報はいくつかあった。その一つ――

杉森がミラノから姿を消した二、三日後に、アルジェリアの首都アルジェのホテルに飄然《ひょうぜん》と投宿した一人の日本人が、朝から強い酒を呂律もまわらないほど飲んでいて、ボーイに、ハッシメルの天然ガス田を見たいのだ、と英語で語ったという。砂漠の中の危険地帯だから止した方が好いでしょう、と注意すると、天然ガスが燃える凄い景色を眺めるのだ、と言ってホテルを出たそうだ。これはアルジェの警察からミラノの日本大使館に入った情報であった。眉の濃い神経質な顔だったというのが杉森の人相に当てはまっていた。

荒谷はミラノから帰って、進藤にその話をした。進藤は食い入るような熱心さで聴いていたが、

「僕もそれが杉森君のような気もする。彼が実務的な一方で夢想的な面もある、捕捉しがたい性格の持ち主であることを僕はよく知っている。だから、実際ハッシメルで天然ガスを空中に放燃する真黒な煙と真赤な焔に魂を奪われたかも知れないね」

と、その情報を半ば肯定する態度であった。そして黙想の後、話を続けた。

「仮に、そう仮にの話だよ、彼が自殺するつもりで姿を消したとする。そしてハッシメルで天然ガスの空中放燃を見たとしよう。それから彼はどうしただろうか。何百万年、何億年の太古から地下に眠り続けていた石油、天然ガスという魔物が、恐ろしい勢いで地上に躍り上ってきた妖しい姿を見たとき、彼は一個の人間の生死なんか何の意味もない、ちっぽけなものだということを感じたに相違ないね。彼は生身でアルジェに帰った。さあ、それからの彼の行動は想像の外だな。何事もなかったような顔をして、ひょっこり僕たちの前に現れないとはかぎらないさ」

7

突然思いがけない幹事役杉森の脱落から、日興化学の交渉団は、モンテカチーニとの話し合いに難航したが、東堂団長の必死の努力で、ようやく局面が好転した。もともと東堂専務はポリプロピレン技術導入問題の反対論者であったが、積極論者である湯浅副社長の説得に押しまくられて団長役を引き受ける羽目となってからは、百八十度の転換を覚悟した。そして、交渉の初日に思わぬ事件から杉森を失って、自分一人が交渉の矢面に立たされることになると、社運を託された重大な責

任が自分の双肩にかかっていることを、ひしひしと感じないではいられなかった。その努力が仮契約の成立に結びついた。

二つの交渉団がミラノから日本へ帰ると、史上最大の技術導入競争事件として紙面を賑わしていたジャーナリズムは、〈モンテ参り実を結ぶ〉の大見出しで、競って成功を報道した。ところが……

東洋化成と日興化学は、仮契約を振りかざして、ポリプロピレン生産計画の認可を通産省に申請した。そして、意外な障壁にぶっつかって狼狽した。

通産省はポリエチレンに次ぐ化学工業第二期計画の題目としてポリプロピレンを選びはしたが、確たる信念の基礎づけがあるわけではなかった。製造技術、原料の供給、需要市場等々の調査はまだ整っていない。要するに方向を示した段階にとどまっていた。

その通産省が東洋化成と日興化学の申請に対して取った措置は、日本の化学工業の現状がまだポリプロピレンを容れる域に達していない、という見地から、ポリプロピレン事業の強行は自殺的行為に外ならぬとして、認可申請を拒否するという厳しいものであった。両社は認可申請を執拗に繰り返したが、通産省の態度を変えることはできなかった。そして繰り返しのうちに、両社ともモンテカチーニとの仮契約の期限が切れてしまった。万事休す、である。

荒谷が進藤を訪ねて、あの碁盤を挟んで対座していた。盤面には杉森と荒谷が勝負を争った石の配置が、まだそのままに残っている。

「これも思い出の碁となってしまいましたね」

荒谷はさすがに感無量の体である。すると、進藤は、

「僕の読みが狂っていたんだ。碁に賭けるなんて、悪い趣向だったな。君にまで迷惑をかける結果となってしまった」

と言って、頭を下げた。荒谷が怪訝な顔をして、

「読みが狂っていた？　どういうことですか。あなたは観戦者だったじゃありませんか」

「それがね、ただの観戦じゃあなかったんだから」

荒谷の顔に怪訝のかげりが深まるのを見て、進藤は言った。

「少し説明しておいた方がよさそうだ。だが、どう話したらいいか……」

と、しばらく考えていた。

「君は覚えているだろう。あれはこの碁の二日目、部屋を掃除した家政婦の不注意から、碁盤の上の石を二つ床に落したのを、僕が盤面に戻した。ここだよ、ここ」

進藤が盤面の一隅を指差した。荒谷はうなずいて、

「覚えていますとも。そのときあなたが、〈ここは黒がもう一着補うと大きな地が出来る〉というような意味のことを言われたので、私が第三者は発言しないように、と抗議したものでした」

「そのとおり。ところが、そのとき僕は妙なことを考えていたんだよ。僕のその発言には、実は魂胆があった」

「魂胆ですって？　穏やかじゃありませんよ」

「実は、あの碁は杉森君に負けてもらいたかったのさ」

「え？」

と、荒谷は目を剝いた。

「君がびっくりするのも無理はない。まあ、聴いてくれたまえ」

と言って、進藤は理由を語った。

彼があげた理由は、（一）大学の同期生、同郷の代議士で通産政務次官の大久保から、ポリプロピレン技術導入問題についての政府の方針を聴き、日興化学と東洋化成の計画がほとんど合格の見込のないのを知ったこと、（二）だが、両社の計画はすでに具体的に進行していて、いまさら後へ

退けない状態であったこと、(三) ことに繊維工業の経験のない日興化学の計画は落第であると判断せざるを得なかったこと、以上三点であった。

「つまり、両社ともに不認可となれば、お気の毒ではあるが、これはあいこで、おたがいに恨みはないわけだ。問題は日興化学だけが通らなかった場合だ。僕がいま、杉森君に碁に負けてもらいたいと言った意味は、これで了解していただけると思う。計画の中心となっている杉森君が、計画から下りることになれば、あるいは日興化学は計画を棚上げするかも知れない。そうでなくても、杉森君だけは計画から脱退する。そうしたら彼は傷を負わないだろう。僕はそう考えた」

そう語っているうちに、進藤の頬に自嘲の笑いが浮かんできた。

「僕としたことが、何とまあ阿呆なことを考えたものだろう。でも僕は本気だったのだよ。賭ける、ということに僕は絶対の信頼を置いていた。僕は商売がら、ずいぶん賭をやった。賭の世界では、それを破るということは、不渡り手形を出したと同様、この上なく不名誉なことなんだ。けれど、そんなことは、僕の住んでいる世界の定めごとに過ぎないのだった。ねえ、荒谷君、現代の社会機構には通用しっこないやね」

荒谷は深い悲しみを湛えた目で先輩の顔を見た。

「進藤さん、もうこの話は止めましょう。あなたを罵り、私を殴った杉森君も、いまはどこかで何かを考えているにちがいありません。私はあの男に何の恨みも持っていません。それどころか、会いたくてたまらないほどなんです」

「そうだね。杉森君はいまにひょっこり、この碁盤を見に来るかも知れないな。これは当分このまま、そっとしておこうか」

二人は立って窓際に並んだ。武蔵野の一角を移したような広い庭は、早くも春の息吹きにふくらんでいる。

「君、見たまえ、この青桐も芽をふくばかりだよ。われわれが空しい努力に夢中になっている間に、自然は狂いなく軌道を走っているんだな」

「いや、進藤さん。空しい努力ではなかったと思いますよ。私たちのしたことは、少くとも石油化学工業の発展に陰ながら貢献したことになるでしょう。そう考えると、けっして無意味ではなかったのです」

「それもそうだね。……そしていつかも話したように、杉森君は天然ガスの恐ろしくも妖しい姿に圧倒されて、自殺なんていう行為が莫迦らしくなってくると、こんどはその怪物の正体を自分の目でしっかりと見とどけようと思うようになったかも知れない。あれほどの男が何の感慨もなく、ただぼんやりと見惚れていたはずはない。彼はポリプロピレンなんかにあっさりと見切りをつけて、天然ガスを捕虜にしてやろうと奮い立ったかも知れないな。

天然ガスは強い圧力をかけると液体になる、と化学者は教えている。そうしたら、船に積んでどこへでも運べるじゃないか。これは化学工業の原料になる……」

進藤はいつか自らの発想に酔っているようであったが、やがて気がついて、

「あはは、痴人の夢というやつかな。……それよりも記念撮影でもしておこうか」

と言って窓際を離れ、部屋を出て行ったが、すぐカメラを手に下げて戻って来た。ファインダーを通して碁盤を真上から覗く。爽やかなシャッターの微音と共に、

「石は語らず、人をして語らしむ、か」

という呟きが荒谷の耳に入った。

随筆篇

処女作の思ひ出

やがて「一と昔前」の昔話になりそうだ、私はフロイドの精神分析入門書を読んだ。精神分析は謂わば謎の解決だ。その頃探偵小説も少しずつ好んで読んでいたので、この二つを結びつけたら一篇の小説が生れはしないかと思って、エヂプス錯綜《コンプレックス》を主題にして書いたのが「精神分析」だった。医学の素養もないのが二三冊の本を読んで、ともかくも一つの主題を盛り上げようというんだから相当心臓が強かった次第で、後年木々さんの作を読んで最先きに冷汗を流したのは恐らく私であったろう。

六十枚ばかりのものに書き上げて、当時博文館に居られた森下さんに見て頂いた。フロイドを探偵小説に取り入れたのは面白い、材料も沢山転がっているのだろうから今後もしっかりやれ、というような激励の辞に感激しているうちに、それが新青年に載って出たのだから嬉しかった。標題も「精神分析」とやってのけたのは正直と云えば正直、天日を恐れざる徒か。

その後精神分析の中から材料を借用したのが一篇あったが、爾来荏苒幾星霜、森下さんの激励にも拘らず、フロイド先生にはすっかり御無沙汰してしまった。その説くところ、アマチュアには到底消化し切れないのである。

水上呂理

お問合せ

一、シュピオ直木賞記念号の読後感
二、最近お読みになりました小説一篇につきての御感想

一、旧い作もあり、比較的新らしい作もあって、日本探偵小説界の縮刷版を読むような気がしました。二度読む機会を失っていた旧い作品に親しむことが出来たのは何といっても懐かしかったです。

二、この記念号で海野十三氏の「爬虫館事件」を読み得たのは大変な儲け物でした。読みたいと思いながら読めずにいた作でしたから。こんな愛すべき探偵小説があったかとちょっと驚きました。鬼面人を驚かすようなことなく、素直に伸々と書かれている点、いいなあと思ったのでした。

(『シュピオ』第三巻第五号、一九三七年六月)

燃えない焔

私はこの頃、読むのにもスランプ状態というものがあるのを痛感しているのである。という意味は、探偵小説を読むのが好きな私が、今年は好い作を読んでみようという意欲が燃え立たず（特に新青年があんな風になってしまってからは）、時に読んでもこれはという感銘の強い作にぶつからない。そうなると目次を見ただけでいじけてしまうという退嬰的な気持に落ち込んで行くばかりなのである。斯界にも傑作はあったのであろうが、そうしているうちに見落してしまったものがあるに違いなく、とにかく印象に残っているものが殆どない。強いて探ってみると、「血闘記」（渡辺啓助）これは例の空想ばかりのものと違って少しの実在感が伴っている故か、何となくむっちりしたものがあって、こくのあるのが好かった。何よりも構成だと思ったことを読後感として記憶している。

「鼻欠け三重殺人事件」（ヒュー・オースチン）印象的でない書き方で大分損をしているが、虚勢的にかさにかかって来るところがないのに好感が持てた。証拠を掲げながら段々と推理を運んで行くところ、いかにも本格物らしくて好かった。ただ、カラカラと音を立てる草刈器械が意味ありげに再三再四登場しながら、その実陰惨な気分を出すための叙景でしかなく、事件には何の関係もないなどというのは、フェア・プレイを表看板に宣伝しているだけに見苦しい。

それから、これは探偵小説としての意図の下に書かれたものではないのであろうが、最近の婦人公論に「美女を生んだ仏像の話」（竜胆寺雄）というのがあった。筋の運びが変格物の短篇として上乗、筆も華麗を極めて面白かった。専ら娯楽を目ざした佳作であろう。

星田三平

せんとらる地球市建設記録

星田三平

一、漂流　第四日――九月八日――

午後一時……

水色に荒縞のある縮みのワイシャツ、上衣《コート》、胴衣《ウエストコート》、洋袴《トレエザア》、幼女のサーキュラスカート、銀糸で刺繍したエプロンドレス、その他三人の衣服を全部集めて、ボートの中央に天幕《テント》を張る。そして、その影へ太陽の直射を避けて、昼寝する。風、弱し。

午後六時……

南方から棒のような雨脚を持った驟雨が来る。手で叩けるほど底下した真黒い密雲。涌きたつ海面。波と、風の騒音。驟雨。――

私達は、裸の身体に壮快な痛気を感じて、いつまでも突っ立っていた。

雲が散ると、嘘のような青空である。東の空に鮮かな虹が掛った。

「キレイネ！　ニイチャン！　キレイネ！」

幼女は手を振って喜ぶ。遠くの水平線で、かすかな雷鳴がする。板をめくって、私達はその底に溜ったすこうし鹹《から》い水を、口をつけて足るだけ飲んだ。そして、その余りを手で掬って水筒へ詰めた。――虹を眺めながら、口笛を吹く。気持のいい涼風。――

午後九時……

天幕を外して、四つに畳んで、それを被って寝る。佐山も幼女も眠った後、私はたった一人半天の星を見ながら街の事を考えている。私は絶望はしていない。しかし、不安に似た無限の焦躁が、のしかかる静寂な夜気と共に、私の脳髄をいらだたせる。今、私は、幾十里離れた東京の街を思っている。そして、冷却する手足と反対に、頭だけがだんだん熱してくる。――私の頭の上で、涙を湛えた瞳のように、スコルピオン星座が輝いている。

×　×　×　×

（函館を出航した私達の船が犬吠岬《いぬぼうざき》の沖で難破した日から数えて、四日目の、これは日記である。私と佐山は大学以来の親友で、その時も北海道へ一緒に遊びに行ってたのだ。幼女というのは、あの嵐の夜、救命具に縛られて浮いていたのを佐山が助けたのだ。名を問うと『ムラヤマ・ナンコ』と答える。年は『ヨッツ』だそうな。

何んでも函館に親戚があってそこへ母親と一緒に避暑に行っての帰りにあの船に乗ったらしく、お家は『コマガタ』であると云った）

二、漂流　第五日――九月九日――

佐山は朝からせっせとネクタイをほごして、それを幾重にも綯《な》っていたが、昼すぎまでにとうとう一本の丈夫な長い釣糸を作りあげた。糸の端へネクタイピンを曲げた不細工な針を着けて、小刀《ナイフ》と爪切り鋏を錘《おも》りにし、缶詰の鰕《えび》を餌で舷《ふなばた》から海へ投げた。彼の予算では、たしかに魚を釣るらしい。しかし、このフライになった赤色の鰕に、食いつくほどきまぐれな魚が、果して居るであろうか？

私は寝転んで、腹の上でナン子をあやしながら、彼にからかってみた。

「何をするつもりなんだい？」

「何を、だって！　じょうだんじゃないよ！」

と、佐山は、焼けた銅色《あかがねいろ》の肩幅の向うで、恐しく真面目な声を響かせた。「食糧が無くなるじゃあねえか！」

「食糧？——まだ二三日あるだろう？」

「そうも無いさ」

私は顔を捩じて舳《へさき》のスーツケースを見た。それは彼が、あの夜、咄嗟の場合に用意して持って泳いだもので、塩っぽい果物だとか、缶詰だとか、少なからぬ食物が入れてあったのだ。

「もう、そんなかなあ——」

「そんなだとも」

彼は徐々に釣糸をさげている。ナン子は私の腕の上で、空へつるされた馬のように、手足をばたばたさせた。むっつりとした汗ばんだ腹が、その度に私の掌に軟らかな触感を与える。私は『餓死』を思った。そして、いつまでも幼女をさしあげたまま、放心した瞳で、薄い天幕を透して青空に見入った。


それでも夕方までに佐山は、一匹の河豚《ふぐ》と三匹の鯛とほごとを釣った。勿論のこと河豚は放して、鯛とほごだけを彼は器用に料理した。

三、二つの事実

私はここで長々と『漂流者の手記』を書くわけにはゆかない。——それは徒らに読者をして、倦怠せしめるにすぎないだろう。

実際その漂流は、日数にしても僅かだったし、食物もかなりあったのだから、むしろのんびりとした、平凡なものであった。

「これで嵐の心配さえ無けりゃあ、すばらしい避暑なんだが」と、佐山の云った通りだ。

だから私は、この記録の後の方に関係を持つ、二つの出来事だけを書いて、先へ進もう。

漂流を始めて七日目（九月十一日）の午後三時頃、あまり暑いので私と佐山はボートの周囲をぐるぐる游《およ》いで廻っていた。彼は大学では選手をしていただけに、色々の型を鮮かに見せた。そして早い抜き手を二十もやった次に、静かに、あおのけで泳いでいた時、妙な事を云ったのだ。

「軽気球が浮いてるんだよ、あそこに。……俺は昨日からあれが気にかかってしかたがないんだ」

「どこに？」と、私が問うと、彼は片手で東北を指した。

「ほら、あすこだよ」

「どこ？……何も見えんじゃないか？」

「眼鏡が無いからさ。俺には、はっきり見えるよ。もっとも始めは鳥か、雲だろうくらいに思ってたんだが、今朝みるとまだ動いてないんだ」

私は近眼である。で、何も見えなかった。

これはその後、上陸するまで彼には見えたそうである。

もう一つ。

九月十二日から十四日に渡って、季節外れの夥しい候鳥《わたりどり》の大群が、天日を摩してと云っても決して誇大には当らないほどの、真黒な集団で西へ飛び去った事である。

「何か変った出来事が、東の方であったらしい」

と、彼はその嵐のような羽音の下で、首をかしげてつぶやいていた。

星田三平

四、上陸――九月十四日――

幸運にも――あるいは不運にも。何故なら、あのボートの中で餓死していたら、あんな恐しい情景を見なくてよかったのだから――私たちの漂流は十日間で終った。

佐山の予言が見事適中したのだ。

「風が、みなみにかわったら黒潮に乗って帰れるんだよ」という予言が――

南風が吹き出したのは六日目だ。潮流に乗ったのは、八日目のひるさがりだ。そして三人は、二日間ゆられ通して、十日目には口もきけないほど疲労した。

潮流の余勢は、ボートをどことも知れない砂浜に運んだ。

私達はナン子を抱いて、やっとボートから這い出ると、そのまま砂に倒れてしまった。

（ここはどこだろう？　陸だろうか島だろうか？　島なら、人が居る島か？　無人島か？　陸だったら何県だろう？……）

そんな事をぼんやり考えながら、早く起きたいと焦る心を、人がいるのなら誰かが発見して救って呉れるだろうと、おさえて、昏々と深い眠りに落ちてしまった。

×　　×　　×　　×

半日もそうして寝ていたのだろう。私が烈しい渇を感じて気づいた時は、海も空も真赤に夕焼けしていた。僕はうつ伏せになったナン子を抱いて、砂のこびりついた胸へ耳をあてた。そして、確かな心臓の鼓動を聞くと、安心して立上った。

佐山も立上る。彼は波に取残されたボートから天幕を剝してくると、それにナン子をくるんで抱えた。

私は、ふらふらする足を踏みしめて、ゆるく傾斜のある砂の防風堤を登った。期待と、不安に胸をふるわしながら、一歩、一歩――

突然、平野が視界一ぱいに拡がった。

田がある！　畠がある！　木がある！　山脈がある！右手の森の中に神社の屋根が見える！　森の向うに部落がある！　部落に行く道がある！

二人はその道へ歩いた。懐しい土の臭。草いきれ。蛙の声。私は何かを力いっぱい突き飛ばしたくなった。そして、疲れを忘れて走りたくなった。――

「どこだろう?」

前を歩いている佐山が云った。

「どこでもいいじゃないか!!!　帰ったんだ!!!」

私は彼に追いついて、ナン子を彼の手から奪うようにしてだいた。そして小さな身体をゆすって、

「ナン子ちゃん！　帰ったんだよお！」

と聞かせてやった。佐山はその声でちょっと立止ったが、すぐ黙々と歩き出した。――何か考えているらしい。何をこの上考える事があるのだ。

赤い鱗雲。鱗雲をうつした水田。夕陽。

森の側に小川があった。私は清冷な水を見ると、夢中で踞みこんで飲んだ。ナン子にも手で掬って飲ませた。佐山は神社の額を眺めていた。私も見上ると、『洲崎――神社』としてあった。

「洲崎?　すると、千葉県だな！」

「うん。そうだよ」

彼は相変らず何か考えている。

部落へは、もう二町。僕はたきたての白米を思う。御飯の湯気を思う。

佐山がこんな事をつぶやいた。

「変だなあ……あの町は……どうかしたのだろうか?」

「静かなのは夕方だからさ！」
「いくら夕方だからって……これは、死んでしまったような静さだ」
そう云えば、そうらしくもあった。何の物音も、その町からは聞えなかった。

五、死んでしまった町

突然、彼は狂ったように走り始めた。そして、町の入口に倒れている黒いものに跼みこんだ。跼みこむと同時に飛びのいた。私も走って行って、それが人間の死体だと知ると、ナン子を落すほど驚いた。同じものが街角までに七ツもころがっていた。町の下層は死骸の発散する異様な臭気のため、便所のように濁っていた。

家は全部で二百軒ばかりあった。私達はこの町の人間が一人残らず死んで居るのだという事を知るまでに、一時間とは要しなかった。

死体は通学中の小学生が主だった。牛乳配達夫、新聞配達夫の混っているのを見ると、この町は明らかに、朝、何かの理由で死滅したのだ。

——私達はこの記録の最初の夜を、恐怖にふるえながら『死人の街』の一家で明したのである。

六、恐しき事実——九月十五日——

翌日。

九時頃起る。私は御飯をたいた。彼は自動車を探しに行くと云って出て行った。昨夜中、彼は寝なかったらしく、瞳のすわった眼が赤く充血している。そしていらいらしている。私は煙にむせびながら、放心してぼんやりしていた。無性に泣けてきた。

「一体、どうしたという事だ。この町だけの事だろうか？　次の町も次の町もこうなんだろうか？　何故だ？」

頭はとめどなく「？」の周りをどうどうめぐりする。落ちる点も「？」である。

彼はまもなく自動車は無いと云って、その代りに一台の古ぼけたサイドカーを探して帰った。そしてこの家の書斎をかき廻して、地図を探し出した。

飯を食うと、ナン子も幾らか元気になった。そして「カアチャン、イツカエルノ？」としつこくきいた。

私達は久し振りに新鮮なシャツとゆかたに着更えた。ナン子には、いくら探したって子供の着物は無かったので、しかたなくテントに使った破れた服を着せた。——私たちは、他人の家でそんな事をしても、少しも悪いとは考えなかった。それほど、他のもので頭が一パイだった。

私がハンドルを握る。佐山はナン子をだいて地図を拡げている。出発したのは午前十時頃であろう。

坦々とした海岸の道を二里も疾走したが人影は一人も無い。九つの部落を通る時には、徐行で絶えずけたたましい警笛を鳴らし続けた。しかし、それを聞きつけて集まって来るものは、眼を光らせた野犬だけであった。

T町でガソリンのきれたサイドカーをすてて、私達は新しいラッサールに乗る。そして、飛ばす。

死人だ！　死人だ！

よけそくると、不気味な音をたてて車体がゆれる。私はその度に眼をつむる。佐山は冷静な瞳で前を凝視している。

二頭の馬が狂暴な野犬に追われて走っている。自動車と荷車とが衝突して水田に落ちている。死人！　逆立《さかだち》している。女が、電柱につかまってそのまま死んでいる。電線で烏が見下している。――死人！

メーターが登る。ナン子が私にしがみついて泣く。――私も、いっそ大声で泣きたくなる。そして、黙って幼女をだきしめる。

十里――二十里――木更津町で夜がきた。私達は車を停めてそこで食事をしたのだ。

「今夜中に帰ろう！……大へんな事になったらしいんだ！」

ガソリンを満たすと、佐山は嫌やがる幼女を無理におしこんで出発した。

ヘッド・ライトの光帯の中で、餓えた犬が死体から飛び上る。追ってくるらしい脚音がする。

姉ケ崎で月が出た。彼はそれをたよりにぐんぐん速度を伸ばし始めた。

五井――八幡――蘇我野――千葉――

千葉は全焼していた。誰かが死ぬ前に放火したのだ。ぽつりぽつり焼け残った洋館の窓が、光りにぬれて輝いていた。焼けた人肉の異臭が、林立する電柱にもつれて匂っていた。

道に倒れた材木等をさけるために、私達はここで永い時間を消費した。そして、船橋で黎明をみた。

私は輝しい朝日を浴びて、積木のように沈黙している多くの町を通り過ぎながら、どんなに焦躁したことであろう！

東京へ！　東京へ！

そして、そして、裂けそうな不安と共に、東京へすべりこんだ私達は、一体、何をみたのだ。

――

×　×　×　×

人の死に絶えた東京。

読者よ！　音の無い東京を想像してみるがいい！　人間のいない帝都を！

衝突して倒れた電車と電車。動かない自動車のゆがんだ車体。窓からぶらさがっている一本の手。

スウィートピーを抱えたまんまころんでいる花売り娘。

豪壮な百貨店の割れた花電燈《シャンデリア》の下で、支配人、令嬢、未亡人、売娘《うりこ》、青年、累々と重り合った無数の死骸！

「嘘だ！　こんな事が！　これが！」

私はぼやけた頭を叩いた。――ボートの中だ！　海に居るのだ！　そして夢をみているのだ！

――私は頭を続けさまに窓ガラスへぶっつけた。ガラスの割れる音が遠くで聞えたと思いながら、私は気を失って倒れた――

七、死都――九月十六日――

気がつくとベッドの中に居た。側にナン子が眠っている。佐山はいない。私の頭には繃帯が巻かれてあった。――枕元に蠟燭が一本、ともされている。湖心のように静かな夜である。――佐山はどこで何をしているのだろう？

高い薄暗い天井を焦点の無い眼でみつめながら、私はぼやけた思想をまとめ始めた。すると、混乱した脳髄の皺から、死人がぽっかり浮き上って来た。そして昼間の恐しい情景が――

私は「戦争」と「毒瓦斯《ガス》」の二字に突き当る。「飛行機」「錯裂する毒瓦斯弾」「倒れる人々」……そうだ！　私達の海にいた間に、不意打にやられたのだ！

私は私自身の想像に興奮した。何もかも判明した気がした。そして、また眠ってしまった。――

この馬鹿げた錯誤だらけの決定に満足して……

翌朝。

佐山はひどく機嫌がよかった。私が、昨夜どこへ行ってたのかとたずねると、にやにや笑いながら、

「今は話すまいよ。いずれ後で聞かすがね」

「これから、俺達はどうすればいいんだ?」

私は不器用に焼けたトースパンを噛りながら、再び佐山に問う。

「人を探すんだよ。それも、十日以内にできるだけ多くの」

ナン子のあんと開けた小さな口に、缶詰の鮭を入れると、彼が無造作に答えた。

「十日? 十日って、なんて意味だい!」

「十日以内に探さねば、助からないんだとさ」

「へえ!……そして、人が生きてるのだろうか?」私は『毒瓦斯』の猛威を脱れ得た者が、果して幾人いるだろうかと考える。

「俺は昨夜、銃声を聞いたんだ」

「銃声って、本当か?」

「本当だとも、二発、続けて聞いたよ」

彼は、チンチン鳴っている湯沸《サモワル》から紅茶を注いで、ふうふう吹いて冷すと、自分でちょっと飲んでみて、それをナン子の唇にあてた。

「……日本中の人間が、俺達みたいな偶然生き残った者の外皆死んじまったのだろうか?」

私が云った。

「たぶん。そうだろう。……あるいは世界中の、地球上の全人類が、かも知れない」

朝食の後で何気なく窓によりかかって、この家の応接室にあったスプレンデイトの金口を啣《くわ》えながら外をみると、愛宕《あたご》山のアンテナの端が東にのぞいていた。ここは飯倉《いいぐら》あたりででもあろうか。

——佐山がピストルのサックと弾丸《たま》のケースを持ってはいってくる。私達は出かける。

×　　×　　×　　×

戒厳令が敷かれたらしく、所々の街角に一団の抜剣した兵士の死体があった。日に日に狂暴な原始の野獣にかえって行く餓犬は、もう人肉の味を知り始めていた。幾つもの死体が衣類と骨だらけになってころんでいた。

私達はいかめしく聳え立つ警視庁の門前で、遂に野犬の重囲におちた。佐山は、自動車の扉《ドアー》の片側を細目にあけて、拳銃《ピストル》を乱射した。命中した犬は飛び上ってうなりながら、逆《さかさ》に地上に落ちた。そして血を吐いた。それでも彼等は退却しない。小さな影を閃かせ、自動車の上を飛び交す。吠えたてる。その声を聞きつけて、街の隅から他の群が集って来る。

佐山は腹立たしげにブローニングを捨てて、思い切り警笛を鳴らした。彼等は驚かない。私とナン子が驚いた。——彼はハンドルを握った。そして道路をうずめ真黒な動物の集団の中へ突進した。ドキンドキンと車体がゆれる度にぎゃっとすさまじい驚喚《きょうかん》が、車の下ではね返った。——

私達はそれから山の手へ廻った。しかし、一日中走り通して出会った事は、次のわずか三つにすぎなかった。

1．目黒の女子大学附近の人家が十四五軒焼けていて、焼跡にまだ白煙が立って、それが新しく少くとも二三日以前の出来事であると判る事。

2. 新大久保辺を通過した時かすかに、西の方角に自動車の警笛が聞えた事。
3. 駕籠町の巣鴨病院の前でチラリと人影を見て、すぐ後を追ったがその人は何故か逃げてしまった事。

2と3とはその距離が遠いため、恐らく同一の人では無かろう。では東京中に二人以上の生きた人間があるはずだ。巣鴨病院の前にいた人は何がために隠れたのであろう?

私たちはその晩へとへとに疲れて、駒込のあるアパートに這入った。

佐山が湯をたくと云って出た後で、私は二階の一室の窓に立って、沈んで行く大きな夕陽を見た。夕陽はしばしば人々を感傷さす力を持つものだ。私もふと――仙台の母や姉妹の身を考えて、少女のように甘い感傷にひたった。

窓からは海が見えた。私は海のこっちから展《ひら》けてくる音を無くした市街を見る。煙を吐かぬ煙突の林立を、重り合ったビルヂングを、人の通らぬ空虚な道路を、停止した工場を………

湯気のたちこめた浴室で、一月中の身体にこびりついた汗と異臭を洗い落す。さっぱりした浴衣に着換える。そして皆んなで夕飯の仕度をする。――

八、生き残った人々(一) ――九月十七日――

兵営の岡の上に、焼きすてられた白骨が日に輝いていた。白骨の中に破れた旗が風の無い温気《うんき》を退屈そうに蒸し返して発散して、おごそかにうなだれていた。

私は油の臭の充満した薄暗い兵器倉庫の隅に、きちんと整列している五台の軽機関銃を発見して、佐山を呼んだ。

私達はその中の一台を、表の草っ原へかつぎ出した。だが、大きな箱にぎっちりつまった弾丸は、二人の力ではびくともしなかった。で、小さな車で運んだ。

彼が、熟練した手で一連の弾丸を穴へピッチリはめるのを私はナン子と共に遠く後で眺めた。引き金をひく。――尖端から火を吹いて、弾丸はちぎれたように間断なく飛んだ。土手の松葉が散った。向うの建物の窓ガラスが、一枚々々音も無くこわれて行く。白いコンクリートに無数の穴があく。――音響が兵舎をゆすって、街へ反響して行った。

「うまい！」

私達はそれを自動車に積むと、戦争に出かけた。

彼はわざと車を止めて、いつものように警笛を鳴らした。三十分も待つと、犬は黒々と地上に群れた。一斉に白い牙をむいて吠えた。

私がナン子の眼と耳とをふさいで座席に寝かしたのを知ると、彼は火蓋を切った。

人と犬との戦争が始る。

空にはね上る黒い斑点。銃口の前におどりかかった奴は、五ツもに裂けて他の犬の背にどっさり落る。真赤な臓腑が銃口にだらりとひっかかる。――死に切れぬうめき声――腹をうたれた犬がだらりとぶらさがったものを引きずりながら、必死によろめいている。それも、やがてもう一発食って横になる。首のない死骸。血。

窓は、しぶく血沫でベットリぬれた。

生き残っている犬は、アカシアの並木のかげから、街燈の横から、しつこくうなり続ける。アカシアが葉を散らして死体の上に倒れると、その後に居た大きな奴がきりきり舞い始める。最後の五六匹が逃げると、鋪路《ペーブメント》は雑然と赤いシーツでおおわれた。――

× × × ×

私達はこうして数ケ所の戦いの後、半日で殆んど東京中の犬を全滅させた。それは、恐しい犬の牙から解放される事と同時に、もう一つの嬉《よろこ》びを三人に齎《もた》らす原因ともなった。

銃の音を頼りに四人の人間が、生きている人間が、駈けつけて来たのである。

私達は彼等を見て、彼等は私達を見て、どんなに狂喜した事だろう。涙を流して、私達は丁度十年も無人島で暮した者のように、人間に餓えていたのだ。

七人は附近のホテルへ這入り、卓子《テーブル》を囲んでお互の不幸な運命について語り合った。

彼等は私の漂流話を熱心に聞いた後、彼等自身の興味深い身の上を交る交る話し始めた。

この四人の長い物語りを全部書くわけにはゆかないので、私は簡単な要点だけを記しておく事にしよう。

彼等五人は（三日前までは五人であったのだ）秩父郡白川村の巡査で、当時第二の鬼熊として新聞紙上で騒がれていた殺人魔山内峯吉の捜査隊に加って、白石山へ逃げた峯吉を追って登った。そして彼等五人だけが森林中で道に迷い、九月五日から十五日まで十日間、森林の中をさまよい歩いて、やっと麓に出た時は、人が死んでいた。夢のように一日徒歩の旅をして一昨夜東京へ着いたのだが、ここも同じ死人の街だった。そして哀れな五人の内の一人は、余りの事に気が狂って昨日行方不明になってしまった。昨日一日中探したが、さっぱりわからなかった。昨日は、私達の自動車の警笛を数度聞いたが、ある時は犬に遮えぎられ、ある時は姿を見失いしてとうとう出会わなかったのだ。

「つまり、あなた達が海に居られた間、私達が山をうろついていたので、不思議に命拾いしたのですね」

と、一番若い巡査が結んだ。

「あっ！　その気の狂った人なら、昨日私達も見ましたよ。ね！　佐山。巣鴨病院の前で出会ったあの人だよ」

私は、私達を見て何故逃げたかがわかった。あれは狂人だったのだ。

「え？　見ましたか？　まだ生きてたですか？　犬にやられたと思っていましたが……」

それまで静かに話を聞いていた佐山が、その時ひょいと顔をあげて、

「一昨夜、五人の内の誰かが、拳銃をお射ちになりましたか？」

と、誰にともなく質問した。私も、他の四人も驚いたが、若い巡査が答えた。

「いいえ。別に、誰も。……どうしてですか？」

佐山はその反問には無関心であった。

「五人の内に、自動車の運転出来る人はいますか？」

「僕が出来ます」

「あなただけですか？　確かに？」

「ええ！　僕だけです」

「あなたは昨日、新大久保のあたりで自動車を運転しましたか？」

「しました。あの時、他の三人の方は家に残って、私だけが自動車に乗って探しに出ていたのです」

「警笛は？」

「始終ならしていました」

「ふーん！　で、これは別の話ですが、山内峯吉の母親の家は、目黒でしたね？」

「ええ」

「そして、峯吉は小柄な男でしたね？」

「そうです」

「私の推理に間違いなければ、彼は、あなた達より三日前に東京へ来ています。——彼は山中で俄かに捜査の手のゆるんだのを不思議に思って、山を下りたのでしょう。すると、人がいません。彼は嬉んで東京へ帰る。真っ先に母親の家へ行く。母は死んでる。そして、彼は火葬にするつもり

で、家へ火を放ったのです。日黒の女子大附近の人家が十四五軒も類焼しています。……星田は巣鴨病院の門前で見た人影を、お気の毒なあなた達の仲間だなんて云いましたが、狂人があんなにすばしっこく逃げる事は不可能ですし、遠目だとは云え、私は新聞写真でみたよく光る眼をみたのです。山内峯吉は東京にいますよ」

彼は断言した。では一昨夜の銃声も殺人鬼のそれだったのか！　殺人鬼は拳銃を握っている！しかも彼は、『死んだ東京』の死骸を見て、半ば狂気して血に餓えているだろう。

四人の巡査は佐山に種々な事柄を尋ねた。そして得心がいったらしい。山内峯吉が東京にいると。……

私達七人は愉快な、私にとっては久しぶりの、本式な晩餐を食った。何故なら老人の森巡査が、前身はコックであったため。

その夜、明日の探査の打合せをして、九時頃まで起きていた。

「峯吉を逮捕した時、どこへ連れて行きます?」等と、佐山が笑いながら云ったりした。

四人は佐山に「何故こんな事になったか?」と幾度も問うた。彼は、もう九日待ってくれ、今云ったら都合が悪いと云って逃げた。

で、私が、例の『戦争』『毒瓦斯』の予想を話すと、皆感心していたが、若い方の森巡査が、プロペラの音がしなかったと云う。しかし無爆音のプロペラだってあるのだ。戦争以外に結論が無いじゃあないか！

森　巡　査　四十五歳　　石崎巡査　三十二歳

岡田巡査　二十九歳　　森　巡　査　二十三歳

森巡査二人は父子だそうである。

ナン子は年取った森さんによく懐いて、いつの間にかその膝の上で眠っていた。これは結局私達にとって、足手まといのとれた事になる。

九、生き残った人々（二）——九月十八日——

佐山と若い森巡査が機関銃のあるシボレーで、私と石崎さんと岡田さんがセダンの四人乗りで、佐山の組が山の手を、私達が下町をとそれぞれ持場を定めて、狂った巡査と殺人魔を求めて、出発した。——ナン子と森さんとは、根拠地のホテルで留守番役だ。

×　×　×　×

私の組は人数も多かったせいか、絶えず陽気にはしゃいでいた。むっつりと考えてばかしいる佐山と二人きりの時よりは、私ものんびりした気持になり、皆と一緒に時には大声で笑いもした。犬はだいぶん減ってはいたが、それでも十二三匹集まって、自動車の後をしつこく吠えながら追っかけた。

『非常の場合以外発射せぬ事』という昨夜の約束を守って私達はただ逃げ廻るだけであった。

この日の収獲。——

午後三時。

信濃町の交叉点で一発の鋭い銃音と自動車の爆音を聞く。爆音を追って走ったが新宿御苑で見失う。

私の組が引き上げて帰って、約一時間の後佐山の自動車が獲物を乗せて、西方から帰って来た。獲物。狂った巡査の新しい死骸。無惨な咬傷が、どろどろとしたもので固っている。顔も胸も腹も手も足も、形がない。

「犬に、やられたんだね！」

すると彼は、首を横にふって、死体の頭部を指した。血のこびりついた毛髪の間に、生々しい弾痕が丸くあいていた。

「峯吉にやられたのか？」

「たぶん、そうだろう。——新宿を走ってると、かすかな音がしたのさ。で、あのあたりを三十分も探してめっけたのだがね。不思議な事に、死体から一町と離れない所に新しい自動車が乗りすててあったのだ。その中に、こんなものが落ちていたよ」

彼はそう云って、一つの支那靴を出した。しかも女の支那靴を——

「死体より以前に自動車があるという事も考えられるね。だが、その自動車の扉のガラスにたまの通った穴があるんだ。穴のあいてる側に死体はころんでいたのだ。峯吉は明らかに自動車上から巡査を射殺したのだ。しかし、この支那靴は何の意味だろう？」

「靴は最初から落ちていたのさ」

「いや！　内部にかすかな温みさえ残ってた。たしかに、三十分以前まで女がはいていたものだ」

その時、私達も銃声と爆音を聞いた事を思い出した。

「俺達も聞いたよ」

「え！　何時頃？」

「そうさ。……三時頃だっけ」

「…………」

七人の者は、眼に見えない殺人鬼に対して、無限の恐怖をいだき始めた。

十、生き残った人々（三）――九月十九日――

連日の疲労で、私は少し頭が痛むからと、同行を断ってしまった。そして、一日ゆっくり寝るつもりで二階の寝室へ行った。

ああ、それが、何よりの過失だったのだ。私はたった一人になると、次第に、音の無い事が恐しくなった、今までは興奮して、何も考え得る時間も無かったし、私以外の人もいたから、こんな事はなかったのに――死そのものの静寂。名状し難い恐怖。私は、羽子布団《はね》に頭を突っ込んでいる。

「これではいけない！　しっかりしなくちゃ！　気が狂うぞ！」

心の片方がそう叫ぶ。そしてもう半分の心は、「どうでもしろ！　なるようにしかならないんだ！」と叫ぶ。「考えるのが悪いのだ。幾ら考えたって、どうにもならない事だ」

だが、現在の恐怖をどうしよう。どうしよう！　私は、荒々しく立上った。階段をかけおりた。私の頭は狂ったのだろうか？

森さんとナン子は食堂で何かしていたので、私の足音を聞かなかったらしい。

何と思って飛び出したのだろう。私には、それさえわからない。ただ、こうしては居られないという、いらいらした感情で頭が一ぱいだった。私は、半分狂人《きちがい》である。

ズボンのかくしには、佐山が置いて行ったブローニングがゆれている。私はそれを握る。そして銀座の甃路を、よろよろと歩いた。

銀座は夕方の雑沓のまま死んでいる。若い媾曳《ランデブー》の途中らしい男女や、子供を連れた浴衣《ゆかた》がけの夫婦。芸者もいる。ステッキ・ガール、ダンサー、女学生、未亡人、辻君、……皆、死ぬる一瞬間前の表情だ。

私は、酒場《バー》の割れた曇り硝子《ガラス》の扉《ドアー》を押す。床に飛散した切子硝子《カット・グラス》の破片――女の手を握って、そのまま死んでる幸福な男――鳴らないジャズ――私はシャンペンをぬく。そして一息にラッパ飲みして、いつまでも混合酒《コクテル》グラスを振って天井を見上げているコックの帽子をひょいとはらい落す。そしていい気持でそこを出る——

私はその隣家のダンスホールの黒い階段を登る。芭蕉の鉢の側で扉を押す。そしてモザイクの床に転んだ死体の間を探し廻ったあげく部屋の隅で、赤い鼻の重役の体量の下におしつぶされた、知り合の、義眼をしたダンサーの悲しげな表情を発見する。私は男の腕の間からのぞいている女の額に、髪をかきわけて接吻する。そして陽気な足で扉を蹴る。

「俺は死人にはあきあきするほど出会ってるんだ！　そんな眼をしたって、恐しくないぞ！」

男や女や少年や少女や老人や老女の頭の間を、私は海藻の間を波《およ》ぐ魚みたいに、すばしっこく縫いながら、午後の散歩をしている。

私は果物屋の奥から水々しい林檎をつかみだす。その桜色の包紙にサイクラメンの臭を感じる。そしてその美しい皮にさくりと歯型を入れる——

私がこうして銀座を半ば夢中で歩きながら、二つめの林檎に歯型を入れた時、向うの街燈の影に白煙が立上り、ズドンと音がして頬のあたりを弾丸がかすめて飛び去った。

咄嗟に、私は身を沈めた。第二弾も外れて、どこかのショウウィンドウの落る音がした。

殺人鬼だ！　山内峯吉だ！

私はかくしから拳銃を取り出すと、街燈の蔭からよろめき出たひょろ高い男をねらって一発射った。私はそれがバッタリ倒れるのを振り返りもせずに走った。——

そしてナン子と一緒に何かを話していた森さんを驚かして寝室に駈けこんだ。

×　　×　　×　　×

「昨日、俺達はとうとう山内をめっけたよ」

翌朝佐山が紅茶をすすりながらこんな事を云い出したので、私は思わずベッドの上に、はね起きた。

「昨日、山内にだって！　昨日の何時頃？」

「夕方にさ。どうかしたんかい？」

彼は私の勢に呆れたらしかった。

「うん！　それで？」

「九段坂で犬とぶっつかってパンパンやってる中へ飛びこんで来たのさ。本人は自殺するつもりであったと云ってるが、俺がすばやく銃口をそらしたので、脚にほんのかすり傷負うただけさ。そこで俺達が無理に自動車へ押し込んで帰って色々訊ねたんだが、目黒の母の家を焼いた事も、火葬する目的で焼いた事も、巣鴨で俺達に出会った事も白状したのに、巡査を殺した事や銃声の事は知らないで通すのさ。それに自動車に乗って警笛を鳴らした事なんぞない。自分は生れて一度もピストルを握った事はない！　と、云うのだ」

「どんな男だい？」

「どんなって……小柄な、色の白い男さ」

「小柄⁉」

私の見たのはひょろ高い男だった。

「一度、会わせてくれ」

私は白いナイトガウンのまま立上った。昨日ぐっすり寝たせいか、頭がはっきりしている。峯吉の部屋は階段を二つ登った、三階のとっつきの四十一番であった。佐山は小さな鍵で器用に扉を開いた。

「おや！　いない！」

寝室のカーテンもぱっとはねたが、そこにも姿が無かった。

「窓だ！」

私は、一ぱいに開かれた窓へ走って下を見た。――峯吉は三階から飛下りて死んでいたのだ。頭がざくろのようにはじけて――

×

「あれは、自殺したのだよ」

七人が死骸のそばからはなれて、食堂に集ると、佐山が云った。

「死ななくってもよかったのに。……私は彼が、何の理由も無い人を殺すとは思えないのです。彼は殺人狂ではなかったのです。復讐、つまり昔で云えば仇討ですね。彼は案外善人だったのです。彼が昨夜話した事は嘘とは思われません。そうなると、この東京にもう一人、生き残った者が居るはずですね。自動車に乗ったり、拳銃をやたらにうったりした。――で、私たちは後六日の間にその人を探さねばなりません。六日間にですよ。それ以後になれば助かりませんから」

私はこの時、昨日銀座で見た人を思いだした。そしてそれを彼に話した。

「ひょろ高い？……たしかに君の拳銃は手答えがあったのだね？」

「うん。あったよ」

「何故、うったんだ！　殺したらどうするんだ！」

「だって、むこうが最初二発もうったからさ。それにあの時は俺も夢中だったのだよ」

それから、私と彼と森巡査とが現場へ行ってみた。しかしそこには夥しい血溜りが一ケ所あるだけで、男（女？）の姿は無かった。そして、血溜りの中に足あとが二つあった。

十一、生き残った人々（四）――九月二十日――

誰かもう一人の人間が、負傷者を運んだのだ。誰だろう？　何故生き残ったのだろう？

私達六人は二人一組になってその附近を探し歩いた。一日中、何の得るところもなかった。そして、佐山と若い森巡査とが、何の予告もなく突然姿を消した。夜遅くまで待ったがとうとう帰って来なかった。三人の巡査は色々心配していたが、私だけは、また彼がどこかで何かやってるのだろうと、少しの不安も感じなかった。（こんな事は学生時代によくあって、一週間も二週間も姿をかくしていては、ひょっくり帰ってきて、私を驚かすような事件を話したりしたものだ）しかし、彼がどこで何をやっているかは、凡その見当もつかなかった。

その夜私達は幾つもの不可解な事について、寝ながら話しあった。

（何故、人が死んだか？）（佐山にはそれがわかっているのだろうか？）（果して東京に、まだ生きた人がいるか？）

——九月二十一日——

私は何も考えない事にした。考えれば考えるだけ、わからなくなる。佐山一人を頼んでいる。そして、その佐山は帰って来ない。朝から玄関で待っていたのに。

——九月二十二日——

「後六日間にですよ」

と、彼が云った言葉は「後四日間」になった。「後四日間」。四日経てば何かがわかるだろう。私は彼を頼んでいるだけに、彼が帰ってこないのがだんだん腹立たしくなった。

三人の巡査もいらいらしている。ただ、ナン子だけが陽気にしている。時々、思い出したように、「カアチャン、カエロ」と云う。幼女は何も知らないのだ。そして幸福なんだ。

——九月二十三日——

夜、二時頃、佐山等が帰って来た。私は自動車がとまる音で眼を覚ましてはね起きた。

玄関へ出てみると、佐山と森とが一人ずつの人間を腕にして立っていた。

「どこへ行ってたんだ！」私は大声で叫んだ。

「とにかく、後で何もかも話すから、この二人をたのんだよ。それから、今晩中に大森へ避難してくれ。みんな一緒にな。――今夜は何もきくな。明日話すよ。大森のQホテル知ってるだろう？あそこへ行ってくれ」

彼は私を制してこんな事を云った。そして、出て来た三人の巡査に、死体のようなぐったりした人間を渡すと、そのまま慌しく自動車に乗った。そしてあっけにとられた人々を残して、闇の中へ消えて行った。

どうした事だろう？

赤い後尾燈《テールライト》が街角を廻ると四人は一様に、闇の中ではっとした。「明日話す……大森……Qホテル……避難……」

私はぼんやり突っ立っている三人をうながして、佐山の言葉に従い避難する事にした。死体のようにぐったりしている人間は、男と女であった。女、支那靴をはいた女。あの時の支那靴の持主だろうか？　男は、立派な洋服を着た紳士だ。二人とも、何か魔睡薬でもかがされたらしい。

一台の自動車にぎっちりつめこんで、私達はその夜の内に大森のQホテルへ行った。何か今夜中にあるらしいと思いながら。――

×

Qホテルは、私が「死ぬまでに一度はこんな所で暮してみたい」と、佐山に云った事のある、大森一のホテルだ。私は見おぼえのある、別荘風な洋館の二階の窓から、闇の底に眠る死んだ大都会を、数時間凝視しつづけた。寒い夜風に吹かれて氷のように冷たくなった胸をおさえて。――待っても待っても何のかすかな物音も、その「死んでしまった東京」からは聞えそうにも無かった。私はあきらめて寝ようとした。その時、大都会の夜空をそめて、どっと吹き上る火焰を見た。そして、錯裂する火薬のすさまじい音を聞いた。矢つぎ早に、あらゆる方面から火柱がたった。音は一つになって、ガラス戸をゆすった。

彼は、何という事をするのだ！　気が狂ったのであろうか？

三人の巡査も起きて見ていたらしい。隣室から驚愕の声がした。

東京は数分で火の海になった。佐山達はどうしているだろう。彼は自分の放った火に焼かれているのではなかろうか！——危険だ！　佐山が危い！

私は階段を走りおりると、道路に乗り捨ててある自動車に飛びこんだ。そして夜明けにまもない朝闇の大森街道を疾走した。

燃えている帝都に近づくと、火気で顔が真赤にほてった。火に追われて犬が走ってくる。人の逃げない火事だ。はじける腐肉の臭気が強く鼻を打った。

私は自分の危険もわすれて、まっしぐらに走った。赤羽橋附近は火のトンネルだった。

東京駅から日暮里へ廻った。朝が来た。

「この火の海から、二人を探す事は不可能だ」と、私はその時やっと知った。

牛込、大塚、池袋と、大きく迂回して佐山達の事は断念して帰途についた。——二人は焼死したものとあきらめて——

「何故火を放ったのだろう？」

幾ら考えても原因は不明である。

×

ところが驚いた事に、焼死したはずの佐山と森とが、神宮競技場の真中に寝そべって、望遠鏡で夜の明けた空をのぞいていたのだ。

彼が手をあげて、大声で呼び止めた時は、私は全くぞっとしてしまった。森の声も聞えたので、車からおりて見まわすと、朝霧と白煙のたちこめただだっぴろいグラウンドの中に二人が黒っぽい蛾のように立ってそろっておいでおいでをしていた。私は張り切った頭のゴム風船がパチンとさけてしぼんでしまった後のように、妙に白々しい空虚《うつろ》な気持で砂の上に下り立つと、突然怒りが突き上げてきた。

「貴様たちゃあ、一体、とんでもねえ奴等だぞ！」

「何がさ？」

彼はもう、夥しい黒煙の巻き上っている空の一点へ、望遠鏡の焦点を合せていた。

「何がだって！　誰が火を附けたんだ？　この東京によ！」

「俺達は、今は、百の都会よりも一人の人間の方が大切なんだ」

と、静かに彼は答えた。そして微笑さえ浮べて、私に望遠鏡を与えた。私はそれで、彼の指した方角の黒煙の中を探し始めた。白いものがレンズの視野に映じた。白いものは視野一ぱいに拡大した。白いものは籠をぶらさげていた。そしてそれは明らかに一個の軽気球であった。

「俺はあれを引きよせるため、気流を作るため非常手段を取ったのだ。これより他に方法がなかったのだ。俺だって東京で育った人間なんだ！……」

「しかし、人が乗ってるとは限らないじゃあないか？」

「人間がいるんだ。女の人が。俺は三鷹村の天文台までわざわざ確かめに行ってみたんだ！」

私は望遠鏡を外した。肉眼でも見られるほどそれは近づいていた。佐山達は機関銃の用意をした。銃口を九十度に立てる――

気球は燃上する帝都の上空へ吸いこまれると、ぐんぐん上昇した。そして右へ花火のようにそれると今度は反対に底下し始めた。また上昇する。底下する。

私は中学の物理で習った水の伝熱法の対流を思い出した。丁度、あれだ！

じれてきた佐山は三度目の底下の時、一機の弾丸を気嚢に打ち込んだ。気球はちょっとゆれて傾いたまま上昇を断念したかの如く、徐々に郊外へ落下し始めた。一番恐れていた火災も起さずに――

私達三人は自動車で後を追った。気嚢は眼にみえて縮小した。原宿の方へ――

「流弾が当ってなければいいが」

佐山はそれを心配していた。

気球は明治神宮の木立へ、かなり烈しく墜ちたらしい。――私達はみんみん蟬の夕立のような鳴声と蒸れ返る草いきれをわけて、約三十分も歩き廻った。そして、旧御苑の隔雲亭の横で、杉の枝にひっ懸ったすぼんだ気嚢をみつけた。人間は、女は、草むらへ放り出されて蒼白い額から血を流し、気を失って倒れていた。彼女は房々とした金髪と、空色の瞳を持つ若い西洋の娘であった。

×

品川駅前の広場にポカンと立って盛んな黒煙を見上げて居た二人の巡査に出会い、驚く彼等と一緒に大森町へ帰ったのは、それから間もなくであった。

むずかるナン子をあやし兼ねて殆んど自分も泣き出しそうになって居た人の好い森さんは、生きた三人が帰って来たので、のっけぞるほど驚いた。そして今度は本当に泣き始めた。

佐山は女を抱えて二階の男ともう一人の日本の女が寝ている部屋の隣りへはいった。甲斐々しく森の運んで来る葡萄酒等を口を割って飲ませた。他の者はベッドを囲んで、女の華奢な喉のゴクリと動くのを不安な眼で凝視して居た。彼は白い手首を握ると、もっともらしく頭をかしげて、じっと脈搏を数えたりした。それがちっとも不自然に思われないくらいに、その場の空気が引き締って居たのだ。

女の褪《あ》せた唇が微かに動くと何か一言早い調子で叫んだ。勿論誰にも意味は判らなかったが、少くとも口がきけたという点でみんな一様にほっとしたものを感じたらしかった。私はその言葉に、大学で教《なら》った露西亜《ロシア》語のようなアクセントを感じた。——

「ドコノネエチャン?」

森さんの片腕にぶらさがって、乱れたおかっぱを大人のように揺りながらナン子が不意に佐山に云ったので、部屋の静かさが破れた。幼女は自分に集る人々の視線をまばゆげに受けて首をすくめた。

「あちらの二人は?」

佐山は眼で指しながら誰にとも無く問うた。

「……二人とも今朝気がつきましてな。水とパンを少々やりましたよ」

と、森さんがナン子の頭に大きな掌を置いて答えた。彼は恐しくまじめな顔で女の側から離れると、隣室と境の扉を一ぱいに開いてそこに並んでいる二つのふとんの山を見ると、安心したように踝で振り向いて、

「おい! 星田! お前へは三人を頼んだぞ。……じゃあ皆さん、階下《した》でお話しましょう」

と云った。そして四人を、ナン子もよせて五人を連れて部屋から去った。

私は仕方なく取り残されて、寝台の頭の方へ籐椅子を引て街の煙草屋で時々盗んでくる? スプレンデイトの細い金口を一本啣えたまま、様々な瞑想に耽り始めた。——この女は何者だろう? どこの国の者だろう? ロシアだろうか? 名前は? 年は? 結婚しているのだろうか? そして、何故軽気球になんぞ乗ってたのだろう? 自分で乗ったか、無理に乗せられたか? 繋鎖は何故切れたか? 自分で故意に切ったか? 他の人が切ったか? 偶然切れたか?——突然! 女が何かまた叫んだので、私の瞑想が中断された。女は続けて二言叫ぶと、元の静さに戻った。露西亜語だ! 露西亜人だ!

私は最初の言葉を明らかなロシア語ではっきり『同志よ《タワリシチー》!』と聞いた。次のは人の名らしい『アンドレイ、チュルトゥコーフ』という言葉を。その次のは意味がわからなかった。

私は火の点かぬ煙草を捨てた。そして次の言葉を息を凝して待った。もう、何も云わなかった。

私は立上って静かに部屋を出た。階下では佐山と森とが今度の事に附いて三人に説明して居た。例えば、三鷹村の天文台で気球が近くの空に浮いてるのを知ったとか、その気球を引き寄せる風を起すため佐山と二人で放火して歩いたのだという事等を——

「ちょっと、俺は用が出来た。誰か行って下さいよ！」

廊下でそう云い残して、私は大急ぎで街へ探し物に出て行った。

小一時間も、大森町を探し歩いた末三度も犬の襲撃を受けて生命からがら逃げ込んだ古本屋の書架の隅に、目的の古びた露西亜語字典を発見した。表には三匹の猛犬が唸っているので、鍋を持った奥様の死体のある勝手口からこっそり逃げ出して一目散に走って帰った。

佐山がナン子を抱いて、窓から、まだ白煙の上っている東北の空を眺めていた。他の四人の姿が無かったので、

「どうした？　あの人達？」と、聞くと、彼は古面のように無表情な顔を向けて、

「貴様が黙って飛び出すから心配して迎えに出たのさ。放っておけと止めたんだが——」

と云いながらうるさそうに昼蠅を追った。

「へえ！　御苦労な事だな。……しかし、犬にやられなきゃ好いが」

「ピストルを持ってる」

そう云えば何だか、私が二三軒目の書店に這入って居た時それらしい音がしないでも、無かった。が、私は忙しい。私は女の叫んだ最後の言葉を訳さねばならない。

私が夢中になって頁《ページ》をめくり始めた時、彼がこんな事を独り言《ご》ちた。

「明日か明後日《あさって》。少くとも三日以内」

こんなわけの判らぬつぶやきには、耳もかさなかった。そして遂にそれが『切断された』である事を知った。私はその三字を紙に書いた。それを彼に示した。

『同志よ！』『アンドレイ、チュルトゥコーフ』

『切られた！』

彼はちらっと見ただけで別に驚かなかった。予期していた驚き声もあげなかった。私はそれが不服だった。

「どうだ？　そんな事をこの女が露西亜語で喋ったんだぜ」

「……そうか。やっぱり露西亜人だったのか。……」

「人に切られて飛ばされたらしいね。腕ずくで押しこめられて――」

「馬鹿だなあ。俺は繋留索を一目見て、ちぎれたか切ったかを知ってたぞ。それに、自分から乗ったのかもわからないじゃないか」

私はすっかりくさってしまい、何か一言胸のすくような事を怒鳴ってやろうと思った。

そこへドカドカと階段を登る足音がして、四人が帰って来た。浴衣が赤く血に染って、所々破けて、犬にやられたらしかった。

十二、女と男――九月二十四日――

翌日、男女の健康は言葉を出し得るほどよくなった。その代りでもあるまいが、森さんと石崎と岡田とが全身に繃帯して枕を並べて唸り始めた。――若い森は傷が浅いので寝ずに、三人の傷の手当をする私達の手伝いをしたりした。一番重傷の三十五ケ所の咬傷を持つ森老巡査の枕頭で、眼と口、鼻だけ露出させたその白布の顔を見分け兼ねて、ナン子は、「小父さんが居ない」とむずかり出した。それを森がすかしている。

男と女は涼しい縁端へ出て潮風に吹かれて、深々と籐椅子に腰をかけた。その横へ並んで佐山が居た。話して居る。

「――すると、なにですね。貴女達が、貴女と劉《りゅう》さんとが自動車を乗り廻してたんですね。もう一人の人は自動車の運転は出来なかったのですか？」

「ええ。――あの人は気の弱い、臆病な人でした。気が弱ければこそ狂ったりもしたのですわ」

「うん！　しかし、貴女達は私が鳴していた警笛をお聞きにならなかったわけではありますまい？何故、逃げたのですね？」

「逃げたってことはないですけど、あん時は余り驚いてもいましたし、それに……誰かに会うのが面倒くさかったのよ」

佐山はさもそうずらんといった風に合点々々した。

「では、何故もう一人の仲間を射殺したのだね！」

「射殺？　決して！　劉さんがあの人の身体の周りで吠えていた犬を追うため、三発射った一発がそれたのよ。あの人はその前に胸を射貫かれて死んでたの。私達は死体を自動車に積んで、生きて居た時あの人が一番好いていた部屋の床下へ葬ったんですの。決して！……死んでいたのです。冷たくなって」

「その時、貴女が足あとを落したのですね。ふん！　死骸だったかね。……次に、これは別な事なんですが、貴女達が自動車で市中を廻ってらっしゃる間にひょっとしたら他の人間に会ったのではありませんか？　巡査と、もう一人小柄な男に……？」

「巡査さんの服を着た人に一度出会いましたわ。信濃町の交叉点でしたっけ。私達がもしや金さんでは無いかと近寄ると『峯吉っ！　御用だぞ！』なんて抜剣してふらふら歩いてるんです。その凄いことったら、あたし、震え上っちまって、思わずこの人にしがみついて……」

と、女は片頬でその横に呑気に昼寝している劉さんという名の男をさして、そっと縮み上る真似をした。

「で、貴女か劉さんかが、その巡査を射ったのですか？」

すかさず佐山が鎌をかけた。すると彼女は意外にも発砲したと悲しげに頷いた。

「でもあの場合で、仕方がないと思いますわ」

彼は自分の推理の的中に一瞬顔色を動かしたが、女の疲労したのを知ると急いで、劉さんと彼女の名や職業や二人の関係を訊ねて、丁寧に、休んでくれとすすめた。絹（それが彼女の名だった）はお白粉気《しろい》のない緻密な皮膚の額にかかる後れ毛を華奢な指で掻き上ると、ちょっと私に目礼して、うとうとと眠っている男を起した。そして男の大きな身体を抱えるようにして、障子の内へ姿を消した。

男の名は劉経祥《きょうしょう》。彼は料理屋の主人だそうである。二人の関係は、彼女が幾らか顔を赤らめてうなだれた事によって証明される。——妾か、公然の第二夫人だ。

絹はそんな境遇に似ず柔順な、弱々しい女だった。

「支那人をどう思う？　狸寝をして女だけにわざと答えさせてたんだぜ。俺はあの女が可哀そうで突っ込むのを止したのだが——」

佐山が私の肩へ身体をこすりつけて、小声で云った。

「始めから話さなくちゃ、何の事だかさっぱり俺にはわからないや」

「そうだったっけ。——昨夜も云ったように森と一緒に姿を消した日に、俺は信濃町の支那料理を一軒々々探したのだ。何故って、この地球上に生き残り得るには、ある期間内を、水上か山の中かどこかそんな、人の来ない場所で暮さなければならないのだよ。で俺は、土の中を考えた。土の中だったら海の上と同じだろう。それに支那靴さ。「阿片窟」だと知ってね。支那料理をしらべたんだよ。わけないさ。〇〇館の隣りに小さなのがあるだろう？　あそこのコック部屋の壁から抜け穴があって、地下室になっているのだ。階段が百段もあってね、全部石だたみで、地下室には四つ寝台があったよ。二つはからだった。阿片がよくきいていたんで、帰るまで大丈夫とそのままにして三鷹村へ行ったんだ」

「うん――それから？」

「それから天文台で二日間空をさぐっていたんだ。あの軽気球は、俺達がまだ海にいた時にも見えてたろう？　あれだよ。そして、それが近くに来たので、東京へ帰って来て地下室の二人を連れ出して、ホテルへ行く。そしてお前達を大森へ逃して、火をつけたのだよ。火事場の上空に風が起るって事は小学生でも知ってるはずだ」

「うん――それから？」

「もう、それだけさ」

「――あの男は支那人だね。――あの男が、巡査を誤って殺したってんだな？」

「誤って？　どうだかわかるものか。悪党だよ。あいつは」

「銀座で、俺に発砲したのも、あの男かね？」

「いや。それは違うんだよ。もう一人いるんだよ」

「もう一人？」

「うん。君に発砲して、君に射殺されたのはもう一人の、ひょろ高い支那人なんだ。君が射殺した後へあの二人が来て、死体をかくしたんだね。女が云ってたじゃないか」

「だんだんわかってくるが、わからない事は沢山残ってるよ」

「その内、何もかもはっきりするさ。少くとも明日か、明後日にね」

十三、ユリヤ・セミョウボナ

私は、また何か考え始めた佐山の横顔から眼を転じて、澎湃《ほうはい》と展けている海面を見た。（このホテルは海に面して建てられているのだ）青い波と、海水浴場の人影の無い淋しい砂と、赤い旗とを――そして、めっきり秋づいた山脈の重畳と、紺碧の蒼天とを、――帝都の空にはまだ白煙がゆれていて、空に滲みこんでいる。――波がしらの光。

「泳ぎたいなあ！」と思う。

その時、シャリン梅の白花の蔭で幼女を背負った森の姿をチラリとめっけて、私は大声にここへ来るようにと叫んだ――

大男の森がつんつるてんの浴衣の袖を無理に引っ張りながら、ナン子を十文字に負って階段口を出た時は、思わず私は吹き出してしまった。

「へえ！　そんなに妙ですかい？」

と彼はにやにやしながら毛脛でぬっぬっと歩いて来た。

「何か？　用ですか？」

「いえね。海をみてると急に泳ぎたくなったので、三人でじゃんけんをして勝ったものから行く事にしようと思ってね」

「へえ。泳ぐんですか？　いいですねえ。やりましょう！」

そう云って佐山を見た。彼はまるで難しい顔をしていやいやをした。

結局、二人だけでジャンケンポイをして、馬鹿々々しい事に私が負けて、森から汗っぽい水兵服のナン子を受け取ってしまった。

彼が、愉快げな哄笑と妙ちきりんな後姿の印象を残して階段を大股で降りて行ってしまうと、「アタイモジャンケンポイシテ　イクノヨオウ」そう云って腕の中で手足をばたばたさせるナン子を邪慳に一つゆすって、私はぼんやりと女の部屋へ入った。そしてナン子を、ぽいと籐の長椅子へ投げ飛ばした。幼女ははずんで絨毯へ転げ落た。火のついたように泣きながら起上ると廊下へ走り出た。私も可哀そうになって追って出ようとしたが、女に「へーイ」と呼びとめられたので引きかえした。

女は側の卓子を指して同じ事を早口で続けていた。私は大急ぎで切子細工の高いコップに葡萄酒を注いで、女の唇に当ててやった。彼女は眼をつむってコクリと飲むと、恐しく酸っぱい顔をしてそれをはき、白い敷布《シーツ》を血のように赤く染めた。そして青い瞳にすこうし涙をたたえて、じっと睨んだ。――「しまった！」

私はポケットから字典を出して、さっきの言葉を引いて見た。『液体』『飲料水』『清水』とある。水だったのか！

私は二度あわてて、卓子の水差しの長い口を彼女に含ませた。

「有難う。貴下《あなた》よ」

彼女は唇を離すと云った。

「いいえ！　余は汝に余の為したる過失を謝罪せねばならないだろう！」

片手で彼女の濡れた唇を拭きながら、私は片手で字典を引いて云った。すると彼女は眼を輝かせて起上ろうとした。

「汝はロシア語が話せる者であるか？」

「余はそれを完全に話す事は出来ない。されど余は辞典を持つ」

「……汝は何人なりや？」

「余は日本の青年なり」

「…………」

「貴嬢よ！　余の失礼なる質問をゆるせ。貴嬢の姓名は何であるか？」

「妾《わらわ》の姓名はユリヤ・セミョウボナと云えるなり」

ユリヤ・セミョウボナが喋る間は全精神を耳に集中してその発音を聴き、辞典の後半の和訳の頁をめくって意味を知る。そして私の答案を頭で組立てながら、辞典の前半の露訳の頁をめくって、一語ずつ、小学生のハナハトのようにゆっくりゆっくり発音する。――

私達がこのぎこちない対話に夢中になっていた時、泣き寝入りに眠ったらしいナン子を抱いて音も無くすべりこんで居た佐山が、突然、とんでもない派手な笑声を爆発させた。ユリヤ・セミョウボナは瞳孔を拡げて、彼の輝かしい笑顔を凝視していたが、

「この不作法な青年は何者であるか?」

と、やや烈しい口調で問うた。私はまたあわてて辞書を開いた。

「彼こそは、御身を救える勇敢なる若者にして、名はサヤマと呼べる者なり」

「彼の腕に抱ける少女は、彼自身の所有物なりや?」

「いやいや! ユリヤ・セミョウボナ! 私達二人は未婚である! 彼の抱ける幼女は、それは海で拾って来たものである!」

ユリヤは、佐山がロシア語が話せるかと問うたが、彼の話せるのは英語と独語と支那語と日本語だけだという私の説明を聴くと、ひどく失望したらしかった。そして肩を落して、眼をつむった――喋りすぎたのだ――

邪魔が入ったので、彼女が何故気球に乗ったかという話は聞けなかったが、辞書さえあったらまた夜にでも尋ねる事が出来ると思って、丁度その時帰って来た森と交代に私は泳ぎに出かけた。久し振りで残暑の海を目茶苦茶に叩きかえして、快く疲労した身体を砂道づたいに運んで帰ると、佐山が涙を流して煙の中で火吹竹をぶうぶう鳴らせていた。夕飯の仕度である。

森は――

彼は糠桶を攪乱してそこら中に便所のような臭気を充満させる事に成功していた。

十四、ユリヤの身

まずい晩餐の後佐山が、「今夜中に話しておかねばならないある重大な」、事柄が有ると云って、三人の負傷者も劉さんも絹もユリヤも、皆階下の華電燈《シャンデリア》の明るい舞踏室《ダンス・ホール》へ集めた。……（この別荘には、それが私達のこの家に滞在させた重なる原因の一つである、自家用の停電した時に用うる予備蓄電機があったのだ）……

三人の巡査は三つの寝椅子に凭れて、光る天井のモザイクを視線で追っていた。支那人は例の不気味な狸寝？　をして居るらしい。その横で絹の臆病な眼が、人々の顔を疑い深く走っている。——ユリヤ・セミョウボナは肱掛椅子に深々と沈んで、膝をくるんだ毛布の縞目に瞳を落している。佐山と、ナン子を膝にのせた森と私は、長椅子に並んで腰を掛けていた。思い出したように時々どこかの風鈴が鳴った。そして部屋には、細々と蚊やりの煙がたっている。

「私達十人は」、彼は静かに話し始めた。「お互に不思議な運命から、五六日以前までは全体未知であったのに、現在では最も親密にせねばならない間柄になってきたのであります。今後とも私達はどんな事に出合っても、離れる、という事を絶体にしてはならないのです」

ここで彼は言葉を切って、支那人は日本語を解するのかどうかと絹に問うた。彼女は不作法に眠っている支那人の肩をゆさぶりながら、むっつりしているのはこの人の癖だから決して気を悪くしないように、日本語は話す事も読む事も立派にやれますと云った。彼はそれを聞くと今度は私に、ユリヤ・セミョウボナの側へ行って彼女に通訳してやれと告げた。私はそのとおりした。——彼はつづける。

「そのためには、親しくするためには、お互がお互を知る事が大切だと思います。だからこの機会にもう一度、皆さんの経験を、隠さず話し合っていただきたいのです。その後で私がこの異変について、御説明しようと思っているのです」と云って、一同を見廻した。

最初に巡査を代表して森が喋った。しかし私が以前に聞いたより新しい事は何一つ云わなかった。私は要点だけをユリヤに話した。

次は、劉経祥と絹。

佐山は女の話している間、支那人の顔色をチラチラ睨んでいた。彼女の口からは一つの新しい事が聞けた。それは劉と彼女の関係が全然他人だという事である。

次はユリヤの番。

ユリヤ・セミョウボナは好奇的な十二の眼を浴びて耳のあたりを染めながら、小声でゆっくり、彼女の身に起った事を話した。私は辞典を繰っておぼつかなくそれを訳した。

「私は罪人なのです。私はある罪のため昨年シベリアへ追放された者なんです！——シベリアの雪はどんなに私を苦しめた事でしょう。私は一年の間どうかして逃げ出そうと、様々に苦心したのでした。私は希望を持っていました。そして私はクラスノヤルスクで、同志、アンドレイ・チュルトゥコフに出会う事によって逃亡の希《ねがい》がかなったのです。彼は私に軽気球で逃げてはどうかと相談しました。二晩考えた末、私は決心しました。

霧の深い晩でした。私達は一週間分の食糧を用意して兵営の内へ忍び込んだのです。私が先に乗りました。アンドレイも続いて乗ろうと籠に手をかけた時に銃声がしたのです。彼はどこかを射たれて落ちました。バラバラと足音が近くなります。また二三発、音がします。突然、アンドレイは立上って握っていたナイフで綱を切りました。そして「同志ユリヤ・セミョウボナ！」と叫んでばったり倒れました。——気球は昇ります。私は、だんだん遠くなる街のかすんだ灯を見下しながら、大声で泣きました」

ユリヤは吐息をした。そして哀愁の色をたたえた顔をあげる——彼女の蒼いうるんだ瞳には、ほのかな電燈が倒立《さかだち》してうつっていた。

「モスコーへ帰れる！　私はそう信じていました。しかし、夜が明けて、広い海を見た時私は絶望の底へ突き落されました。風はモスコウとは反対の東へ吹いていたのです。

それから五日間。私は限りない大空を流れながら、幾度飛び降りようとしました事でしょう。でもその度に風の方向さえ変ったならと、わずかに自分を慰めて、生きていたのです。鳥がたくさん飛んで行きました。私は彼等を見て、羨望しました。九日目の朝、突然風向が変ったのです。烈しい速力で二十分も飛びました頃、私は南西の地点に煙が上っているのを見ました。それから十分ほどして白煙の真上に来ると、急に気球が降《くだ》り始めました。そしてまた登ります。そして私は耳元にシュッシュッと弾丸のうなりを聞いて、そのまま気を失ったのです」

語り終ると彼女は、がっくり椅子に身をうずめて、私がつづけて『そのまま気を失ったのです』と訳すのをぼんやり聞いていた。一同は、私をとおしての彼女の物語に感動したらしく、一様にほっとかるい吐息さえもらした。——室内は死のように沈黙する。夜も更けてきた。

次に私と佐山とナン子の事。

これは、佐山が簡単にすませた。私はそれをユリヤに露訳して聞かせた。

十五、異変の真相

いよいよ私達の待った、彼のこの異変に対する解決である。彼は落着いた口調で、眼を卓上の凋んだ花に置いたまま、喋り始めた。

「で、初めに云ってしまいますが、私はこの異変を、さっきお話しした漂流中に、すでに知っていたのです。それは、ユリヤ・セミョウボナも見たと云う、あの夥しい候鳥の群を私も見たからです。何かあったのだな！　と予覚しました。直感だったのです。上陸してみると果して、こんな事になっていたでしょう。——私は考えました。そして最初に思ったのは『戦争』でした。が、この考は間違いだとすぐ知りました。第一、人間が一人残らず殺されてるなんて、有り得ない事なのですから。それに、ちっとも破壊された跡がありません。敵の兵士が居ないわけはありますまい。私は自動車の中で考えぬきました。そして通過する町の死体の位置が、だんだんかわって行く事に気づきました。――ここにあの時の地図を持っています」

彼は卓子の紙夾《かみばさ》みから一枚の地図を取り出して、一同に持ち廻って見せた。地図の洲崎から東京までの私達が自動車で通った町々の名の横には、午後一時だとか午前六時だとかとインクで時刻が書かれてあった。何の事だか私にはわからない。彼は元の長椅子に帰った。

「路に転んでいる死体に通学の途中らしい学生の多いのは、その町が朝であった証拠ですし、浴衣で団扇を持って涼台の下に転んでいるのは、夕方であった証拠です。死体の無い町は夜中であったのでしょう。――こうして私は時刻を書き込んだのです。すると、東京の午後七時から始めて稲毛の午後十二時、蘇我の午前三時、姉崎の午前六時、大貫の正午、船形の午後六時という時間の移動を知りました。一体これは何を意味しているのでしょう？　私はまた考えました。そしてある事を思い出したのです。東京へ帰った夜、気を失った星田とナン子を寝かせておいて、私は一軒々々の家から、あらゆる新聞を数百枚集めてきて、よっぴて調べたのです。とうとうその中の一枚から異変が何であるかを知りました。その切り抜きはここに持っています。後でお見せします。

それを知ると、私は、狂いそうな頭をしかりながら人を探そうと決心したのです。私達みたいに、偶然生き残った不幸な、不幸なです、人を探そうと決心しました。そして星田には何も告げず、告げたら気狂いになりそうでしたから――ハッハッハ――翌日から活躍を始めました。――私は一そう事実を確めるため、二人が昼の疲れでぐっすり眠るのを待って、たった一人で淋しい街に出て、一家々々の書斎を探したのです。日記を読むためにです。――音のカタともしない部屋で、知らない人の日記を読む。私はそんな時、ふとあたりを見廻して度々、逃げだしたくなったものでした。私はある日遂に、異変に関係のある事の書かれた一冊の日記帳を発見したのです。その日だけの頁を持ってきています」

彼は話し終ると再び紙夾みから、新聞の切り抜きと、日記帳の一枚を出して、一同に見せた。私は今でも、その時の七人の驚きを思い出す事が出来る。

新聞の一枚には、こんな記事が出ていた。

恐るべき伝染病、上海《シャンハイ》に発生す、上海市民全滅に瀕せり

「昨八月二十六日上海市西部工業地帯の住民三百八十名は午前九時三十分頃、突然死亡した。歩行中のもの、作業中の者、対話中の者、その他あらゆる状体において、瞬間何の苦痛も無く突然『アッ』と叫んで絶命するのであった。この病気はその以前九月十六日同地体に発生したもので、潜伏期は十二日間らしく、その道の大家達が極力研究したにもかかわらず、その病名すら現在に至るまで発見されない。ただ、脳をおかすものだという事が、解剖の結果判明したのみである。なおこの病菌は警官、弥次馬等によって全市に散布されたらしく、各国領事館……（以下略）……」

もう一枚は号外だった。

マンモス・レッドロッグ遂に神戸に発生――大阪京都に戒厳令発布――

本日午前八時、厳重なる警戒網をくぐり恐るべき伝染病は遂に神戸に侵入した。神戸市の交通は直ちに遮断され、電信電話全く不通、本社偵察機の報告によれば神戸市街は絶望して走り廻る群集のため真黒になっているとの事。

なお神戸市民の市外へ走り出るものは、その保菌の有無を問わず涙をのんでこれを銃殺している。警察、憲兵、消防隊、総出で神戸市の周囲を包み、一人も出すまいと警戒している。当局では、一思いに焼死させてはとの相談がまとまり、明九月一日、神戸市の集団より放火するはずである。さながらこの世の地獄におちたかと思われる神戸市民は……（以下略）

何という恐しい事だ！

私は頭の芯に地虫の鳴声を聞きながら、次の日記の断片を読む。

「……何の苦痛も無く死ぬるのだそうな。東京へも二三日後には来るだろう。そして僕もやられるだろう。昨夜僕は冴子にその事を例の場所で云ってみた。すると彼女は、レモンスカッシにぬれた唇を僕の唇に重ねながら『知ってるわ！　いずれあたし達も二三日の生命《いのち》だわ！　ですから！』と云った。そして、大きく笑った。そして、泣いていた――と僕は思う――

僕は今死にたくない！　しかし、どうせ助からないのならその間だけでも面白く暮そう。卑怯な人のように、今更山の奥へ逃げこんだりはすまい。逃げたって、逃げる時にはもうあの恐しい病菌が忍びこんでいるかも知れないのだ。そうだ！　僕の身体にも！

僕は靄《もや》のこめた街のかすんだ広告燈を眺めながら、ぼんやり考えている。そして頭のどこかで、いらだたしいものの涌き上るのを感じている――

たぶんこれが、僕の最後の日記になるであろう――一九三〇年九月六日――午後九時四十分」

伝染病！　マンモス・レッドロッグ！

その病菌は、私達の身体にも忍びこんでいるのだ！　私はいつ死ぬるかも知れないんだ！

佐山は何ともつかないうめき声をあげる一同を制して、続けて云った。

「だが皆さん！　心配するには及びません！　私が東京へ帰った最初の夜、私は愛宕山の中央放送局へ真先に駈けつけたんです。以前、私が道楽でやっていたラヂオの研究が役に立ちまして、どうにかSOSを打つ事が出来たのです。するとしばらくして、『シッカリセヨ、十日ノウチニタスケニユク』という意味の電波が入ったのです。米国からしくありました。病菌の潜伏期間は十二日ですから、まだ二日は大丈夫なんです。今日が十日目です。今晩か、明朝横浜へ船が着くはずです」

それで彼が東京へ帰った夜、どこかへ行っていた事や、「十日以内に人を探せ」と云った事や、愛宕山の近くに泊った事もわかったが、明日米国から船が来るのは本当だろうか？　もし、後二日以内に来なかったら、私達も死ぬるのだ。しかし佐山は確信している様子である。

「私はこの事を明日、船が着いてからお話しするつもりだったのです。皆さんが心配なさるだろうと思ってね——私を信じていてください！　決して心配なさるには及びません。明朝、必ず船が着きます！　それまでに、私達は横浜へ行って待っていましょう」

十六、横浜の一夜——九月二十五日——

私達は佐山の言に従って横浜へ行って船を待つ事にした。三台の自動車に分乗して、佐山と支那人と絹とが一番、森と三人とナン子が二番、私とユリヤとが三番に、一列で出発した。

（伝染病。マンモス・レッドロッグ）

私の頭で、この二字が渦を巻いて混乱している。

「どこへ行くの？」

ユリヤが、私と並んでゆられながら問うた。私は片手で辞典を引く。（以下同じ）

「我々は、横浜へ船を待つため行きつつある」

「船を待って、何をするの？」

この哀れなロシア姫に、あの恐しい話をしていいのだろうかと、私は瞬間ためらったが、思い切ってみんな云ってしまった。

彼女は私の云った言葉の意味がよくわからなかったらしく、その青い瞳で私の顔をしばらく見ていた。私はその瞳がたまらなく好きだ。これは何とした事であろう。私はユリヤに恋を感じているのだ。

横浜までの自動車の中で、私は彼女に様々な事を質問した。そして私の知った事は、彼女は決して罪を犯してシベリアに追放されたのではないという事だった。ある特別な事情があるらしい。もう一つ、彼女には父も母も姉妹もないという事、政治的な団体に加って、今まで放浪的な生活をしてきたのだそうだ。

×　　×　　×　　×

沈没した船、逆立ちした船、裂けた船、港は戦後のように惨澹とした光景だった。

油の浮いた海面にふくれた腹が、無数の魚のように漂うている。板片《いたきれ》だの転覆したボートだの、籠だの、帽子だの――

この港にあの伝染病が音も無く忍びよった瞬間、船長も火夫も舵手《だしゅ》も船員も一時に死に絶えたのだ。方向を失った船は狂走し、衝突し、追突する。火を吹く。

すさまじい事だったろう。

私達は埠頭に立って、明けてゆく突堤の空を眺めた。米国からの助けの船を待った。

十人にとって、どんなに長く感じられた事だろう！　こうして待っている間に、いつバッタリ倒れるかも知れないのだからと――

半日待った。

午前一時、かすかな入港合図の「ボオー」という音を聞いた。私達は躍り上って喜んだ。「人がくる」「助かる」と、二つの原因で。そして、突堤の入口に汽船が姿を見せた時には、皆、泣いた。

浮いている他の動かない船をたくみによけて、その船は埠頭に横づけになった。私達は走る。船からも人が走り出す。お互いに、何かわからない事を叫びながら――

十七、米国の人々

船客は日本人が主だった。彼等は十人の生きていた事に、奇蹟を見たように驚いた。そして、十人を取りまいて珍しそうに眺めながら口々に質問した。
人垣をわけて、白髪の老人が近づいた。この人が医者だった。彼は何も云わずに、いきなり私達を一人々々つかまえて腕をめくって黄色い液体を注射した。早くしないと、いまにも死んでしまうかのように——

「助かった！」

と、石崎巡査が大声で叫んだ。私もそう叫びたい所だった。船員船客を合せて三百八十人は、ひとまず横浜の市街へ入った。私達と、主だった者三十人とが桜木町のホテルの広間へ集まった。日本人のS——という船長が、佐山にいろいろ質問していた。佐山は東京での十日間の生活を三十人の前で細々と語った。

彼等にとって、私達の運命はことごとく驚異だった。船長は佐山の話し終った後、彼の沈着な勇気を褒めた。そして、次のように云った。

「八月二十七日に上海から打電があると、米国では直ちに港を閉鎖しました。そして、十人の博士がマスクをかむって沖に停泊している船から、一人の死体を運んで来て、徹宵して調査したのですね。私どもにはわかりませんが、さっきあなた達に注射したのがそれなんです。——十四日に、日本から無電が入った時は、米国中の日本人が大騒ぎしましたよ。日本は上海に近いから、全滅だろうと思ってましたからね。十四日の晩サンフランシスコを出発したのです。私は船が着かない前に、病菌の潜伏期間が過ぎはしないかと心配でしたが、よく生きていましたね」

× × × ×

これで『せんとらる地球市建設記録』の前篇がすんだわけです。

私達三百九十人が九十一台の自動車に乗って、中仙道、東海道の二隊に分れ、人を探して走る間に起る事件は、いずれ後篇を発表する時に、改めて書く事にいたしましょう。

『せんとらる地球市』とは何かって？　それはね。私達が一年後に更生の東京へ帰って来て、命名した名ですよ。

私も今ではユリヤ・セミョウボナと結婚して、立派な商人になっています。佐山は、彼は『せんとらる市』随一の腕利きの探偵です。

星田三平

探偵殺害事件

星田三平

1

四月十六日——午後十時。

列車は瀬戸内海の曲折した海岸線に沿って動いている。巨大な昆虫のように、そして、瀬戸内海は、激浪と海鳴りと飛散する水沫とを以て、傷ついた野獣のように暴れている。島影も空も海も闇につつまれて、闇の底を、その列車は疾走している。——悲鳴をあげ、犯罪をのせ——。

春だから、京阪地方へ修学旅行に出発する女学生の一団を、車室は花たばのように満載していた。女学生達は旅立ちの歓喜に興奮していた。トランプ、合唱《コーラス》、雑談、口笛、ひっきりなしの笑声、拍手。

で、『探偵屋』の涼《すずむ》(M高等学校文科学生)と僕(同上)とは、この陽気な娘達《メッチェン》の中でたった二人の男性としてまじり、完全に顔負けしていた。(僕達は学校の春休みを利用し、T市にある野球試合を見物するため、不幸にも夜行列車を選んだのである)

鏡の前では胸をふくらませた少女が、軽快なハーモニカを吹奏していた。そして、半数の女学生がチョコレートを噛り、少女詩について論争をしている。そして——

車室は陽気だった。しかし、外は嵐だ。

諸君は夜更けの列車をおそう『通り魔』を知っているか?——瞬間に人の感情の隙間にしのびより、いたちのように襲いかかる敏捷な『通り魔』を。

大きな雷鳴があった。雷鳴に、近い銃声がまじって聞えた。

女学生達は声を失い、そのままの姿勢で車室全体が沈黙する。誰も、石像のように動かない。

――次の一秒。笛の音に似た恐怖の叫びを人々ははっきりと聞く。『通り魔』だ！

「人が……人が飛んだ！　ピストルの音がして、男の人が！」

一人の女学生は車室に転げこむと、いきなり教師の膝にすがりついて叫んだ。「妾《わたし》、恐い！」

教師は蒼白な顔で、それでも優しく少女の肩を軽く叩いて云った。

「何かの間違いです。きっと、……あなたが恐い恐いと思ってるから」

「でも！　でも妾、見た。お便所から出て外を眺めてると、一等室から男の人が出て来て――昇降口から飛んだ。足袋の裏が二つ並んで、ぽかりと飛んじゃったの。妾、はっきり、見えたんですもの」

銃声、飛んだ男。何かが起ったのだ。

突然涼が私の腕をつかんで立上った。

「それ、本当でしょうね。――僕が行ってみます」

一せいに音のない娘達の視線が彼に集る。涼は私より勇敢だった。

「どんな事があっても、騒いではいけません」

涼は私より一寸高い。五尺三寸である。大股で歩いた。――扉《ドア》は開かれたままだ。鈍重にたまった煤煙の底で『一等室』の金文字が光っている。車室を出るにはもう一つの扉を開かねばならぬ。

――涼が両手で開いた。

――と、雨が、照明に反射して、白い幾条《いくすじ》かの矢のように吹きこんで来た、闇に縞目を作って。――昇降口が半分あいているのだ。その男はここから飛んだのに違いあるまい。私達は一等室に入る。

一等室の乗客は意外にも総てで五人の小数だった。

床に倒れた一人の男を囲み、四人の男女が茫然と佇《たたず》んでいた。つっぷした前額のあたりからトマト色の血が流れ、そこらあたりを花弁のように彩《いろ》どっている。そして、投げ出された手の側に小型の拳銃《ピストル》が落ちていた。

急停車するまでもなく、列車は短い鉄橋を越すとすぐ次のH駅に着いた。

2

騒ぎが客車を波動のように伝って行った。改札口に向いた窓から首が一線にのぞき初める。車掌は、後方から、首の羅列に沿って走って来た。駅長室からも人が走り出た。

「皆さん、お静かに願います。警察の方の見えるまで、どなたもお静かに願います」

官服と口髭を満載して二台の自動車が駅の前で止る。ぬれた歩廊《プラットフォーム》に散弾のような靴音と佩剣《はいけん》の音が乱れると、事件のあった一等室は黒い官服で充満する。

「即死。弾丸《たま》は、よくわかりませんが、前額を斜下《はす》に貫通しています。明らかに他殺でしょう。――接触射撃らしいです。推定年齢二十八才」

警察医は、かがみこんだまま、せっかちに、一見してそれがこの町の警察署長だなとわかる頬髭の小柄な男に告げる。

「よくごらんなさい。顔面がぬれていますよ」

「何? ぬれている」

ガチャッと佩剣の音をたてて署長は膝を折った。涼も顔を下げた。――死体の血にまみれた額と頬に、かすかな水滴が附着している。人々の眼が反射的に窓にうつる。窓。被害者の坐っていた席の車窓が、上部三分の一ほど開かれてあるではないか。

「不思議だね。雨が降ってるのに」

署長の眉がチョット動く。

「君、この窓のとこと拳銃の指紋を取ってくれ給え。すぐ」

命令して、私達の方へ向いた。

「――発見者は誰だね？　最初の発見者は」

四人の男女の一人が顔をあげる。温良らしい、重役風の中年の紳士だった。

「私です」

「話して下さい。その時のありのままを、貴方の知っているだけを」

「……ここにこの方と、こちらに私が坐っていました。その時新聞を読んでいたのです。私は、だから、殆んど何も知らないのですが、ただ、大きな雷の音にまじって耳の側で銃の音がしましたから眼をあげてみると、この人がよろよろと倒れかかっていました。そしてドテラの男がそこにあきれたように立っていたのです」

「ドテラ？　とは？」

「この方の隣りに坐っていた男です」

「飛んだ男の事でしょう」涼が横から話をとった。

「飛んだ男？」

「列車から飛んだのですよ、その男は」

「ほう！　逃走したのだね。よろしい。あなたの話は後から伺います。――さあ、続けて下さい」

「そのドテラを着た男はピストルを落すと、慌てて扉《と》をあけて逃げました。それから二三分して、この二人の方が来られたのです。……私の知っているのはそれだけですが」

「何か、争うような言葉や音を聞きませんでしたか？」

「別に……ああ、ピストルを打つ前に（何だ）と云う声がしたようですが」

「どちらの声ですか？　被害者か、加害者か」

「さあ――よくわかりません」

この時、涼が再び横から口を入れた。

「その（何だ）は怒った時の（何だ！）でしたか、疑問の（何だ？）でしたか？」

「（何だ？）でした」

「ドテラの男は、たしかにピストルを握っていましたか？」

「……握っていたと思います。気が附いた時その男はガチャリと音をたてて、投げたのです」

「投げたのですか？　落したのでなくて」

「投げつける音でした」

署長は、自分達を無視する涼の行動に、明らかに立腹したらしかった。

「君は何だ！」

「僕？　僕は――僕はE新報の者です」

とんでもない嘘である。涼も私もM高等学校文科三年生ではないか！

「新聞記者か。だが、止めてもらいたいね。取り調は我々がやるから」

この嘲笑を受けて、涼はしばらくムッとしていたがやがて冷かな笑を口元に浮べ、署長を見た。

3

他の三人の乗客は次のように証言した。

「ドテラの男と被害者とは決して以前からの知り合いでは無かったらしい。銃声のするまで一言も話し声はしなかった。銃声のする以前《まえ》、誰も車室に入った者は無い。ドテラの男を除いて、何者も犯行直後その室を出なかった。銃声のするまで窓はしまっていた。窓を開いた者は誰もない。ドテラの男と被害者は決して争論をしなかった」

勿論、この間に四五人の警官が『ドテラを着た男』即ち、『飛んだ男』の捜査に出発した事は書くまでもあるまい。

拳銃には一個の指紋だに発見する事は出来なかった。そして細密な調査の末、その拳銃は掌《て》で握る箇所をのぞいて、水にぬれている事が発見された。窓の指紋は被害者自身の指紋であった。被害者自身が窓を開いたのだ。

何故、窓を開いたか？

4

そして、乗客達の尋問の最中、一人の女が出現した事によって、この事件は意外な方面へ発展した。女、黒いコオトと黒いドレス、まるで喪服のような服装の、十八九の女が、官服の背を泳いで来たのだ。

「まあ！　先生！　やっぱし先生だわ！」

女は全身で死体にすがりつき、黒い花のような華奢な肩を烈しく波うたせて、泣き初めるのだった。二家くに（女の名）の唐突《だしぬけ》な出現は、かなり警官達を動揺させた。

「お知り合いですか？」

署長は女の背を軽く小突いて云った。

「先生だわ！　妾、もしかと思ってたのに、やっぱり先生だったんだわ」

「お知り合いですね」

女はやっと、涙にぬれた顔を起した。

「妾が案内していましたの。T市の、妾の勤めている銀行、Y銀行……の、犯人を探して下さるため、妾が課長さんに云いつかって御案内していましたの。まだ、着きもしないのに……妾、課長さんに申わけがない」

「この人は?」

「岩崎探偵。お名前は徳次だと承《う》けたまわりました。妾、食堂車へ参っていましたの。騒ぎを聞いてもしやと思って大急ぎで帰ったのですが、車掌に止められていて、やっと、事情を話して、来たのですわ」

二家くにの陳述――(大略)

「Y銀行で三週間前、一万円盗難事件が起った。しかし、T市警察の全力をあげての捜査空しく、その事件は最近全くの迷宮入りをしてしまった。頭取や課長達は相談して、最後の策として岩崎氏をまねく事に決定した。そして彼女がその役を引受けて、今朝松山に来、この列車でT市へ引き返す途中であった。彼女はある課長の秘書をしている、年齢は二十一才である」

5

被害者の死体はひとまず駅長室に運ばれた。松山の警視庁と被害者の身元へ電報が打たれた。今は最早、事件の落着は、『飛んだ男』が捕縛されるか否かにかかっている。

だが諸君は、幾つかの疑問を持っているだろう。『窓は何のため開かれたか?』『銃声のする前に誰かが云った(何だ?)の意味は?』『被害者の顔面はぬれていた、拳銃も』

そして『探偵屋』涼はこんな風に云った。

「ちょっと、面白い事件だ。一汽車遅れて捜査隊の帰りを待つだけの価値はあるよ」

たくみにポイントが切り返されて行くと、一等車は分裂する細胞のように駅の構外待避線へ残された。列車は五十分余の遅刻の後、再び女学生を乗せて出発した。不時の降客を四人置いて。

二家くにも私達と同様に捜査隊の帰りを待つため、一汽車遅らす事にしたらしかった。

警官達は駅長室のストーブを囲んで、二三の駅員と、たった今行われた殺人事件について雑談をしていた。

「——岩崎さんにかかっちゃ、どんな迷宮入りの難事件だって、すぱりすぱり解決していたそうだからね。おしい人だよ」

「つまり、何だな、銀行の一万円事件って奴の犯人が、つまり、ドテラを着た男がどこかでその事を聞きこんで、こいつあいけないってんで、岩崎さんを殺したわけだね」

そんな話だった。

女は部屋の隅の木椅子に腰を下して、駅長のすすめる茶を受けていた。涼は、その女の動作を注意深い瞳で凝視していた。

約三十分——サイレンの音がひびいて来ると、きまって一同の頭が起きた。そして幾度かの失望の後、駅長室に倦怠の色がみなぎり始めた頃、やっと、捜査隊は帰って来た。吉報を持って——。

四人の警官が靴下の底までびしょびしょにぬれて、それでも意気揚々と帰って来た。私達が駅長室を出るとそれ等の人々はぬれて灯影をうつしている歩廊をヒョイヒョイとこっちへ渡って来た。

「署長！　頭部に大きな裂傷をおびています。すぐ病院へ運びましょうか」

「うん。やってくれ。外科のKへな。俺達もすぐ行く」

私達も行かねばなるまい。

6

K医院は町の西北で、あるカフェーの隣家《となり》だった。だからこの手術室にまで、ちゃちな蓄音器の騒音が雨の底を伝って聞えて来る。

「駄目ですなあ、これは」

院長の眉が憂鬱に曇っている。しかし、云いつつも、針を持った手は男の頭部、血と泥濘《ぬかるみ》に汚れた頭部へ敏捷に動いている。ドテラも何も泥と血潮でべとべとにぬれて、頭は落ちた西瓜のようにひびわれている。――これが、飛んだ男だ。

署長は男の横顔を不審気に眺めていたが、驚きの叫びをあげて、飛び上った。

「こいつ！『箱師の定』だ！　野郎！」

「定ですって！　へえ、これが！」

「定だ！　顔が、最初は泥まみれでわからなかったが、たしかに野郎だ、いつか俺があげた事のある」

一人の警官がその顔を近々とのぞいて、「なーるほど、定です」と、断言した。助手は慌てて彼等を非難した。

「あまり大声をお出しになりませんように、ここは病院ですから」

――この時、血にそまった男の顔面は異様な苦痛を表現しその引きつッた唇から最後の不可解な言葉がもれるのだった。

「コウナン」

そして『箱師の定』は、絶命した。

「コウナン？」

思いがけない、全く解き難い謎の言葉ではないか。

『コウナン?』とは何を意味した言葉であるか。そして、この男が果して岩崎氏を射殺したのであろうか? 私は何も知らない。ただ、その瞬間、二家くにの表情が、はげしい変化を見せた事だけを書いておき、先へ進めよう。

7

「手袋はありませんでしたか?」

「……誰の?」

「あの男のです。あの男は手袋をしていませんでしたか?」

「加害者ですか。さあーっと、していなかったようですね」

「すると、おかしいじゃありませんか。拳銃には指紋が残っていないのでしょう」

「…………」

「被害者は前額部を斜下に貫通した弾痕を受けていましたね?」

「…………」

「あの男、(箱師の定)の身長は四尺八寸です。被害者の身長は、さっきちょっとはかってみましたが、五尺一寸ですぞ」

「…………」

「あの男は決して、岩崎氏を射殺した犯人ではありませんよ」

控室の火鉢をとりまいて、暖をとっていた警官達は、こんなにも不思議な涼の断言を聞くと、明確に狼狽してしまった。

「何を云う! 馬鹿な!」

私も、かくの如き言説を行う涼を、けいべつしてやろうと考えた者の一人であった。しかし涼は、もう二ケ月も以前の事ではあるが学校の教室から一個の教科書（定価十円三十銭）が紛失した時にも、かかる突飛な提言の後、どこからともなくその書籍を探し出した事がある。彼は何か、しっかりした根拠を持っているのであろうか。

「銃声のする前後、一等室には『箱師の定』をのぞいて、一人も出入しなかったのだぞ！」署長の罵声に近いどなり声が起った。「この上、文句を云ったら、公務執行妨害だ！」

私は拘引されて留置所へはいる事をこのまなかったので、涼の腕を引っ張り、控室を逃げ出さねばならなかった。

何たる厄介な親友であろうか。涼はこんな悪癖さえなければ、立派な青年であるのに。

私はこの機会に思いきり彼に注告してやろうと考えた。そして、病院を出て雨の中を停留場の方へ歩きながら、ありたけの友情をもって、私は涼に注告した。

しかし涼は、私の注告を無視するかの如く、絶えず両頬に笑をうかべて、雨の街を大股で横切って行った。私は彼の長身に並んで歩きながら、彼が今にもやられるに違いないとふと思った。そして、この予感は、的中した。

8

次の列車で、私達は出発した。二家と呼ぶ女も、同じ列車に乗ったらしかった。

私は眠くってたまらなかったので、三等室の片隅に二人前の空席を取り、窓わくに頭をもたせて、やがて、ぐっすり寝込んでしまった。

9

四月十七日——午前九時。

嵐が去り、絶好の野球日和である。

「昨夜、すっかり二家さんと懇意になってね」T市球場外野スタンドで、折から始まった中学生達の熱心なシートノックを前にして、涼は何気なく云うのだった。「で、今夜、晩餐の招待を受けたのだ。勿論、否《ノン》とはいえまい」

「行くさ！　だが、行ってもいいのか？」

「何故？」

「俺がさ。馬に蹴られるの、いやだからな」

「こいつ！　皮肉ってやがる」

実際、涼はあの長身のどこに、そんな社交術を持っているのであろうか？——電車で知らない女と会う。と、彼は、私がわき見をしているまに、もうその女と笑いあっている。涼はそんな性質をも持っている。

急霰《きゅうさん》のような拍手が、四月の空へ消えて行った。年若い選手達は、今、試合開始のサイレンの音で、一斉に部署についたのだ。M商とT中の白熱せるプレイが続けられて行く。

夏に行われる全国中等学校野球大会中、西国における選抜野球の予選とも見られるこの日の試合は、鉄峯ケ原に雲集した二万の見物人達を、完全に熱狂せしめたのだった。スタンドは、全国の優勝候補M商の選手の幾つかのファインプレイに、涌き上って騒いだ。私達も日暮れまで、忌わしい夜行列車の殺人なんか忘れてしまい、波のように動揺する群集の一員として、行動をした。そして最後のサイレンの響にハッとし、空を見上げると真赤に夕焼した鱗雲であった。

「遅くなった。急がなくちゃ。――六時にと約束したのに」

10

銀行の秘書、女一人。

私が想像した彼女の住居《すまい》は、小ぢんまりした八畳の部屋だった。しかし、何たる事であろう！

（正安寺町――六八〇番地六九〇番戸）

そこは豪奢な別荘風の邸宅であったのだ。

「間違いだろう」

私は云ったが、涼は自信あり気にベルをおした。――洗練された服装の女中。

「どちらから？」

「昨夜、列車で……」

そこへ女が出た。

「まあ！　よくいらっして下さったわ。妾、遅いので、あんまり野球に夢中におなりになってすっかりお忘れになったのではと、それは心配していたの、さあ」

客間《サロン》。

高い天井とシャンデリア。古代エヂプト模様のカーテン。ピアノ、麻雀卓子《テーブル》、ｅｔｃ――

女はよく喋った。「妾、一人」だとか、「この家は課長さんの家」だとか「昨夜の事件について今朝ひどく課長にしかられたので腹がたって、課長をあべこべにやりこめてやった」とか――

話しぶりによると、女と課長との間にある種の関係があるらしいのだった。

食堂――ここで涼は何故か曲芸団の事ばかり口にした。

「子供の時から、僕はあのかるわざの空気がたまらなく好きで、縁日や祭りの日にはきまって天幕《テント》の外をうろついていたものです。ジンタが鳴り出すと真先きに飛び込んで、御飯もわすれて夢中になって、母やなんかによく怒られていました。自分もあの人達と一緒になって、旅から旅を流れ歩いたらどんなに面白いだろうなんて、本気に考えたものです」

「そお」

「一度なんか家を飛び出して三里もの間、馬車の後を追いかけ、日が暮れてから泣きながら帰って来たりした事もあるんです。十やそこらの子供で、今考えてもあきれるのですが」

「まあ」

「だから僕、生れついてのルンペンだったのですね。――しかし今になってみると、あの時あのまま曲芸師になってたらどんなに愉快だったろうと、思ってみたりもするのですが」

「まあ!……でも軽業師って、ずいぶんつらいのですよ」

「つらい事なんかありません。ただ、もう、面白くって、楽しくって――」

「外《はた》からみればね。でも、妾なんか、九ツの時から十九までずいぶん苦しい目にあっていますわ」

「おや! 貴女《あなた》が?」

女は、一瞬ハッとしたらしかった。

「ええ、妾、実は二三年前まで曲馬団にいましたの。九ツで売られて」

11

再び、客間。

食事中、彼女は自分の口から意外な告白をもらして以後あまり話さなくなった。しかし、涼の巧妙な話術は彼女をして、当然起らねばならない昨夜の殺人事件についての議論の中へ、遂に引きこむ事に成功するのだった。——彼女は要心深い口をきいた。

「妾やっぱりあの男が先生を殺したのだと思いますわ。でも、そうとしか考えられませんもの」

「何故?」

「何故って、漠然とそう感じるだけですわ。それにあの時の事情だって、みんな、そう考えねばならないようになってるのですもの」

「あの男、つまり『箱師の定』という男が岩崎氏を何故殺さねばならなかったのです? 理由がありません」

「まあ、まるで検事みたいね」

女は不快げな瞳で涼を見上げた。

かかる対話は私をすっかり退屈にしてしまっていた。私は満腹したので、そろそろ眠くなり、幾つかのあくびを嚙み殺して卓子の上の一冊の本を取りあげ、ぼんやりとそれに眼をさらすのだった。そしてうとうとしかけていて、約十数分の後眼をさましてみると涼と彼女は大声で真剣な顔色で熱論を続けていた。

「拳銃はどうしてぬれていたのです。岩崎氏の顔は何故ぬれていたのです!」

「窓が開いていたからですわ」

「では、何故窓が開いていました。外は嵐ですぞ! 誰が、窓を開きました!」

「そんな事、妾、知らない!」

「——拳銃には指紋が残っていなかった。男は、手袋をしていなかった。この矛盾をどう説明しますか?」

「そんな事! お答えする必要がありません。早く帰って下さい。妾、不愉快です」

「帰りませんよ。貴女が本当の事をおっしゃるまで、絶対に！」

「じゃ、誰が射ったとおっしゃるのです？」

「誰が？　それは僕が貴女に問う言葉ですよ」

「………」

「岩崎氏の身長は五尺一寸。定の身長は四尺八寸です。そして、岩崎氏の前額部の弾痕は、斜下に貫通しているではありませんか。これが最後の断定です。定は岩崎氏を射ちはしない！」

「ほっほっほ……まあおかしい。岩崎先生が自殺したとでもおっしゃるのですか？」

涼の眼が鋭く光った。「これは、誰のです！」

たたきつけるように彼女の膝へ飛んできたものがある。――褐色の絹手袋だった。

女は、最早平然として、冷やかな態度をとりかえしていた。そしてチラリとそれに眼をそそいで、静に云った。

「妾のどこかでなくした手袋ですわ」

「貴女は岩崎氏の射殺される時、どこにいた？」

「食堂車。さっき云ったじゃありませんか」

「食堂車のボーイはこんな証言をしましたぞ。（あの人は九時四十分頃に食事を終えて出た）と。九時四十分から十時二十七分までどこで何を貴女はしていた？」

「お便所で」

「なるほど。たしかに貴女は便所へ行った。僕は便所でその手袋を拾った」

「それから」

「手袋をよく見ろ！　すすがついてる」

「……それがどうした！」

「コウナンの千代！　白状しろ！」

女の手がドレスのかくしに動いたとみると、轟然、短銃《ピストル》の音がした。白煙の向うで涼の姿が瞬間よろめいた。

私は全身で女に飛びかかって行った。そして、肩のあたりに裂けるような痛みを感じつつ、夢中で女の手から短銃を奪いとった。そしてそのまま、昏倒した。

12

私は二週間で、涼は五週間で、幸運にも不具者ともならず退院する事が出来た。

涼の退院の日、私は自転車で涼の家を訪問した。彼は寝床の上に起上り、やつれた顔にそれでも元気のいい笑を見せて私を迎えた。

「H町の署長が今日見舞いに来てくれてね、銀行の方の犯行もとうとう自白したなんて云ってたよ」

「ほお、すると、あの女が犯人だったんだね」

「そうさ。だから岩崎氏を殺したんだよ」

「…………」

「手袋に煤がついてたろ。あの女、貨車の戸を伝って屋根へ登ったんだ。そして屋根の上から岩崎氏を呼んだんだね、『何だ?』と云ったろう。岩崎氏が窓をあけると射ったんだ。拳銃は窓から投入れる。そして便所へ行ってぬれた服を着かえて何気なく帰ったのだ。泣いたろう。あれ、おかしかったじゃないか。他人が死んだのに、あんなにおいおい泣くなんて。で、怪しいと思ったんだ。……可哀そうなのは『箱師の定』さ。何も知らずに死んじまって。……女の自白によると(岩崎氏のカバンを盗んでくれと頼んで、一等室に連れこんだ)のだそうだが……銃声が起って後、初めてはかられた事を知り、自分の立場の危険に気づいて慌てて飛んだのさ。『コウナン』か?——あれには俺も参った。だが女の家でわざと曲芸団の話をして女をつり、彼女《あいつ》が軽業師だって事を知ると、すぐ地名だなと感じたのだ。そして最近上海《シャンハイ》から『江南の千代』と呼ぶ女賊が内地へ渡って来たという新聞記事を思い出し、咄嗟に云ってみたまでさ」

落下傘嬢《パラシュートガール》殺害事件

湾が曲って、光っている。

高度四〇〇〇米《メートル》突──将子《まさこ》達の飛行機（サルムソン・二百三十馬力）はその上空で、大きな旋回を続けていた。かなり強い北々東の風。

将子にとってはこれが四度目の飛び降りだった。──だから彼女は、むしろ、わざとげにさえ見える落ちつきをもっていた。そして、救命具を着こんで胴だけふくらかした身体をシートから離すと、ちらと男の方を見て、時計を見た。（十時四十分）、男（助手中村）は冷い表情で高度計の盤面を凝視していた。

道代の方は、パラシューターとしてはこれが初めての経験なので、烈しい機体の動揺の中で、軽い眩暈《めまい》と、胸苦しさを感じながら、シートの隅に小さくなって坐っていた。

片側に、一人の人間のぶらさがる事によって被られる機の均衡を保つため、道代と中村とは、反対側のもう片方のシートへ、殆んど身体と身体を密着させて坐っていた。

機が上舵《あげかじ》を取る。そのとたんにパラシューターは手を放さなければならない。──将子の身体が、あざやかなもんどりをうって落下し始めたのは、次の瞬間だった。

やがて身体がきまると彼女は、眼で、旋回を続けている機影を敏捷に追っていた。──道代の身体が蠅のようにへばりついているのが見える。（臆病者！　あの娘《こ》はきっと怖気《おじけ》づいているんだよ！）そして彼女は、すさまじい爆音にまじって、道代のかすかな悲鳴を聞いたと思った。と、中村の上半身が現れた。──道代は、手をはなしていた。

ひいい　ふうう　みい……道代が落ちている。空をたち切る茶色の断層のように──。パラシュートが開かなかったのだ。将子は、正確な加速度をもって、またたくまに彼女を追い越して行ったものに対して、冷い瞳をなげていた。

「死の落下傘美貌のパラシュートガール惨死
本日深川埋立地第五号において挙行されたる日本落下傘研究協会の若き落下傘嬢中条道代（十八歳）は、午前十一時、落下傘降下実演中開傘索《かいさんさく》に異状ありたるため四千米突の上空より〇〇伯爵邸の竹林に墜落惨死を……」

〰〰〰〰〰〰〰〰〰〰〰〰〰〰〰〰

廊下の壁にもたれて小型の原稿紙へ達者な鉛筆の走り書きをしていた若い新聞記者は、ふと、道代の死骸を収容した病室がざわつき始めたのに気附いた様子だった。――同じ日の午後だ。

部屋には道代の母親がいた。協会の主任H―氏もいた……母親は娘の蒼白な死に顔に対して、悲しみの果ての表情を以て立っている。そして漠然とした憤りをさえ、感じているのだった。（誰が、妾《わたし》の娘を殺したのだ！）

落下傘は何故開かなかったか？　開傘索が切れたから。では何故、開傘索が切れたのだろう？（註、中条道代の使用したのはアーヴィン式手働落下傘だった。だから自働式と違って開傘索がある。パラシューターの生命とも云うべき索《つな》が！　しかも強靱な麻縄を以て三重に撚《よ》られた索が！

協会主任H―氏は当然として次の結論を得た。

……道代自身かあるいは他の何者かの手により切断されたものである、と。そして、道代自身という事は自殺を意味し、他の場合は、殺人を意味している。――不幸にもH―氏のこの決論は的中していた。道代の手に握られていた真鍮の環に附属する五寸ほどの索の切口と、落下傘に接続する索の切口とを比較した後、深川署のW―警部補が断言したのだった。

「鋭利な刃物で切ったあとですね。これは。……鋏、かも知れません」

着陸した二等飛行士岡田と協会助手中村が待ちうけていた二名の刑事の手で引致されたのは、記すまでもなかろう。飛行機の内部、会場に使用された天幕《テント》、及びそこらあたりの草原が、夕刻までにW—警部補の手によって殆んど余す所なく調査された。そして、W—氏は天幕から数歩を離れない便所の前で一箇の小さな新しい爪切り鋏を発見した。昨日か、あるいは今日中に落された物である事は一見して判明される。しかし、警部補はこんなありふれた鋏が、後になってこの事件に重大なひっかかりをもってくるなどとは夢にすら考えなかった。鋏の尻に「N」の一文字が記されてある。「N」「N」「N」……

警部補が被害者の素性を調査したところによると、

中条道代（十八歳）は現住所　深川区島田町。××女学校中途退学（家庭上の都合により）大丸百貨店、売子《ショップガール》として本年六月まで勤務。ある事情（後で判明する）で辞職。本年七月、衣笠将子の紹介により落下傘協会へ入社す。家庭は母親、弟二人、父親は道代が女学校を退学した年に死亡している。一家の生計は彼女の肩にかかっていた。なお、彼女には永井と呼ぶ婚約者がいる。——永井は現在、大丸百貨店員である。

道代の死体が解剖された。

外傷として、無惨に粉砕した後頭部の裂傷の外に、右手中指及び人差指の爪が引っ剥がれ、血が附着しているのを指摘する事ができる。もう一つ……中条道代は姙娠していた！

1、九月三日午前九時、将子は会場の天幕へ入った。道代はまだ来ていなかった。十分ほど待つと来た。別に変った様子はなかった。すぐに助手の中村と天幕の外の草原で落下傘を調べた。道代のも将子のも異状がなかった。――即ち開傘索は未だ切れていなかった。
2、九時半から十時まで、(十時に飛行機に乗ったのだ)二人はいつも一緒に行動した。ただ、出発する十分前、一度だけ道代は単独でどこかへ姿を消していた。ほんのちょっとの間だった、帰って来ると、何故か、ひどくそわそわしていた。
3、帰って来ると、道代は将子に、便所へ行かないかと云った。「私も丁度そん時、なんだったもんで」将子も便所へ行った。落下傘は、便所の棚の上へ二つ並べて置いた。……便所を出ると、すぐ出発した。
4、始終(九時から十時まで)落下傘は、各自が各自のものを、一瞬も放置せずして、持ち運んでいた。但し、便所の棚では!
5、出発した。四千米突上昇した。空の上で、道代の動作は、じばでなかった。将子は飛んだ。それから後は何も知らない。

以上は同乗者将子が警部補に対して答えたところの要約である。最初、警部補は、索が、飛行機の上でのみ、切られたものと考えていた。将子の陳述の2と3は、地上においても索を切り得るという判断を警部補に与えた。それではいつ？　どこで？　誰が？　索を切ったのだ。


「白状しろ、中村。道代にふられたので、殺意を生じたのだろう」

「結婚の申しこみは致しました」

「それみろ。それを、何故かくしていた?」

「かくすなんて、別に。云う必要を感じなかったから云わなかったまでです。……道代さんに婚約を申しこんだのは事実です。私はあの人を愛していたから。しかし、あの人の口から、すぐに婚約者があると聞くと、男らしくあきらめたのも事実です」

中村は言葉を切ると、涙ぐんだ瞳を卓子《テーブル》にふせていた。警部補はこの青年の、桃色に充血して、時々神経質らしくヒクヒクとひきつッているまぶたに、まぶしそうな視線を送っていた。この青年がいまわしい獄衣を着た姿を想像して、暗い気持に襲われるのだった。何という矛盾であるか？　事情は警部補の笑うべき感傷を無視して、中村を不利な環境へ墜《おと》しいれてしまった。――次の、岡田二等飛行士の新しい証言が、中村の有罪を、殆んど決定的なものにしてしまったのだ。

岡田の証言というのはこうだった。

「中村は道代に『ふられる』と、道代に対する中村の情愛は憎悪に変って行った。協会を休んだ三日間に中村は殺意を固めた。そして、機会が来たのだ。四千米突の空中で、中村は、将子が飛んだ後、道代とたった二人になる。中村はひそかにあるいは力ずくで開傘索を切断する。道代をつきとばす。それだけだ。五分とはかからない。――『あっしが道代さんの悲鳴でふりかえった時にゃ、あいつは、すがりついている道代さんの指を、一本ずつ引っぺがしていたんです。なんしろ、ぞっとしましたぜ』――」

それから九月三日の午前、九時から十時までの間、どこで、何をしていたかという警部補の質問に対して、二等飛行士岡田は次のような答弁をした。

「あっしは搭乗するまで操縦桿の調子をしらべていたんです。責任上、あっしは、出発するまで一歩も飛行機の側を離れなかったわけで」

彼のこの陳述が事実とすれば、彼には疑うべき事情がなかった。警部補は午前中に飛行士を放免してしまった。

中村に関する被告書

（中村信太郎　年齢二十六歳、独身。素行正、酒と煙草を好まず。故郷の中学校卒業後上京。新聞記者、雑誌記者等の職業を転々し、昨年、十月頃、落下傘協会へ落下傘嬢助手として入所した。現在では深川区木場、横町左官職遠山家の二階を間借りし、自炊生活を行っている。故郷の実家はかなりの資産家である。金銭の不自由はしていないらしい。その他特長として非常なけっぺきを持っている）

岡田に関する報告書

（岡田長治《ながはる》　年齢三十二歳。妻帯し、二人の子供あり。素行正しからず。但し協会内の風評によれば、衣笠将子と関係あるものの如し）

衣笠将子に関する報告書

（衣笠将子　年齢二十二歳。性、淫奔放縦。数人の男と関係す。女給生活数年。横浜に一年。その後、落下傘嬢として本年二月協会へ入所す。中条道代とは小学校時代の旧友）

翌日の午後である。将子は思い出したことがあるからと、警察署へ警部補を訪ねて来た。その時の二人の会話――

「道代さんが、飛行機に乗る前、ちょっと姿を消していたって今朝話しましたが、実際を云うと、私、あの時道代さんが、どこで何を誰としてたかってこと、ちゃんと知ってるのよ」

「是非、話して欲しいね」

「実は、実はよ――実は、道代さんは、天幕の裏の樟《くす》の木の下で、恋人と逢曳してたのよ」

「逢曳を？」

「ええ！　男ってのは道代さんの婚約者《フィアンセ》永井さん。そして、よくはわかりませんでしたけど、何だか二人で云い合いをしてましたわ。道代さん、泣いていたわ。――おかしいなと思ったので側へゆくと、永井さんは、永井さんも涙を流して真っ蒼な顔で、『死んでしまうがいいんだ！』そう云ってましたわ」

「……何故だろう？」

「何故かって、そんなわけ、私が知るもんですか。道代さんはひどく慌てて、このこと誰にも話すな――口留めを、私にしたの。そいで今朝も、黙ってたんだわ。――永井と別れると、……」

「ちょっと。永井、永井、貴女は云われるが、一体貴女は、どうして永井を知っていたのかね？」

「あの人も道代さんも私も、小学校がおんなじでしたの。道代さんは四年下級《した》でしたけど、永井さんとは私、同級だったんです」

「それで？」

「そいから便所《はばかり》へ行ったんですわ。私、あの日、とても朝寝しちゃって、九時ぎりぎりに会場へ着いたぐらいで、朝のお手水《ちょうず》をすましていませんでした。飛行機《エアー》に乗るとできませんし、それで、道代さんと便所へ行ったんです」

「………」

「二分ばかりすると靴音がしたので、誰だろうと思って、あそこの便所の扉《ドア》は節穴だらけですから、節穴の一つからのぞいてみると、永井さんが、落下傘を置いた棚にかがんで何かしているんです。小さな節穴からではあるし、身体でかくれていたから、何してるかは判りませんでしたけど、後姿は、たしか、永井さんの後姿でしたわ。それが三分間。都合五分ほどして出て見ると、永井さんはそこらにいませんでした。しかし落下傘にはちょっとみただけで、別に異状がなかったので、気にせずとそのまま乗っちまったんです。あの時、もし私が道代さんの落下傘をちょっとでも疑っていたら、道代さんは死なないですんだと思うのですわ」

「……じゃ、貴女は、永井が切ったと云うんですね。そして、開傘索《ひも》が切断されてなくなっていたのに、貴女は気がつかなかったのですか？」

「ひもがなくなってたんですって。ひもはちゃんとくっついてたじゃありませんか。あの長いひもがなくなっていたら、だいいちに、道代さんが気づくはずですわ」

「今さっきあんたは、永井がひもを切ったと云ったじゃあないか！」

「いいえ、私はただ、あの人でも切られる、切ったかも知れないとお話ししているだけだわ」

「しかし、ひもが――」

「あんたは考え違いをしていらっしゃるわ。開傘索が落下傘にくっついていたからって、そのひもが切れていないと断定するのは、早計だと思うわ。ひもを十分の九まで切りはなし、後の十分の一で落下傘とつないでおけば、道代さんが飛行機から飛んでそのひもを引くと、落下傘がひらくよりさき、ひもが切れてしまいますもの」

　この時警部補は、便所の前で拾った爪切り鋏を思い出していた。そしてその事を、鋏と鋏の上の「N」の事を将子に話すと、彼女はちょっと首をかしげていたが、「N」は永井のナであろうと云った。――警部補も同感だった。――


　アパートの形式を持つ下宿屋と云えば云えよう。永井の部屋は窓に蔦をからませた西向きの十三番だった。

　この下宿屋の痩せた女将は恐るべき雄弁を以て、警部補達に何等の発言の余地を与えず、一瞬時に数十語を喋った。そして、彼が、滝のような言語の洪水の中から拾い得た必要な事項は、左の三ケ条であった。
A　永井は学生時代からこの部屋にいる。現在もこの部屋にいる。
B　永井には可愛らしい婚約者《いいなずけ》の少女がある。その少女は藤色のドレスと真赤な髪かざりの似合う少女である。（中条道代を指しているらしい）永井はその少女を、死ぬほど愛していた。
C　永井は昨日の朝から外出して、まだ帰らない。今朝方彼女自身が、永井の勤務先である百貨店へ電話で照会すると、ちゃんと欠勤届が出してあるという事だった。

　そして警部補は永井の部屋から、道代の写真、色のリボンでたばねておいた幾通かの封書、その他を押収した。――女将が慌てて反対したにもかかわらず。

「道代の事だったら、道代は私が殺したんだ。私が殺したも同じだ。私さえ、もっと気をつけていたら道代は決して百貨店《デパート》をやめさせられる必要がなかったんだ。百貨店をやめなければ、幾ら家が貧乏だからって、パラシューターなんて危険な商売はしやあしなかったろうし、道代は死ななくってもよかったんだ。幾度も幾度も私は道代に云った。パラシューター稼業だけは止めてくれ。お母さん達の生活は私が保証する、と。そして、最後まで私は止め続けたのだ。あの朝だって、私は、心から涙を流し、また怒ってみたりして、道代を思いとどまらせようとした。だけど道代は、道代も泣きながら逃げて行ってしまったんだ。そして、死んでしまったんだ」

「じゃ、何だね。最後まで君は、中条道代を愛していたと云うんだね」

「そうだ！　道代も私を愛していた！」

「それなら、何故、落下傘のひもを切ったのだい？」

「ひも？　ひもって、何です？」

「ひもさ。落下傘を開かすひもさ。君が鋏で切ったろう」

「私が鋏で切った？……それ、なんの事なんですか？　ひもとか鋏とか？　私にはよく判らんのだが」

W――警部補は見事なうっちゃりを喰ったと云うべきである。どたんばで、永井は鮮な、にげをうった。

「では何故、さっきまで、道代を殺したのは俺だなんて云っていたのだ！」

「道代を殺したのは、私です。しかし、その何とかのひもは決して切ったおぼえはない」

「どうして道代を殺したのだね？」

「百貨店の売子を道代がしていた時、売場で私によこす愛の手紙を書いていたのです。運悪くそれを課長にみつけられて、私の犠牲になり道代一人が責任を負うて辞職した。そして、パラシューター稼業を始めたのです。私によこす一本の封書が道代の死の原因となったのです。だから、私が道代を殺したも同じ事だ」

何という不可解な原因論であろう。永井はひょっとすると発狂しているのかも知れない。——警部補はあまりの事に茫然自失しているかの如く見えた。

後刻、例の鋏が永井に示された。永井の表情は全く鋏を無視していた。

W—警部補には可愛い従妹《いとこ》がいる。子供のない警部補はこの十七の従妹をこの上もなく愛していた。だからその晩も、事件で疲労している頭を休めるひまもなく、従妹にねだられて、映画を見に行ったのである。

『松竹ニュース眼の新聞第×篇』

実写だった。警部補はテーマのある映画よりも、この種のものを好んでいた。だから疲れを忘れて『×××大演習における我が帝国軍人の活躍』や『××会議に臨む××首相の勇姿』等を熱心に見守っていた。そして二巻の写真が殆んど終りに近づいた時、警部補の表情は異様にひきしまり眼が、ねらった豹のように光り始めるのだった。それは『九月三日深川埋立地第五号において挙行された第六回落下傘会の盛況』の字幕によって始まっている。

……贈られた夥しい花環の群、花束をだいた婦人達、笑っている道代と将子の飛行服姿、腕にリボンを巻いて歩く協会の人々、新聞記者、テント、ｅｔｃ、そして、キャメラが静かに旋回し始めると、サルムソン機の横側が、中写《ちゅううつし》で、画面へ現われてくる。ほんの数秒だった。W《ダブ》って、字幕が写る。

警部補はそこら数十人の客たちをふりかえらせるほどの異様なうめき声を、知らずして発していた。警部補の従妹は恥らいで真赤になりながら、警部補のお尻をつねった。警部補のお尻はどこも、冷あせで、じとじとしていた。

翌朝八時。

W―警部補は署の門前で、あわただしく飛びだしてきた部下の刑事と、危く衝突する所だった。警部補は、ちょっとよろめいた。

「D―じゃないか。ひどくあわてて。どうしたのだ？」

「やあ、しつれい。警部補！　大変な事になっちまったんです。署長さんが云って、今、警部補をよびに走るとこでした」

「大変？　別な事件《あな》か？」

「いや。例の。……落下傘が間違っていたって云うんです。とにかく！」

とにかく、W―警部補は、扉をおした。

署長の卓子の上に、二つの落下傘が置かれてあった。その横に、協会主任H―氏の顔色が、困憊と憔悴のためゆがんでいた。将子もいる。そして、五六人の巡査が、彼等をとりまいて立っている。署長もいた。署長の表情は狼狽の表情である。署長は立派なカイゼルひげをもっている。――

「どう、なされたのですか？」

警部補としては、この質問はH―氏へ云ったつもりだったが、誰よりもさきに、署長が発言していた。

「落下傘がまちがっていたらしいのだ」

再び、警部補は云う。

「H―氏。説明して下さい」

「……あんな事のあった後だし、なにやかやとごたごたしていて、今朝までこの落下傘は事務室の物置にほうりこんであったのですが、今朝になって格納庫へ保管するため取り出してしらべていると、偶然、この落下傘の方が、即ちあの日将子さんの使用した方が、本当は道代さんの落下傘である事を発見したのです。中条さんのは少し新しく、衣笠さんのは幾度も使って泥によごれたりしみがあったり、だいぶ古くなっているはずなのですから、それから、すぐと将子さんを呼んで、たしかめたのです。ねえ——」

「ええ。私も初めは、まさかと思ったわ。でも、よく見ると違ってるのよ。私のぶんには、以前大阪の飛び降りで切れた二三本の緒が、その二三本だけ太さの違う別な緒でつけかえてあるの。これはたぶん、便所の棚へ置いた時、あの時間違ったものと思うんだわ」

警部補の頭は混乱した。だが、投げてはいけない。考えてみる事だ。

1、中条道代を殺害せんとする何者かが、落下傘を間違えて切り、間違えて切られた落下傘を再び間違えて着用した場合。（この場合は犯人がひどいあわて者だという事以外、事件の進行に何等の蹉跌《さてつ》をも生じない）

2、衣笠将子を殺害せんとする何者かが、将子の落下傘を切り、間違えて、道代がその切られた将子の落下傘を着用した場合。（この場合には事件の進行は根本からくつがえされる）

衣笠将子の陳述の底を流れる特異なる一条。

●●●彼女は道代よりも先に便所を出ている。即ち彼女だけが落下傘を間違えたのだ。道代はただ、一つ残った落下傘を当然の事自分のものと思い、それを持ったにすぎないのだ。

落下傘嬢中条道代墜死事件発生九月三日後一箇月経過——十月一日夜。第二の落下傘嬢事件が深川埋立地第五号で発生した。

衣笠将子が殺害されたのだ。

十月一日の夜は満月の夜だった。樟の木の下で、月の光の下で、潮騒のようにふりかかる虫の声の中で、将子は、上半身胸部を露出し、左乳下に垂直につきささった一本の短刀によって絶命していた。

最初、将子の悲鳴を聞き、樟の木の下へ走《は》せつけたのは、その附近に住居を持つ一人の鉄道従業員某であった。彼は所用のため、東から西へこの広場を横切ろうとしたのであるが、彼が将子の悲鳴を聞いたのは、樟の木よりも数十歩東だった。そして彼が疾走のスタートを切った時、樟の木の下からも一箇の人影（紺のかすりを着ていたらしい）が飛び出し、彼の走って行く同じ方向へ（西へ）同時にスタートを切っていた。即ち、広場の東西の頂点を結ぶ対角線上を東から西へ人影は逃走したのだ。――鉄道従業員が樟の木へ到着した時までには、その紺がすりの人影はすでに半町も先を疾走していた。（鉄道従業員は小がらであったから、彼の走力よりも紺がすりの男の走力の方がまさっていたためであろう）

加害者は、兇器の短刀を例外として、頭髪の一本ですら現場へ落してはいなかった。あしあとでさえも――だから署長達の観察が五寸九分の短刀に集中されたのは当然であろう。

が、一切の観察は無駄だった。五寸九分には指紋もない。――指紋はなかった。しかし五寸九分の柄頭《つかがしら》には「N」の一文字が記されているではないか。「N」「N」警部補の拾った爪鋏にも、たしかあったはずの「N」だ。

読者諸君。鋭敏な諸君はここで大きな疑問にぶっつかるであろう。（兇器に指紋を残さないほどの後慮を持つ加害者が、彼にとって致命的な証拠ともなるべき「N」の文字を、何故、歴然と、あまりにも歴然とさらしたのであるか?）……この疑問は正当だ。諸君は記録の最後の一行において、この疑問を解決し得るのだ。――

被害者は兇行数秒前、性交行為をなしたる痕跡あり。あるいは性交中、殺害されたるやも知れず。

「将はんがどないかしやはりましてん？　ちょいとそこへいてくるゆうて、二時間ばかり前、出やはりなはったのやが。――紺がすり着いた男やって。そんな人、あてちっとも知らへんし、将はんはふだん、そないにみもち良うないよって、男やったらぎょうさんおますさかい、いちいち顔を覚えたらしまへんが、今日中やったら紺がすり着いた男はんやの一度も見ええしまへん。昼間、同じ所へ務めたある岡田たらいう人きやはって、三十分ほど話ししよりましてん」

中条道代の死　衣笠将子の死

この二つの事件は完全に異ったものか？　あるいは、同一人の手で行われたものか？

再び云う。将子は性交している。彼の品行は零である。

拝啓

中条道代及び衣笠将子に関する殺人事件の真犯人、本日　皆様の御援助により逮捕し得たる事報告仕《つかまつり》候《そうろう》　ついては未だ不明の事実もこれあり　色々お尋ね致したく存じ候間、十月三日午後四時までに本署へ御出頭下されるよう　右お願い申し上候

匆々

十月三日午後四時　警察署楼上の会議室に集合した人々。――協会主任H―氏。岡田二等飛行士。

協会助手中村。永井。その他。

〰〰〰〰〰〰〰〰〰〰〰〰〰〰〰

星田三平

「真犯人の逮捕」とは本当であろうか？　果して、誰が逮捕されているのか？

W―警部補の口調は朗らかだった。

「九月五日即ち事件発生後二日の夜、私は何の気もなく××（映画常設館）へ行ったのです。そこで、諸君もたぶん御存じの、あるいは観られたかたが有るかも知れませんが、松竹ニュース映画眼の新聞第×篇と題する短尺の実写があったのです。一切の事件の秘密がこの短い二巻のフウィルムの中に示されてありました。僥倖でした。意外でした。私は確信を得たのです。犯人はやっぱりあいつだった！　と。しかしその夜一晩中かかって熟考の結果得た私の終結と表面に現れている事実との間には、未だある隙があった。その翌日（九月六日）H―氏や将子の手によって、発見された落下傘の間違いという事実が、その隙を満す半分のものだと、ぼんやりながら気づいたのです。私はそれから一月間、あらゆる私の全精力を集中して謎と戦ってきたのです。永井と中村の両君を、ためしに放免したのも、私の手段だったのです。私は全身的に事件の正面から、取り組んでいました。――……一箇月経過した十月一日、衣笠将子の事件が起きると、今まで半分満ち足りなかった間隙《すき》が、将子の死によってピッタリとふさがるのでした。遂に、私の仮説は終結へ来た！　私は今日、落下傘のひもを切った男が、将子を殺害したと同一の犯人である事を知った。そして、その男は、この部屋の中にいる！」

W―警部補は思い切った断言をしたと云うべきである。――蒼白に変ずるH―氏の顔。

「一時間以後にとお約束しました。が、事は案外早くかたづきそうです。――私が犯人を指摘する前に、ちょっとしたお願いがしたいのです。お願いというのは、諸君がこの答案紙へ私の呈出する質問に応じて、ほんのわずかな文字を記入して下されば、それですむのです。問題の一つは、九月三日午前九時から十時までの間、どこで？　何をしていたか？　そしてもう一つは、十月一日夜九時四十分頃、やはりどこで何をしていたか？　ありのままをいつわりなく！」

W―警部補は卓子の上にあった西洋紙八ツ切りの四枚の紙片を四人の人々に手渡すのだった。臨終のように緊張した一瞬。四人の人々は明らかな不安の念を隠しきれず、額に一パイの生あせをうかべ、吐息をついて。――

警部補は彼もまたすこし興奮の態度で紙片を分配すると、同じ長さの黄色い鉛筆を一本ずつ手渡していた。

「時間は十分間です。書き上ったら、二つにおって、卓子の上へ伏せるのです」

岡田二等飛行士は二分間でその答案を書きあげた。そして誰よりも早く紙片を二つにおり、卓子に伏せた。H―氏五分。永井六分。最後に助手中村は、九分を要している。

「もう一度だけ申します。この紙片に記入された文字は永久に保存されるのです。――取消す事は絶対に不可能ですぞ！　それで、よろしいか！」

「…………」

「――御苦労さんでした。では、書き上げられた順に読ましていただきましょう」

岡田二等飛行士

（操縦桿の調子をなおしていました。出発するまで飛行機の側を離れなかった。一昨日の晩は活動を見に行って夜店で買物をして、帰りました）

H―氏

（九時から十時まで、新聞記者と応対。落下傘に対する説明。紀念撮影約十分間。その他。十月

一日の夜、一歩も家を出ず。早くより寝る。以上）

永井青年

（樟の木の下で道代と会った。道代が強情をはるので僕は腹がたった。「勝手にしろ」と云って道代とわかれるとすぐ帰った。それだけだ。十月一日の夜は何をしたか忘れた。酒でも飲んでいたのだろう）

助手、中村

（1、テントの中で色々仕事をしていました。2、家の中にいました）

W──警部補はていねいに四枚の紙片を内かくしへしまうと、改った口調。

「映写機及び映写幕の設備が、隣室で整っています。私は、皆さんに、九月三日の記録映画を御覧に入れようと思っているのです」

『隣室』は真暗だった。黒木綿や、黒く着色したばふん紙を以て、窓という窓の外光を断っているのだ。暗闇の中で天井から下った白布が、ヒステリー女のようにいらいらしている。かすかにゆれている。

「こちらへ」

佩剣の音が懐中電燈の円光の中で、入口に逡巡する四人をうながしていた。そして人々が室《へや》に入り、所定の椅子に着席すると、さっと低《ひく》い天井へ光りを投げながら、佩剣は退室した。四人だけを残して。──扉がしまると、死骸につまずいても知らぬ、闇、だった。

「注意して、観察して下さい。ちょっとした、ほんのちょっとした事でも見落してはいけないのです。観察と熟考が、あなた達に真犯人を指摘するのです。では──」

警部補の声は天井裏から聞えた。

数秒！

そして、十五米突はなれた映写幕へ、どこからともなく強烈な光が射し始める。カタカタカタカタカタカタ連続する音が、針を落すほどに聞えてくる。カタカタカタカタカタ。

『九月三日深川埋立地第×号において挙行されたる落下傘大会の盛況』

フウィルムはひどくいたんでいた。きずついていた。雨のようにしるされた無数の線と、時々、白く三角形にチカチカはぐれてくる破損した場面《シーン》とをもっていた。しかし四人の彼等にとっては、すべてが恐怖だった。――映写幕の人影は時に狂気の如く疾走し、時に、水中を遊泳する緩慢な動作によって、のろのろとのろのろとはい、また時として、頭の上に足があり、足の下に頭があり――

映写は続けられている。

――夥しい花環の整列。笑った将子の顔。天幕。ひるがえる日章旗。等のカットの後、キャメラはいつかの夜と寸分違わず、静かに静かに旋回し始めるのだ。

サルムソン機の機首。機翼。機腹。機尾。――やがて、飛行機の全景！　それだけならいい！　それだけならいい！――一体「操縦桿の調子をなおしていた」岡田二等飛行士は、どこへ行った！　見えない！

突然。そうだ突然！　白布が天井から舞いおちた。そして飛行機の影像が消失すると、嘘のように強烈な円光が何物かを求めて、ねずみ色の壁を動いていた。約一メートルの直径を持つ、まばゆいばかりの光輪が！——間髪の出来事である。血にまみれた衣笠将子の白い裸が、盛りあがった乳房と乳房に突きささる短刀をもって、円光にさらけだされ、幻のよう、空間に浮び出たのも岡田飛行士がわけのわからぬ絶叫と諸共、扉へ向けて逃走をはかり、警戒していた二名の刑事と、烈しい格闘を開始したのも——椅子の飛ぶ音。卓子の倒れる音。怒号！　一枚のガラス戸が岡田の見当違いの一撃で破壊された。日光が部屋にあふれると、形想の変った岡田が二名の刑事に追いつめられて、口中から血を流し、必死の抵抗!!!

「はッはッは……私が犯人ですって！　面白い。何故、私が犯人なんだ！」

肩で息をついて、自棄《やけ》に笑う岡田。同じ部屋である。

「君に覚えのない事だったら、何も、あわてて逃げなくったっていいじゃないか？」

警部補はすすによごれている。天井裏へ映写機をすえつけていたのだ。

「逃げたからって。——あんなもの見せられて平気でいられるほど、あっしはいい度胸をもってませんよ！　誰だって、まっくらな中で死人を出されちゃ、恐くなるのがあたりまえだ！」

「まあ、それはそれとして、岡田さん。不思議ですねえ。あなたは飛行機の側を一度も離れなかったと云ったはずですが、不思議ですね」

「あれは。あれは忘れていた。あの時、私は、ちょっと……」

「……理由があるのか？　俺が道代を殺すわけがない！」

「遅い！　中条道代を殺したのは貴様だ！」

「本当にね。君はあの人とは何の交渉もない。あの人の死は君に何等の利益をも、もたらさない。だから君は表面では中条道代殺害の犯人であり得ない。しかも、君はたしかに道代を殺したのだ。あやまちが、君のちょっとした錯覚が、道代を殺すような事になってしまったのだね。君は、将子の落下傘を将子が、道代の落下傘を道代が、正しく着用さるる場合のみを考えていた。まさか、あの時に限って落下傘が間違うなんて！　夢にも思えないからね。実際、君が将子を殺そうとした動機に到っては、僕でさえ同情している位だ。君が妻子をすててまで愛していた女に裏切られたのだからねえ」

「この爪鋏知ってるだろう？　君の鋏だからね。ほら、君の名前（岡田長治）の「N」という頭文字さえちゃんとはいっているじゃあないか。君はこの爪鋏で落下傘を切ったのだね。勿論、将子を殺す目的で。――そして君が便所へ行った留居《るす》のまに、飛行機だけが撮影された事を知らなかったのだね。

十月一日に将子を殺したのも君だろう？　兇器にはやはり「N」があったし、君がここへくるとすぐ、刑事が行って、君の家の床下から、すこしばかり血のあとのある紺がすりのあわせをみつけ出して帰っているんだよ。君はあの日の昼、最後の決心をかためて、将子と、樟の木の下であいびきの約束をしたのだろう。そして、将子の心が、完全に君から去っているのを知ると、とうとうやっつけたんだね」

〰〰〰〰〰〰〰〰〰〰〰〰〰〰〰〰〰〰〰〰〰〰〰

岡田はその夜、夜っぴて、毛髪のようにからみかかる警部補のじんもんを受け、一切の犯行を自白した。便所の棚で将子を殺害する目的でひもを切った事も、その爪鋏が彼の所有物である事も、樟の木の下で将子を殺した事も。――だが、次のようなちょっとした事だけは、警部補のいかに峻烈な訊問にあっても、その言いかたをかえなかった。

――「将子を殺した短刀は将子自身の所持品である」と。

このために、彼は後になって「無罪」の判決を得たのである。

こんぐらがった事件の落着は、警部補の気持をすっかり楽にしたらしく、二三日たったある夜、客間で、彼は集まった新聞記者達と愉快げに対談していた。W――警部補は得意の絶頂である。――

以下、彼の談話。

「岡田が真犯人と確実に決定したのは、むろん、あの映画を見た事や、それから後ででも、彼が将子と烈しい恋愛（妻子をまですてようとした）関係を結んでいた事や、最近になって将子の熱情が他の男にうつりかけていた事などを知ったからでもあるがね、実は、確定したのは九月三十一日だよ。つまり、将子の殺される前日だね。不思議な事に彼女から『鋏のNは岡田ながはるのNである』という意味の密告書が、私あてで来たのだよ。将子はまだその日まで幾分かの愛情を岡田に感じていたらしいね。そして何等かの理由で三十一日に岡田へ最後の行動をとったのだね。虫が知らせたとでもいうのだろう。彼女もたぶん、岡田が自分を殺すかも知れぬ予感があったんだね。——……将子の屍体かい。解剖されていたよ。あの裸身はね、普通の石膏像へちょっと細工しただけのものだ。胸へ短刀をくくりつけたり、全身を着色して、赤い色を少々と、それだけだよ。何しろ、散々におどしておいた後だし、例の映画ニュースの飛行機の場面で、ひどいショックを感じた直後だからね。ばれたと直感したのだろう。——例の映画ニュース。これには私もだいぶ苦心した。松竹の興行用のだけでなく、あの日に素人で十六ミリを持って来ていた者が二三人いたから全部かりうけて研究したんだね」

岡田が公判にふされ、しかも無罪（すっかり無罪ではない。自殺幇助罪とかの軽い刑があったはずだ）の判決を受けた時W—警部補は得意の絶頂から、失意のどん底へ転がりおちた。

次に示す将子の日記は、有名な名弁護士Q—三郎氏が彼女の住居の天井裏から発見し、法廷で岡田を救ったものだ。

「……前略……靴音がした時私はその戸を殆んど開きかけていた。そして岡田が落下傘の置いてある棚に向って何かしているのを見ると、何故かその戸を開けるのを、私は無意識の内にちゅうちょしていた。岡田の飛行服の背が棚にかがんでいる。岡田は人がいるのを恐れていた。岡田以上にそれを恐れていた。岡田が何をしているかが、私にはよくわかっていたから。彼は私の愛情が五年ぶりで出会った幼な友達の永井へぐらつき始めたのを知ると、さいさいのこと『私を殺してやるんだ』と脅していた。——岡田が去ると、私はなるべく音を立てないようにしてそこを出た。果してボタンが一つはずれている。岡田がひもを切ったのだ。——魔に魅《つ》かれていたに違いない。と、今でも私は思っている。あの時の私は、べつな人間だった。道代が死ねば永井の気持を私のものにできる。道代さえいなければ！　恐しい考えだ！　なぜ私はあの時笑いながら、道代さんにありのままを告げなかったのだろう。そうすればあの人は——……ああ、しかし、こんな事はわすれるんだ。私でない私の、べつな私の手が、すばやくボタンを元通りへなおし、なに気ない顔で道代さんの落下傘を取っていた。そして道代さんには、切れた私の落下傘を持たしたのだ。私は到頭道代さんを殺してしまった。始終、私を先輩として尊敬し、姉として信頼していてくれたあの人を！

——……私は今朝永井に会った。そして永井の気持が動かし難いものだと知ると、急に永井が憎くなった。そしてひもを切ったのは永井だとW—氏に密告してしまった。

——……死んだ道代さんにわびよう。……私は岡田に殺されよう。そして岡田も殺人犯人として一緒に連れてゆこう。そうする事が道代さんの霊をなぐさめる唯一の手段だと、私は信じている。私が岡田に殺されるのは、わけのない事だ。私は一本の短刀を買う。それに「N」と書いておく。そしていつもするように樟の木の下へつれ出して、岡田と最後のあいびきをする。それから後、私は彼を散々罵倒し、彼がかっとなったところへその短刀を見せれば、私を殺すだろう。——生命をかけた謝罪だから、道代さんもたぶんゆるして下さるだろう。私は昨日、W—氏へ『鋏のNはナガハルのNで、ひもを切ったのは岡田である』という意味の手紙を出しておいた。私が岡田に殺された事はW—氏が発見して下さるであろう。——昼間久しぶりで私の方から岡田を樟の木へさそう使いをやった。岡田はすぐと、私の家へやって来た。彼は私の愛情が再びかえってきたと信じて、ひどく嬉しげだった。

——……さあ、もう約束の時間だ。私は岡田に殺されるため、樟の木の下へ出かけよう」

ヌル・ベチヨオ

星田三平

一、指環のふる時刻

『魂胆《こんたん》もないのに、何か魂胆のあるように思われたりするのは、たいへんめいわくなことである。俺は、別に、あのさんざしの垣根を通行せねばならない理由《わけ》があって、通行していたのではないのだ。あの娘はきっと、俺のことを、感ちがいしたのにちがいあるまい』

竜さんの日記です。

竜さんは新進評論家で、そうとうの売れッ子なのですが、おしい事には病弱でして、今年も暑さにとうとうまけて、この海岸へ転地してきているのです。伊藤竜介というのが本名なのですが、誰もが彼のことを『竜さん』と呼んでいるしまたその『竜さん』の方が彼にはふさわしい呼び方でもあります。これは彼の姿がいかにも『りゅう』としているというしゃれにもあたるのです。――その竜さんが今夜どうしたことか、ひどく興奮して、散歩から帰ってくるなり、日記帳へなぐり書き始めたのがこの文句でした。

『なるほど！　考えてみれば俺は、今日で十日ほども、毎日きまって同じ時刻にそのさんざしの垣根を通行してはいる。しかし、俺がその道を通行するのは、俺自身のプライヴェイトな用件のためであって、決して、彼女が感ちがいしたようなそんな魂胆があったからではないのである。俺はただ、その道が、海岸への近道だという唯一の理由で、通っていたにすぎないのだ。散歩していただけなのだ』

事の起りとか、もののまちがいとかいう奴は、えてしてささいなことから出発するらしくみえます。かくまで竜さんを奮激せしめた原因というのは、こうなのです――。

夕刻の七時頃がくると、竜さんは、胸のあたりに微熱さえ発して、どうしても家の内にはいたたまれなくなるのです。そこで彼は毎日七時頃になると家を出て、散歩することに、きめていたのです。

今日もまた、ゆかたがけで七時頃家をでて、そのさんざしの垣根にそうて海への、傾斜した石ころ道を歩いていたのです。

道路の右手は黄色く光る砂原にいものつるの茂った畠地で左手は二尺ばかしの、めだかの浮いている小溝を距《へだ》てて、さんざしが三十間《けん》も一直線に並んだ長い垣根です。そしてこの垣根に包まれた広大な邸宅が、村の人たちのいう『きみょう屋敷』なのです。

竜さんは『きみょう屋敷』に関して、あまりたくさんな事実を知ってはいません。しかし村の人たちの噂を聞いて、この邸宅の持主が都でのかなり有名な富豪絵沢伝右衛門氏であり毎年七月になるとここへ来て、九月の末まで三月間滞在するのだという事ぐらいは知っていました。何故この別荘が『奇妙』であるかといえば、それはむしろ、奇妙なのは伝右衛門氏その人であると申さねばなりません。彼は七月初めにここへくると、まるで貝類が貝の中へもぐるように、とじこもってしまい、一歩も外へ出ようとはしないのです。そればかりか、暑い盛りの日中でも、邸内の百にもあまる窓という窓をぴったりとざし、村人たちと交際するどころか、顔もみせず、もし誰かがまちがってでも邸内へふみこもうものなら、それこそきっと、とんでもないめにあうにきまっています。事実、二三の村人が、何かの用事で夜ふけてそのさんざしの垣根を通行した時、伝右衛門氏がピストルを持って庭園の芝生をうろついているのを見たと言うのです。

噂の真偽は別としても絵沢伝右衛門氏はたしかに一風かわった性格の持主らしいのです。

竜さんは、いつ通ってみてもこの屋敷の窓という窓が暗くて穴のように、絶えず密閉されているのを、かねがね不思議だとは思っていました。が、まさかこの屋敷がそんな奇妙な人物の住居《すまい》であろうとは知らなかったので、毎日ここを通って海岸へまで散歩していたのです。

今日も丁度、その一直線の垣根の中央にある冠木門《かぶきもん》のあたりへ来かかった時でした。竜さんの頭のカンカン帽子に、コツンと音をたてて落ちてきたものがあるのです。みると、それが指環でした。純金製の細身な女もちのかなり高価なものらしいのです。

指環がふってきた。まさか青空からでもありますまい。

竜さんはある予感がしたので、何気なく、伝右衛門氏邸のポーチを見たのです。するとそこに、水色がかった簡単な服を着た十八九の少女がひとり立っていたのです。少女は突然な竜さんの視線をまっこうに受けて、ろうばいしたらしく、鳩のように身をひるがえすと邸内へ逃げこんでしまいました。

竜さんはかがんで、石ころの間に光っている指環をひろいあげようとしました。そして指環からすこし離れた所に落ちていた、小さく折りたたまれた紙切れを発見したのです。

竜さんはそれをひろう。竜さんはそれを読む。そして竜さんはふんがいしたのであります。

「……貴男様《あなたさま》の御心は嬉しくお受けいたします。しかし妾《わたし》のことならばどうかあきらめてくださいませ。妾は『える・べちょお』という恐しい運命にしばられている悲しい身の上なのですから。――そしてもう、妾の家の前をたびたびお通りになるのは止してくださいませ。父もどうやら、ちかごろでは貴男様のことを、感づいたらしゅうございますから。……ユキ……」

こんな文句が書いてあったのです。

あの少女が指環にからませて投げたのが、飛んではずれて落ちたものでしょう。それにしても、なんというめいわくな云いがかりでしょう。竜さんはそれから一時間あまりも海岸を散歩しながら思考してみて、これは誤解にちがいあるまいという結論を得たのでした。

魂胆もないのに、何か魂胆があるように思われたりするのは、たいへんめいわくなことです。

二、奇妙屋敷へ奇妙な訪問

翌朝、起きると九時でした。あわてて朝飯をすませ、指環を握って出たのが九時半です。『きみょう屋敷』の冠木門のイボを探して、それをおすと、十分ほどもたってから、六十近い上品な老婆がでてきました。老婆は竜さんのカンカン帽子を、目標のように瞥見すると、まだ竜さんが一語も発言しないのに、

「お嬢さまが、お待ちかねです」

と、言うのでした。そして、めんくらった竜さんの右腕を取って、誰かに発見されるのを恐れるらしくこそこそと、植込みの中をわけて（たぶんあの少女に云いふくめられていたらしく）彼を、遠くひっこんでその一室だけが本邸と離れている洋館の方へつれてゆくのでした。

扉《ドア》を叩いて、室内《なか》からの声をきくと、老婆はすぐ、真鍮のノブへ手をかけていました。部屋は、こんな広大な邸宅のものとしては幾分か見劣りがするぐらいな、質素な装飾物でかざられているのでした。

正面の本棚。本棚の下の卓子《テーブル》。卓子の後にその少女ユキが立っていたのです。

「いらしったのね」

老婆が去ると、ユキが言うのでした。

「たぶん、いらっしゃるだろうと思っていましたの」

竜さんはだまって、握っていた指環を少女の前の卓子へ音をたてて置くのでした。

「これ、お返しします。それから――」

ところが、指環をみると少女は何故か真赤になって、うつむきこんでしまうのでした。

「いいえ。おっしゃらなくっても妾、よくわかっていますわ」

「いや！　そんなのじゃないのです。ただ、僕、誤解されているということだけを……」

「まあ！　誤解ですって。——誤解なんかじゃありませんわ決して！」

「それが誤解なんです。僕、なんにも……」

ここまで、彼が言いかけた時です。そしてこれから彼が少女に、誤解の説明を始めようとした時でした。

「おユキ！　そこにいる男は誰だ？」

扉の外でこんな怒声が起って、ノブがコトリと廻って扉があくと、一人の老人が鋭い眼光で、にらまえながらはいってくるのでした。

「パパ！」

と、怪鳥のような絶叫が少女の唇を裂くのと、少女が老人の右腕へ飛びつくのと、老人が右手に持っていた拳銃《ピストル》の引鉄《ひきがね》をひくのと、同時でした。無法にも老人は、竜さんをねらって発砲したのです。

外《そ》れ弾が天井の華電燈《シャンデリア》に命中した音が、すさまじい反響を呼んで、邸内の空気を震駭させていました。竜さんは無我夢中、外へとびだしてしまいました。

三、垣根から飛びだしてくる男

二日二晩寝続けて——やっと竜さんは、興奮と胴ぶるいを静め、彼の平常さをとりもどすことができていました。しかし、こんなことがあるようでは神経衰弱もだんだん重くなるばかりだし、それに竜さんはあの日の恐怖がまだ残っていて、なんだか、どこにいてもかの老人がピストルをふりかざし、今にもそこらのものかげからひょっくり現れてきそうな気がするので、竜さんは、いっそ東京へ帰っちまおうかと思うのでした。が、ここにいたとて、外出さえしなければ、また、たとい外出してもあのさんざしの垣根を通行しなければ、いくら奇妙な伝右衛門氏でも、まさか、歩いているだけの人にピストルを突きつけはしまいと、考え直して、それに彼は、恐しいながらも、なんだか『奇妙屋敷』の秘密に興味をもち始め、また、一つにはユキという少女との交渉のことも、あのままにして去るのは気がかりだったので、やっぱりこの海岸へせめてもう五六日滞在していてみようと決心したのです。

翌日でした。

竜さんはしかし、七時頃がくると、やっぱりさんざしの垣根の道へ、足が向くのでした。まるで、何か眼にみえない糸にひっぱられてでもいるように。

『奇妙屋敷』の南を向いた窓は今日もまたいつものように、ぜんぶ密閉されているし、夕刻のどんよりした空気の底で静かに沈黙しているだけで、みたところ別にかわったこともなさそうでした。と、

ガサガサ、ガサガサ――

そんな音が突然、竜さんの脚のあたりから聞えてきたのです。竜さんは驚いたまま立ち止ってしまうのでした。何故なら、ついそこの、彼から一間とは離れていないさんざしの垣根をわけて、一人の不思議な人物が、飛びだしてきたからです。

竜さんと同じようなカンカン帽をかぶって竜さんと同じようにゆかたがけの、その男は飛びだしてきて、石ころ道へ立つと、竜さんがつっ立っているのを知り、はっとしたらしく、次の瞬間バラバラと石ころを蹴ちらしながら逃走し始めるのでした。そして竜さんが、しまったと思った時には、すでにいも畠の小道を曲って、だんだん小さくなりつつあったのです。

竜さんはあわてて冠木門のベルのイボを押します。

すると、以前のように十分もたってから、やっぱり老婆がでてくるのでした。老婆は彼の姿をちょっとみると、すぐ、彼が発言するひまもなかったほど、すばやく邸内へひきかえしてしまうのでした。――どうしたということでしょう。この老婆もまた、奇妙屋敷の住人として、たしかにふう

がわりな人物であります。そして竜さんがぽかんとして待っていると、やがて老婆は手に何か持って、再び現れてくるのでした。

「お嬢さまがこれを、あなたさまへ渡せと」

そう言うのです。手に持ってきたのは茶色の封筒でした。

そして、それを、竜さんに渡すと、それだけ言ってひっこもうとするのです。竜さんは、あわてて呼びとめて云いました。

「今、そこでへんな奴を見たから、何か屋敷内に、かわった事でもないかしらべておいた方がいいでしょう。泥棒かもわかりませんからね」

四、蚊に思考力ありや

砂浜の、松の木蔭でねころんで、竜さんはたった今渡されてきた茶色の封筒を見ていました。

『お優しきカンカン帽子の方へ』

表書きが、これです。裏には『ユキエ』の三字と『七月二十七日』という昨日の日附がありました。——昨日書いて、彼が通ったら渡すようにと、あの老婆に頼んでいたものでしょう。

封を切ると、花模様のある上品な便箋紙十枚あまりへ、ぎっしり書かれた手紙なのです。——

「……まだ名も知らないあなた様に、突然こんなお手紙をさしあげる妾の失礼をゆるしてくださいませ。こんなお手紙をさしあげるのも、あなた様を信じ、あなた様にお話ししたいことがあるからでございます。

あなた様はきっとお優しい方だと思います。もしもあなた様が乱暴な、いけないお方だったら、あの日の妾の父の失礼に対し、お怒りになりあるいは父と争われたかもわかりませんもの。あの日の父の行為は、あなた様にその意志さえあるならその場で父が殺害されたとて、正当防衛であることは誰もがみとめることでしょう。あなた様は妾一家の敵ではありますまい。

でもあなた様は妾の父のことを発狂しているとお考えになられていらっしゃることでしょう。妾の父は決して狂人ではないのです。ただ、狂人のようにある事実を恐れているというだけのことなのでございます。

父の恐怖や警戒が、誰を目標にしているのか、今でも妾には、はっきりわからないことなんですけど、父の警戒に父自身の命がかかっているらしいということだけは、確言することができるのです。

父があんなにかわってしまったのは、妾の母が亡くなった年（今から六年前）の夏からなのですの。母の葬儀をすませた翌日、父がどこからともわからない一通の手紙を読んだ瞬間からなのです。この日から、今まで優しかった父の性格が一変してしまったのです。そして、子供心にもそれはどんなに悲しかったことでしょう。仏像のように温和だったお顔までが、まもなく、いつも死人のような暗さにかわってしまわれたのですもの。疑いぶかく、いつもいつもお気の毒なほど、いらいらされて、たまらなくなると、お酒をあがり家の召使いたちや、妾に、つらく当られて——そんなこんなで召使いたちも一人去り二人去りして、今ではとうとうお邸には父と妾と、それから、もう二十年も忠実にいてくれる老婆と三人ぎりになってしまいましたの。

そして、不思議なことには、父の恐怖や警戒が七月になると昂《たか》まり、八月には一年中で最もひどくなり、九月十月になるとだんだんやわらいでくるということなのですの。だから七月から九月まではここへきて、この別荘で暮すことにきめているのです。父も現在では、だんだんあきらめてきたらしく、夏の間の三ケ月をのけると他の月はわりに楽なきもちでいられるらしいのでございます。この六年間の怖れで、父は三倍ものお年を召して、いまでは父を見た人に、父の年が四十二歳だと云っても誰も信じないほど、老人になってしまいました。

妾は、父のいろいろな場合に不用意にもらす断片的な言葉を、六年間に寄せ集めて、次のような事実を朧《おぼろ》げながら知ることができたのです。

父は若い時一人の友人とある女を争った事。（その女が妾の母であるかどうかは判らないのですけど）そして、その友人は失恋したまま遠い国へ去り、六年前にやっと日本へ帰ってきたものらしい事。父の怖れは、どうやら、この男に復讐されるということらしい事。

しかし、いくら考えてみても妾には判らないことが、まだたくさんあるのでございます。

妾には、何もかもうちあけてお話することのできるお友だちがひとりもありません。父が妾をそんなふうに一人ぼっちで育ててしまったからですの。——今、幸福なことに、妾はあなた様というお方を得たのです。あなた様はきっと、妾一家の味方となって、わけのわからない敵と戦ってくださるだろうと信じています。だからこそ、こんな秘密もお打ちあけするのです。

父は口癖のように『エル・ベチョオ』とか『フレボートムス』とか、妾にはわからないことをつぶやいています。『エル・ベチョオ』とはいったい何のことなのでしょうか？　もしごぞんじなら教えてくださいませ。あるいは父の怖れの根原が、この一語の中にふくまれているのかもわかりませんから。

もう一つわかっている事は、父が狂気のように蚊を恐れているということなのです。こんなことを書くと、ようすを知らないあなた様は、おかしいとお思いになるでしょうが、この別荘の全部の窓を密閉して、外部から、蚊が侵入するのを防いでいるのは、父の命令なのでございます。そして父の警戒が夏になって増すというのも、この事と関係があるらしいのです。

蚊。——父は蚊を恐れています。

そして妾もまた時々、あのきみの悪いうなりをたてて飛び、人間の血をすする蚊という生物に対して、何故か限りない恐怖を感じるおりがあります。

恐ろしい蚊。父がある人から復讐されるということと、蚊を怖れているということとの間にはどんな関係があるのでしょうか。

そして、ああ。あのきみの悪い蚊にはいったい、思考力というものがあるのでしょうか。

妾は、何もわからないのです。

妾を助けてください。――そして、妾を、このわけのわからぬ運命から救ってください。お願いです。

妾は一昨日から父のためある部屋で監禁されています。この手紙は婆やにたのんで、あなた様にお渡ししてもらうつもりです。

この手紙が一日でも早くあなた様のみ手へ渡るよう、神に祈りながら――ユキ――」

妙なことを頼まれたものです。しかし、頼まれてみると、竜さんも男ですから、まさか、すてておくわけにはゆきません。

竜さんは、そこで、ある友人のことを思いだすのでした。

それは竜さんの親友の一人で、学生時代に『なんでも』という妙なあだ名をつけられたほど、博学で聞えた男だったのです。

竜さんはそれから町の郵便局へ行って、長文の、こんな電報を発信したものです。

「カニシコウリヨクアリヤ　エルベチヨオトハナンデアルカ　ヘンマツ　リユウ」

五、エル・ベチョオ

「キヲタシカニモテ　シサイフミ」

翌朝、彼はこんな返電を受け取ると、顔中をくしゃくしゃにしてのびをするのでした。

「シサイフミ」とあるからには、手紙がくるのでしょう。竜さんは、その手紙を読んでから、自分のとる行動をきめようと思ったのです。手紙は速達で、その日の夕刻とどきました。

その友人の親切な解答文――

「……（略）……南米のジヤガス病、エインハム・オロヤ熱・ギネマ虫病・マリン氏性血吸虫病、クライソマイヤマセリヤ以上のものは、地球上での恐るべき伝染病であるが、エル・ベチョオと言えばこれらに数倍する、危険なる伝染病で、ジヤガス病のドリアトーマ蚊、マンソニヤ蚊などと同じく、エル・ベチョオの媒介者は、フレボートムスという、日本の藪蚊に似た黒い縞のある巨大な蚊なのだ。このフレボートムス蚊にやられると、エル・ベチョオ（つまり一種の壊疽《えそ》だね）が肛門から大腸に向って急進するので短時間の内に絶命するのだ。日本には山口県に以前発生したことはあるが、まあ、珍しいと云っていい病気なんだ。

どうしてこんな事を知りたいのかしらぬが、あまり突然なので、驚いたよ。それから、このエル・ベチョオの症状はパラチブスのそれと酷似しているそうだ。（実は俺もエル・ベチョオなんて知らなかったので、早速調べてみたというわけなんだ）

蚊に思考力があるかなんて、（馬鹿なこと書くな、……（略）……」

それから竜さんは約束とおり『エル・ベチョオ』の説明をあの少女にしてやるため、手紙を持ったまま、すぐ、外出したのです。――今日は、邸内へは入らずと、老婆にたのんでなんとかして、少女を呼びだしてもらい、どこかそこらの海岸でも歩きながらよく話をするつもりでいたのです。

冠木門のベルを押すと、十分ほど経って、出てきたのはやっぱりいつもの老婆でした。老婆は、竜さんのたのみをきくと、

「お嬢さんはたぶん、あなたさまとお会いすることはできますまい」

と、

古武士のように冷静な口調で言うのでした。

「何故です？　何故会わないのです？」

竜さんは幾分かせきこみがちでした。

「御主人が、お亡くなりあそばしたからです」

御主人？　御主人というと、伝右衛門氏のことです。

「いつ？　いつです。それは？」

「昨日」

それをきくと、竜さんはとっさに老婆を突きのけて、邸内へ走りこんでゆくのでした。そして、竜さんが玄関へ飛び上るのと、少女ユキがホールの扉を開けてでてくるのとが同時でした。ユキは竜さんを見ると、倒れるように彼の胸へすがりついてくるのでした。

「パパが！　パパが！」

六、殺人か？

伝右衛門氏の死骸の置かれた八畳の日本間には、強烈な消毒液の臭気が充満していました。竜さんはこの部屋で、泣き沈む少女をなだめつつ、次の話を聞いたのでした。

「夕刻の六時頃までは」伝右衛門氏はこの八畳で、たしかに無事でいたのだと少女が言うのです。

「妾、六時頃お茶を持ってゆくと、パパはこの部屋でトヽヽランクの整理をしていヽヽヽましたの。かわったところなんてちっともなかったのに――一時間ばかし経って、こんど行ってみると、パパ、倒れて苦しんでいたの。ひどい熱だったわ。婆やが、町へ医者を迎えに行ってるま、パパは、くるしんでくるしんでひどく苦しみぬいて『える・べちょお』って、ひとつぎりのへんなうわ言いってて、医者がくるのと、パパ、死んじゃうのといっしょでしたわ。医者は、パラチブスだって言うの。パラチブスだって！　でも妾、なんだかパパはもしかすると誰かに殺されたのじゃないかと思うんだわ。

きっと、殺されたんだわ」

昨日の七時頃といえば、竜さんが、あの垣根からとびだしてくる男を見た時刻です。竜さんは、なにがなし、しまったと思うのでした。

それから竜さんは約束どおり、少女に『エル・ベチョオ』の説明をしてやったのです。

少女は、彼の説明をきき終ると、何か思いあたることでもあるらしく、顔色をかえて、だめを押すように言うのでした。

「フレボートムスって、蚊のことなのね。藪蚊みたいな、とても巨きな縞のある?」

「そうだそうなんですがね」

少女は、突然立ち上るのでした。

「妾ね、さっき言ったでしょう。パパはきっと誰かに殺されたんだって。――そいでわかったわ。妾の予言、あたっていたのかもわからないわ。妾、パパの掌から、蚊をみつけてんの。パパが、あんまり固く掌を握りしめてるので、おかしいと思ってあけてみると」

そう言いながら少女は、伝右衛門の死体の枕の下から、レコード針の空箱を取りだすと、それをあけて、

「これ――」

と、さしだすのでした。

見ると箱の中には、ぺしゃんこにつぶされた一匹の巨大な藪蚊が入れてあったのです。まるで、ラグビー選手のユニホームみたいに荒い黒縞のある藪蚊でした。――たぶんは伝右衛門氏の血を、たっぷりと吸うたであろう一匹の蚊。竜さんは云うのです。

「……問題は、何者がこの蚊を、この部屋へ放したかということなんです。そいつがわかるといいのですが……」

しかし竜さんには、そいつが誰であるかということはよくわかっていたのです。だからこそ、そ

れからしばらくして、夕闇のたちこめ始めた庭におりて、家の周囲をみ廻り、その部屋の窓の下の地面に、垣根から窓の下まで往復している男ばきの下駄の足あとを発見した時、少女が驚いたほどには決して驚かなかったわけです。

(あの男！　カンカン帽をかむって、垣根から飛びでてきた男が殺人蚊を放ったのだ。あの時に！)

七、お通夜の事件

「呼ばねばならぬ親戚は？」と問うと、一人もないというのが少女の答えでした。だから竜さんは、少女にすがられるとその日から数日この邸へ宿泊し葬儀万端の手助けをすることにきめたのでした。そして、今夜はとにかく老婆と三人でお通夜をすませることになりました。

少女も老婆もすっかり竜さんを信頼しているらしく、何ひとつするにしても、まるで彼がこの家の新しい主人ででもあるかの如く、彼の命令に服従しようとするのでした。そして竜さんも、信頼されればされるほど、この気の毒な少女に対して、親身の同情をいだき始めるのでした。

今ではもう、最初の指環の誤解や、その誤解をとくことやも、彼は、忘れようとしていたのです。

午後十一時。——

白布をかけた死体の脚のあたりには、老婆がひとり、うつむきがちな姿で坐っています。少女と竜さんは伝右衛門氏の枕元ちかくに、端座して、——夜ふけ。

聞えてくるものはただ、近くの海の岸にくだける浪の音ばかりでした。

竜さんは、なにがなしにぞっとするさむけを感じながら、ふと、窓の外をみていました。

最初の間、彼は、窓ガラスをとおして、庭の闇の中にうごめく白い人影を発見した時、それを、ねむたい眼の、錯覚だろうと思ったのです。が、次の瞬間、ひじで少女に合図をすると、竜さんは突然立ち上っていました。

廊下へ出て、ポーチへ廻って、竜さんは、庭へ裸足でとびおりるのでした。

「こいつッ！」

と叫んでおいて、そこに立ち止まって、不思議に逃げようともしない白い人影へ、勢いよくとびかかってゆきました。そして、竜さんの右手が動くと、男の左頬を、三つ、続けざまになぐっているのでした。

それでもまだ、その男は無言なのです。別に逃走しようともせず、きみのわるくなるほど、すなおなのでした。ゆかたがけです。そしておお！　カンカン帽を右手に、持っているではありませんか。――この男です。昨日、竜さんが垣根から飛びだしてくるところをみつけたのは。

「君だね！　垣を破ったり、邸内をうろついたりしたのは」

「…………」

「君だろう！　返事をしろ、返事を！」

「僕、です」

「何故だね。――そのわけが、言えるかね。君は？」

青年は、ふせていた顔をあげると、少女の表情をちらりと盗んで、

「お嬢さんに、お会いしたかったからです」

「嘘をつけ！　嘘を」

「僕、本当に、お嬢さんにお会いしたかったからです。会って、お話をして、僕があのお手紙をさしあげてから、十日間も、発熱して寝ていたことをお知らせして、おわびが、したかったからなんです」

青年の意外なこの言葉で、こんどは少女の顔色が激動したのでした。彼は続けて、竜さんにとっては、全く思いがけないことばかりを、告白するのでした。

「お嬢さんは、僕のこととその方のことを感ちがいしていらっしゃるのです」

という、そのわけを話せば、こうなのです。

――(青年も、胸の病気でこの海岸へ一月ほど前転地してきたのですが、列車の中で、ユキたちと偶然一つ車室《はこ》に乗り合し、ユキの可憐さにひきつけられて、彼女もやはりこの海岸で降りたことを知ると、後をつけて住居を知り、それからというものはユキの邸宅のあたりを毎日のようにうろつき、なんとかしてもう一度彼女と会いたいと思っていたのです。ところが、少女と会って話をするどころか、顔をみることだってできそうにはないということをまもなく知ると、彼は、最後の手段で、自分の少女に向けた愛情の意志表示をし「カンカン帽子をかむって浴衣がけで夕刻の七時頃さんざしの垣根を毎日散歩する男が僕だから、その時刻に出てきて会ってくださるか、せめて返事だけでも投げあたえてください」という手紙を書き、ある日、冠木門の下へ置いたのです。――運よくその手紙だけは少女の手へ渡りました。ところが青年は、まのわるいときにはしかたのないもので、その手紙を書くとから発熱して十日間、外出することもできなくなったのです。ものごとのまちがいという奴は、えてして、ささいな偶然から起るものらしく、ずっと後からこの海岸へきた竜さんが、まちがえられてしまったのです。少女は竜さんのことを、手紙の書き主だと誤解して、指環にむすんだ返書を投げたのです。昨日の夕刻、さんざしの垣根から邸内へしのびこんだのも、今夜のことも、やっぱり少女に会ってその話をしたいがためだったというのです)――

× × ×

青年の話しぶりも、話す間の表情も、疑う余地のないほどまじめなものでした。

会って話してこの青年が『エル・ベチョオ』と何の関係もない(らしい)とわかると、竜さんはまたまた、初めから考え直さねばなりません。

が、考え直すといったところで、この上、何を根拠にして考え直せるのでしょう。伝右衛門氏は死んだのです。何ひとつ証拠となるべき条件もありません。

——たった一匹の蚊。——伝右衛門氏の掌でぺしゃんことなって発見されたという一匹の蚊。

その蚊が、どこから出現したかがわかるといいのです。

それから——

勿論のこと、青年は、話をしてしまうと、こんな夜中を騒がせた失礼をわびつつ、帰って行ったのです。その後で竜さんは少女と相談して、伝右衛門氏の死体を解剖することにしたのでした。伝右衛門氏の死因に、疑問をもち始めていたからです。そして、解剖の結果は？——

八、竜さんの解決ぶり

『魂胆はないのに、何か魂胆があるのだろうと誤解されたりすることも、時には、決してめいわくではない。俺はそのためとんでもない幸運をひろったのである。あの少女は、生れたての空気のように新鮮であった』

竜さんの日記の一節です。

『カンカン帽の青年こそ、最も気の毒な存在であった。彼はしようのない時発熱したというべきであろう。俺は彼の身がわりとなって、このすばらしい幸運をひろったのだ。——あの青年は決して、伝右衛門氏殺害の犯人ではなかったのである。いや！　おそらくは誰もが、犯人ではないであろう。伝右衛門氏はただの伝染病パラチブスで死亡したのである。

俺は現代の解剖医学を疑いたくはない。

伝右衛門氏の死体解剖の結果、まぎれもないパラチブスであることが判明したからだ。なお、驚くべき事実は、伝右衛門氏の脳神経がある種の（伝右衛門氏の名誉のため、明記することはできない）痴呆症におかされていたことである。すなわち、彼はずっと前から発狂していたのだ。彼は一種の被害妄想狂にすぎなかったのだ。俺は昨日、「きみょう屋敷」の整理を手伝って、伝右衛門氏の居室から、彼の古い二十年前の日記を発見したのであるが、その日記帳には彼の青年時代の恋愛葛藤がこまやかにしたためてあったのである。そしてＫＩという男がその恋愛に敗れて、彼に復讐をちかいながら、ドイツへ去ったことも事実であるらしい。俺はその日記帳の頁《ページ》にはさまれて、変色した一通の古い封書を読み、すべてを了解することができたのである。そして、この封書こそ、六年前伝右衛門氏の性格を一変せしめたものにちがいないのである。封書の文面はいとも簡単なものではあった。がそれはドイツへ去った友人からの単なるごぶさた見舞にすぎない。重要視すべきは追記の文句である。――（なお、小生の研究題目「エル・ベチョオ」の病原菌に関する新発見も完成し、近日、なつかしい故郷日本へ帰国できることとなりました）――という一見したところ別に恐しいこともない、ありふれた報告なのだ。しかし、伝右衛門氏は、かねがねその友人がドイツで「エル・ベチョオ」という恐しい伝染病の研究をしているのを知っていたらしく、いよいよその研究が完成し、しかも帰国するとしらされると、ただでさえ復讐されるかも知れないと恐れていたところなので（それに、でなくてさえすでに発狂の生理的原因はあったのだから）手紙を読むと、それまでの恐怖心が爆発したものにちがいないのである。彼はその日、その時から、自分はその男に絶えずつけねらわれ、いつ、どこで、その男が一匹の病毒をふくませた蚊を死の使いにしたてて、自分を殺害するかもわからないのだと妄想し、極度の警戒をし始めたのであろう。彼の被害妄想は彼の人格を一変せしめたが、少女ユキは彼女の父が発狂したのだとはわからなかったらしい。伝右衛門氏の日常が、その極度までな警戒心をのぞけば、常人とかわりはなかったからである。――伝右衛門氏は、単なる被害妄想狂にすぎなかったのだ。伝右衛門氏の死亡と、「エル・ベチョオ」との間には何の関係もないのだ。伝右衛門氏はただのパラチブスで死んだのである。――彼の掌で発見された一匹の巨大な藪蚊は単に一匹の巨大な藪蚊にすぎないのだ。「フレボートムス」とかいう蚊では、なかったのである。その藪蚊が密閉された部屋のどこから出現したかということは、あの時、伝右衛門氏がトランクの整理をしていた事とむすびつけて考えればいいのだ。藪蚊が五六日の間トランクの中へひそんで生きていたという事は充分可能性のある推理ではないか』

九、終末

竜さんは日記を書き終ると、荷物をまとめて『奇妙屋敷』へひっこしてしまうのでした。少女の方から、彼に、この邸へきて自分と一しょにくらしてくれと、言いだしたからです。そして、竜さんのつもりでは、これでもう、あの事件をみごとに解決した気でいるのです。

しかし、竜さんは、もっと深く考えるべきでした。

そして一応は現代の解剖医学をも、疑ってみるべきでした。伝右衛門氏が果して、単なる被害妄想狂であったかどうか？　あんなにも根深く刻まれていた恐怖や警戒が、ただの発狂ざたにすぎなかったかどうか？　彼は果してパラチブスで死亡したのかどうか？　彼の血を吸うたらしい藪蚊がふつうの藪蚊であり、トランクの中にひそんでいてから出現したものであるかどうか？　もしも竜さんがこれらの諸点をもっと深く探求してゆくなら、全く意外な事実を発見することができたかもわかりません。

伝右衛門氏に復讐をちかってドイツへ去った男に、一人の息子があることや、その息子と、この事件の青年とが相似していることや、人間の復讐心というものがいかに烈しく、根深くあるかというような事を知って、慄然としたでありましょう。事実竜さんは、かの青年が自分の犯罪を隠蔽するため、仕組んで二重三重に張り廻しておいた網にひっかかり、あやつられていただけなのかもわかりますまい。

米国《アメリカ》の戦慄

1　カポネは天国におる

いつからとはなく、どこからともなく、それはまるで風がもってくる夕霧のように、ふしぎなひとつの噂が、シカゴの街へ拡がり始めていました。十月の末、丁度、大統領選挙戦が全米国民の人気をあおりたてていた頃のことです。

「アル・カポネがシカゴにいるらしい」という噂なのです。

噂というやつはたいていの場合、不思議なものにきまっています。それが発生する、時と、場所と、人心とのコンディションさえうまくゆけば、針ほどのことが棒ほどになってしまったり、瓢箪から駒が飛びだしてみたり、まったく、とりとめのつかない、みょうなものなんです。こんどのことにしてもやっぱり、最初誰かが「カポネを見た」といいふれたのが原因で、まもなくシカゴ中がひっくりかえるような騒ぎとなり、遂には、全米合衆国国民を戦慄せしめたとんでもない騒動が持ちあがってしまったりしたのですから、いってみれば「噂」なんてやつは、眼に見えない一種の通り魔のようなものにちがいありません。そして、恐しい「噂」の力は、いつまでもその終局として、大きいか小さいかの悲劇をもたらすらしいのです。

「カポネを見た」

誰が言い始めたのか、この言葉は、それが発言された瞬間から、電流のようにすばやくシカゴの市民層へゆきわたってしまったのです。

「カポネを見た」

「カポネをシカゴで見た」

「カポネはシカゴにおる」

奇怪な噂であります、アル・カポネがシカゴにいるはずはないのですから。彼は二年前、ちょっとした脱税事件にひっかかってぼろをだし、シカゴからは二百里も離れているクリーブランドの刑務所で服役中のはずです。そのカポネがシカゴにいるなんて、いくら暗黒街の大統領だとて、神変不可侵な神通力をでも持っていない以上、同時に二百里も離れたふたつの場所へ分身して出現するのは不可能なことにちがいありません。だから、善良な市民たちは一も二もなくこの噂を笑い消そうとしたのです。

「カポネがシカゴにおるなんて！　そんな馬鹿な！」

――ところが、噂の騒ぎは善良な市民たちの意志に反して、日ましに大きくなるばかりでした。誰かが、何事かの魂胆をもって、ふれ歩いているのか、それとも本当に彼がシカゴにいるのか「カポネを見た」という者が一日毎にふえてゆくらしいのです。それならといって、誰が見たのだと問いつめると、誰が見たことやらあいまいで、ただ、「だれそれが見た」と言ったぐらいの程度なので、「俺が見た」と断言する者は一人もないのです。

おせっかいな市民のひとりは、もしやカポネが刑務所を破獄し、それが当局の都合で秘密にされているのではあるまいかと、わざわざクリーブランドへまで出かけてゆき、調査してみたりしたのですが、その結果判明したことといえば、カポネが鉄丸をひきずりながら刑務所の庭を歩いているという事実だけでした。

そうなるともう何がなんだかわからなくなります。しかし、何がなんだかわからないではすまされないことです。だから二三日もたつと「それはカポネのにせ者だろう」という噂が、噂を否定する噂としてたち始め、結局、にせ者だったという事にこのカポネ騒ぎが落ちつこうとしたのです。それで落ちついて噂が消えてしまえばよかったのです。それならあるいは、私がこれからお話ししようとしているあんな大きな騒動は起らなかったかもわかりません。

ところが、また二三日たつと今度は反対に、「いや！　クリーブランドのカポネこそにせ者だ！」

「シカゴにいるカポネこそほん者のカポネだ！」というとんでもない噂が、やっぱりどこからとはなく誰からともなくたち始めるのでした。

それから、一週間経過します。

噂は魔性です。

一週間たつと、噂はもう噂だけではなくなって、儼然としたひとつの事実であるかのように、「クリーブランドのカポネはにせ者」「シカゴのカポネがほん者」と、頭からきめこんでしまったのです。そうなるとただわけもなく一種の群集心理で、ことを好むやじ馬はどこの国にも多いとみえて、わあ——っといった騒ぎにかわり、それも噂が、二年間消息を断っていたとはいえまだ人気（？）のある現代の英雄アル・カポネに関することだけに「それカポネが現れた」とばかりに、すぐ次に続いて起るにちがいない血なまぐさい事件を期待しながら、大統領選挙も国際聯盟も日本も満洲もそっちのけで「カポネだ」「カポネだ」と、まるで戦争でも始まるような騒ぎで、シカゴ市民は全く興奮状態におちいってしまうのでした。

噂は噂を生むといいます。

「噂製造人《トピック・メーカー》」が最も天才的に活躍するのもこんな時です。やれ、どこそこの交叉点《ゴーストップ》ですれちがった自動車《クライスラー》の中にはカポネの向う傷が窓ガラス越しに光っておったことの、あちらであった殺人事件の現場では群集にまじって、オーヴァーの襟をたてたアル・カポネの眼がものすごく笑っていたことの、うちの坊やの靴をかっぱらったのもカポネにちがいない……まさかそんなことは言いますまいが、その他、時によると、一日の間で数十ケ所へ「カポネ」が出現したりして、——噂の力は恐しいものです。

かくして、それはやがて、シカゴ市の境界線を越えて、話題をまきつつアメリカ全州へ拡がってゆくのでした。

十月の末です。

裏街の床屋の親方《ボス》が、剃刀をあわせながら顔中がシャボンのあわの中でちんぼつしている客へ、ひとつ仰山《ぎょうさん》らしい眼くばせ《ウィンク》を送ってどなるのでした。

「アル・カポネがどこにおるって、旦那！　あいつはシカゴにもどこにもいるはずがありませんや。だって旦那、カポネは天国におるんでさあ――」

床屋の親方のつもりでは、この言葉はほんの気のきいた冗談にすぎないはずでした。ところが、とんでもないことにボスのこの言葉がまもなく、ぴったりとあたってしまったのです。――まるで親方が偉大な予言者ででもあるかのように。――

2　フィロ・ヴァンス登場

シカゴ警視庁当局が、噂の騒ぎに、全然無関心でいたというわけではありません。表面はたとえ無関心を装っていたにしろ、時節がらこのような流言飛語の横行するのは、当局として一日たりとも黙認することはできないことです。が、といって、相手がとりとめようもない噂では、噂を検束して処罰するわけにもゆきませんし、また、今後絶対にカポネの噂をたてるべからずなんて法令もまさか行うことはできません。せいぜい「カポネは未だ刑期中にて、シカゴに出現したるが如き事実なし」という意味の声明書でも発表するぐらいがせきの山で、それからはどうしようも、しようのないしまつです。一方、噂の騒ぎは日がたつにつれて、下火になるどころか、当局の声明書を無視して、いや、むしろそれにあおられたかたちで、またひとしきり燃え上るといったわけで、結局かぶとをぬいでぺしゃんこになったのが警視庁当局でした。

そこで、おきまりの最後の手段により、警部級以上のお歴々が一堂に会して、評議を開き、満場一致で「とにかくあの男を呼んでみよう」という案を可決するのでした。「あの男ならきっと、この奇怪な噂の根原《こんげん》をつきとめるにちがいない」――あの男というのは、貴族出の素人探偵フィロ・ヴァンスのことなのです。――「米国きっての名探偵とこれも米国一の悪党との取り組み。これは名案だ！　面白い！」

早速、日頃から彼と親交のある一人の警部の名で、電報がニューヨークへとびました。案じて待つほどのこともなく「スグ・ユク」との返電がき、その翌日の午後の特急で、フィロ・ヴァンスは彼のよき相棒でありかつ有名にして有能なる記録者S・S・ヴァン・ダインを連れて、スーツケースひとつの身軽ないでたちで西下してくるのでした。

ヴァンスたちが、知り合いの警部の案内で、駅からまっすぐに迎えの自動車に乗って警視庁へつくと、待っていた会議室が二人の姿をのんでしまうのでした。

それから、事件（というのは噂騒動のことですが）の経過を語るらしい幾人かの違った声が交る交る聞えていましたが、やがて、「そんなわけでまことにとりとめのつかぬ話なんですが、どうかひとつ」と、要点が切りだされたらしくひっそりと静まるらしい部屋の気配でした。そして、フィロ・ヴァンスが力強い声で「できるだけのことをしてみるとお約束致しましょう」と言うのが聞えてくるのでした。

3　ヴァンスの活躍

R街――百三番地。

ここらはシカゴの暗黒街でも最下級の町で軒並みに、安ホテルや、古物商、奥に酒場のあるフルーツパーラー、あいまい宿、いんちきなダンスホールなどが建ちならび、一日中そして夜から朝まで人通りがあり、勿論、鳥の鳴かぬ日はあっても殺人事件のない日が無い――犯罪の巣のような場所なんです。

ヴァンスたちは警視庁を辞去すると、例の警部の案内でこの街の、この街では一流のあるホテルへ、ひとまず落ち着くのでした。（三人ともが変装と偽名の用意を忘れなかったことなどは記すまでもありますまい）

翌日。

ヴァンスたちがまっさきにとった行為は、クリーブランド行きの特急へ乗りこむということでした。そして、しゃれただんだら縞の獄衣を着て、かかとへ鉄丸をくっつけたカポネと会見するということでした。

その結果がどうなったか？

フィロ・ヴァンスの冷静な批判力が囚人カポネの正体をどうあばいてゆき、針のように鋭く急所を突いてくるヴァンスの尋問によってカポネの顔色がどう変化したか？——すべては諸君の豊富な想像力におまかせして、私は、かんじんのお話を進めてゆきたいと思います。（そのにせ者のカポネが、カポネと瓜ふたつの影武者として、秘密に活躍していた面《マスク》のジョンという男であったということだけを、お伝えしておきましょう）

ヴァンスは、しかし、その場に立ち合っていた人々にこの事を固く口止めして、当分公表をせずと自分に一任してもらいたいと申しでるのでした。これは警視庁側としても、また、典獄にとっても、願ったりかなったりなことです。今が今まで、そして二年間もの永い間カポネだとばかり信じていた男がにせ者であった、などと発表することがどうしてできるでしょう。——ヴァンスの申し出は喜んで承諾されるのでした。

（クリーブランドのカポネがにせ者。すると、シカゴのカポネがほん者なのか？）

「僕は、アル・カポネという男をみくびりすぎていたらしい」

帰りの列車の中で、ヴァンスはつくづくと言うのでした。

「カポネは僕の思っていたよりかずっと上の男だった」

ヴァン・ダインは、しずみがちなこの若い親友の肩を叩いて、なぐさめるのでした。

「なあーに、あいつはたかがギャングの親分じゃないか。それに君はたった今すばらしい功名をたてたんだ。第一歩において、カポネを制し得たのだ。勝負は君の勝ちだよ」

それからのヴァンスたちの生活は活躍そのものでした。全精力をあげ生命をかけて噂のカポネへ挑戦しかけて行ったのです。巧妙な変装と防弾チョッキを唯一のたのみとして連日連夜シカゴ暗黒街の奥深く潜入してゆきました。噂をたぐってその根底さえ突きとめ得たら、そこに何かがあるにちがいない。あるいは、噂の奥にカポネ自身がひそんでいるのかもわからない。――ヴァンスは自信をもって戦い続けたのです。しかも、警察のてを一度もかりずと。

苦闘の半月が続きました。

ヴァンスはやっとのことで、たぐっている噂のつるがどれもこれも皆、ある一点へ集まってくるのを知ることができたのでした。裏街の曲りくねった路地の奥のウラルというロシア人の経営するあやしげなナイトクラブなのです。シカゴ市民をしてあんなにまで興奮せしめた噂の全部とまではゆかなくとも、その大半がこのちっぽけなクラブからでていたらしいという事が判明したのです。しかし残念なことにはこのクラブには、ロシア人でなければ何か特別な関係を持たない以上、出入することができないとの規律があるのでした。

そこで、ヴァンスは思いついて、自分の忠実な秘書でありかつ熟練した探偵助手のヘレン・マーシュを急いで紐育《ニューヨーク》から呼びよせるのでした。彼女ならば、こうした間諜役には、なれているし、女だということが最も適していると考えたからです。

そしてヴァンスは金で一人のロシア人をだきこんで、うまうまとヘレンをそのクラブへ入れることに成功したのでした。そうなると後は楽で、時々連絡さえとっていればやがて彼女が確実なものを握ってくれるにきまっています。――ヴァンスたちはR街のホテルで根気よく彼女からの報告を待ち続けていました。一週間と四日。合計十一日間待っていました。むろんその間だとてぼんやりしていたのでは決してなく、一日に幾度となく路地の奥のクラブまで往復し、隙さえあればヘレンと連絡をとってきたり、その他最善の手段を尽していたのは申すまでもありません。

十一日目にヘレン・マーシュからの最初で最後の報告がとどきました。

噂の騒ぎが始まってから七週間目、ヴァンスがこの事件に手をつけてから五週間目の氷雨《ひさめ》の降る寒い午後でした。

戦慄すべき報告書でした。

4 ヘレン・マーシュの手紙

「親愛なるヴァンス様」

カポネを見ました。カポネがいたのです。地下室にいたのです。

妾《わたし》はいま興奮しています。手がこんなにふるえています。あまり恐しいことを、見たり聞いたりしたものですから、しかし妾は気をたしかにもって、この手紙を書かねばなりません――

このクラブの地下室（それは地下街と言ってもいいような、ちっぽけな地上の建物とくらべて十倍もあるような）に秘密なビア・ホールのあることは以前に申し上げておきましたが、妾は昨日始めてゆるされてそこへ降りることができました。地下街への出入は、このクラブの出入よりもなお厳重で人物を一ケ月以上も見きわめてでないとゆるされないのですが、妾がわずか十日間でゆるされたということは非常に幸運なことでした。地下街へおりた瞬間、妾はただただ驚きのあまり茫然とするのみでした。一口に申せばここで十人の人が生活するとしても一年や二年は地上へでなくとも不自由なくくらして行くことができるよう万端の設備が整っているらしいということでございます。

カポネを見たのは、降りて一時間ばかし経ってからでした。

丁度妾が、天井の低いビア・ホールの曇った窓から見ていると、廊下のあちらを、右から左へ影のように通ったのです。ちらりとではありましたが妾はすばやくその背のひくい身体つきや横顔をみて、カポネだと直感しました。

カポネだったのです。妾は何気なく地上へ帰るふりをしてホールをでると、大急ぎで、カポネの後を追いました。人気のない幾つかの白い廊下を曲って、カポネは、突きあたりの部屋へはいったのです。足音を盗んで部屋の前までゆくと、中からは、笑い声とくせのあるそれはたぶんロシア人らしい言葉とが聞えてきました。それへカポネのらしい巻き舌の声もまじってです。が、この時はすぐに部屋から出てこようとする人の気配を感じたので、何事もつかめぬ内にひきかえさねばならなかったのです。

そして今日なのです。この手紙を書いている現在から一時間前のことです。

朝から妾はひまをみては、何回も、たぶん五六回もあの部屋の前まで行ったのです。そして五六回目にやっと話し声をつかまえたのです。カポネの声もしていました。酒でも飲んでいるらしくグラスの音がしていました。

「同志《タワリシチ》!」という言葉が妾の最初の驚きでした。何故なら、それがカポネの声でたしかにそう叫ばれたからです。「いよいよ今夜だよ。同志! 俺たちの今夜のために乾杯!」

それから杯《グラス》のふれ合う音でした。ウラアーの喊声《かんせい》でした。第三インターナショナルの合唱でした。

親愛なるフィロ・ヴァンス様。

妾の驚きを想像してくださいませ。しかも妾の驚きはこれぐらいではすまなかったのです。これぐらいではなかったのです。

カポネが言った次の言葉を聞いた時、妾は思わず叫び声をたてようとしました。

「――同志！　今夜は満月だ。俺たちの仕事も今夜で満月。二年間の三日月が満月になるのだ。投下爆弾の数も満月、ミルウォーキー襲撃の合図も満月、全米各州の同志の蜂起も満月の合図、同志！　満月を忘れるなよ！」

この言葉はいったい何を意味するのでしょうか？　妾の記憶が誤っていないならば、ミルウォーキーとはミシガン湖畔の飛行船隔納庫の所在地なのです。すると、カポネは何をたくらんでいるのでしょう！　妾は余りの恐しさのため妾自身の想像を口に出して言うことすらできません。

ヴァンス様。

妾はもうこれ以上この報告書を書き続ける勇気がなくなりました。どうか貴男様《あなた》の明快な判断力をもってこの乱雑な文面から事件の真相をつかみだしてくださいませ。

今はもう噂のことなどをとやかく申している場合ではありませんが、あの噂のことならば、あれはきっとカポネ自身が自個宣伝をして隠謀の前ぶれともなし、また人心かくらんの手段ともなすべくやったことにそういありません。――二年間、警察へは自分の影をつかまさせて安心させ、自身はこの地下街で恐ろしい隠謀をたくらんでいたのです。この地下街こそ、米国共産党の最高指令部にちがいありません。

ヴァンス様

貴男にいただいた護身用の拳銃がハンドバックの中にあります。弾丸は三発しかありません。二発でカポネが殺せればいいのですが！

ヘレン・マーシュ

フィロ・ヴァンス様

5　ミルウォーキーへ

「月の出はいつだ！」

ヴァンスは椅子を蹴倒して立ち上ると、卓上の棚にふせてある日記帳をつかみとるのでした。彼の瞳が思いなしほどうるんでいるのはマーシュの手紙の最後の文句のせいなのでしょう。頁《ページ》をくる指先も、ふるえ勝ちでした。

「ようし！　まだ一時間半はある」

「ヴァンス！　どうしようというんだ？」

彼は、しかしヴァン・ダインのこの言葉には答えようともせず、そのまま卓子《テーブル》に向って何か走り書きしていましたが、まもなく振りかえると、

「ミルウォーキーまで幾里あるのだろう？」

そう言うのでした。

「一時間だろう。行くつもりなんだね？」

「そら！　自動車《くるま》を呼んでくれ給え！」

「じゃ、僕も行くよ」

「――君はね、この手紙を持って警視庁へ寄って、皆と一緒に後から来たまえ。だいじょうぶ！自信があるよ、僕には、マーシュに対しても！　一人で行かなくちゃ！」

ヴァンスがいったんこう言い出すと、後へはひかない性質だということをよく知っているヴァン・ダインでしたから、それに警視庁へ寄るにしても十分もあればすむことだし、後から少しスピードをだせば追いつけぬわけでもあるまいと思ったので、黙って紙片を受取ると、彼のと、もひとつは自分のと二台の自動車を、ボーイを呼んでいいつけるのでした。

数分後。R街の夜の雑踏の中を二台のセダンが、別れ別れに走り始めていました。

東へ走る自動車は市街の中心にある橋のたもとの警視庁までくるととまります。ヴァン・ダインのあわてた後ろ姿が、踊るように正面の大きな石段をかけ登ってゆくのでした。

手紙の紙片には、

「九時二十分までにミルウォーキーへ行かなかったら、米国は亡びるだろう」

と書かれてあるのでした。

ヴァン・ダインからすべての事情を聞かされた警視庁の連中の驚愕と戦慄、早速数十台の自動車を集め数百名の警官を動員して、応援隊は国道へ時ならぬ大進軍の風景を実現しつつ西へ、ミルウォーキーへと進発するのでした。――シカゴの騒乱は軍隊の出動にまかせて。――

一方、ヴァンスの自動車はミシガン湖に沿うた暗闇の国道を西へひた走りに飛んでいました。

八時二十分。砂丘のようにゆるい傾斜面をもつ丘を越えて。八時三十分。湖の波止場のある港街をつっきって。ここから鉄道線路と並行して。八時四十分。陸橋を渡って。

八時五十分。ミルウォーキーの市街の灯がかすかに見え始める峠へかかるのでした。

そして、九時ヴァンスの自動車はミルウォーキーの街へかかったのです。飛行船隔納庫は街を通りぬけてあちら側にあるのです。

街を出はずれると森が三つあって、そこをぬけると広大な草原地帯なのです。ヴァンスの自動車は数分で市街の灯をぬけると、隔納庫へ通る第一の森の闇へさしかかるのでした。

（まにあったらしい。月の出までにはまだ二十分ある。騒々しくののしり合う声や、銃の音もきこえない）

ヴァンスは何がなしほっとして、安堵の微笑をもらすのでした。

（ここまでくればもう大丈夫だ）

しかし彼の微笑もそう永くは続かなかったのです。自動車が最初の森をぬけて第二の森へかかった時でした。突然、その森の入口に人影が動き始め、何事かを（それはたぶん自動車を止めようと）

どなる声と、それからそこをかまわずつっきった後から追い撃ちをかける続けざまの銃音とが、ひびいてくるのでした。

(伏勢だ!)

ヴァンスは首をすくめながらも、しっかりとハンドルを握って疾走をつづけるのでした。——が、このままで、おそらくはもっとたくさんの敵がひそんでいるにちがいない第三の森へ突進するのは危険です。ヴァンスはとっさに思案をきめて、ちょっとスピードを落すと、わざとハンドルを横にきって、泥田圃の中へ飛びこませ、停車したのです。そして案の条、森の中から走ってくる人数の眼をかすめて、闇を幸いと、泥を渡って森の裏を右へ廻ろうとしたのです。いや、森の裏を廻って、草原へ出たのです。

草原へ出たヴァンスの鼻孔を最初に、くんとついたのは煙硝の臭いでした。なんだか、風のない草原の地表に靄《もや》のように水色の煙がかかっているようなのです。それから、それにまじってむっとくる、血の匂いでした。ヴァンスははっとするのでした。(もしかすると)という疑いが、彼の脚を早めていました。

草原の中央、右よりの地点に、長方形の小山のように夜空へそびえてみえる建物こそ、米国がその巨体をもって世界一と称している飛行船A—K号の隔納庫です。ヴァンスは手探りで、夜空をすかしすかし闇の中を、隔納庫めがけて進んでゆきました。

ヴァンスの脚にさわった死骸だけでも、かなり多数なものでした。

6　米国《アメリカ》の戦慄

それからのヴァンスの行動は、彼自身でさえもが自分で何をしているのかわからなかったほど、夢中の間に行われたのです。

中心地帯へ近づくほど、数分前の戦闘の烈しさを物語るかの如く、ちらばった長銃や、まだ温い死骸や血だまりが多くなり、庫《くら》の内部から聞えてくる騒々しい物音や人声が高くなり、——鉄柵をまたぎ、庫内へ闇にまぎれて侵入し、——……カポネ一味が戦勝の興奮と、目的遂行への準備とに忙殺されて、ヴァンスのひそかな侵入を発見できなかったのは最大の不幸でした。彼は、あわただしく往き来する一味にまざって、夢中で飛行船のタラップをかけ上ったのです。

庫内の警備隊の中に裏切り者がいたのかもわかりませんし、何よりも重大な敗因は、カポネ一味の襲撃が全く、ふいであったことです。それに警備隊の兵力はわずか一小隊にすぎなかったのに反し、襲撃隊は数倍の戦闘力を持っていました。勝敗は、カポネが予期していたよりも、もっとあっけなくついたのです。——カポネが合図の時刻としてきめていた月の出の九時二十分を待たずして、襲撃を決行したのはヴァンスの間諜となってカポネの根拠地、地下街へ入りこんでいたヘレン・マーシュが彼を事前に殺害すべく狙撃したため、計画の暴露をさとり、警備の手の廻らぬ内にと、機先を制するつもりでやったことなのです。

むろん、ヴァンスはこのことを知りません。タラップをかけあがると、彼は船尾の物置きらしい部屋のわぐねられた綱のかげへ身をひそませて、ひたすらにシカゴからヴァン・ダインの応援隊の到着するのを、待ちわびていたのです。

数分。

クレーンのひびき。きしる金属音。正面の大鉄扉の開くらしいすさまじい音響。重油のつめこみ。投下爆弾の装置。時々、森の入口で起る銃声。タラップを伝って上下する足音。どなる声。

数分。ヴァンスは、船体が小刻みな横ゆれ《ローリング》を始めたのを感じると、絶望するのでした。

やがて——

飛行船はその寝室を離れると、ね不足なあくびでもするように、ひとつぐらんと大きくゆれながら、離陸したらしいのです。

シカゴからの大進軍がやっと森の入口まで到着した頃は、すでにその銀色の巨軀を輝かせ、月の出の空へ、飛行船A―K号は浮き上っていました。――

一方、地上では。

電流と電波が、この前代未聞の飛行船盗難事件を伝え、しかも盗んだのがアル・カポネで、なお、投下爆弾を満載し、東へ向けて飛昇して行ったというのですから、この瞬間こそ、全米国国民の心は戦慄したのでありました。米国の総ての眼が、月の出の夜空へ、いっせいにふりむけられるのでした。そして、今にもカポネの乗った飛行船が自分たちの市街の上空に出現し、黒いふんのように降ってくる爆弾がそこらの街辻ではじけるのではあるまいか。そうだ！　今にきっと、あの雲母《きらら》のような白雲の中からこそ、死の飛行船がやってくるにちがいない！　街の灯を消せ！　女や子供は地下室へかくれろ！……

米国の戦慄は、カポネと糸をひく共産党の蜂起によって最高潮に達するのでした。月の出を合図に、米国全州の要所々々の大都市が共産党行動隊の活動で、南北戦争当時のような混乱におちてしまいました。

赤い大きな満月でした。

飛行船A―K号はミシガン湖の空を渡っていました。そして、九時三十分には対岸のグランドラピッツの上空へ現れるのでした。

カポネたちの目標は、勿論こんなちっぽけな町ではありません――戦慄しつつあるグランドラピッツの市民を尻目にかけ、気流に沿うてデトロイト市を通過し、クリーブランド市、ピッツバーグ市へ影を落すと、飛行船の航路はアパラチヤ山脈越えにかかるのでした。

フィラデルフィアへ現れるのはまもなくでしょう。そしてその次が紐育です。

フィロ・ヴァンスは何をしているのでしょう。

7　カポネ昇天

わぐねられた綱のかげで、ヴァンスは思索をつづけていました。（どうしたらカポネの紐育爆撃をくいとめ得るだろうか）ということをです。そして船が山脈越えにかかった頃、やっと最後の決心を固めて立ち上るのでした。

扉《ドア》に耳をつけて足音の無いのをたしかめると、注意して静かに扉を開ける。それから、両手の拳銃の引鉄《ひきがね》へは指をかけて、一歩一歩をしっかりとふみしめて、正面の運転室へ進んで行ったのです。ヴァンスの胸算用では少くともこの船へ乗り組んだ人数は二十人以上のつもりでした。

が、彼が運転室の扉を蹴ひらいておどりこんだ時、立ちかかってきたのは、カポネと運転手と機関士と技師をのけて僅か五名でした。

「動くなッ！」

飛びかかってきたひとりを一撃で倒すと、ヴァンスはなおもゆだんなく両手をかまえ、そう叫ぶのでした。

「カポネはどこにいるんだ?!」

すると、運転台の横でかがみこんでレンズをのぞいでいた人物が、にくいほど落ちついてふりかえるのでした。そいつが向うきずのアル・カポネでした。

「君は、誰だ？」

「フィロ・ヴァンスという者だ。アル・カポネ！　さあ見ろ。銃口がどこをねらっているか！命がたすかりたいなら、エンヂンをとめろ！　引き返すのだ。カポネ。早くするんだ！」

カポネは、皮肉笑いをもらすのでした。

「ところがね、お気の毒なことにそうはゆかないのですよ。ヴァンスさん。私にはそうする権力がありませんのです。この船の船長さんはあの方ですからね」

眼で指したのは運転台のボックスで、この場の空気とは全然無関心に一本の桿《さお》を握り、壁にかかった幾つもの白い盤面をにらんでいる人物でした。

「おいッ！」

ヴァンスはその人物へどなるのです。

「エンヂンをとめろ！　方向転換だ！　アメリカ市民の良心を持っているなら、すぐ着陸しろ！」

しかし、人物は貝類のように沈黙していました。カポネがたまりかねて笑いだすのでした。

「駄目ですよ、ヴァンスさん。あの方はアメリカ市民じゃありません。ロシアからわざわざ我々の壮挙のため、力ぞえに来ていただいたコンミニストだからね。たぶん死ぬまでは紐育への航路を取りつづけてくれることだろうよ。それがまた、あの人の良心でもあるし」

「カポネ！　命は不用だというのか?!」

「不用だとは云わないさ。すくなくとも、この船が紐育へついておみやげをばらまくまではね。崩壊する米国資本主義の悲鳴をきくまではね。しかし我々は真理の闘士なのだから、真理のためになら命は惜しくない！　あの旗の下へなら喜んで屍を置くことができるのだ！」

言葉を切ると、コンミニスト・カポネは天井を見上るのでした。ヴァンスもそれにつられて、ほんのちらりとではあるが上を向いたのです。なるほど、天井にはちっぽけな赤旗がぶらさげてありました――このすきです。カポネが全身で、ふいにヴァンスへ飛びかかったのです。――弾丸《たま》はみな外れました。しかもその中の一発が運転台の人物「船長」を射殺し、他の数発は機関部の重要個所へ命中してしまったのです。

多勢に無勢です。ヴァンスはまたたく内にがんじがらめに縛られ、床へ丸太のようにころがされてしまいました。

「ざまあみやがれ！　ブルヂョアの犬奴《め》！」

カポネは荒い息をつきながらののしるのでした。

「ヘレンとかいった女はきさまの手下だったのだろう。今にみろ！　あれと同じめを見せてやるんだ！」

ロシア人の船長は頭部を射ぬかれて死んでいました。船長でありかつ運転手であったこのかけがえのないロシア人を失ったということは飛行船A―K号の運命へ最初の暗い影を投げる事件でした。しかし、カポネたちにとって幸運なことには、彼の死がフィラデルフィアを通過して紐育までの航路がまっすぐになってから後であったという一事です。飛行船は気流に大きな変化のないかぎり、ほっておいても紐育へつくでしょう。

カポネはそれを知ると安心して、以前の位置へ帰り、数分前と同じ姿勢でかがみこんでレンズをのぞき始めるのでした。

海の近い野を通っているらしく、海岸線の一部と、月光をあびた平野とが、丸くくぎられてレンズへうつってくるのでした。

十時十分。

地上では国民の戦慄が最高頂に達していた頃、カポネのレンズがハドソン河の光を写したのです。

「紐育だ！」

おどり上って叫ぶと、彼は機関室へ送話管でストップを命じるのでした。

「紐育だ！」

帯のように光って流れているハドソン河。燈火を消して、しかも月明りにありありと照らしだされている摩天楼のかずかず。

たしかに、ニューヨーク市です。

カポネはなおもレンズをのぞきこんだまま、手さぐりで壁に並んでいるスウィッチのぼたんを次々と、みるまに十三個の全部を押してしまったのです。

これで、万事が終ったわけです。

数秒後には飛行船の通過した線のなりに、向う側から順に、閃光と黒煙と土砂が舞い上り、やがては遠雷のような豪音が正しい間を置いて聞え始めるにちがいありません。

我が事成れりとばかり、勢いよくたちあがるとカポネは、窓から首をつきだしてのぞいている配下のひとりへ、

「火が見えるだろう?」

と言いかけながら、自分も首をつきだして通ってきたうしろをふりかえって見るのでした。

が、不思議でした。

もう数秒前にあがっていねばならないはずの火の手は、見渡すかぎりの紐育のどこからもあがっていないのです。

(おそい)と思います。(不発だったかな)とも思えます。しかし投下した十三の爆弾のみなまでが不発だったとは、考えられないことです。

「おかしい! こんなはずはないが」

と、つぶやくカポネでした。

たしかに、おかしい事です。

それから彼が、もとの場所へ帰ってきた時、始めて、自分がとんでもない錯誤をおかしていたことに気づくのでした。

戦慄の紐育へ落下した十三箇の物体。

ある所では三階建の屋根を突き破り二階の床を突きぬいて一階でとまり、街へ落ちたものはアスファルトをへこまし、またあるひとつはあわて者の雷のように避雷針へひっかかり時ならぬ砂時雨《すなしぐれ》

を降らせてみたり、落ちてきたのは、そのひとつひとつが十瓩《キログラム》もある砂嚢でした。

カポネはとんでもないまちがいをしてしまったのです。彼がてっきり投下爆弾のものだと思って、手さぐりで押した十三個の白いボタンは、飛行船の浮力を調節するための砂嚢のスウィッチなのでした。投下爆弾のそれは、もっと右よりに並んでいた黒いボタンであったのです。

とたんに軽るくなった飛行船A—K号は、おりからの満月の引力にすいよせられるように、たちまち、昇天してしまうのでした。

かくしてカポネの壮挙紐育爆撃は一瞬の夢と化し、今頃はきっと呉越同舟のフィロ・ヴァンスと二人で、仲よくポーカーでもやりながら際限もない大宇宙のどこかにひっかかって、ためいきをついていることでしょう。

各都市で蜂起した共産革命軍の騒動は最初の間こそ、巷《ちまた》にあふれている失業者の群やルンペンの参加によって、あたるべからざる気勢を見せていましたが、烏合《うごう》の群の永続きするはずもなく、また首領ともたのむアル・カポネの紐育爆撃が失敗に終ったときくとがっかりしたらしく、夜明けまでには、軍隊の出動をまつまでもなくちりぢりになってしまうのでした。

（米国資本主義末期のわるあがきも、まだ当分はつづけられることでしょう）

カポネは天国におるです。

もだん・しんごう

星田三平

1

春のシーズンの全国拳闘選手権大会を旬日の後にひかえて、K坂にある帝国拳闘クラブのボクサーたちは、連日、火のでるような猛練習を続けていました。

中でも、昨春の大会に出場してその速力あるパンチの威力をもって、決勝戦までの群勇を薙《な》ぎ倒し、惜しくも勝利の一歩手前で強敵岡澤に敗れた尾谷十郎は、今年こそという捲土重来《けんどじゅうらい》の勢いで、連日連夜烈しい練習ぶりをみせているのでした。朝は暗い内から起きて練習リングの床をふむという熱心さで、その弾力のある鋼鉄のような四肢には、宿敵岡澤に対する火のような復讐心と、はちきれそうな戦闘力がみなぎっていたし、マネージャーも彼のものすごい奮闘ぶりを見ては、今年こそ彼の優勝疑いなしとひそかにほくそ笑んでいたわけで、ファンたちの間でも大会の選手権は十中の九まで彼のものだろうといわれていたぐらいなのでした。そして、たとえ優勝しないまでも宿敵の岡澤を倒すだけの上達は確実なものと、誰もが、信じて疑わなかったのです。

いくら勝敗は時の運だとはいえ、あんなにまでもろい負けかたをしようとは、その時の彼の練習ぶりをひとめみた者だったら、思いも及ばなかったことにちがいありません。

——彼は、マネージャーやファンたちの期待を裏切り、三回戦で顔の合った岡澤のため、あまりにも易々とノックアウトされてしまったのです。

むろん、わけがあります。

2

大会の開始までに、もう後四日しかないという日の午後、自重して練習をすこし早めに切りあげた十郎さんは、日頃の出不精にも似合ず思いついたままにぶらりと、クラブの裏口から、(というのは表の方からだと、そこの窓の下へ集まってのぞきこんでいるファンたちにつかまるおそれがあったので)――散歩にでかけるのでした。

小春日和の、空には白い綿毛のような雲の浮いている、温い日でした。十郎さんは両手を上衣のポケットへつっこんで、軽い足どりでK坂を降りてゆくのです。――格子縞のマフラア、黒い上衣、派手な横縞のあるジャケツ、鳥打帽子。ひしゃげた耳、扁平な鼻、固いあご、広い肩幅、がっちりした胸。――何といっても十郎さんは立派なへビイウエイトです。

歩くと、まるで超弩級艦《ちょうどきゅうかん》のように圧倒的です。しかし、顔やからだはそんなでも、性質はたいへん内気な、というのもおかしな話ですが、二十三歳の今日まで童貞だというのですから、どっちかというと拳闘家としては珍しいくらいな、というよりもむしろ奇蹟的にも、小心な、お人好しの、そしてはずかしがり屋なのです。

K坂をだらだらと降りると角が煙草屋で、そこを右へ曲って省線の踏み切りをひとつ越すと、へんに黒ずんでいじけたような松の木ばかりがやけに多い、小さな公園へでるのですが、十郎さんはその時、公園へ行って芝生へでもねころぶつもりだったのでしょう、煙草屋の角を右へ曲って歩いて行ったのです。

ところがその時、大きな声で彼の名を呼びながら追っかけてくる女の靴音を聞きました。十郎さんは、まるで号令をかけられた新兵みたいに固くなって、立ちすくんでしまったのです。

呼びとめた女は、ひとめみたらすぐわかる、水兵服まがいの制服を着て小さな手さげ鞄をかかえた、かなりシャンな女学生でした。走ったせいか、生毛《うぶげ》のある小麦色の可愛いい頰を上気させて、追いつくと、十郎さんの肩へすがりつくようにしてつかまるのでした。いきおい、十郎さんはその広い胸へ、とびこんできた女のからだをだきこんだわけです。これは彼にとって、全くとんでもないできごとでした。

「帝拳の尾谷十郎さんでしょ?」

あわててとびのいた十郎さんをみると、女学生は、眼で笑いながら問うのでした。そして、まだせつなさそうに肩で息をきりながら、右手でかぶっているベレーをひっぺがすようにぬぐと、額から頬へかぶさってくるおかっぱをぶるんとひとつ後ろへふって、

「あたし、緒形ユリっていうの。あなたを尊敬してるファンのひとりなのよ」

彼女ユリは、そう言ってベレーをかぶり直すと、すばしっこいウインクをひとつして、公園の方へ歩いてゆこうとさそうのでした。十郎さんは、黙ってついてゆくだけがやっとでした。

「もうせん、お忘れかも知れないけど一度むりにお願いしてサインをいただいたことがあるのよ。あなたのサインは珍しいって、お友達からさんざんうらやまれたものよ。それからあたし、今までのあなたの試合《マッチ》、ぜんぶみているわ。——あなたが勝つととても嬉しいし、負けるとめちゃくちゃに悲しくなるの。だから、去年の大会で、あなたが岡澤に判定で敗れた時なんか、だから、くやしくってずいぶん泣いたわ。涙がとまらなくて困っちゃったくらいよ。でも今年はだいじょうぶね。岡澤なんかぼろくそだわ」

彼女はそう言うと、ふいに十郎さんのがっしりした首すじへとびかかってきて、ぶらさがるのでした。

「でね。いつか一度あなたとふたりっきりで会って、ゆっくりお話ししてみたいと思ってたの。そう思って機会をねらっていたのだけど、あなたはまるでカニみたいに——ごめんなさい。——クラブから一歩も外出しないでしょう。練習が始まるとなおだわ。そうかって手紙を書くのもなんだかへんだし、クラブは面会謝絶だし、困ってたのよ。でも今日、お会いすることができてよかった

わ。あたしこんな嬉しいことってないわ」

ユリは、全く愉快そうでした。――しばらくゆくと、くすんだ松の木がひょろひょろと四五本たっているあたりに、かなり広くて、きれいな芝生がありました。ユリはそこへぽんと鞄をほりだすと、腰をおろして、十郎さんへも、坐らないかというのでした。十郎さんはなるべく彼女から離れて、腰をおろすのでした。

ユリは、しかしその時、十郎さんに関する噂を思いだしたかして、何かたのしそうにうなずきながら、上衣のポケットからチョコレートをとりだすと、立ち上ってきて、わざと十郎さんのからだへさわるぐらい近く、ぴったりとよりそって坐ってしまうのでした。そしてチョコレートの包紙をむくとぽきんと二つに折って、くらべてみて、小さな方を十郎さんに手渡します。それをたべながらいうのです。

「あ！　そう！　あたしあなたに今日、とってもたいへんなお願いがあんのよ。とってもたいへんな！……でも、あなたきいてくださるかしら」

「…………」

十郎さんはなんとなくうなずいてしまいました。

「ま！　嬉しい！　かなえてくださるのね」

「…………」

「じゃ、言うわ。あのね――」

ところが彼女はそう言うと、何故か急にしょげこんでしまって、

「――でも、こんなことって口じゃ言えやしないわ。どうしようかなあ。――とてもはずかしくって言えやしない」

それからしばらく、ユリはだまって何か考えこんでしまうのでした。――十郎さんは膝坊主をだいて、芝生の上を蟻が走るのをみたり、時には近くにあるユリの横顔をちらりとみたりしながら、

じっとおとなしく、彼女が何かを、その『お願い』というのを言いだすまで待っていたのです。

——

十郎さんもやっぱり男の子で、しかも今年二十三歳の青年なんです、女ぎらいだなんて噂はとんでもない誤解で、彼としては決して女の子がきらいなのではなく、ただ彼の内気な性質が第三者からみてそうみえるというだけのことなので、彼とてもやはりひとなみに、できるならばシックな女の子と腕を組んで、街を歩いてみたいと、思わぬでもないのです。いや、内心では大いにそう思っていたのです。だからこそ、今も心の中で（どんなむつかしい願いでもひき受けてみよう）とひそかに決心してしまっていたのです。

しばらくして、何を思いついたのかユリは、十郎さんの膝坊主をおさえてやっとこさ立ち上ると、

「もだん・しんごう知ってらっしゃる?」

と、言うのでした。十郎さんはあわててこっくりをひとつするのでした。

「じゃ丁度いいわ。あたしどうしても口で言えないから、しんごうしちゃう——でも、うまくキャッチしてね」

それから彼の前を十歩ほど離れて立つと、こちらを向いて恐しくすました顔をするのでした。そして、可愛いいウインクをひとつして、それがたぶん、しんごう開始の合図なのでしょう、ユリは次のような信号放送を、彼へ向けて送り始めるのでした。ジェスチュアと表情とをうまくコントロールしながら。——

1・おしあいへしあいする混雑《ラッシュ》のしぐさ。（手でつきとばしたり、お尻でつっぱねたり、肩で押しのけたり）

2・何か紙片《カード》のようなものを手渡すしぐさ。すばやく。

3・のしつ、のされつ、つまり拳闘（あるいは喧嘩《でいり》）のしぐさ（ここで、彼女は右の拳固《げんこ》で自分のあごへものすごいアッパーカットをいれるまねをすると、突然、目を丸くしてばったりと芝生へ

のびてしまうふりをしたりするのでした。そして起き上ると今度は)

4・拍手。ばんざい。嬉しそうな表情。

次のウインクが終止符で、ユリは以上の信号を終ると、腰へ両手をあててたまりかねたらしく、ふきだしてしまうのでした。そしてやっと笑いやめると、まだ涙のたまった眼であっけにとられている十郎さんを見ながら、

「どう、わかって?」

と、言うのです。十郎さんはわかったような顔をして、うなずくのでした。

「まあ、頭がいいのね。どうかと思ったのに!――じゃ、明日の朝の八時かっきりに省線のS駅で待っててね。きっとね忘れたりなんかしちゃだめよ」

3

彼女とわかれて帰ってくると、十郎さんは一晩中考えた末で、やっと彼女の信号を次のように解読したのです。

1・ラッシュ・アワー。(登校する電車の中で)

2・いやな不良少年《よたもん》からへんな手紙を渡される。(よっぽどあつかましい奴にちがいない)

3・そ奴《いつ》をのしてくださったら、(ものすごいアッパー・カットで)

4・どんなに嬉しいでしょう!

4

翌朝七時半に、十郎さんの姿が、彼女と、それから彼女にへんなまねをする不良少年とを待つべく、S駅に現れるのでした。

内気な想像を楽しんでいるうちに、いつのまにか駅の大時計がぐるりと半分まわって、八時を指しているのでした。

十郎さんは改札口のさくにもたれて、着いた電車のはきだしている無数の顔の中から、ひとめで彼女をみつけようとします。

ところがユリは、自分からあんなに固く約束した八時の電車では、とうとう姿をみせなかったのでした。十郎さんの張り切った気持は、穴のあいたゴムマリのようにしぼんでしまうのでした。

八時十分の電車――。八時二十分の電車――。

ユリは八時三十分の電車で、約束より三十分もおそくやってきたのでした。そして、手をあげた十郎さんをみつめるとすばやく改札口をすりぬけてよってくるのでした。何故かひどくそわそわとあわてているらしいのです。

「つけてくるのよ！　たいへんだわ！」

先にたって歩きながら小さな声で話すのでした。

「きのう、あれから帰ると、下宿へ田舎の兄が、ひょっくり上京していたの。そいで今朝こんなに遅れたのよ。でも、ずいぶん待ったでしょう？　かにしてね」そこでユリは後ろを振向いて、「あ！　いけない！　まだつけてるわ。まいちゃうから――すこしおくれてついてきてね」

と小さく囁いて、ぐんぐん歩調を早めるのです。十郎さんもその後を追いながら、いったいどんな奴だろうと、時々ふりかえってみるのですが、ついてくる人数があまり多すぎてその中の誰がそいつなのかわかりそうにもないのでした。

それに、同じ前へ行進する人の間をたくみにすりぬけて、ぐんぐん歩いているユリを見失うまいとして、十郎さんもかなり早く歩きながら、やっと云うことができました。

「何も逃げることはないです！　僕がついてるから、大丈夫恐くないです！」

ところがどうしたのか彼女はなおも、彼の腕をふりほどいて逃げようとあせるのでした。十郎さんは逃すまいとして、当然ふたりは争ったわけです。――と、うしろから突然十郎さんの肩をこっぴどくつきとばした奴がいます。ふいうちだったのでさすがの彼もちょっとよろめくのでした。ユリも彼につれてよろめきます。しかし十郎さんはすばやくたち直るとふりむいて、相手を見るのでした。相手は、オーバーの襟をたてて、ソフトの前びさしをぐっとさげている若い男です。これだ、ヨタモンだ！

勝敗は簡単でした。

ユリが何か叫んで十郎さんのからだにうしろから飛びついたのですが、それよりも早く彼のものすごいアッパー・カットがみごとにきまって、相手の人物はガレキのようにばったりと倒れて、歩道へ長々とのびてしまったのです。十郎さんは拳固をさすりながら得意そうにユリの方をふりかえるのでした。ところが、どうしたというのでしょう彼女は、わっと大きな声で泣きだしてしまうのです。そして倒れたままで動かない相手の人物へ、くずれるようにすがりつくのでした。

たちまち、三人のまわりに人だかりがします。

遠くから警官の佩剣の音が走ってきます。

――十郎さんがノックアウトしたのは、昨日田舎からでてきたばかりだというユリの兄だったのです。

5

マネージャーたちの運動と釈明と保証とが効を奏して、大会開始の前日にやっと警察から開放され、まるで陽にあたった雪だるまみたいにぐっしゃりとしてクラブへ帰ってきた十郎さんは、一通の速達を受取りました。緒形ユリと署名のある――

『尾谷十郎よ！

地球上のあらゆる呪いと憎しみと地獄の悪魔があなたの上にふりかかるがいい。

人殺し！　あなたは人を殺したのだ！　あなたは殺人者なんだ！

可哀そうな兄は殴られて倒れる時、ひどく後頭部を打ってしまった。親切な人の手をかりてかつぎこんだ病院の医師から、その事を聞いた時の私の悲しみ！　絶望！

兄の外傷は全治するにはしても、脳神経の機能障害のため、不具者となるだろうという事だ。白痴になるというのだ！

二十二歳の若い兄の一生は、あなたのために殺されてしまった！

殺人者、尾谷十郎。

まさかあなたがあの瞬間にのみ発狂していたのだとは思われない。きっと、あれには何か、わけがあるのにちがいない――。

そうだ、私はやっとあることを思いだした。あなたは誤解していたのではあるまいか。あの前日私がたのんでおいたことを何かとまちがえたのではないだろうか。

今となってはこんなことを言ってもしようのないことだが、あの時私は、選手権大会の入場券を一枚くださいとお願いしただけなのだ。――プレミアムのついた一枚が五円もしている前売券なんか私の手には入らないし、それにお小遣いに不自由していた時だったので、わざとあなたのファンだなんて（誰があなたなんかのファンになるものか！）それでもなんだか、おひとよしのあなたをだますのが気の毒になってきて、口じゃとても言えなかったから信号をしてみただけの話なんだ。帰ってみると、留守のまに兄が上京していた。そして、下宿の私の部屋のいろんなものをみて、（日記帳や手紙なんかをみて）私のことを疑ったのだ。だからその翌朝、兄は私の行状をさぐろうと思ってか、登校する私のあとをつけてきたりしたのだ。——

それが兄の最大の不運になろうとは！

尾谷十郎よ。

あなたは人を殺したのだ！』

6

手紙を読んでしまうと十郎さんは男泣きに泣き初めるのでした。

『殺人者！』なんという恐しい名前でしょう。

そして、おしとめるマネーヂャーたちの腕をふり切りふり切って、彼はクラブをとびだしてゆくのでした。——負傷者がかつぎこまれたという病院へ行って、心から謝罪がしたいと考えたからです。そして十郎さんはあの朝の場所へゆき、あたりの住民の二、三人にその事を話して、問うてみたのですが、皆が皆、「知らない」といって首をふるのでした。ユリの手紙にはたしかにその場から親切な人の手をかりて病院へかつぎこんだとあったはずです。ところが、事実はそうでなくて、警官の訊問がすむとすぐ彼女は通りがかりの円タクを呼びとめて負傷者をのせ、どこかへ去ってしまったというのです。これは、ちょっとみょうな話です。そして、そのあたりの近くには、病院はないというのでした。

十郎さんはまるで『私の殺した男』のポールみたいに、それから、なやんだのです。

それでも皆のすすめで、大会にだけは出場したのですが全然戦闘力を失った彼はもろくも三回戦で宿敵岡澤のためノックアウトされてしまったわけです。（そして、岡澤が今年の選手権と賞金を得たわけです）彼のあまりにももろい敗戦をみたファンたちは、そこに何かあったにちがいないといろいろのとりざたをしていたのですが、やがて真相が判明するにつれて、こんどはまたとんでもない噂がたち初めるのでした。

十郎さんがいっぱいくわされたのだという噂なのです。

緒形ユリという女は岡澤の愛人だったというのです。

岡澤は十郎さんの猛練習ぶりをみてとても勝算のみこみがたたないと知ると、彼の戦闘力をそぐべく、愛人を使ってあんな狂言をしくんだのだ。彼のおひとよしな性質につけこんで、わざと誤解のできるようなあやしい『もだん・しんごう』などを使用し、むろん、十郎さんにのされる役の男も共謀での（その男がユリの真実の兄であったかどうかはわからないが）、わるだくみだったのだ。男のされた男が重傷を負うたなんてことも、手紙もむろん、でたらめなのにちがいない。——という噂なのです。

しかしこの噂を聞いて十郎さんは静かに頭を振りました。

「いいえ、拳闘家がそんな卑怯な真似をするはずがありません私はやはり人殺しです」だから、十郎さんはお人好しだなんて言われるのです。諸君《みなさん》はどう思いますか？

偽視界

1

星田三平

それが怖ろしい犯罪計画であったか。私はそれと決定することが出来ない。怖ろしい疑惑に苛《さいな》まれているばかりだ。

もしこれが、犯罪としたならば、これはまれに見る完全犯罪ではないだろうか。

峯川から是非頼みたいことが有るから来て呉れないかと云ってきたのは、殆んど夜中過ぎであった。

——今頃どうしたのだろう。と私は思った。

峯川は新進の理学者として、以前から私達の間で、問題になっていた。何を研究しているのか。峯川は親友の私にすら云わないのだ。私達がそれについて質問すると、

「少し、変ったことを考えているんでね、近頃人間の感覚というものが、信じられなくて困るよ」と、云うのだ、それから、人間感覚の問題に思いを凝していると推測するばかりだ。近頃、峯川の心には外になにもないらしい。時々一緒にバーへ行ったりするのだが、私達の話なんか耳にも入れないらしく、ボツボツともらす言葉が、みんな我々の諒解出来ぬ科学的術語なのだ。我々はこの峯川の頭脳に怖ろしいほどの期待を持っていた。

——学生時代から、峯川の業績は殆んど驚くべきものだった。帝大の二年の時に、量子力学に一生命を開き、次に人間の神経系統に関して、その細胞組織に新しい研究を発表した。

学校を卒業すると、理学部教室にとどまって、独立の研究をつづけだした。

それから幾年、私達は峯川の研究がどうなっているか少しも知らない。

しかし、峯川の科学ばかりつまった心にも、恋愛を感ずる弱点を持っていたのだ。人間の感覚が信ぜられないと云う峯川が、感覚のみでしか感じられない恋愛に苦むとは何故だろうか、いや、それが当然かも知れない。感覚に不完全さを感ずればこそ、感覚による陶酔がより強力に、より病的に、神経に触れるものなのだ。

洛子——と云った、浅草の娼婦の一人だ、どうして峯川と知るようになったか、詳しいことは知らない。峯川の云うのを聞くと、研究をつづけるために、どうしても人間の神経組織が——人間と云わず、人間の神経組織と云った。——必要になったのだ。それで、浅草のポンビキにさそわれるままに——

「旦那、踊子なんですぜ。チッポケな娘なんですぜ——」

峯川は声色まで使って見せたが、そこへ行ったのだ。そこで洛子を発見した。

「最初は何とも思わなかった。どうせ踊子なんてウソに違いないが、僕はただ、神経組織がほしかったのだ、どんな女でもいい。そう思っていた。しかし、洛子を見た時、ピリピリ電燈のように感じた。肌は病的なにぶい白色だった。眼はバセドウ氏病のようにトビ出ていた。瞳が少さく、要するに貧困に依って、理智の退化させられた女だったのだ——その病的な個々の道具が集ると、そこに全然別な効果を酵し出しているのだ。それは細菌のかもす悪酒だった。

肢体だけは、非難のしようがなかった。いやそれも僕だけにかも知れない。肉体をいつも露骨にさらしていても人目を惹かなかったのだから——その逞ましい肉体はむしろ動物的だった。僕はそれに溺れこんだのだ」

峯川はどう話をつけたのか、洛子をそこから買い取った。どうせ非常識なほど、ボラレたに違いない。むしろ、ボラレることに、峯川は満足したかも知れない。洛子をどうしようと、その神経組織をどうイジクろうと、人道的に責任を感じることが薄いからだ。

私は時々洛子を見た。けものかのようで黙っていた。無智らしいドンヨリした瞳、表情。ふと見ると、無神経な顔は、どうかすると怖ろしく意地悪な、悪意をふくんだ表情をチラと見せる。洛子の心は、外界に順応する敏感性を失っている。ただ、自分の欲望を圧迫せられると、自制心のない感情が、反射的に外部に反撥するだけだ。

この退化した動物的な精神状態は、峯川の研究の影響から生じたものだろうか、――峯川にも、この精神状態に似た所がある、――その感化だろうか、――そうにきまっていると云うものも、私達の間にあった。

「その証拠に、洛子の知っているのは、峯川だけじゃアないか、峯川は大切な培養した細菌みたいに、洛子の心を外部に接触させないのだ」

――洛子という存在は変なものだった。何も云わない、私達の行動は洛子になんの影響も与えない、――と、してみれば、洛子の存在などは完全に無視してもいいではないか、それを承知していながら一同の心は重い圧迫観から離れることは出来ないのだ。

峯川は洛子を発見して一年ばかりして、全然、研究室を出なくなった。まったく閉じこもって、洛子を相手にエタイの知れない研究に取り掛ってしまったのだ。

主任教授の山地博士にソッと訊いてみても――

「さア、峯川君のことだから、つまらぬ研究じゃアないだろう。だが何をやっているか。知れたもんじゃアない」

と、云うのだ。

「この頃、もしかすると、峯川君の気が変になっているんじゃアないかと思えるよ。洛子という女も、恐ろしい無神経なのに違いないね」

と、云う所をみれば、山地博士も、何か異状を感得しているに違いないが、押して理由を訊いても、何故気がヘンなのか云わなかった。

——そんな気がするんだよ。峯川君の顔を見るとね。——と云うだけだ。

私は親友ではあるが、峯川のことも思い浮べるのが苦痛になってきた。他のものもそうらしい。話題が峯川のことに落ちると、あわててその話題から外らすのだった。ただそんな時のみんなの表情は怖ろしいほどの期待を持っていることを語っていた。

2

そんな時に、峯川から頼みたいことがあると云ってきたのだ。拒むはずがなかった。

私だけ招かれたのではないだろうという期待を裏切って研究室には峯川と洛子がいるだけであった。

二人とも、表情に、この世のものと思われないものがあった。例えてみれば何か見えない世界を見ている顔、失いし時を求めて、という小説の題があるが、その失いし時に視線を集めているような顔、私はなんとなく不吉な惑乱と云うべきものが、ひしひし二人を取りまいている気がした。その惑乱がどこから来ているか解らなかったけれども——。

「よく来て呉れたね、待っていたんだ」

峯川が云った。洛子は私を見ても、視線を動かすでもなく、けもののような鈍感さを示していた。

「頼みたいことッて——なんだ」

「それがね」峯川は云いにくそうに、「それを云う前に、僕の研究を少し話しておかないといけない。君は視神経のことを調べたことが有るかね」

「ないよ」

私はあっさり抛げ出して、峯川の説明を促した。

「僕の研究の目標は、この視神経のことだった。詳しいことは云う必要がないが――生理学は説明するね。光線が眼球で、視神経の末梢を刺戟し、その刺戟を頭脳の中枢に伝達することに依って視覚を起すと。だが、この刺戟ということには、生理学はただ一種の電流だろうと云うだけで、何も説明していない。僕はこんな所に興味を持った。やはりその刺戟は電流らしい。すると次の問題が起る。即ち、光線が末梢神経に起すと同じ電流を通ずれば、頭脳中枢は視覚を起すだろうか――もし、この理論が正しければ、我々は光線と無関係な視覚を持つことが出来る。つまり僕の研究はこれだったのだ」

私はグルグル頭脳が回転するように思った。峯川の説明が解らなかったからでなく、その思考が理論整然としているようでありながら、よく考えてみると、トテツもない妄想だったからだ。そんなことがあるものか、私の心中にそう反抗するものがあったからだ。

「そりゃア不可能だ」

「ところが不可能じゃアないんだ。僕はその視神経を流れるものに似ている電流を、デタラメに、頭脳に通じてみたのだ。すると、果して、ある特種の電流が視覚中枢を刺戟して、視覚を起すことがわかった。これは、洛子に実験してみたんだから間違いはない」

確信ありげな言葉だった。私もそれを信じないわけには行かなかった。

「そりゃア立派な研究じゃアないか」

「うん、まアそれはそれでいいんだ。ただ困ったことには、その電流によると人の顔しか見えないんだ。理由は無論不明だ。洛子の見るのは少年の顔なんだ。それは本統に悲しげな顔だ。あこがれている顔だ。洛子の知らない顔だと云う。――僕の見るのはある女の顔なんだ。もしかすると、人に依って見るものが相違するかも知れないと思う。そこで君に頼みがあるのだが――」

怖ろしい緊張した顔だった。

「君にこの電流を通じさせてもらいたいんだ。なにが見えるか、はたして人に依って見えるものが相違するのか」

好奇心だった、こんな研究の正否を調べてみてやりたいという——。私は承知した。

3

峯川の研究は嘘じゃアなかった。ヘンな機械を身体に装置されて、私ははっきり幻想を見た。幻想としか云えない。瞳をつむって見たんだ——。

女の顔。

細い肢体、しかしあの細っぽい軀のどこに、あんな熱情がひそんでいるかと思われるほど、激しい視線で、まじろぎもせず、凝視しているのだ。

——一時間だったたか、二時間だったたか……人間というものは、視覚が慣れないものにぶつかると、時間に対する感覚が違うものらしい。私は何時間かの間、その視線に射すくめられていた。いつまでもいつまでも、その女は凝視をやめない。時々、私の視線の位置が動くらしく、その女は近くなり遠くなりするのだが、——キラキラ光る肌、黒い瞳、——もう十時間もたった気がしだした。動かない女の表情だった。私はたまらない焦燥を感じだした。あの表情が少しでも動かなければ、私はヂリヂリしだした。

私はこの女の顔を恋しはじめたのだ。

「——なにが見える」

空から響くように、峯川の声がした。ポッカリと視界の割れたような気がした。

「女の顔だ。——この女は永遠に動かない生きている影像だ。いつまでたっても凝視をやめないじゃアないか」

不意にその幻影が消えてしまった。機械を取り去られると、ブッキラボーなほど、だしぬけに峯川の顔が見えた。

「女の顔だね」

「あの女はどこにいるんだ、——私はあの女に恋しだした」

「どうやら君の見た女と、僕の見た女と同じ顔らしいね」

「あの女は現実にいるのか、いないのか」

峯川は私の問なんか答えようとしない。

「それじゃアまた。——」と、私を送り出した。

凍ったマスクのような洛子の顔に、チラと陰惨な敵意の動くのを私は見た。

「何故だろう」

時間を見ると、私が研究室に来てから一時間もたっていない。すると、私があの顔を見たのは三四十分だ。すると、あの幾時間も見ているようだったのは？　さんざん感覚がかき乱されているのだ！

その乱された感覚に、あの激しい視線がほりこまれていた。あんな表情を持った女がどこかに実在するのだろうか、実在するんだったら私はたまらなくその女を見たい。あの顔に表情が動くのを見たら、この焦燥は消えるかも知れない。

私はその顔をさがし出した。

日がたつにつれて、薄らぐはずのあの顔の印象が、薄くなるどころか、ますます心をせき立てるのだ。

だが、その女の顔は現実にあるだろうか。

私はあると信じた。それが恋愛というものなのだ。小説にある恋愛となんという違いだ。

——ところが、私はその女を探し出したのだ。意外な所で、と云って決して秘密な所じゃアなかった。人の集る所、私の知っている所——つまり日米ダンスホールなのだ。

そこの草子だったのだ。

私はポカンとした。草子だったら幾度見ているか知れないのだ。何故それまで気づかなかったのか。しかしよく考えてみると、その原因はうなずけた。それは私の頭脳に彫みこまれた印象と、現実の草子との相違だ。草子は潑溂とした風のように動きやすい表情を持っていた。私の頭に描いている謎みたいな表情なんか、コレッパカシもないのだ。

だから、草子が恐怖に顔色を凍し、顔色を変えて凝視する時まで気がつかなかったのだ。——私は草子の顔に私の恋人を発見すると、ソワソワする心を押えて近づこうとした、だが草子は私なんか見向きもしない。怖ろしいものを凝視する神経のいたんだ瞳だった。

私は草子の視線を辿った。洛子だ！

洛子はたった一人で野獣性の瞳を草子に集中していた。

私にはこの二人の敵意が理解できない。どこで二人は憎み合うようになったのか——。

どうしていいか迷っている間に、フト洛子は出て行ってしまった。

草子は疲れたようにぐったりとなった。私は草子から目を離さなかった、それから二十分もすると、私は草子に向き合っていた。

草子はまだ感動から静まっていなかった。ピリピリ指先が慄えている。オカシいほどだ。草子が私に見せまいと努めるほど、余計にふるえた。とうとう草子はかくすのを諦めた。

「オカシいわね。あたし、臆病だから、少しのことにも慄えるんだわ」

「見てたんだよ」

「まア、何を——」

じっと覗きこむような瞳だった。

「あの、洛子を――」

「まアそう、知っている。――」

「しかし、どうして洛子を知っている?」

「知っているんじゃアないわ。ただ二三度踊っただけ――その時こんなこと云うの――『あたしの恋人を取ったのはあんただ。あたしの恋人はあんたばかり思っているんだ。だから、どんなことをするか知れないのよ』ッて。あたしなんのことか解らないの、あの人の恋人なんか知りゃアしないし、思い当ることもないんだもの――」

とうとう私は草子の顔を幻影で見たことや、峯川と洛子のことを話してしまった。

草子は血の気を失っていた。洛子と峯川の研究が恐怖の対象となるほど、神経的なものに見えたのだ。

「あたし、その峯川さん、知ってるわ。実験に使われたこと有るんだもの、怖かったから逃げ出したの。なんだが怖ろしいことが起るような気がする。あの洛子て人の顔、忘れられないわ」

「いいよ。僕が洛子の言う意味を調べてやるよ」

その晩、草子を私のアパートに連れて来ておいて、峯川の研究室に行った。

「どうしたんだ、何か用か」

峯川がブッキラボーに云った。峯川の神経もヘンになっている。痴呆症みたいな瞳だ。

「君は草子て女を知っているね」

「知っている。――」

その時、洛子が這入って来た。石像みたいに冷い顔だ。

「じゃア、草子が恋人を掠《と》ったと、洛子さんが云ったのはどうしたんだ。どんなことをするか知れないと云ったぜ」

峯川はうるさそうだった。

「くだらないことを言わないで帰ったらどうだ。僕はまだこれからやる仕事がうんとたまっているんだ」

「いや、洛子の言った言葉の意味が解らないと帰らないんだ」

洛子のヒヤビヤした声が、

「あたし、その説明したげるわ」

と云った。神経がピリッと張った。洛子はまじろぎもしなかった。

「峯川さんは変なことを研究して、人間の顔を見だした。そして、その顔の美しさのために峯川さんはその顔を恋し出した。自分の造り出した頭脳の幻影だと知りながら、その女を恋して、私をすててしまった。その顔は草子の顔だ。だからあたしは草子を憎むんだ。あたしの恋愛をむしり取ってしまったのは、あいつなんだ。あの女が死んだら、峯川さんの見る幻影も消えるにきまっているる」

――そんな理屈があるものか。女なんて非論理的な推理をするものだ。――しかし洛子の確信的な言葉を聞いていると、私もそんなものかと思いだした。

「峯川――それは本統なのか」

と、私はどなった。峯川はなにも言わない。

洛子はあれほど激情的な言葉をはきながら、いつもの通り鈍感な顔だ。それがたまらなく無気味だ。

重い沈黙。――

私はたまらなくなって研究室をとび出した。一直線にアパートへ帰って来た。

草子はまだ起きて、寒そうにストーブに手を出していた。私が話をしてやると、

「フン――」

と、ヤケにわらった。

「どうでもするがいい。どうせ、あまり生きていたくもないあたしなんだ」

4

草子はむしろ平凡な古風な女だった。私はすっかり草子の心の隅まで知ってしまったが、どこにも錯覚的な影などはなかった。それだからと云って、私は失望はしなかったが、心の奥で幻影を求めはじめたことは事実だった。

一月たっても二月たっても、洛子の恐喝は実現しなかった。それが当然かも知れなかったが――

「なアに、洛子は錯乱してあんなことを云ったんだよ。もうすっぱり忘れてしまっているだろう」

時々、峯川の噂を聞くことがあった。相変らず奇怪な研究をやめないらしい。しかし、あれから、どれだけ進歩したか、それは解らなかった。

一度、みぞれが降って、光鋩のうるんでいる街で、峯川にパッタリ会ったことがある。

「僕はね」――峯川が云った。「あの幻影の女をさがしている。どこかに有るような気がするんだ。女は草子だ、――? そんなことがあるものか。草子なんか不完全な摸造にすぎないのだ。偶然の相似にすぎない。僕のさがしているのは、あんなものじゃアない」

「君は、それを発見して一月も一緒に暮せばその女が求める女でないことに気がつくだろう、草子のように」

「それは草子が不完全な摸造にすぎないからだ。僕の求める女はそんなものじゃアない」

みぞれの街の立話で、それだけしか話せなかった。

峯川はそんな女を探しあてるだろうか。探しあてたとしたら、私は慄然とした。私の運命がその女のために軌道外にそれて行くかも知れないと思い出したのだ。

草子で満足していた心が、だんだんいたみ出した。いろいろの顔がコングラガッて心に浮び出した。私は落着をなくした。峯川に先んじてその女を発見してやろうか。それが出来たら――

5

洛子の失踪したという噂があった。――草子を狙っているのか――もう峯川の研究室にはいないのだそうだ。

「ああ、洛子か。あれはある所にいる。僕は解放したのだ。あれに恋人が出来たのだ。だから僕が自由にしてやった。苦しかったよ。僕はあれを愛していたからね」

そう峯川は云うのだ。しかし、洛子はどこにいるかを訊くと、峯川はゆがんだ神経を見せるばかりだ。

「知らないよ。僕は恋人二人の生活を乱すほどイヤな人間じゃアない」

――洛子は峯川に殺されたのじゃアないか。と、疑惑するものも有った。それも当然のことだった。峯川の神経がヘンだというのは定評だったから――

峯川はそれを聞いても平気だったそうだ。

「それは知らないからだよ。洛子は死んではいないのだ。ある少年と仲よく暮しているんだ。なんと云う少年か知らないけどね。チョット不良じみたメリケン帰りといった風な少年だ」

峯川はそんなことを語ったと云う。

――峯川は気が違ったんじゃアないか――

私はとうとう凝然《じっ》としていられなくなって、思い切って峯川を訪ねた。

「洛子はいないそうだね。どこへ行った」

だしぬけだった。峯川はおどろかない。私を見ると、うるさげに眉をしかめた。

「君までそんなことと聞くのか。莫迦げたことを聞くもんじゃァない」

「洛子は死んだのじゃァないのか」

「いや、洛子は恋人と暮しているんだ、見せてやろうか。どうしたのか、電流によって見えるんだよ――」

そんなものを見たって、何になるんだ。要するに頭脳に描いた幻想じゃァないか。峯川もそれと知っているんだ。

「くだらない。そんなものが信じられるか」

峯川は私の愚さをあわれむように、

「じゃァ見るにおよばない」

どんなに言葉を掛けても、相手にしなくなった。洛子の居所を云わそうと思っても、むだだった。私なんか、見向きもしないで、例の電流装置をイジッているのだ。

私は失望した。ボンヤリ峯川の顔を見ているばかりだった。峯川はなんにも知らないのだろうか。洛子は生きているのか――

「アッ――」

峯川が不意に、声を出した。瞳が散大してどこに視線を集めているか解らない。それでも何かみつめている。電流による視覚で何かを見ているのだ。

「あ――、女の顔が苦しげに歪んでいる。どうしたのだろう。機械の故障だろうか。そうかも知れない。だが、あの苦しげな歪んだ顔は。何か云おうとしている。口が動いている。だんだん血の気がなくなって行く。表情が動かなくなっていく。死んで行くようだ。まるで死骸の顔だ。草子、草子の顔だ」

私はひしひしと鬼気を感じた。

——それと同時に、草子は洛子に殺されていた。ダンスホールのまん中で、踊っていた草子の背後に近づいた洛子は、無雑作にナイフを心臓にタタキこんでいた。

峯川は云った。

「やっぱり草子だったのだ、僕の頭脳の中にあらわれていた顔はやっぱり草子だったのだ。それを僕は知らなかった。どこまでも外の人間を求めていた。僕は莫迦だった。それがハッキリわかる。死んだ草子が私の求めている恋人だったことを知ったって何になるだろう。苦しいだけだ。それに僕は洛子の心までムチャクチャにしてしまったのだ」

6

しかし、それが事実だろうか。時日がたつにつれて、私はこの事件全体が、計画された殺人事件のような気がしだしたのだ。

この恐ろしい疑惑がどこから起ったのか、そんなことは解らない。しかし、私はこの疑惑を心に閉じこめておくことは出来なくなった。

この疑惑は、峯川が草子を殺害する意志を有したことを前提にしている。私はそれが有り得ることのように思えるのだ。

峯川は最初、草子を研究室に連れて来た。そして何等かの理由によって草子はとび出してしまった。その間に、峯川が草子殺害の意志を起さす、ある理由が存在したと思えないだろうか。も一つ殺人理由が考えられる。それは、一つの実験である。一つの殺人の原因を与えれば、果して人間は殺人事件を起すだろうかという問題に対する実験だ。峯川がこの実験を行ったのではないか――。


峯川は殺害を決心した。

その計画を果すために、あるいはこの実験を行うために、選び出されたのが洛子だった。

峯川は道徳心の退化した、理智の欠亡したけだもののような階級から洛子を選び出した。犯罪を何とも思わないことは峯川の計画に必要だったのだ。

峯川は洛子を愛するふりをした。今まで愛なんてことに盲目だった洛子が、嘘の恋愛が真実の恋愛なんてことが解らないのは当然だ。

洛子は峯川に溺れてしまった。

それを認めると、峯川は以前から考えていた、あの頭脳に電流を通ずるという変な学理を持ち出した。科学なんてことを知らない洛子がそれを疑うはずもない。私でさえ、それを信じさされてしまったではないか。しかしよく考えてみると、少し巧妙な催眠術師はあれ位の幻想を、暗示に依って見せることは、不可能じゃアない。事実、峯川は学生時代から、催眠術には興味を持っていたじゃアないか。

峯川は世にも不思議な恋を、あの顔に覚えるふりを見せた。この新しい恋愛に溺れたことを洛子は信じてしまった。これは私が、あの草子を恋した事実が、より信念を強めたことは疑えない。

洛子は、私より一歩先に草子を発見した。草子に峯川を奪われそうな気がしたに相違ない。

峯川は私にこそ、求めているのは草子じゃアないと云ったけれど、洛子には実在の草子を恋しているような暗示を与えた。そして、もし草子が死んだらという暗示も——。

峯川が望んだ通り、洛子が草子を殺害する意志を持つようになった。研究室から解放した。洛子に殺害の機会を与えるとともに、自分の殺人に無関係だったことを示すために——。

洛子が恋人を発見したなんてことは、一種のカムフォーラーヂにすぎない。

すると、草子の殺害される時の顔を、研究室で見たのは何故だろうか。これも、峯川が洛子から殺人実行の時間をさぐり出して、自分の研究を神秘化するためだと考えれば、解決がつくじゃアないか——。

しかし、この怖るべき疑惑を確めることが出来るだろうか。私は殺人の原因をつみ重ねながら犯罪の醱酵するのを待っていた峯川の心理を思うと。——怖ろしい——。

私は考えるほど、この推理を最も常識的な説明のように思えるのだ。もしこの推理が事実とすれば、峯川の計画こそ、世にもまれな完全犯罪の一ではないだろうか。

米田三星

生きてゐる皮膚

一、村尾医学士の話

看護婦が差出したカルテの上に、次の名を読んだ時、私は思わずハッとしました。

彼女が有名な女流作家であったり、その有名が、彼女の作品よりもそのゴシップの色々によるもの——彼女を中心とする新しいエロの数々、そんなものよりも私を驚かせたのは、彼女が以前、この病院の設立者である大村博士との間に、いろんな噂を立てられた——それを、瞬間思い出したからなのです。

私のハッとしたのはただそれだけのことなのでしたが、図らずも彼女の出現は、私にこの一文を書かせるようなことになったのでした。

…………

川口淳子　　三十四歳

Kommt wegen ei nen Tumor on der rechte Brust, …………

ここまで読んだ時医長のB先生がカルテを手に取られました。B先生は患者の顔と、カルテとを交互に見較べました。これが先生の独特のヂェスチュアなのです。

私は少し意外に感じました。というのは、写真なんかで見た彼女は、脈打つようなイットをそのあらゆる表情に漲らせていたはずですのに、今、先生の前に坐って居るのは、取済ました、ただの年増女に過ぎないのです。なるほどよく見ると、整った好い顔立なのですが、顔色が著しく沈んで、他人を印象付ける力が欠けています。私は最初それを、彼女の生活の陰影だと思ったのですが、そうでない事は、彼女が着物を脱いだ時に判りました。彼女の皮膚は、若々しい弾力を失って、黄ばんでいました。羸瘦《るいそう》と貧血、病的な鈍い光沢。

彼女は腫物のためにB外科を訪れたのです。腫物というのは右の乳の上から扁平な高まりとなって、右の腋窩《えきか》まで這い上って、そこに胡桃大のぐりぐりを作ってしまっております。そして乳の少し上方で小さい苺ほどの形で表皮を破っているのです。B先生は、ためつすかしつ御覧になりました。腋窩の腫物には、特に何度も触れられました。

「……二月ほど前に気付いた……段々を大きくなる……」B先生は半分口の中で呟かれました。「年齢？……三十四……するとちと可怪しいかな――」

先生は横眼でカルテを睨んで居られます。

「Krebs《クレブス》としか思えないが……」

それから暫く眼を閉じて考えて居られましたが、ふと気を変えたように、カルテを私に渡されました。

「入院させて、試験切片《プレパラート》をとって見給え、診断の欄は明けておきましょう――」

……二日経って川口淳子は入院しました。

私が彼女を受持ったのです。私は早速彼女の腫物の二箇所に、小さな切開を加えて、小豆《あずき》粒ほどの太さに、組織片を取出しました。彼女は何故か、あまり進まない様子でしたが、それでも冷かに私の操作を見て居りました。切出した二つの組織片を、私は術式の如く脱水して、パラフィンで塋埋《えいまい》して、顕微鏡用の標本を作製しました。

ある夜でした。医局に居るものは私一人でした。電燈の明いのが変に淋しい十一月の夜でした。私は例の標本の染色をやっていたのです。扉《ドア》が鳴りました。が、ちょっと手が離せません。看護婦だろうと思ったので振返りもせずに、「お這り！」と言いました。

「先生、何していらっしゃるの？」

「うむ、標本さ、例の患者の……」

「あら！　私の」

驚いた事には、私の横に立っていたのは彼女だったのです。

「見せて下さいな、顕微鏡で。もう出来るんでしょう？」

「ああ、出来たのですが……」

私は標本を顕微鏡に装置しながら答えました。

レンズの視野に細胞の一つ一つが現れ始めました。そしてやっぱり！　B先生の推定は誤ってはいなかったのです。細胞の集団を取囲んでいる結締織《けっていしき》の束。それは立派に定型的な表皮癌だったのです。

「ね、何が見えますの？　ちょっと覗かせて」

彼女の言葉に、私はハッと気が付きました。

嫌な位置に立っている自分ではありませんか。彼女にこれを見せてやって、そして「あなたの腫物は癌です」と告げてやる――そんな残酷なことが、女の胎から生れた人間に出来ることでしょうか？　こうした立場に立った医者は、「死刑を宣告」する法官より、もっと嫌な役廻りです。

「何を考えていらっしゃるの？　早く見せて下さいね」

そうだ、ともかく見せてやろう。私の思い過しだ。見せた所で、医者でない彼女に、腫物の構造が判るはずはない、もし説明を求めたら、その時はただ細胞構造でも説明してやればいいのだ。診断はいつか、落着いて告げてやることも出来る。私は漸く決心しました。

「さあ御覧なさい。きれいに染っています」

私は微笑しながら椅子を立ちました。彼女は身を屈めて、レンズに眼を当てました。

「何も見えないわ、どうしたのでしょう？」

「もっと眼を近くして……そう……片眼を閉じてごらん。そーら、見えるでしょう？」

「ええ、見えてきたわ」彼女の頬に好奇の血が上ると見えた瞬間、どうしたというのでしょう？ 見る見る彼女は死人のように蒼ざめてしまったのです。「顔、顔だ！……やっぱり生きてたのです！ あいつの皮膚が生きている！」

こう叫びながら、彼女は椅子に倒れかかりました。恐怖と驚愕との入交った激しい表情をして、瞳孔は大きく開いて、怪しい光を放っているではありませんか！

（発狂？）冷いものが、私の背を走りました。

「どうしたのです、え、どうしたのです？」

「皮膚が生きてる……あの人が生きて……呪ってるんだ……」

気味の悪い譫言《うわごと》が、声をなさずに、彼女の咽喉《のど》から流れ出ます。そして彼女自身は憑かれたように、ぐったりして動かないのです。私はすっかり慌てて、それでも取敢えず、一個のモルフィンを彼女の上膊に注射しました。

何が彼女を興奮させたのでしょう？

あれほどの恐怖を彼女に与えたものは何であろう？ 彼女は「顔」と言いました。顔？ 彼女は幻覚に襲われたのでしょうか？

私は再び顕微鏡を覗きました。レンズの視野には、先刻《さっき》の細胞群が出ています。

「顔？」そうだ！ これを「顔」と見たのだろう。円い視野の中に、三つばかり大きな細胞の集団があって、その各《おのおの》の中心は角化して、エオジンで赤く染っているのです。ヘマトキシリンで青く染った中に、その赤いのが、上方に二つ並んで、下の一つは稍々《やや》横に平たい楕円をなしています。二つを眼として、細長いのを口と見て——顔だとすれば、漫画のおてんと様のような滑稽な顔です。

「莫迦にしてら、いくら神経質の女だと言っても」私は莫迦らしさの余り、大業《おおぎょう》な女の発作が少し腹立たしくさえ思えました。

だが、「皮膚が生きてる……皮膚の呪……」あの奇怪な言葉は何を意味するのでしょう。

この無気味な謎は一夜中私の夢を脅し続けました。夜の明けるのを待兼ねて、私は彼女の病室を叩きました。目を覚したばかりだと言う彼女は、もうすっかり落着いて、例の蒼白な顔に弱々しい微笑を浮べて、私を迎えました。

「私は莫迦ね、あんな大さわぎをして……おかしかったでしょう?」

「可笑しいより、驚きましたよ」

「だって顔に見えたのですもの」

「皮膚が何とか――言ったのは、あれは何ですか?」

けれども彼女は苦笑しただけで、この謎に説明を与えてはくれません。私は繰返して訊いたのですが、彼女は「何でもないのです」と言うのみでした。

そのうちに時間が来たので、私は診察場に出なければなりませんでした。例の通り、外来患者の診察を済ませて、医局へ引上げた時、私は昨夜の標本を、B先生のお眼にかけました。

「ほう、やっぱり癌だね。乳に出来た表皮癌はちょっと面白い。若くても安心は出来ないものだね」

「年は、それに、出鱈目かも知れませんよ」

「手術するかな」

B先生は浮かぬ語調で呟かれました。先生の気乗のせぬのも尤もなのです。癌の早期手術の、かなりに有効なことは勿論認められている処ですが、この場合のように、既に腋窩淋巴《りんぱ》腺まで大きな転移があり、しかも貧血と衰弱が著しくて、悪液質が高度な場合、仮令《たとい》手術がどれほど完全に行われたとしても、予後の不良なことは明かです。手術の結果が徒らに死期を早めるに過ぎないことが大部分なのです。

けれども、いかに成功率が少くとも、医者としての立場にあるものが、患者を見殺しに出来るものではありません。

私は淳子に会って手術をすすめました。

「あなたの腫物は性質の良くないものです。一日々々大きくなって、放っておくと生命にも拘るか知れません。ですから手術をお受けなさい。手術すれば、あるいは――いや、大抵うまく行くだろうと思います。早い方がいいから、決心なさい」

淳子は静に私の言葉を聞いていましたが、私の話が終ると直ぐきっぱりと申しました。

「悪性の腫物だということは良く知っています。いえいえ、先生方がお考えになっているより、もっと悪性なのです。手術したって駄目です。手術によって呪が解けるものではありません。どうせ命取りだとは覚悟して居ります。だから私は手術を受けません」

彼女の口からまた「呪」という言葉が出ました。

「いえ、貴女《あなた》は間違っています。腫物は呪ではありません。有りふれた出来物なのです。野蛮人のようなことを言うものではありません」

「先生は何も御存知ではありません。けれども私にはよく判っています。どんなことをしても駄目なのです。私の腫物は生きているのです。生命を持った生物が私に取憑いているのです」

彼女は淋しく笑いました。

「貴女がそう信じる理由を説明なさい。呪だなんて、そんな莫迦なことが……」

だが彼女は頑強に手術を断りました。私は仕方なくその日はそのまま忠告を止めましたが、その翌日から、彼女の顔を見る度に、また手術をすすめました。

「まだ決心がつきませんか?」

「決心はついて居ます。手術しないと」

実際私自身が信念のない手術を薦めているのですから、強いてとも言えません。B先生は時々思い出したように訊ねられます。

「まだあの患者は手術させないかね?」

「ええ、決心がつかぬようです」

B先生も暗い顔をせられるのみです。

二十日許り経ってある夜、私は彼女の病室に呼ばれました。行ってみると、意外にも、彼女は手術を受けると言い出しました。

「……どうせ駄目でしょうけれど……いいえ、私はもう死んだ方がいいのです」

「そんなことがあるものですか、よく決心しました」私は言いました。

けれども、この二十日の間にも、患者の衰弱は甚だしく進んでいます。黄ばんでいた皮膚も、今は却って蠟のような艶を帯びています。

こんな身体が手術に堪えるだろうか、そう考えると、私の気持は滅入ってきました。

「先生、いつ手術して下さる?」

「明後日が手術日ですけれど……」

「そう、では、明後日やって下さい。決心した以上は早い方が――。就いては先生。私が死んだら、枕の下にある遺書をどうぞ先生御一人で御覧下さい。そしてその上で、どうか宜しいように御願い致します。私には身寄りのものは一人もありません」

「死ぬなんてことはありませんよ。遺書の事は承知致しました。安心して手術をお受けなさい。B先生がやって下さいます」


手術は見事に完成しました。

暫くして麻酔から醒めた彼女は、さすがに嬉しそうでした。

が、結果は遂に自然のプログラムを促進したに過ぎません。五日目の朝、彼女の瞳孔は永久に反応を失ってしまったのです。

川口淳子の柩が、附属病院の裏門から送り出された夜、私は淋しい医局で、彼女の遺書を開封しました。そしてはじめて、「顔」の秘密を知ることが出来たのでした。

二、川口淳子の手記

……明るい通を疾駆した。淋しい街路を突破した。素晴らしい速力だ。その中《うち》に見当を失ってしまった。同じ所をぐるぐる廻っているような気もする。東京とは思えない、馴染のない街が後から後から現れる。

一体どこへ行くのだろう？

辛棒がしきれなくなって、むっつり背中を向けている運転手に、声を掛けようとした途端、ぎいーと、ブレーキが軋んで、俄に速力がおちた。ハッと気付くと、自動車《くるま》は花崗石《みかげいし》の門柱の間を辷《すべ》り込んだ。門燈の光は青かった。暗い屋敷だと思った。と、車は停った。彼は狐に憑れたように、ふわりと降りて大きな敷石の上に立った。

「……先生。夜中《やちゅう》を、どうも御無理を御願い致しまして」

暗い玄関に三つ指を突いていた若い女が顔を上げた。折鞄を抱えて女について廊下を行く。空家のように寂《ひっ》そりした構えだ。廊下を突当って扉がある。客間らしい。女が小腰をかがめて把手《ハンドル》を廻す。と、これは！　眩しい明さだ。呆れて立っていると、

「どうぞ――」

淑《しとや》かな笑顔に促されて、狼狽気味《あわてぎみ》に室《へや》に入った。贅沢にセットされた洋室、煖炉《ストーブ》が赤々と燃えている。反射的に西洋《あちら》に居たとき招れかたR伯爵夫人の茶の会を思い出す。折鞄を卓《テーブル》に置くと、女がオーバを脱がせて呉れた。椅子に尻を下した。すると、習慣的に手がポケットに行く。ない！　忘れた事のない敷島の袋が、今夜はどうした事か入っていない。念のために長椅子の背に掛けてある

オーバのポケットを探ってみたがやはりない。

「チェッ!」思わず舌打ちすると、

「お煙草でございましたら、失礼ですけれど」

女が銀のセットの葉巻を差出した。

「はッ……いや……有難う」

一本抜出して口を切ると、女がマッチを摺る。

いい香が頭の髄まで滲透るようだ。うっとりと紫の煙の輪を見詰める。女が静に出て行った。

「どこ辺かなあ?」

車内での疑問が再び浮んできた。続いて好奇心がむらむらと湧き上る。招いた患者、それは勿論『あの女』に相違ないが——『あの女』は何者だろう? こんな屋敷に住んでいる処を見ると、資産家だろうが、華族だろうか? 相場師? 実業家? の今嬢? いや夫人? 刺青《いれずみ》なんかしている処を見ると、『第二号』かな? けれども芸者上りとも見えない。刺青を何故したのだろうか? そしてまた、今になって何故消したがるのか? 消えるものか、雪状《せつじょう》炭酸位で——。

先刻の女が珈琲《コーヒー》を運んできた。

「患者さんは?」

「はい、ちょっと……でも、直ぐお目にかかります」

彼は腕時計を見た。八時三十分。

「なるべく早く済ませたいのですが——僕、実は今夜十一時半の汽車で大阪へ立ちますので——」

「そうでございますか、お忙しい処を、どうも済みませんでした」

「いいえ、まだ早いのですが……講演を頼まれましてね、それに家内を連れて行きますので……」

「まあ、奥様と御一緒に、——いえ、それでは早くと、そう申します」

女はそわそわ出て行ったが、戸口で振返って、「十一時半の御出発でございますね」

「そうです」

扉が閉ると、二足三足で女の足音が消えてしまった。後は再び静寂の世界。宵の口とは思えない。珈琲を啜って、葉巻を拾い上げて、も一度『あの女』の正体を想像してみる――。

『山本明子』と言ったのは、きっと偽名だろう。『あの女』が大学の外来へ通い始めてから、十日――二週間になるかな。美しい女だ。二十五ほどだろうか。あんな若い女が刺青をしているのだから、少々面喰った。入墨を消してくれ、他の医者に見せないで、先生御一人で、どうぞ――と頼まれて、とうとう引受けたのだが、医長の俺が下らない仕事を引受けたものだ。やっぱり女が美人だったせいだったかな。下らない仕事だ。第一雪状炭酸なんかで刺青が取れるものか！　けれど他人にまかせるのも可哀想だ。肌の美しい女だ。羽二重のように弾力のある皮膚に、赤い薔薇の刺青。野蛮な風習ではあろうが、立派な芸術だ。消すのは勿体ない。昨日だったか、あの女は言った「先生一度にとれる方法はございませんか」って、

「ない事もないが」と俺が答えた。

「あるんですか」

「植皮をやれば一度に消えてなくなります」

「植皮？」

「他の皮膚を植えるのですよ」

「――だけど、傷が残りましょう？」

「少しはね」

「胸に傷痕か残ってはいやですね」

「でも、そうでもしなくちゃ、完全には消えませんから」

「消えませんか？」彼女の驚いた叫びが、俺にはちょっと痛快だった。

――こうして彼が招れた患者の家の客間で、好奇の心を燃しているとき、彼の家では夫人が小娘のようにはしゃぎながら、旅行の用意をしていた。

夫とは十一違いだから、もう三十四五にはなっているのだが、子供のない彼女は全く若かった。和歌浦、奈良、京都、宝塚にも行ってみなくちゃ――一週間の日程は少し物足らないが、公職――しかも大学教授の栄職にある夫に、それ以上の休暇を取らせることは、国家に済まぬ。何しろあの人の腕には多数の人命が懸っているのだから――。

おや、もう九時四十分。――そこで彼女はそろそろ着替えに取かかった。十時二十分。婆やと、女中と、書生とを並べて、荘重な口調で留守を申つけた。夫はまだ帰らない。彼女は少し焦《じ》れてきた。十時三十分、四十分、四十五分――彼女はも一度鏡に向った。五十分。

自動車が停った。彼女の焦躁は忽ちけし飛んだ。が、夫が帰ったのではなかった。

「遅くなりましたので、先生は直ぐにステイションへ行かれました。奥様にも、どうぞ早く――」

伝言が書生によって取次がれると、彼女は大急ぎで、その迎の自動車に乗った。

「早くやって下さい」

自動車は――明るい通りを疾駆した。暗い街路を突破した。素晴しい速力で。

「運転手さん、道が違ってやしない？」

動揺のために、彼女の声は通じなかったらしい。その中に車は淋しい河岸端へ出た。彼女は急に不安になった。

「運転手さん！」

運転手は漸く気付いたとみえて、速力を落して振返った。

「道が違ったのじゃない？」

そう言って、彼女が心持顔を近寄せた途端、運転手の腕が機械のようにぐっと延びて坐席越しに彼女の肩を締めつけた。

「アッ！」と叫ぶと同時に、大きな骨太い掌が、彼女の口を覆っていた。甘酸っぱいような匂。

（麻酔剤！）と思っている中に、次第に手足が重くなってきた……。

――刺青をした不思議な女のことを考えている間に、葉巻は灰になってしまった。先刻から小一時間になるのに、誰も出てこない。汽車の時間には大丈夫だが、人を待たせて失礼な！

煖炉が暖か過ぎて、身体がだるい。欠伸《あくび》を噛殺していると次第に睡気《ねむけ》が激しくなる。その中にいつかうとうとしたと見える。

「お待たせして済みません」

気がつくと、女がにっこりしながら立っている。

刺青の女だ。何という妖艶さだろう。

つと眼をそらせて腕時計を見た。九時？　止っているのだ。

「何時ですか？」

「さあ、いつ頃ですかしら？」

「僕は十一時半に立たなくちゃならない」

「だって、先生に手術をお願いしようと思って……」

「手術？　ああ、雪状炭酸のですか？」

「そうじゃないのです。今夜は思い切って植皮をやって頂きます」

「植皮だったら、大学の方でやった方がいい」

「いいえ、ここでお願い致したいのです」

「けれど、第一道具はない……」

「いいえ、器械はございます。先生のお鞄を拝見致しました」

「麻酔の設備をしなければ――」

「麻酔剤なら色々ございます。だけど麻酔を使わないでやって戴きます」

「そんなことは出来ません」

「いいえ、辛棒致します。私ちょっと思いついた事がありますので」

「助手が要ります」

「看護婦が一人居ります。力の強い男が御入用でしたら、命知らずが沢山居ます。外科の代診上りも居りますし——もうそんなに焦らさないで、やって下さい、お願いです」

媚のある笑を女が笑った。

「私は十一時半に立つのですから」

「いいえ、もう駄目です。何時だと思っていらっしゃいます? ま夜中よ、ほーら、一時半ですわ」

女は白い腕をまくって見せた。

「えッ! 一時半だって!」

——彼はとうとう決心した。一時半だとすればもう仕方がない。大阪へは断りの電報でも打とう。もともと自分が悪かったのだ。詰らぬ好奇心のために、素姓も判らぬ刺青女の所へ往診したのが間違っていたのだ。


客間の奥の扉を開くと、そこもリノリウムを敷いた洋室だった。手術台に当てた寝台はすっかり合羽《かっぱ》で包んであった。周囲には衝立《ついたて》が立っていた。最初に彼を案内した女が出てきて手伝った。用意が出来ると例の女が純白の絹を羽織って現れて、手術台に上った。飽くまで白い女の胸に、咲いている一輪の薔薇。真紅の花弁が女の呼吸と共に戦《おのの》いた。

「惜しいものですね、これだけ立派な物を」

思わず彼が言った。

「ええ、ですから欲しがっている人があるのよ。で、私、その人の皮膚と交換することにしたの

ぶわ」

です」

「皮膚の交換?」

「その人たら、とても欲しがっているのよ。手術がうまくいったら、私より、きっとその人が喜

「その人はどこに居るのです」

「そこに待っています。もうちゃんと用意をして……」

女が一つの衝立を指した。物好な人間もあるものだと彼は思った。

「ほんとうはね。その人は男なのです。そして私達は——」

彼は漸く了解し始めた。彼等は皮膚を交換しようとしている。二の腕に愛人の名を彫り込む習慣が、ある種の社会には存在するものだ。彼は顔を赧《あか》らめて微笑した。

彼女の命令で、ついて来た案内の女が、衝立を除いた。そこには同じような寝台があって、その上に一人の人間が横わって居た。彼の全身には白布がすっぽり被せてあった。そしてその布には五守角ほどの窓が明いていて、そこから皮膚の一部が覗いていた。きめの細い、男とは思えないほどの、きれいな皮膚だった。

「その人は顔を見せたくないんですって……意気地のない人ね」

女が悪戯ッ児のように眼で笑った。

「注射をします。局所麻酔の」

「先生、お願いですから、どうかこの儘でやって下さい。いえ、私、この人と約束したんです。我慢較べをしようと言って——」

この女の心理は正常ではない。マゾヒスト? 疑えば、彼女の好奇に満ちた微笑にも、奇怪な情熱が織込まれているではないか。そしてその情熱は強い力で見ている人の心をも、共に燃え上らせねば止まなかった。異常に惨忍な興奮が男の脈搏を昂らせた。痛みを感じない肉体は、血の流れて

いる屍体に過ぎない——この女の美しい肉体が疼痛のにめに蛇のようにのた打ち廻る光景。生々しい想像が地獄絵のように、彼の心臓を捉えた。

「宜敷い。やってみよう。痛いですよ」

脅すように女を見詰めて、彼はメスを取上げた。皮膚の交換。何という風変りなテーマであろう！　弾力ではち切れそうな女の皮膚を最初のメスが走る。砕けた紅玉《ルビー》のように透明な血の球。

性的昂奮に似たものが、つと、彼の頭脳を掠めて去った。驚いた事には、女は苦痛の声をすら噛殺してしまった。顔に浮んだ微笑はさすがに蒼白に凍結しているが、きれの長い目を閉じようとさえしない。刺青を中心に、直径二寸の皮膚が剝がれる。乾燥を恐れて、剝いだ皮膚を、そのまま創面に被せて、他の寝台に移る。同じ操作が手早く繰返される。何という女のような皮膚を持った男だ。厚い脂肪層まで女そのままではないか！　そして、おや？　痛みに堪えかねてか、寝台の男は、低く呻いた。筋肉が激しくぴくぴく動く。刺青の女は、瞳を輝かせて、彼のメスを眺めている。

交換は終った。縫合も済んだ。薔薇の花弁は、今、移し植えられた男の胸に、少し萎んでいる。我ながら好い手際だと思う。

「ほんとに有難うございました。何と御礼を申上げてよいやら——」

繃帯を終った女が白衣を羽織りながら、にっこり微笑した。

皮膚の交換が行われた奇怪な手術場は、居心地よい居間の姿に戻っている。

濛々《もうもう》と舞っているのは男の吸った葉巻の煙だ。その男はソファの腕に肘を支えて、豪華なクションに深々と腰を下している。煖められた室の空気が、先刻の手術の疲労を、快く誘い出すらしい。

「先生！」

低い声で呼びかけたのは、刺青を失った女である。男の眼瞼は物憂く開いて、女の声に反応したが、直ぐに引戻されるように閉じてしまった。呼びかけた女は、向合った寝台の縁に豊満な身体を凭せかけている。傍卓《テーブル》の上には、二つの洋盃《コップ》が銀盆に立っていて、グラスの底に、黄金色の液体が、ちょっぴり澱んでいる。

「先生」

刺青を失った女が再び話しかける。が、今度は男の眼瞼が動かなかった。

「先生、お睡いのですか?」

女が立上った。

男は微に首を動かした。

「お睡ければ、私……」

女は男と並んで長椅子に身を投げかけた。

「いい話を聞かせてあげます。添乳にしておやすみなさい」

女は腕を伸して男の頸を抱いた。男の上半身は抵抗もなく女の膝に倒れかかった。

「おききなさい。聞えますね?」

男が再び肯いた。女が笑った。凄いほどの美しさで。

「昔々、男と女とが居たんですって——」

部屋の隅から低い呻吟が聞えた。女はちらと視線を転じた。そこには、も一台の寝台がある。そして一人の人間が、白布を頭からすっぽり被って、先刻の儘で、その上に転っていた。

「ああ、お前、そこに居たんだね、お前もお聞き、お前にもきっと面白い話だから……、二人共若かったんだよ。二人の間に赤んぼが一人あって、随分幸福だった。ところが魔がさしたのだね、も一人男が居たんだよ。その男は大学生で、ちょっと器用にバイオリンを弾いたし、芝居の話だってうまいものだったし、いい男振りで、おまけに、その女と同い年だったという訳さ。そしてその男が女に惚れて、ちょいちょい遊びに来たのだよ。女は——勿論受身だったろうが、何となしにその大学生が好きになってきた。女も若かったし、その頃の大学生は随分もてたんだから、無理はない訳だが、と言って、無事に済むものでもないだろう。とうとう悲劇が起ったんだよ。ある夜、女が大学生と話している所へ、男が突然戻ってきた、ただ『話していた』丈だったが、その『話』が少しロマンチック過ぎたのだね。戻ってきた男の耳に入った一言二言が、男の嫉妬を煽るに十分だったと見える。男と大学生との間に激しい口論が始ったかと思うと、忽ち男が刃物を持出したのだよ。『危い』女は思わず叫んで、男の腕に飛付いた。不意を喰って男がよろめいた。『こいつめ！』男は怒にまかせて女を突除けた。——が、二人共同時に倒れてしまった。そして、それきりで男は起上らなかった。小さなナイフだったそうだが、はずみというものは恐しいものだね。女が気が付いて見ると、勿論大学生の姿はなかった。本当を言えば、過失か、正当防衛とか言うものになるのかも知れなかったのだが、女は何も言わず、長い長い刑に服したのだよ。

赤ん坊は叔母さんに引取られて十二まで育った。だけど、その叔母さんが死ぬと同時に、身寄のない独りぼっちになってしまった。冷い他人ばかりの間に、ただ一人で残された小娘は、子守をしたり、芸者屋に飼われたり、屑屋の爺さんに拾われて、ごみ箱漁りをしたり、有りと有ゆる辛苦を嘗《な》めながら、叔母さんの臨終に聞いた、母親の戻るのを待っていた。辛かったろうね。永かったろうね。待ちに待った甲斐あって、それでもどうやら、その日が来た。寒い朝だったよ。舗道の打水が鏡のように凍っていた。十五年振りで娘は母親と抱き合って泣くことが出来た。

勿論、娘は深い事情を知らなかったのだよ。

けれども、四十には未だ二三年あるはずの母親の、髪の毛に混った夥しい白髪の数が、どれほど娘を淋しがらせたことか！　一番、娘の心を重くしたのは、母親の健康だった。永い永い牢獄の生活が、母親の胸を全く腐らせたことだった。こうした廃人を抱えて、十七歳の女が、生計を立てなければならなかったのだよ。判っているだろうね？　道はただ一つしか無いという事が——。

当然娘はそのただ一つの方法によって、母親と二人の生活を見出してきた。有難い事には、その娘は素晴らしい資本を持っていたのだ。

美貌という恵まれた資本をね。お妾になったり、いんばいをしたり、時にはもっと非道《ひど》い事をせなければならなかったけれど、娘はとにかく『他人様の御世話』にならずに、まっとうに渡ってきたのだよ。だからある時、母親が『他人様』である、ある偉い医学博士の玄関へ坐り込んで、強請《ゆすり》だといって警察に引渡された時、娘は口惜し泣に泣いて、母親に喰って掛ったものだ。一体気のやさしい母親が、何故そんなさもしい真似をしたのか、それはずっと後まで判らなかった。娘は母親の気が狂ったのじゃないかと心配したほどだった。

　けれども、そんな暮しを三年も五年もしている中に、娘だって段々荒んでくるはずだわね。そして娘の気持が荒んでくるのとは正反体に、娘の美しさがいよいよ冴えてきたのだから皮肉なものだよ。娘はその美貌を自在に振りまわして段々『出世』をして行った。豪華な邸に住んで、沢山の命知らずから、『姐御《あねご》』と呼ばれるようになったのだから、『出世』に違いないだろう。母親は咳をしながら、一日々々と干乾びて行った。そして八年目の冬に娘の手を取って、泣きながら死んじまったのだよ。その時娘は事情を初めて知った。母親が死の前日にすべてを懺悔したからだ。なんて可哀想な母親だったろう！　だって死ぬ日まで、あの薄情な大学生を想っていたのだからね。その大学生という奴は、それこそ人間の皮を着た畜生だね。そいつは、自分故に監獄に入っている憐な女を、けろりと忘れてしまって、医学士になると、巧くある金持の大学教授に取入って、その愛嬢を娶って、洋行させてもらってさ、大した研究もない癖に、博士になって、取入るのがうまいものだから、自分も大学の先生になって、一かどの名医のような顔をして済し込んでいるのだとさ。そして、そんな薄情者を忘れることが出来ないで、わざわざ尋ねて行った憐な女を、見返りもせずに、『ゆすり』といって警察へ突出したというのだから、呆れるじゃないか？

　この話をきいた時、娘は母親の意気地なさに腹が立つと同時に、そんな人でなしを威張らせておくお天道様に悪態をついたものだ。娘の父親を殺したのもそいつの所為《せい》だし、母親の死んだのも、そいつ故だ。そして娘自身の一生を台無しにしたのもそいつじゃないか、何もかもそいつのためだ。

娘は一図にその男が憎くなった。そんな人でなしに罰が当らぬという法があるものかね？　因果応報は、お釈迦さま以来定った法律なのだからね。ね、そうだろう。お前だってそう思うだろう？　おや駄目じゃないか――寝っちまっちゃ！……だらしがないね、も少しだからしっかり聞くのだよ……」

刺青を失った女は邪慳《じゃけん》に膝をゆす振った。だが男は昏々として、睡りに墜ちて行くらしい。部屋の隅に置かれたベッドの上の白布は波のようにうねっている。押つぶされた嗚咽の途切れ途切れに響く。刺青を失った女は冷い視線をその方に投げて語り続ける――。

「――お前はよく聞いているだろうね、この男は私の膝の上で睡っちまってる――鴉片《アヘン》を吸ったのだから、本当に眠ったのとは違って話の断片だけは聞えるかも知れないが――後でお前から詳しく話してやっておくれ――。

さて、その畜生のような男に、どんな酬いが来たと思う？――ええ、やっぱり酬いはきたのだよ――その男はね、ある時、年甲斐もなく変な気を起したんだよ。美しい女患者にね。そして甘々《うまうま》と女の術中に陥入ってしまった。のこのこ往診に出かけて、鴉片丁幾《アヘンチンキ》をトップリ湿した葉巻を御馳走になって、刺青の交換という素敵な手術を引受けたという訳さ。その刺青というのは、女が洋妾《ラシャメン》をしていたときに、ロシア人の旦那が彫ったものなのだよ。どうだい。もう御判りだろう。随分面白いお伽話じゃないかね。

その男というのは、A医科大学教授第二外科部長医学博士大村豊、お前なのだ！

惨めな母親の娘は今復讐を遂げた。何故って？

移し植えられた彫物の薔薇は、今誰の胸に咲いているとお思いなのだえ？――」

この時、寝台の人は狂ったように身を悶えた。歯を軋る音。そして突然、嗚咽の声が始めて明かに聞えた。

刺青を失った女は、勝利の快感に頬を輝かせながら、荒々しく男をつきのけて、すっくと立上った。突のけられた男は床に倒れて死人のように睡りつづける。女は舞台に立った主役の如く、高々と胸を張って、白布を被った寝台に歩み寄った。

「さあ、一度その人にお目にかかろう。私の大事な薔薇を皮膚ごと呉れてやったその人に――」

女はいきなり布をまくった。そこには？

一人の女が――男ではなくて、まだ若い女が、しかも一糸も纏わぬ赤裸で、雁字《がんじ》がらみに寝台に縛りつけられて、身をもがきながら、痛々しく呻いているのだった。

「おお、御苦労だったね、おや！　いつの間にか猿轡《さるぐつわ》を外したのだね。いいよ、いいよ。もっと大きな声を出してお泣き。大丈夫だよ。外へは聞えないから」

柔い肉体に、くびれるほど強く喰入っている残酷な縄目を慄える喜悦を以て眺めている女の表情は、血に飽いた魔女の唇の如く凄かった。

「今の話をよく覚えておいて、後で話してやるがよい。お前の良人《おっと》が醒めた時に――。それから念のために言っておくが、ここは下谷区〇〇町百七番地――私の名前は、あの男が知っているよ」

……………………………………

――大村博士夫人の死去が報ぜられたのはそれから二ケ月許り後だった。死因は敗血症だと伝えられているが、自殺だという人がある。愛妻を失った大村氏は、間もなく職を退いた。学界から惜まれながら――。

一方、刺青を消すことの出来た女は？

しかし、ここにもやはり終の日が来た。彼女の復讐が遂げられてから五年、年を知らぬ彼女の美が、軽い肺炎を転機として、俄に衰え始めた。衰えは急激だった。処女のように弾力に満ちていた肌は、見る見る干乾びて、痛ましく黄ばんで行った。彼女を戦慄せしめたことは、その衰の原因が、彼女の胸の皮膚――大村夫人から移植えられて彼女の胸に生きている、その皮膚にあるという医者の言葉だった。大村夫人の皮膚が、その全細胞を上げて、彼女の存在を呪い始めたのだ。そこに出来た小さな腫物は二三ケ月の間にぐんぐん大きくなって、彼女がB外科を訪れた頃には、乳の上で小さな口を開いていた。B外科の医員は診断のために腫物の小片を切取った。顕微鏡に装置されたその小片は、彼女が見た時に、まっ赤な口を開いて嘲笑した。男の呪！　女の呪！　恐怖の余り彼女はその場に倒れた。

が、静かに考えてみると、復讐は完成しているのだ。

彼女は冷い嘲笑を以て呟いた。

×　　×　　×　　×

これで私の申上げることはすみました。ますますお栄えのありますように。

では左様なら。

川口淳子拝

B外科医局、村尾先生

蜘蛛

薄暗い独房の中である。――

檻に入った熊みたいに首を振りながらのそのそ歩き廻っている男がある。色艶の悪い顔をして、目はどんより濁っている。陰鬱そのもののような姿であるが、よく見ると、三十歳前後の未だ若い男である。歩きながら男は絶えず何やら呟いている。蜜蜂の羽音のように声をなさない「言葉」で自分自身に話しかけているのである。

……そうだ、やはりそうだ。俺が明見《あけみ》君の存在を呪っていたのは事実だ。愉快な性質と恵まれた才能をもつ明見君が、俺には勿体ないほど大事な親友であった事にも偽《いつわり》はない。けれども彼女の良人《おっと》として俺の前に現れる明見君は、正に悪魔である。世にも呪わしき存在以外の何物でもない。それほど俺はあの美緒子さんが恋しいのだ。五月の太陽のように朗かで弾んだボールのようにお転婆だった処女時代の彼女――列《ならび》の悪い小さな前歯をむき出しにして笑う時のあの無邪気な媚笑《こび》――目を閉じさえすればいつでも俺の前に現れる彼女だ。三年俺は美緒子さんを想ってきた。そして惨めにもただの一度も自分の心を彼女に打開けたことがなかった。(今だ!)と思ったような機会も幾度となくあったのだ。それだのに俺はぐずぐずといつも逃してしまった。自分の臆病さがどれだけ焦れったかったか知れない。彼女が軽い肺尖を病んでいた事が俺の決断を鈍らせた今一つの因子《ファクター》だった。病気を通じて俺はある宿命を信じた。何故かは知らぬ。しかし結局俺と彼女とは、いつかは結ばるべき糸の一端を握っていると信じていたのだ。愚しい迷信だ。しかもこの迷信が、俺の燃え上ろうとする恋情に一抹の余裕を与えたのだ。呪わしき隙を作ったのだ。

いや、嘘だ！（燃え上ろうとする恋情）なんて嘘の皮だ。俺はその頃は未だそれほど彼女を思ってはいなかったのだ。俺が彼女を恋したのはあの時からではないか。彼女が例の明るい声で、（私結婚するのよ。貴方のお友達、ほーら、あの明見さんよ）と言った時からだ。素晴しい遊戯《ゲーム》を思いついた時の得意な笑顔だった。あの顔に俺は恋したのだ。瞬間、俺は（しまった！）と思った。そして同時に、滑稽にも殉教者のような悲壮な感傷をさえ覚えたのだった。このドンキホーテめ！

だけど、次の瞬間に俺は噴出してしまった。（失恋者、俺が？……ウフフ、笑わせやがる）

これがいけないのだ。甘ったるい感傷家の癖に、悟り切った人間のような顔をして居ようとする。ちょっとした事にもビクビクするような虚弱《かよわ》い神経しか持っていないのに、一かどの悪人を気取ろうとする。弱虫の癖にやたらに強がりを言う――これが俺の致命的な性格なのだ。

唯一の友人として彼等の結婚式に臨んだ俺は、人々の視線の真中に立っている明見君と、自分を窃《ひそか》に比較してみた。愚な比較だ。比較にならない比較だった。十八貫豊な体重と、若竹のように弾力に満ちた皮膚をもった、そしていかにも大家に育ったらしい鷹揚さがあらゆる動作に現れている明見君に比べて、俺の十三貫に足りない体重と、X字形に曲った脚と、老人のように萎びた皮膚とは、何と惨めな対照だろう。俺だとて骨に徹する貧乏の味を知っている訳ではないのだ。それだのに俺の肉体のこのじじむささ、俺の顔のこの醜さ。

若さ、美しさ、楽しさ……そうした人生の光明面を象徴しているのが彼で、その正反対を意味するのが俺の姿だ。どう自惚《うぬぼれ》を加えて眺めても、俺は犯罪者の面だ。絞首台向きの顔だ。明見君を殺した犯人が俺であることは、俺の顔を見ただけで、誰にだって十分解るはずだ。そうだ。人殺しは俺だ。

それにも拘らず明見君と俺とは気が合った。明見君は誰が見ても気持の良い男だから、俺が彼を好んだ事に不思議はないが、明見君があんなに俺を愛してくれたのは、何と言っても不可解な現象だ。美緒子さんの事があって以来、俺は尚更激しい嫉妬を抱いて明見君を見ながらも、彼から敢えて離れる事が出来なかったのは、彼の魅力がしっくり俺を捕えていたからである。俺達二人は同じ研究室に机を並べてホルモンの研究に従ったのだった。動物の世話をしたり、顕微鏡を覗いたり、土曜日等は大抵夜遅くまで研究室に残って居た。（いい加減に帰らないと細君が角《つの》を立てるぜ）嫉妬に苦しんでいる俺にも、こうした軽い冗談の出る時もあった。

（本当だ。どうせ明日は活動へお伴さ。覚悟は出来てる。――これ亭主、姫が伴しや――ははっ――か……）

変な話だが、俺はそんな時却って美緒子さんに嫉妬を感じた。あの明見君が死んだなんて事が信じられようか、まして俺の手が彼の命を奪ったとは！

（冗談だよ、君、ちょっと君を驚かせてやろうと思って、芝居をやったのだ。うまく一杯かつがれたね。アハハ……怪我なんかするもんか、あれは赤インクさ）気持のよい彼のテノールが今にも響いてきそうな気がする。

あの男が死んで堪《たま》るものか、嘘だ！　俺の頭はこの頃よほどどうかしている。どうも変だ。俺が居ないので明見君はきっと困っているだろう。一人じゃ研究が進まないからな。

そうそう、研究と言えば、佐倉君が居るはずだが、あの男は駄目だ。あんな虫のいい男ってありやしない。俺達二人で八分通り仕上げた仕事へ仲間入をさせろって言って来るんだから呆れたもんだ。

実際世の中って妙なものさ。あのホルモンの研究が金になろうとは、明見君にも俺にも思いがけない事だった。日東製薬があの論文を買いにきた時には、二人共擽《くすぐ》ったい顔を見合せたものだ。明見君の顔ときたら本当に奇妙だったぜ。（二万五千円か、悪かないな。金を取って二人で洋行するか、巴里《パリー》へ行って歌姫《ゼンゲル》を拝んでくるのさ）

で、俺達に残っていた問題は、実験室の仕事を工場的な大量製産に移す事だった。しかしこれはさほど困難な仕事ではない。家兎《かと》を材料とする代りに、屠牛場から来る牛の臓器を、俺達の発見した方法で抽出して、も一度動物並《ならび》に人体に試験すればいいのだ。材料はいくらでも容易に手に入る。——こうなった時に割込んで来たのが佐倉君だ。勿論俺達も最初ははねつけたのだが、佐倉君の執拗《しっこ》さに、人の好い明見君がまず降参したのだ。（入れてやろうよ、功徳になるぜ）明見君はこう言った。俺も仕方なしに承知はしたものの、どうも佐倉君は面白くない。と言ってもあの男は小学校以来の俺の同窓で、明見君よりはもっと古い馴染のはずなのだ。それだのにどうも俺には好感が持てない。滅多に皮肉を言った事のない明見君さえ、ある時俺に言った事がある——

（佐倉君て人も可愛い処があるよ。何故って、金の百円位はいつだって蟇口《がまぐち》に入っているというのがあの男の最大の誇だし、それに、いかにして他人より先に学位を獲《う》べきかというのが、あの人の研究の大眼目らしいからね）

尤も苦学同様にして漸く大学を出た佐倉君としては無理もない処だろうが。——

明見君はきっと淋しがっているよ。俺もこんなことをしている訳には行かぬ。早く帰らなくちゃ。明見君が待ってるからね。——困ったな。何だって俺をこんな処へ入れておくのだろう。明見君が迎に来て呉れりゃ直ぐに出れるのだが、明見君は何をしてるんだろう？

……何だって俺はまあこんな出鱈目を考えているのだろう。明見君は死んじまってるのだ。俺が殺したのだ。それだからこそ俺はこうして牢獄につながれて居るのじゃないか。現に今日第一回の公判を受けてきたばかりじゃないか。

……奇怪《おか》しいな。だって俺が明見君を殺す理由《わけ》はないんだからな。

嘘を吐《つ》け！　被告は偽りを申し述べている——か、アハハハハ、全くだ。近頃の俺は毎日明見君が死んでくれないかなと考えていたのだ。何でもあの事件の起る三週間ほど前だった。——（この頃ね、御台所の御機嫌が莫迦に斜だと思っていたら、とうとうこれなんだ）明見君は両手を腹に当てて言った。（避妊法失敗《サンガリズム》の巻さ）

俺にとって何という残酷な言葉だったろう。検事氏の言い方をすれば、あの言葉が俺をして「殺意」を生ぜしめたのだ。その夜以来床に就きさえすれば、きまってあの言葉が悪魔の嘲笑のように俺の耳で鳴った。

美緒子さんが姙娠した。

腹の膨れた彼女。

家鴨《あひる》のような恰好の美緒子さん。——

すると生々しい彼女の肢態が、俺の目の前で淫猥な形にもつれ廻るのだ。狂暴な欲望の嵐が俺の全神経を駈け狂い、俺の全筋肉を沸騰させる。呼吸を弾ませながら室内の闇を睨んでいる俺。——

俺はずっと美緒子さんを恋してきた。けれどもその時までの気持は可笑しいことに、俺にとって甘美な浪漫的《ロマンチック》な夢だった。それだのにあれ以来の俺を支配したものは最早恋と呼ぶことさえ憚かられる。それは単なる獣慾だ。彼女の唇を、彼女の弾力ある抱擁を、そして白蛇のようにのた打ちまわる彼女の肢態を、渇望する激しい肉慾だ。

呪わしい明見君、俺をこの肉慾地獄に突入れたのは彼だ、彼こそ——彼奴《きやつ》め、姙み豚のような彼女の裸身を抱擁して、俺の苦悶を嘲笑してやがるんだ。見ろ、柔和そうな仮面の下に隠されているあの悪魔の正体はどうだ！　彼さえ居なくなったら、俺の苦痛は救われるのだ。……

けれども夜があけると、そしてあの愉快な研究室に入ると、心友明見君の明い笑顔は、俺の苦悩をさっぱりと洗い流してくれる。俺達は子供のように口笛を吹いたり、仕事をしたり、屋上に出て飼犬をからかったりする。晴れた空を鳥の綿毛のような白雲がふんわり流れていたっけ。——日か暮れる。すると再び肉慾と幻想の地獄だ。——夜が明ける。——また夜がくる。——

俺は夜が怖しい。酒を飲み歩いた。女給にふざけ散した。プロを買った。——だが姙んだプロの居る訳はない。その外、自分に覚えてはいないが、ぐでんぐでんに酔払って、片端から女給を殴りつけた事もあった。皿もコップも叩き割ったそうだ。覚えているのは、一層加熱されて行く美緒子の肉体に対する慾求だ。そして明見君に対する呪だ。明見君の乗っている電車が顚覆する。明見君が頭を砕いて死んでしまう。乗合自動車が衝突する、明見医学士即死。……途方もない空想がどこまでも伸びて行く。その俺が積極的にこの世界から明見君の存在を消してしまおうと計画を立てなかったとは言えるだろうか。少くとも意識の域下にその計画が浮んでいなかったか？

……冗談じゃない。何で俺がそんな大それた計画をするものか。俺は始終明見君の友情に感謝していたんじゃないか。俺の頭はよほどどうかして居る。――

何かの拍子に、俺は莫迦に腹立たしくなって、大事の試薬壜を床に叩きつけた事があった。明見君が甚《ひど》く心配してくれたっけ。――（きっと神経衰弱だぜ。余り働き過ぎたんだ。ちっと休んだらどうだ。海岸へでも行ったら――何だったら俺も一緒に行くよ）

俺はあの明見君の眼差を忘れる事は出来ない。明見君こそ俺の太陽だ。彼と一緒に居る間は俺も救われた気がした。明見君を離れたら、俺はあの狂おしい欲求のために気違になってしまう。

俺は繰返し繰返して漱石の『それから』を読んだ。少しでも心が落着くかと思ったのだ。しかも読んでいる中に、この偉大な文人の作品に描れているものは、生活の一現象ではなくて、人生の定理そのものであると思えてきた。すると？　美緒子は当然俺の生活に入って来なくてはならない。それは人の世の約束で左右することの出来ない宇宙の意思なのだ。そんな運命的なものを俺は大真面目に考えていた。明見君、君に死んでもらうより外に、俺の生きる道はない。――変だな、――この矛盾が両方とも俺を支配していたんだからな。神経衰弱？　いや、これこそあの恐るべき発作の前兆だった。

愚しくも、俺はこの気持を、明見君の生命に対する呪詛を、丹念に日記に書きつけておいた。

――（被告に犯行の意思ありしは、その日記の証する所である。故に本件は偶発せるものにあらずして、周到なる計画をもって遂行せられたる奸譎《かんきつ》憎むべき殺人である）と、係検事が、言いおった。俺は明見君が死んでくれりゃいいと願っていた事は本当だ。けれども殺人を計画したなんて莫迦にしてやがる。明見君は俺の大事な心友だ。何で俺が殺すものか！

あの夜も土曜日だった。俺と明見君とは仕事の後で雑談をしていたんだ。そうそう佐倉君も居たっけ。話している中に、何とも言えない不快な気分が俺を襲うてきた。変に言葉がもつれて、口を利くのが焦ったかった。違和感という奴があれなのだ。佐倉君が手洗に立ったっけ。

（おや、君、甚く汗が出てるぜ。どうしたんだ）明見君の声が、電話のように遠くから聞えた。突然、何だか光った。赤い光が、紅提灯《ぢょうちん》のような塊が天井からフンワリ落ちてきて、鼠花火のように床を走り廻った。

（おい、いやだぜ、……気味の悪い顔をするなよ――おいったら！……どうしたんだい）

明見君の顔が急に水死人のように膨れ上ったのを俺は知っている。――

二日酔のような不快さで俺は目をさました。闇だ。真暗い闇の中に。しかもリノリウムの床に俺は倒れていたのだ。腹の上に丸太棒が載っかかっている。

（どうしたんだ？　明見君……おい、停電かい？）

答は俺の頭の直上から起った――（停電なもんか、自分で電燈を叩きこわしたんじゃないか）意外にも佐倉君の声だった。

（へえ、俺が？　驚いたね。……明見君はどこへ行ったんだ）

（死んじまったよ）

（えッ！）

俺は飛上った。電撃性の戦慄が俺の全身を走った。

（君は恐しい事をやったね！）

途端にどやどや人々が入ってきた。懐中電燈の光がさっと床に流れた。俺は何もかもを知った。

――

（明見君！）

ああ、あの腥惨《せいさん》な光景。

丸太棒のように脚を剛ばらせて、仰向に倒れた屍体。血だ、血だ。無惨に破裂している頭蓋骨。そして、それからはみ出ている脳髄。屍体の両手は意志あるもののように、指を曲げて、傷を抑えようと試みている。血だ、血が未だ流れている。死人の指を伝って、ギラギラ光りながら流れて行く。

あの怖しい表情。明見君があんな顔をして死んでしまった。嫌だ。嫌だ！

（……用を足して手を洗っていると、アッと言う悲鳴が聞えたのです。何とも言えぬ恐しい叫《さけび》でした。続いてドタンと倒れた音がしました「佐倉君、早くきてくれ」という声――そうです、明見君の悲鳴でした――が聞えました。本能的に私は研究室に駈けつけたのです。室は真暗でした。ぜいぜい言う声――さあ、何と言ったらいいでしょう？　喘息《ぜんそく》患者の発作時のような音がしたのです。それも直ぐに止みました。そしてもう何の音も聞えませんでした。私はマッチを摺って見ました――ええ、昂奮していたせいで、危険には気が附きませんでした。――マッチを摺って見ると、床に倒れている二人の姿が目に入ったのです。私は思わず悲鳴を上げたのです。その声で皆が駈けつけてくれました）――佐倉君はこんな風に証言したっけ。

つまり俺は佐倉君が室を出て間もなく机の上に立っていたあの鉄製の定量硝子管架《ピュレットスタンド》を振り上げて、明見君の頭に一撃を呉れたのだ。そしてそのはずみに電球を毀してしまった。同時に俺に発作が起って、もしくは、あの検事に言わすと、発作を装って――その場に倒れたのだ。明見君は恐らく一語をも発することなしに――いや、（来てくれ！）と言った後で即死してしまったのだろう。明見君は死んだ。俺はもうあの魔性のような肉慾に支配されなくて済む。美緒子は再び俺の天使となった。清教徒的な思慕の対象として、あの無邪気な媚で俺に微笑みかけてくれる。明見君はやっぱり死ななくてはならなかったのだ。

俺の心も今は再び澄み渡っている。俺はどうしても明見君を殺さなくてはならなかったのだ。

——

癪なのは裁判官共の態度だ。なるほど俺は人殺だ。心友の細君に惚れて、その良人を殺害した極重悪人には違いない。だけど、これだけは認めてもらいたい。あの出来事が俺の発作時——所謂「精神不在」中に起ったということを。俺は臆病者ではあるが断じて嘘《うそ》吐《つ》きではない。仮面を被って明見君と交わっていたなんて見方は止して欲しい。何と言っても明見君は俺の本当の心友だ。俺は心の奥底から彼を愛していたのだ。

検事氏は今日は仲々雄弁だったな——

（被告は極力犯意を否認し、かつ本件は被告発作の「精神不在《アブセント》」中に起りしものなる事を主張するも、これは狡猾なる欺瞞に過ぎない。何となれば、被告の精神鑑定を命ぜられたる鑑定人K医学博士、並びにY医学博士は次の如く鑑定している。即ち——

一、被告に癲癇《エピレプシー》の遺伝あるや否やは明かならず。

二、被告は幼時において数回の発作ありし由を陳述するも被告母の外にこれを証するものなし。

三、犯行前約一ケ月に亙り、被告が前駆症状ようの精神状態にありしや否やは、俄に証する能わざる所なり。裁判所における諸証人の証言を綜合するに、当時被告が一種前駆症状ようの言動ありしは明白なる事実なれども、前駆症状ようの言動ありし事実を以って、直ちに「前駆症状」そのものなりと断定すべからざるを以って也。いかんとなれば、知能ある犯人は往々巧妙なる欺瞞を行うものなり。今参考書類として裁判所の提示せるを検するに、一つは被告の日誌にして、他は被告の愛読せる小説アンドレエフ著『思想』なり。この小説の内容を約言すれば……）

――そんな「愛読書」が俺の書棚にあった事は俺は全く忘れていた。何でもその小説の主人公は失恋した若い医師であって、その男が恋仇の友人を殺そうと決心する。罪にならぬ方法でやろうと、あれかこれかと考えた揚句狂人《きちがい》の真似を考え出す。で時に故意と狂人らしい発作を繰返して、知人達に知れ亘るようにするのだそうだ。で仕舞にその恋敵の男まで、それを真に受けて非常に同情し、何とかして慰めてやろうと骨を折る。ある時その男を招いて食卓を共にする。突然失恋男が立上って、ビール壜で得恋男の脳天に一撃を加えて打砕いてしまう。だけど人々はそれを彼の狂的発作と信じて仕方がないとしてしまう。とかいう筋なのだそうだ。

俺がこの小説を「愛読」していた。だから――と彼等は言うのだ。なるほど巧く出来てる。明見君を恨んで嫉んで日記の頁《ページ》にまでその呪詛を書付けておいた俺だ。この小説から素晴しい殺人方法を暗示――否、明示されて、前駆症状ようの予備行動を一箇月ほど準備した上で、発作の真似をして明見君を殺《や》ってしまう。――見事な筋書だ。さすが帝国大学のＫ博士、梅倉精神病院長のＹ先生だけあって、かくも「巧妙なる欺瞞」を見事に見破ったのだ。日記と小説と。正に動かすべからざる確証であり得る。彼等に俺の発作の真実性を認めさせる事は出来ない。――

男は当惑して立止った。そして拳骨で自分の頭をコツコツ叩いた。

俺自身でさえ、自分の呪わしい病気を全く忘れていた。小学校に居った時代に二三度発作があったという事だが、その後の二十年間一度も起った事がないのだから。……

母親の話に依ると、親父には少しもなかったけれど、祖父は中年から時々白痴にでもなったような発作があったそうだ。エピレプシーの一つの型だ。何しろ俺は未だ襁褓《むつき》に包れていた間に父親に死なれてしまって、全くの母一人、子一人として育てられたのだから、祖父の事なんか知っている訳はないし、今となっては祖父の持病を証言してくれるもののないのも当然だ。

――だが、俺の子供時代の事を知っている人はないだろうか？　そうそう、一度こんな事があったな。友達と二人で坊主山へ遊びに行く途中で狐に憑かれたことがあった。散々気味の悪い真似をした上で、身滌《みそぎ》をするんだと言って、野壺へ飛込んだ事があった。十歳位の時分だった。その友達が飛んで帰って俺の母親に言いつけたので、吃驚《びっくり》した母親が近処の人と駈け付けて見たら、いつの間にか匍《は》い上って、堆肥の上で糞まみれになってぐうぐう眠っていたというじゃないか。あの友達は誰だったっけ？　そうだ、それを考え出せばいいのだ。こうっと？　誰だったかな？……

そうだ。あれは佐倉君だ。俺は何だってこうぼんやりしてるんだろう！　そのために佐倉君は、中学へ入っても、いや高等学校時代にさえ、あれを担ぎ出して、俺を狐憑だって嘲弄していたじゃないか。それだのに佐倉君は何故あれを証言してくれなかったのだろう？　忘れていたかな？　早速弁護士に話して、佐倉君に思い出してもらおう。――しかし、佐倉君が忘れるなんてはずはないんだが。……あんなに気味悪い事はなかったって、一つ話にしていたのだから。よし忘れていたとしても、今度のような事があれば、真先に思い出すはずだ。可怪しいな、黙っているなんて。……ひょいとしたら？　意地の悪いあの男のことだから故意に言わなかったのかも知れないぞ。……まさか？……いや、知れない。あの男はそれ位の事はやりかねない。俺はよく知っている、俺が彼の事を快く思っていないように、あの男も俺に好意を持っていないことは明かだ。――

そうだとしたら、俺はどうしたらいいんだろう？……もっとよく考えなくちゃいけない。まだ外にも子供時代の事を憶えている人があるかも知れないんだ。考え出すんだ。それを是非とも思い出すのだ。何としても、俺は裁判官共に、俺が嘘つきでない事を証明してやらなくてはならない。考えろ、もっと落着いて考えるのだ！……けれども本当に明見君は死んだのだろうか？　あんな事はみんな嘘で俺は今ありもせぬ妄想に苦しんでいるのじゃないか知ら？――

駄目だってば！　余計な事を考えるのは頭脳《あたま》の浪費だ。

男はまたのそりのそり歩き始めた。

……考えれば考えるほど可怪しい。何だって俺は明見君を殺したのだろう？……本当に俺が殺したのだろうか？――これは素敵な考え方だぞ――俺が殺したのでないかも知れない……駄目、駄目、そいつは無茶苦茶だ。まあいい、無茶苦茶だって結構さ。思索の転換ということが大切だ。――俺が殺したのでないと仮定するのさ。そして最初から考え直してみよう。――

ここに明見君が死んでいるという事実がある。すると、自殺か他殺か、という問題が出てくる。明見君だって自殺するかも知れない……いや、自殺であり得ない事は、あの傷を見ても明瞭だ。他殺だ。――

ここに明見君が他人の手で殺されたという事実がある。するとまず第一に嫌疑者として俎上《そじょう》に上るものは俺だ。証拠は？　日誌とあの小説、そして？……それだけだ。外に直接証拠となるものは一つだって無いじゃないか。――うまいぞ！――俺を第一嫌疑者として保留しておいて次に移る。

――

次に外に犯人ありとする。仮定するのだ、例えば、俺が発作を起して倒れている処へ犯人が飛込んできて――そういう事も有り得る――窓から泥坊が入ってきて、明見君を――こいつは駄目だ。窓は締切ってあった上に鉄筋コンクリートの絶壁を三階の研究室まで匍い上るなんて……探偵小説じゃあるまいし――次に犯人が扉口《とぐち》から来たとする。……これもいけない。佐倉君は叫び声を聞くや否や駈けつけたのだ。あの明い廊下は端から端まで見通しだ。犯人が姿を隠すことは不可能である。だが、研究室の電燈が消えていた。すると、佐倉君が恐る恐る部屋へ入った瞬間を利用して抜け出る――これも不可能だ。直ぐに見付かってしまう。廊下の両端にある生理と生化学の室からM君やN君が直ぐに出てきたのだから。――しかし人の居ない室へ逃げ込むとしたら――これなら敏捷な奴なら出来そうだ。すると……けれどもそれも困難だ。空の部屋には皆ちゃんと鍵がかかっているからな。――すると、もう外に仮定の立て方はないか？　無いなやはり駄目だ。

いや、あるぞ。も一つあるぞ。そうだ佐倉君をその犯人としたらどうだ？　ハハッ、飛んでもない仮定だ。（アッ！）という叫声がまず起って、次に（佐倉君、来てくれ！）という明見君の悲鳴が聞えた。次いで佐倉君が廊下を走った、と、M君も証言している。それに佐倉君にどうして殺人をやる必要があろうか！　アハハ……佐倉君と言えば、右手を腕まで繃帯していたっけ。どうしたんだろう？

やっぱり俺だ。俺より外に犯人はあり得ない。明見君が死んで利益を受けるものは俺だからな。

……犯罪の裏に女ありか、全くだ。

おや！　誰だ、覗いているのは？

男は部屋のまん中に突立って一隅に視線を据えた。

何だ。目玉かと思ったら、蜘蛛か！　大きな蜘蛛だな。蜘蛛という奴はどうも虫が好かぬ。こんな大きい奴は見ただけでも悪寒《さむけ》がする。シッ！　行っちまった。――

何を考えていたんだっけ？　そうだ。犯罪の陰に女あり……も一つ、犯罪の陰に財宝あり。そうだ。忘れていた。俺が明見君を殺したお陰で、うまい汁を吸うのは佐倉君だ。日東製薬の三万円は、そっくり佐倉君の懐に転げ込むのだ。

彼奴《あいつ》め、今頃は舌を出して嘲笑ってるに違いない。金のためなら友人の一人や二人平気で陥入れる男だ。俺が葬られることなんか、いい気味だと思ってるだろう。癪に障るな！

まてよ！　彼奴がやったんじゃないか？　犯罪の裏に財宝あり。――この仮定に出発して、も一度考えてみよう。何とか説明がつくかも知れない。

奇怪しいぞ！（アッ！）と叫んだ。続いて（おい佐倉君、早く来てくれ）か。俺に脳天を撃砕かれて床に倒れた明見君に、まだそんな事を言う余裕があったかな。しかも、これはM君も聞いたと言うのだから明見君の声だったに違いない——とすれば奇怪しいな。……

最初に（アッ！）と叫んでドタンと倒れたのが俺だったとする。癲癇発作は声を立てて倒れるものだとはどの内科学教科書にも記載されている。——明見君が面喰って声を上げる。そして俺を抱き起そうとして身を屈める。そこへ入ってきた佐倉君は、瞬間に俺の発作の性質を悟る。すると——するとだ。彼の頭に閃くものは三万円の紙幣束《さつたば》だ、明見君は彼に背を向けて屈んでいる。忽ち手が鉄台に伸びる……明見君は声も立てずに床に長くなってしまう。見澄ましてから電球を叩き割る。少しでも自分に余裕を与えるためだ。人々がそこへ駈けつける——そうだ、事実はこれだ！

俺の位地からは、あの鉄台を握るためには明見君を押しのけるか、大卓子《おおテーブル》をぐるりと一廻りしなくてはならない。ぐるりと廻って、明見君を叩きつけて、それからまた元の所に戻って倒れるなんて念の入った話だ。——犯人は佐倉君だ。これは素晴しい推理だぞ！ 俺の頭はまだ大丈夫だ。そうだ、悪魔め！

そうだ。この推理は誤っていないぞ！ もう仮定ではない。

あの時に、誰か一人でも、俺が犯人でない事もあり得ると考える人があったら、問題はなかったのだ。それだのに、御本尊の俺からして、自分を犯人と定《き》めてしまったのだから……馬鹿、馬鹿！

もう遅い！ あらゆる証拠は消されている。一箇月も経つんだからな。駄目だ！ ああ。俺はまあ何というお目出たい人間なのだ。……

十分、十五分。……男は動かなかった。絶望が靄《もや》のように次第に男を包んで行く。その底からやがて男は生気のない瞳を上げた。空しい救を待つ苦行者の瞳を。……

いや！ 俺は葬られてはならない。仇敵の手で葬られてはならない。なんの、滅びるものか、考えるんだ。考えるんだ。最後の勇気だ。そうだ、も一度よく考えるのだ。——


視線は再び床に落ちた。

男は塑像のように動かなかった。

突如！　霊感が電光のように閃いた。血の気がさっ、と男を甦らせた。


見付けた！　大丈夫。立派な直接証拠だ。

繃帯だ！　あの男の手だ！

繃帯を解いてみろ！　そしてその腕を見ろ！　一箇月後の今なおあの腕は腐ったバナナのようにずるずるなのだ、定量硝子管の中の苛性加里溶液が、兇器を振上げた途端に、腕を伝って流れたのだ。洗い流すまでに時間がかかったものだから、強力な加里液は深部にまでその力を発揮したに違いない。

しめた！　俺は助かるぞ。俺の無実は証明される。これだけで十分だ。直接証拠だもの。

誰だ？　悪戯をするのは？　いかん、今俺は大事な考え事をしているんだ。いけないったら！

俺の首筋に悪戯をする奴は誰だ？——


男は夢中で手を項《うなじ》に伸した。何かが触れた。男はそれを摑んで捨てようとした。そしてふとそれを見た。と、同時に、男は恐しい悲鳴を上げて倒れかかった。

看守が飛んできた時、男は仰向けに倒れていた。彼の心臓はもう打っていなかった。

男の額のまん中に黄色い縞のある大きな蜘蛛が、宝石のように蹲っていた。

告げ口心臓

米田三星

1　一つの手紙

A御母堂様、

この手紙は本当はA君に差上げるつもりなのです。他人に知らせてはならない事実を含んでいるのですから、何卒《なにとぞ》秘密の席で、A君に読んで上げて下さい。

A君、

目の悪い君に対して、しかも毎日顔を合わせている僕が、手紙を書くなんて、事々しい遣り方だと、君は憤慨するかも知れぬ。まして君の家庭の今日明日の混雑と、そしてその七十倍もの混乱が沸騰している君の胸中を、十分知っているはずの僕が、「至急親展」を要求するなんて、正に言語同断である。だが、僕は敢えて君の数十分を要求する。何故なら、以下の事実を君に報導することは、友情が僕に課した義務であると信ずる。しかも、僕には面と向ってこれを君に語る丈の勇気が欠けているのだ。

扨《さ》て、僕は何から書いたものだろう？　何より先に、僕は十分冷静でなければならないのだ。それにも拘らず、僕のペンは書痙患者の、それのように慄えている。まあ何という蒼白い手だろう。指尖《ゆびさき》まで細い静脈が浮いて見える。見詰めている中に、次第に独立した生物のように思えてくる無気味な手だ。僕はふと思う――この手が、君の御尊父、そして僕の大恩ある阿津原《あつはら》先生を殺害したのではないかと。――

阿津原先生が突然亡くなった。そしてそれは、僕のこの手がカルシウムを注射した数分後に起ったのだ。

「なあに、ちょっと鼻風邪をひいただけなのだよ」と仰言った通り、先生はお元気だった。それに僕の診た処では、聴診上にも、打診上にも、これという病変は証明されなかったのだ。心臓は規則正しく、力強く搏っていたし、熱も七度一分あった丈だった。

「カルシウムでもやりましょうか?」と僕が言ったら、君はわらったね。

「カルシウムか——いいだろう。近代の万能薬、何にでも利くこと請合——ってやつだから——」

「だけど身体が温まっていい気持になるぜ、やってもらっとこう」そう言って先生は腕を出された。

「ちょっと待って下さい。あったかな、薬が……」僕が慌てて鞄を引寄せるのを見て、先生は朗かに笑われた。

「往診鞄に何が這入っているか知らないのかい? 心細いお医者だな。カルシウムなんか二箱も入れておいて、肺尖が悪い——はい、注射で快くして上げます。背中が搔《かゆ》い——はい、カルシウム、どうです? よい気持でしょう……って工合にやらなくちゃ金はもうからないぜ」

「僕だって町医者になったら、そうやりますよ」

「そうかい、これは失礼、研究所の先生に飛んでもない事を申し上げたものだ」

先生の御冗談に、傍に居られた御母堂も微笑まれた。

「ありましたよ、二本も」

「そうかい、それあ結構、だが一本で沢山だぜ」先生は御自分の腕を片手で押えられたのだった。注射が循《まわ》りはじめると、

「ああいい気持だ。尻の穴まで熱くなった」と仰言った。口重な先生としては、珍らしい位の御機嫌だったね。

それがどうだ!

僕が針を抜くが早いか!(尤もあの時二秒許り停電があった。そして、灯がつくと同時に、僕の目に入った先生のお顔は……)先生は突然バセドーのように眼をむかれたのだ。

「どうなすったんです? 先生」

それからの数分間、……僕はどれほど眼の見えない君を羨んだろう！　見て居れない苦悶だった。先生のお顔は奇怪にひき歪んだ。額と頬とが波のように括《くび》れて、口角が目眦《まなじり》までよるかと思われた。顔色が真紅になって、次の瞬間にはさっと蒼ざめた。と、咽喉《のど》がごろごろと鳴った。（ああ、僕は何だってこんな事を書いているのだ。何の必要あって、この上君の心を傷《いた》めようとするのだ。許してくれ給え）も一度言うが、盲《めし》いた君は幸福だ。父とも頼む恩師の断末魔を見て居なければならない僕の衷心を察してくれ給え。カンフルの注射も、アミルニトリットの吸入も、何の効果も見せない。そして先生の口脣《くちびる》にはチアノーゼが濃厚になって行く。死の影が恐ろしい速度で、生命を駆逐して行くのだ。君や君の御母堂がどうして居られたのか、僕は全然知らない。

気が着いた時には、僕は痴呆のように空虚な頭で、もう搏たなくなっている先生の脈搏を数えている自分を見出した。そして僕と向合って御母堂が坐って居られた。君は先生のお顔を両手に抱いていた。みんな呆気にとられていた。虚無な瞬間が何分続いたのか、それとも何時間続いたのか、僕は知らない。

「どうしたというのだろう？」

君の呟きが我々を現実に呼戻したのだった。（どうしたのだろう？）僕もまた、愚な鸚鵡《おうむ》に過ぎなかった。

「狭心症？」

「狭心症！」

それからまた沈黙だった。

すると、低い歔欷《すすりなき》が起った。御母堂の背が微かに波打ったと、それは忽ち僕の胸を衝いた。僕の眼瞼に熱いものがこみ上げてきた。不思議なことに、その泣声はいつまでも低いままで続いて行った。君の見えない目も濡れた貝殻のように大きく見開かれていた。いつの間にか敏子さんも坐って泣いていたね。

A君。

何時間か後に、君が「解剖してもらうかな」と言い出した時本当を言うと、僕はほっとしたのだ。僕はその少し前から自分の辛い立場に気が着いていた。阿津原先生の逝去に直接の関聯を持つものはあの注射だ。僕の蒼白い手が、先生の血管内にあるものを送り入れたのだ。先生の逝去が突発的な「狭心症」の発作によるものとしても、僕の注射が、それに一動機を与えたものであることは否めない。御母堂なり君なりが僕を快く思われない事は覚悟せねばならぬ。不本意ではあるけれど、僕としては不可能な偶然を恨む外はない。

けれども、君達はも一歩進んで、僕を疑う権利を持っている。僕の立場は怖るべきだ。カルシウムが不純であった？　かも知れない。否、注射液中に毒物が溶けていたかも知れない。実際、あの場合ほど、いい機会はなかったのだ。もし僕が先生を殺そうと思えばね。――疑惑の目で見れば、僕の悲歎も空涙と見えたかも知れぬ。君が解剖を言い出してくれたのは良い事だった。君のためにも、僕のためにも。――

それだから、僕は君の尻馬に乗って難色ある御母堂を熱心に口説いたのだ。先生の逝去は、絶大な損害の外、何ものをも僕に齎《もた》らさない。先生亡き後の僕は、大洋のまん中で舵を失った小舟に等しい。茫洋たる研究の進路《コース》――迷路の如き多島海に、優れた水先案内を失った僕の惨さを想って見給え。しかしこの事実は、反面において、僕の良心に晏如《あんじょ》たるものを与えた。先生の逝去が、もし些少の利益でも齎らすとしたら、僕の良心は斯くの如き純粋な悲哀にのみ浸り得るだろうか。

「ついでにこれも調べてもらってくれ給え」

と、言って、注射液の残ったアンプーレや、その他の使用した器具一切を君の手許に置いてきたのは、賢いやり方だったと、僕は思っている。君は是非あれを大学に送って、十分検査してもらう必要がある。それは僕に対する君の義務だ。

米田三星

A君、

僕は愚にもつかぬ事を書いてきたようだ。あるいは不必要だったかも知れない。だが僕は何故か書かずに済ませなかったのだ。

さて僕は君に対する報告を述べよう。その一つは、目の見えない君の代理として、僕が臨んだ今日の解剖だ。いずれ詳細な所見は執刀者の高山氏から君の方に行く事とは思うが、僕は僕の見た所を書こう。

解剖室は病理一階の第三室だった。阿津原先生の解剖だというためか、珍らしい人々が立会っていた。法医学の江川教授、第一内科の中谷教授、病理の山村教授、裁判医の楠川氏、それから未知の二三氏、という工合に。——

始まったのは午後二時半だった。執刀者の高山博士は、君がわざわざ指名したほどだし、君の同期生中の逸才であるという評判も聞いているし、また新進の病理学者としての名声も十分承知してはいるが、有り体に言えば、君の選択は誤りではなかったかと僕は考える。高山氏という人は、要するに机上の大家、書物の暗記者として偉い丈なのでないかね。例えば同氏のやり方は、外景の診察に一時間二十八分を掛けた。そして死斑が多いとか、少いとか、指尖《ゆびさき》の関節の強直程度がどうだとか、鼻孔粘膜が充血高度だとか、そして滑稽なことには、反射鏡を持出して耳の孔を覗いていたよ。近頃の病理解剖というのは、ああするものなのかしら？　肘関節の屈側に、僕が注射した針の跡がある。胸部にはカンフル注射が二ケ所にある。高山氏は長い間それを睨んでいたよ。

「これは静脈に通じていますか？」

「ええ、カルシウムの静脈注射をやったのですから」

僕はちょっと腹立たしかったよ。僕の答を聞いた執刀者は、合点々々をしながら、五糎《センチ》角ほどの皮膚を血管附きで切取った。

「どうするのです？」

「針が血管まで行っているかどうか、後でよく調べてみるつもりです」

馬鹿々しいじゃないか。注射した本人が静脈内だと言っているのだから、これほど確かなことはないじゃないか。よしんば僕が毒を用いたとしてもだね、何を好んで、最も効果的な静脈を外そうや……いや、僕は何も綿密な観察をとやかく言うものではない。綿密は大いに結構だ、僕の非難は、観察者の眼が愚にもつかぬ細部にこだわっていて、重要な臓器の所見を大摑みにやって除けた点にあるのだ。外景に一時間二十八分を費した高山氏が、内景観察に振当てた時間を幾許《いくばく》だと思う？ ただの五十三分だぜ！　驚くじゃないか。右肺の肺尖部に小さな結核病竈《びょうそう》が見出されたに拘らず、執刀者は深くそれを追及しなかった。縦にも横にも、もう二三条の切開を加えて、十分観察すべきだと僕は思う。実にざっとしたものだ。心臓の如きは、せっかく取出しながら、外からばかり眺めていた。

「冠状動脈に破裂もなく、硬変も著しくない。狭心症を肯定させる程度の変化はちょっと見当らないが……尤も心臓自体は少し拡大しているようですね」

だからこそ、僕は極力言ったのだ。――切開いた上で、内膜なり、弁膜なりを十分調べるようにと。……だが、執刀者は、後でとか、何とか言いながら、とうとうそのままで済ませてしまった。偉い先生方が大勢ついて居ながら、黙って見ているなんて、僕には腑に落ちぬ。

解剖は六時少し前にすっかり済んだ。こんな有様で、高山氏の見出した処は、肺尖の結核と、諸臓器の充血、位なものだ。同氏が僕に語った処は、「直接死因不明の急死」という九文字に尽きる。元気で居られた先生が、数分にして鬼籍に入られたのだから、「急死」という診断は動かぬ処ではあるが、何と言っても僕は不服で堪らぬ。何のための解剖だと言い度くなる。何が新進の学者だ！　畢竟《ひっきょう》君は選択を誤った。僕は癪に障ったので、匆々《そうそう》、未知の髭男と伴立《つれだ》って大学の門を出た。どんな報告書が、高山氏の手で作製されるかは見物《みもの》だろう。

法医学教室に依頼した胃腸内容物と血液の鑑定は、何等の解決を齎らすものでない事は、僕が予言しておく。

A君。

阿津原先生の逝去については、だが、僕は僕で、若干の見解――もしくは推測を持っている。僕はそれに就いての君の批判を願おう。実はそれを語ることは僕として甚だしく嫌わしいのだ。しかも聞く君は、恐らく僕以上に嫌だろうと思われる事実なのだ。さればこそ僕のペンは長々と道草を食ってきた。ちょっとでも触れようとすると、勇気が僕の手から抜けてしまう。けれども僕は語らねばならない。いかに辛くとも、僕が君の友人である以上、それは僕の義務である。君もまた聞かねばならぬ。どんなに苦しく、恐しい事実であっても、途中で耳を覆うことは許されない。

君よ、君は今断崖に立っている。御尊父を呑込んだ呪の門が、正に君を吸おうとしている。君よ、勇気を持って事実を直視せよ。冷静に帰って、鋭い理智の力で、君自身の道を考えてくれ。僕もまた、肚を据えて語ろう。

君はショック死というものを知っている。例えば自動車と衝突する。ほんの触れた程度に過ぎないにも拘らず……そして何等の外傷もないに拘らず……数分乃至一昼夜ほどで死んでしまう。解剖して見ると、脾臓に出血を見る事もあるが、また全然何の所見もない事も珍らしくない。学者はこれを、植物神経系の過剰刺戟に原因する混沌《カオス》だと説明している。僕は思う。阿津原先生の逝去はかかるショック死の一種ではないだろうか――精神的ショックによる死……そんなものの可能性が考えられないだろうか？

A君、

小豆島に近く一つの小島が海面に浮んでいる。波穏かな内海に護られて睡るが如き緑の小島。附近を航する人は見るだろう、麦が豊かに稔って、房の長い藤の花が高貴な紫色を四辺《あたり》の空気ににじませている山畠の畦道に、全身に黄金色の日光を浴びて憩って居る白衣の人々を。――島の中心に浄げな白堊の建物が青磁の空をくっきり限って建っている風光は、見る人の眼にユートピアを思わしめるほどの平和な牧歌的なものを持っている。だが、これが、……僕が職務として一箇月の中に二三度訪問する島の素描だと言ったら、そこに住む白衣の人々が神に——否、悪魔にすら見離された運命を持つ不幸な病者であることを、君は知るであろう。その虐げられた運命の一つに就いて君は暫く耳を貸さねばならぬ。——

その女の名を仮に洋子と呼んでおこう。十九年以前、稀な美貌と、汚知らぬ心臓を恵まれた十八乙女の彼女は、某私立病院に看護婦として働くことになった。心の優しい彼女は、気の毒な患者のために親身になって世話をしたので、気受けもよかった。住込んで二ケ月目に彼女が受持を命ぜられた病室には中年の男患者が入っていた。金持と見えて、夜具や調度類も贅沢を極めていた。皮膚科専門の病院だったので元気な患者が多かったが、その男も鈍い光沢《つや》を持った皮膚と、腫れ太った眼瞼の外には、病人らしい様子はなかった。洋子はその男の病名が何であったたか、迂潤にもずっと後まで知らなかった。その男の獣のような暴力がある夜、彼女の純潔を蹂躪した。彼女はただ泣きに泣いた。しかも、弱者を虐げる事の好きな運命の神は、彼女の胎中に、一つの生命を植えつけたのだった。涙の泉を汲みほした彼女は遂に死を決した。けれども夜釣りに出ていた一人の男が、桟橋の下で、人魚のように蒼白く月に輝いた彼女の肉体を拾い上げた。雨漏りと鼠の小便とが奇怪な模様を織りなしているどす黒い天井板の下で、泥溝《どぶ》臭い臭気を嗅ぎながら、彼女は月足らずの子を産んだ。彼女はその子が女であった事だけしか知らない。彼女の枕許には、彼女を拾上げた男の叔母だという女が、いたちのような眼をして彼女を看視して居た。魂の我けた彼女の肉体は、その男の手で、メリヤス襯衣《シャツ》の箱と同じ船に積込まれて、シンガポールの「日本旅館」へ売込まれた。それから……だが、彼女は不幸にも再び自分を発見したのだ。黄な臭い支那人の厚っぽい口唇の下に、殆んど窒息しそうになっている自分を、……すると命が目茶苦茶に惜しくなった。自分の生んだ子供が生きているか、それとも直ぐに死んでしまったか、堪らなくそれが知りたかった。日本へ帰り度い、何としても日本の土を踏んでみたい。自分の運命を蹂躪した男がまだ生きているであろう日本……

五年経ち、七年経ち、十年経った。七劫を七倍する長さだった。律気な彼女は「雇主」の気に入るように、よく「稼」いだ。しかしいつまでたっても彼女の希望は実現されなかった。稼げば稼ぐほど、踠《もが》けば踠くだけ、深味に沈むように出来ている。泥沼のように不思議な機構を、嫌でも彼女は了解しなければならなかった。

最後に彼女は老年の暹羅《シャム》商人の妾として買われた。捨鉢な彼女は直ぐコックの支那青年を誘惑した。それは忽ち旦那に感づかれてしまった。復讐を懼《おそ》れてコックは逸早く逃げてしまった。嫉妬に目を血走らせた老人は狂人《きちがい》のような力で、彼女の衣服を剝ぎ取って、有り合せた細縄で身動きも出来なくなるまで、固く椅子に縛りつけた。老人は野犬のように室内を歩きまわった。燃え上る憤りの中に、残虐な肉慾が湧き起るのを彼は自分ではっきり覚えた。すると彼の額に淫猥な皺が波打った。老人はちょっと室《へや》を出た。やがて再び這入ってきた老人を見た時、彼女は全身で悲鳴をあげた。奇怪な慾望に口唇を歪めた老人の手に、焰を吐かむばかりの灼鉄が、しっかり握られていたのである。それは壊れた銃の銃身だった。老人は一歩近寄った。彼女は空しく踠いた。がどれほど踠いても彼女を抱いた頑丈な腕椅子は、一寸とは動かなかった。老人は彼女の腕を摑んだ。一声、絶え入るような悲鳴が聞えた老人はにやりと笑った。

鉄は遂に彼女の左の二の腕に置かれた。彼女は反射的に顔をそむけた。ぶすりと肉の焦げる臭気がした。

それだのに！　何とした事だ！

彼女の肉体は少しの痛みをも感じなかったのだ。彼女は見た。鉄は皮を灼《や》き、脂を燃し、肉を爛《ただ》らせつつある。激しい音がして、黒煙が上っているではないか。それだのに！

不快な臭気に辟易した老人は、急に彼女を離して立上った。窓から投げ出された銃身は、庭のぜに苔の中に埋った。

洋子はこの奇蹟を何と説明してよいか、知らなかった。火傷の跡はいつまでも癒らなかった。それから以後、老人の愛慾は骨に喰入るほどの力強さで彼女に迫った。そして、その老人は死んだ後に若干の遺産を彼女に遺した。十数年振りで洋子が日本の土を踏むことが出来たのは、その老人のお蔭と言ってよかった。火傷の痕はその頃になっても、なお湿々《じめじめ》と黄汁を分泌した。左腕には小さな水泡が出来たり、消えたりした。そして腕の皮膚に知覚が失われていることが自分で判っていた。故国の土を踏んだ洋子が何より先に、しなければならなかった事は、医者を訪《と》う事だった。そして言い渋る医者の口から、彼女が強いて聞出した病名は……。

あまりに意外だった。彼女は笑った。

「何かのお間違ではございません？　だって私の家にはそんな系統《すじ》はありませんもの」

若い医者は痛ましげに眉を寄せた。

「系統がなくったって……この病気は誰に出るか知れません。黴菌《ばいきん》でうつる伝染病なのですから……」

伝染病？……するとあの呪わしき記憶が昨日の事のように浮んできた。……

一週間の後、彼女は島の療養所に送られていた。だが、その間に、彼女は彼女の娘との、あまりに物語り的な邂逅を持ったことを書落してはならない。

A君。

半年許り以前の事だった。こうした彼女を僕が――だが、その数奇な半生については何も知らずに――島に送ったのは……

島に入って彼女は見た、鈍い光沢をもつ皮膚と、腫太った眼瞼とを持つ患者の群を見た。彼女は自分の病気が、自分の肉体に侵入した経路を、はっきり悟った。看護婦をしていた頃の身も心も浄い自分が思い出される。獣の如き醜い患者。その男は未だ生きている。突然彼女に疑惑が湧いた。何の注意も与えないで、その患者の附添いを命じたあの病院長は、果してただの無頓着さからであったのだろうか？　狂暴な暴力の前に、死物狂いで抵抗している自分の悲鳴が、庭一つ隔てただけの院長の居間に聞えないほど力弱いものだったのだろうか？　否、否、院長は知っていたのだ。知って黙っていたのだ。黙っていたどころではない。自分を人身御供《ひとみごく》に供えたのだ。あの金持の癩病者の御機嫌を取結ぶために、承知の上で美貌の処女を献上したのだ。洋子の呪詛がひたむきに阿津原院長……ああ、僕はとうとう尊敬すべき恩師の名を出してしまった。けれどどうせ一度は書かねばならぬ。消さずにおこう——こんなことは君にはとても信じられまい。僕だとて、愛する先生がそんな不人情者であろうとは思いたくない。僕もまた、君と一緒に、この荒唐無稽な作り話を嘲笑してしまいたいのだ。僕がどうしてこれを知ったか？

A君、

世間から絶縁せられた療養所の人々は、一様に世間を呪っている、それにも拘らず、その人々が一番知りたがっているのは、その無情な世間の消息である。島の人々が僕の訪れを歓迎して呉れるのは、僕の無力な腕に万一の期待を持っているためではなくて、僕のポケットにねじ込まれている新聞紙のためなのだ。島の人々の顔を見る度に、僕は内心に苦笑を禁じ得ない。

その夜、船の都合で、夜遅く僕は島に上った。雨がぼそぼそ降っている中を、療養所の小使に迎えられて診察室に入った僕はかなり疲れていた。時間か遅かったので、僕を——否、新聞を——待っていた人々も、待ち疲れて夫々《それぞれ》部屋に帰った後だった。ただ洋子だけが居た。

「あら！」

僕が与えた新聞紙を拡げるや否や、彼女は低く叫んだ。貪るように読み始めた彼女の瞳は見る見る燃えた。好奇心に釣られて覗いて見ると、それは研究所の記事だった。

——阿津原皮膚病研究所開所——

——予《かね》て新築中の阿津原皮膚病研究所は、いよいよ本日を以て開所式を挙ぐるに到った。研究室、治療室、処置室等最も近代的に設備せられたる、三階建の瀟洒《しょうしゃ》たる化粧建てで、総建坪約二百坪。

——因みに同研究所工事費並びに維持費二十万円は、篤学なる阿津原博士の人格に信服せる某富豪の匿名寄附になるものにして、博士の高潔なる人格を敬慕せんために財団法人阿津原皮膚病研究所と命名せるも、右篤志家の発意によるものの由、まことに近代学界の一佳話であろう。——

「あの男ですよ、きっと」

洋子が突然叫んだ。

「誰が？」

「誰がって！」

彼女は喰って掛りそうな権幕で僕を睨みつけた。「きまってるわ！」

僕は唖然として、彼女を見た。血色の悪い彼女の頬が、その時に限って、熱でもあるように紅かった。目が釣り上って、耳朶《みみたぶ》がぴ、く、ぴくぴく動いた。

「あの男なのよ、匿名の富豪ってのは」

昂奮が唇で慄えていた。

「阿津原博士が高潔な学者ですって？　フフンそれあそうでしょうよ！」

「何だって、そんな事を言うのです。阿津原先生は僕の先生です。先生を侮辱することは許しません」

「まあ！　貴方は阿津原先生のお弟子さん？　そう……そりゃ面白いのね。阿津原がどんなに立派な立派な人格者だか、聞かせて上げましょうか、お聞きなさい。——」

彼女がこうして呪わしく語り出した物語は僕が既に記したところである。それはあまりに数奇な寓話である。あの慈愛に満ちた阿津原先生の温容を思い浮べるとき、彼女の話は一片の架空談としか思えない。虚妄症患者のアブノマルな脳裡に湧く幻想としか考えられない。それにも拘らず、彼女の声には、人の肺腑に徹する一種の力がある。真実より来る力強さが、人の同感を強いずにはおかぬ。

（そんなことが有得るだろうか？）僕はこの疑問を護符のように念じながら、しかもいつの間にか彼女の全部を信じている自分を見出して驚いたものだ。彼女は言った。

「金を出した男てのは、その男にきまってるのよ。百万長者の村川、あの癩病やみの獣よ。阿津原が強請したのだわ。――金を呉れなきゃ、お前の病気を言い触らしてやる――って、そうだわ、河津原はそんな男だわ、それあ学問は出来るかも知れないけれど、金をとるためなら何だってやり兼ねない男よ。そうでなくって、けちんぼの村川が……」

匿名の拠金者が村川氏であるという彼女の断定は確かに僕を脅した。僕はふとした事情からそれを知っているが故に。――

「どう？　お判りになって？　貴方の先生は、こんな立派な方よ。信じない？　どこが信じられないの？　私の話のどこに偽りがあって？　信じられないのは、貴方が河津原に欺れているからよ。阿津原はそれあ猫を被ることが上手よ。私でさえ――そう、皮膚病研究所の人柱に立てられた私でさえ、長い間、阿津原に欺されていたのだもの。けれど今じゃね、私すっかり見透しているつもりよ。村川よりも、なお憎いのはあの阿津原だわ。詛ってやるわ。復讐してやるわ、きっと。貴方はしっかり覚えていて頂戴。私誓って呪ってやるんだから。……皮膚病研究所の人柱が、どんな風に腐って行くか、見ている貴方は少々お気の毒ね。ホホホホ。

何ですって？　学問のための犠牲ですって、私が？　冗談は止して下さい。阿津原なんかに何の研究が出来るの。息子さんとお弟子達が博士になるための論文を作り上げるのが研究というものなの？　自分が偉くなるために、自分が金を得たいために、他人の運命を平気で踏みにじって行く人々が、学問のためだの、人類のためだの、生意気な事を言えた義理ではないわ。……」

A君。

洋子の話は一種の鬼気を以って僕に迫った。僕は半《なかば》、彼女の話が否定を許さないもののように感じられてきた。

その後幾度、この話を先生に訊いてみようと思ったか知れない。しかし僕はその勇気を持たなかった。君に相談しようと思ったこともあった。だけど、それが何になろう！

若い頃の覇気に富んだ先生が、金を欲せられた事は、事実であるかも知れない。また洋子の話も、あながち否定は出来まい。けれども現在の先生は——よしんばそんな事があったとしても十分それを悔いて居られる。現在の先生がいかに高潔な人格を持って居られるかは僕自身が最もよく知っている。僕は洋子の頑《かたくな》な心を——先生に対する激しい呪詛を少しでも柔げる助けになろう、として機会ある毎に彼女に話した。先生の動静、君の家庭の模様。——彼女は冷笑を含んで、それでも根掘り葉掘り、君の家庭の話を聞いた。一度、君と敏子さんとの恋愛を話してきかせた時、彼女は毒々しく笑った。——僕が不快になったほどの毒々しさだった。こんなことを何故この女に話したのだろう。僕は自分の口軽さを君に詫びねばならない。

五日前に洋子は島を脱出した。彼女は僕に簡単な手記を残して行った。簡単ではあったが戦慄すべき復讐鬼の備忘録《メモ》だった。

一昨夜先生の前に現れた見並けい子が洋子の本名だ。見並？……まあ待ち給え。復讐鬼の備忘録によって彼女の跡を追及しよう。彼女は阿津原先生を脅迫した。そうでなくとも昔の罪を慚愧していらっしゃる先生にとって、彼女の突然の出現はどれほどの戦慄を与えた事であろう。二十年来の怨は綿々として彼女の口から語られる。腐朽して崩れつつある人柱がこの世のものとは思えない物凄い呪詛を、淫祠《いんし》に捧げる呪文のように、低い声で唱えつづける。——想像する丈でも、僕は恐しい。最後に彼女が先生の魂に迫った言葉は何だと思う——それは、君と、君の愛人である敏子さんとの結婚の承認だ。

——敏子は私の娘です。私の身体にあの村川が——いいえ先生貴方が村川をけしかけて植えつけさせた種子《たね》が、敏子として芽生えたのです。駄目です。今更男らしくない弁解は止して下さい。貴方の息子さんは敏子を愛していらっしゃる、癩病の両親の間に生れた敏子をね。さあ、お盟《ちかい》なさい。

息子さんと敏子を結婚させることを。――顔を上げて私の目を見てごらん！　いいですか、盟うのです。息子さんは敏子と結婚しなくてはならない。復讐の女神が立会って下さる。――尤も、貴方が何と言った処で、息子さんは死ぬほど敏子を愛していらっしゃるのですから、問題はありませんがね。私？　ええ私ですか？　私は敏子の母親だから、時々お邪魔に上るつもりです。身体中が膿み腐れて動けなくなったら、この家の客間で敏子に看護してもらうつもりです。決して遠慮はしませんから御斟酌《ごしんしゃく》には及びません。――

A君、

僕はあまりに恐しい記録をつづけてきた。僕は心配する、君の神経を脅かし過ぎはしなかったかと。――だが、僕の良心は、手加減を許さなかったのだ。

僕が阿津原先生の逝去を精神的衝動死《ショック》だと信ずるのは無理だろうか？　昨日、先生は御病気にも拘らず、平素《ふだん》より却って快活に見えたのは、内心のショックに打勝とうとする儚《はか》ない努力ではなかったか。少くとも僕にとって、昨夜の先生の態度は腑に落ちかねる。僕のやった注射が、ショックによって打のめされた先生の心臓に、一つの刺戟を与えたことは返す返すも申訳がない。

敏子さんが彼女の娘であることは、何という深刻な運命の悪戯だろう。そう言えば君も思い当るだろう。君に対して理解の深かった御尊父が、どうしても君達の恋愛を認めようとしなかったのは、敏子さんの美しい面影の中に、どことなく彼女の幽霊が漂っているのを、無意識の中に感知せられたからではなかったろうか？　一歩進んで僕は疑っている。と言うのは、見並けい子が、島に来る以前、彼女は一度敏子さんを発見しているのだ。その頃から敏子さんは急に君に接近した。これが果して偶然の暗合だろうか？

A君、

僕の友人としての権利にかけて言う、君までが復讐を甘受しなければならない理由はない。僕が惨酷な事実の記載を敢えてしたのはそのためである。

しかもなお、君は――君の人道主義は――敏子さんとの結婚を忌避することを許さないと言うのか！　それならば僕また何をか言わんや、である。僕は友情の命ずる義務を果しただけで満足しよう。

見並けい子の臨床日誌は御希望ならいつでも、見せて上げる。――

2　も一つの手紙

B君、

この手紙が君の手に入るのは、恐らく君が未決に居る頃だろう。かくも巧妙に、かくも冷静に、遂行された犯罪が、斯くも呆気なく発覚した事について、君は不審に堪えないだろう。少しく説明してやろう。

君の「友情に満ちた」手記が、僕の手に渡されてから、早二週間になる。あの手記を書くのに君は何時間かかったのだい？　全く御苦労様だった。その翌晩君は捕われたのだからね。親父が君の手で殺害されて僕の家庭は淋しくなった。君は実に冷酷な人だね。怖しい忘恩漢だね。君の如きを――こんな卑劣漢を信用していた親父は本当に浮ばれまい。三年も五年も掛って――あるいは一生の仕事として、仇討をやった昔の人の気持が僕には判る。けれどもこの頃では僕も少し落着いている。君の刑がどう定まるかを、興味をもって眺めるだけの落着きを得ている。

B君、

君の書下した創作「洋子」を僕は添削してみようと思う。君の言い方を借りると、それは「友情が僕に命じる義務」だと思われるので。――

洋子は誤った結婚をした。そして結婚後にその誤りを発見した。彼女に愛人が出来た。（もし僕が君のように出鱈目を記述することに興味を持つ人間なら、この洋子の新しい恋愛を正当化《ジャスティファイ》することは、極めて容易なのだが、生憎僕には、そんな興味の持合せがない）遂に洋子は愛人と共に、僕の父の懐に走った。彼女の愛人は肺病やみだった。不幸にも、間もなく愛人は死んだ。そして彼女は敏子を生んだ。父の病院に村川氏が入院していた事は事実だ。だがその間には少しも因果関係は存在しない。その中に彼女の先夫である無頼漢が、彼女の居所をつきとめた。僕の父の迷惑を恐れた彼女は、赤ん坊の敏子を父の保護に托して姿を消した。それから以後の彼女の生活については、まあ君の創作の儘としておいても、僕のこの物語には少しも差支えがない。さて、十数年振りで日本に帰った彼女が最初に君を訪問したのがいけなかったのだ。彼女が君の手で島に送られる前に、父を訪問して、敏子に会った。しかも、君に診断された病名を恥じて、彼女は父の診察を求めなかったのだ。それだけではない。敏子を僕にという父の申出を謝絶して、行方を隠して仕舞った。父が僕達の結婚を急いで取行おうとしなかったのは、僕達の恋愛を拒否しようとしたからではない。父は熱心に彼女を探していたのだ。父はなるべくならば「洋子」の了解を得ようとしたまでだ。ところが「洋子」は君はの口から、僕達の恋愛を聞かされた。そして随分考え込んだ事だろうと思う。その結果「洋子」は遂に島を脱出した。父を徳としていた彼女は、父を偽ることが出来なかった。彼女は遂に父の前に立った。そして父の診察を受けることによって、彼女が僕達の結婚に同意し得ない理由を説明しようとした。愛する娘の純一な恋愛を妨げようとする母親の苦衷は、君のようなエゴイストには判りっこあるまい。父は眉をひそめて、彼女の全身を検査した。そしてその上で、僕と敏子との結婚を許すように、「洋子」に頼んでくれた。「洋子」は涙を流して父の言葉を喜んだ。僕達の結婚に関する具体的な相談まで交されたのだそうだ。父の顔が珍らしく晴やかだったのに無理はない。翌朝、もう一度くるはずになっていた彼女は姿を見せなかった。そしてその夜父は死んで仕舞った。父は「洋子」との会見の模様を誰にも話さなかった。だが「二三日中にいい事があるぜ」と僕に言った。恐らく、数日後に迫っていた僕の誕生日に話すつもりだったのだろう。素朴な科学者である父は、そんなことが好きだった。その儘で父は死んだのだから、誰もそれを知るものはなかった。従って、あの朝君が親切らしく、

「どうだい、先生の方の雲行は？」

と訊いた時に、僕は答えた。

「駄目だ、頑固親父は仕方がない」

僕は成行上、ちょっと悄気《しょげ》て見せたが、心の中では、大分楽観していたのだ。君はついでに僕の目を見てくれたね。

「炎症は大分納ったようだが、角膜の瘢痕は非道《ひど》いね。これじゃ、とても見えまい。光の有無は判るかね」

「うむ、明暗だけは、どこかで判る。——と言うより、判るような気がする、と言った方が適当かも知れない」

「でも。義膜性眼瞼炎がこれ丈で済んだのは感謝に値するぜ。この分なら右の眼は、紅彩切除手術で、少しは見えるようになろだろうと思う」

君の計画は熟した訳だ。「洋子」は君が、捕えている。明日再び島へ送ればよい。秘密を知る者は僕の親父ばかりだ。その親父でさえ「洋子」を診察していようとは、君の想像の及ばぬ処であったろう。「洋子物語」は既に君の胸中に出来上っている。親父を黙らせてしまえば何もかも都合よく行く。「洋子物語」を叩きつけさえすれば、事情を知らぬ僕の継母は、一も二にもなく、僕達の結婚を壊して仕舞う。僕自身でさえ、恐ろしい宿命の前に、縮み上って手も足も出なくなる。親父なき後の皮膚病研究所の椅子は、島の療養所々長であり、研究所の次長である君が、最も順序的であることは、万人の見る処だ。さて徐ろに「失恋」の痛手に泣いている敏子を、慈善家のような顔をして拾い上げる。——

遂に君は機会を摑んだ。巧妙に、素早く。堂々と解剖にも立会った。さあ、どこに手抜かりがあ

る？

Ｂ君、

だが「手抜かり」はあったよ。古い奴だが天網恢々《てんもうかいかい》だ。君がカルシウムを注射した時、折よく（？）停電があった君は思わずにやりとしたね、停電がなかったら、君はいくら得意でも、まさかにやりとはしなかったろう。そしたら君の犯罪は恐らく永久に知れなかったかも知れない。君が友人らしい言葉で僕の悲しみを二倍にすることに努めたとしても。――

闇には見る眼があるよ。恐ろしいね。

君の快心の微笑は、全く僕を慄え上らせたものだ。僕は真実を直感したのだ。君は白昼僕の眼を点検しておいた。だから君は安心して、ニヤリとしたのかも知れない。

Ｂ君、

僕の左の角膜はすっかり駄目だ。右の角膜には中央に小豆大の瘢痕がある。到底物は見えない。だが、闇だとどうなる？　瞳孔というものは光を障《さえ》ぎると、どれほどの大きさになるか君は知っていたのかね。瘢痕の下に覆われていた瞳孔が闇の中では拡大して瘢痕の周囲から物を見たのだ。その上人間の光を渇望する本性は、僕の網膜を正常眼以上に鋭敏にしていた。僕は君の悪魔の如き微笑を、スクリーンの大写《おおうつし》のように、明瞭に見たのだよ。すると、君が昼間僕の眼を検査した事を思い出した。注射！　父の死！　あの苦悶！

僕の歯は軋んだ。だが盲目の僕がいかにして君に敵し得よう。解剖だ！　解剖だ！

僕は叫んだ。君はさすがにぎょっとしたようだったね。だが、直ぐに平然として立直った。僕は君が毒を用いたのではない事を悟った。君の如き冷血の犯罪者が、すぐに発見される毒薬を用いるなんて事はするはずがなかった。僕は早速高山君を呼んでもらった。僕は腹蔵なく高山君に打開けた。高山君は考えてくれた。

「そいつはちょっと難しいかも知れないぜ、なるべく時間の経たぬ中に解剖するんだね」

君は高山君の解剖振りを非難したね。だが、高山君は必要にして十分なる解剖をやったのだ。裁判医や、法医学者が立会っていたのは何のためだと思う？　未知の二三氏は誰だと思う？　高山君は心臓を切出すときに、出入する動静脈をすべて結紮《けっさつ》したのを君は見たはずだ。君はもう半時間待つとよかった。そしたら、あの滑稽な「物語」を書く世話はなかったのだ。高山君が手を休めたのは、検事局からの自動車を待つためだったのだ。人々が揃ってから高山君は心臓を手にした。やがて心臓は水中に沈められた。そして高山君は水中でメスを入れたのだよ。すると、空気のあってはならない心臓から、ごっぼごっぼ泡が立った。後から後から、こまかい泡が小さな声で、君の犯罪を語りつづけたそうだ。

殺人に空気栓塞を用いたのは君が嚆矢《こうし》だろう、全く素晴らしい考えだった。大抵の解剖者だったら――否、高山君その人であっても、僕の予《あらかじ》めの注文がなかったら、この死因を見逃したに違いない。

君が自分の家に監禁していた「洋子物語」の女主人公たる敏子の母親は、その後引続いて僕の家に居る。僕の父親が診た通り、彼女の病気は癩ではない。相当長い間、君は彼女の病気を観察したのだ。徴候が似ているからって「脊髄空洞症」を「癩」だと誤診するほどの藪ではないと思う。

僕の眼は明後日手術してもらうことになった。よしんば両眼が失われたとしも、僕は悲観しない。もっと美しい二つの眼を僕は持ったのだからね、その眼の力でこの手紙を書く。ペンは僕の手に握られているよりも快く動いているよ。

君の刑がどうきまるか、僕は楽しんで眺めている。精々踠いて見給え。

血劇

米田三星

これは猜疑深い世の良人《おっと》諸氏への修身書です。

○

午飯《ひるめし》後の腹ごなしに村主《すぐり》君の室《へや》でいつもの無駄話をやっていると、本意に扉《と》が開いて一人の男が入ってきました。器械屋の外交や書店の小僧などが勝手に出入りする研究室の事ですから、ノックのなかったのには敢えて驚きませんが、その男の様子は、全く変だったのです。チョコレート色の雨外套にすっぽり身を埋めて、黒い中折帽子を頭上に載っけたままで突立っているのです。帽子も外套もぐいしょ濡れで、その癖、手にした洋傘《コーモリ》からはぼたぼたと雫が垂れています。

「何の用ですか?」

村主君がむっとした声で咎めるように訊きました。

「村主というのは貴方ですか?」男はぶっきら棒です。

「僕です」

「血液型の研究をやって居られる村主氏ですね? 貴方にちょっとお訊きしたいのですが……この方は?」男は僕を指《ゆび》さしました。

「友人ですよ」

「ちょっと遠慮して下さい。私は村主氏に内密の用があるのです」

命令するように僕に言うのです。何て失敬な男だ! 僕はすっかり不機嫌にされて室を出ました。(刑事かも知れない)と僕は思ったのです。法医学教室の助手をやっている村主君は、近頃流行の血液型の仕事に手をつけて急に有名になったものですから、時々裁判所関係や何かで、変な男をお客に持つことがあるのです。だが、厭な奴だ、彼奴《きやつ》は！

それから一時間ほどして、今度は村主君がぶらりと僕の室へ入ってきました。

「何だね、彼奴《あいつ》は？」

いきなり僕は尋ねました。突掛るような声でした。先刻《さつき》の男から受けた鬱憤の余波だったのです。

「あいつ？」

「刑事かい？　変な男だね」

「ああ、刑事じゃない。だが変な男だ」

「一体何者なんだい？」

「知るもんか」

「知らない？」

僕が驚いて叫ぶと、村主君はにやりとしました。

「知らないさ」

「じゃ、何しに来たんだ？」

「君が出て行くと同時に、彼奴ポケットから何か紙包を取出したのだ。『何ですか？』ってきくと、『鑑定して下さい』とこうなんだ。僕もむっとしていた際だから、『何だか知らないがお断りします。見ず知らずの人の依頼なんか引受けてる暇はない』と跳ねつけてやったんだ。が、ふと彼奴の顔を見ると驚いた。目を血走らせて、口唇《くちびる》をわなわな顫わせているんだ。（狂人《きちがい》？）――気味が悪かったよ。男は今にも僕に飛びかかって来そうなんだ。で、実の処腰を浮かして、用心していたんだ。ところがその中に妙な事が起った。眉が次第に寄ってきて男の顔が見る見る泣面になって行った。『お願いです。お願いです。どうか鑑定して下さい。貴方にはこんな気持が解らないのでしょうか？こんな深酷極まる悩みが？　自分の妻を疑う夫の気持がどんなものだか解らないんでしょうか？』

殆んどそれが泣き声なんだ。僕は呆気に取られた。で黙っていると、男は暫く僕を凝視《みつ》めていたがまた言い出した。『そうだ、何もかもすっかり聞いて戴きましょう。そうすれあ貴方だって、この鑑定を断るなんて無情な事はなさいますまい』僕がちょっとばかり好奇心を動かした事は事実だ。で、半分逃げ腰のままで男の話をきいてみるとこうなんだ」

村主君がその男から聞いた話というのは。——

……私はある会社に勤めている腰弁《こしべん》です。勿論贅沢の出来る身分ではありませんが、それでも夏の休暇中妻と子供を海岸にやっておく位の金は半期のボーナスで貰えるのです。子供ですか？　男の子が二人です。上は八つで小学校へ上っています。弟は三歳です。

妻、妻は美しいです。お嗤《わら》いになってはいけません。私の口から言うと可笑しいですが本当に美しいのです。二十八歳ですが、二三……せいぜい五にしか見えません。家内はそれだけです。

平和な幸福に満ちた家庭です——いや、だったのです。

それだのに何という事だ！　ふいと暗い翳がさしたのです。

つい近頃、さあ、何の機会ですか、私の心に飛んでもない疑惑が起ったのです。

嫉妬妄想、そうです。妄想です。

だが、何だってこんな妄類が突然起ったのでしょう？　相手というのは妻の従兄《いとこ》なのです。そして恐らくは彼女の処女時代の淡い感傷の対象だったでしょう。こんな事は私は十分知っていたのです。結婚の当初から。……

けれどもそのために私の生活が少しでも暗くされた事はありません。この十年私は心から妻の愛を信じてきたのです。

　それが突然——そうです、一月ほど前です。何の動機もないのに私はふと妻を疑いたくなったのです。妻の態度が変ったのではありません。何か冷いものが私の心に触れたからではありません。ですのに、妻の愛がどうも本心からでないように思えてくるのです。自然らしい技巧の裏となくどことなくぎごちなさが見すかされるようなのです。不幸なことに私の疑惑はその最中に飛んでもない発見を私に齎《もた》らしたのです。三歳になる次男がちっとも私に似ていない。――長男の奴は私をそっくり小さくしたような顔をしているのに、次男の奴は何だってこうもこましゃくれた顔なのでしょう。と言って相手の男にも似ていないのです。念のために私はアルバムからその男の写真を取出して見較べたのです。鼻の恰好、口唇の具合、耳朶《みみたぶ》、生え際、……写真と子供との間に一つとして似た所がありません。ところで可怪しい事には、この相似点のないという事実が私に安心を与えないで、却って不安にするのです。口では言えぬ焦れったさ、ああ。

根底のない疑惑。そうです。全くです。自分でも妄想だと思っているのです。けれども根底のない疑惑ほど、病的な妄想ほどやり切れないものはありません。

（神経衰弱？）そうですとも、私は確かに病気ですよ。けれどもこの疑惑が解けない限り私の神経衰弱は癒《なお》りっこはありません。子供の父が誰だという事が科学的に証明されるなら、たといそれが私の子供でないとの結論であったとしても、私の苦悩はこれほどではありますまい。

妻の口から？　いいえ、妻の語る事が絶対の真実であろうとも私に信じられる訳はないじゃありませんか。

処が、その最中に、私の目に触れたのが貴方の（血液型による父子鑑別）です。この間のA新聞に出た。――あれを見た時私は全く救いの光に浴した気がしました。

その包に子供と妻の唾液を浸ませた紙が入っているのです。相手の男の莨《たばこ》の吸いさしが二本あります。どうか、やって下さい。お願いです。でないと私は気狂いになってしまう。……

「ほう、それで鑑定をやったのかい」

僕が訊きました。

血型遺伝図表		
両親ノ血型ノ組合セ	出現シ得ベキ子供ノ血型	否定サルベキ子供ノ血型
O×O	O	A，AB，B
A×A A×O	A，O	AB，B
B×B B×O	B，O	AB，A
A×B	AB，A，O，B	ナシ
AB×O	B，A	O，AB
AB×A AB×B AB×AB	AB，B，A	O

「やったよ。本当に気狂いになりそうで、凄くて断れなかった」

村主君が答えました。

「で、結果は？」

「それが面白い。妻君はO型だ。子供は、兄がA型、弟がB型」

「男は？」

「相手の男はやはりO型だ」

「そいつは……」僕は失望して唸りました。

「そうだ。男の疑は全くの妄想だ。で僕は説明してやった。

この表を見せて……」

村主君は手にしていた書物を僕の机の上に拡げました。その頁《ページ》には血型遺伝の表が出ています。

「この表の最初にある通り、O型の男とO型の女の間に生れ得る子供はただO型だけだ。A型やB型の子供はO型の男とO型の女との結合によって生じ得ない。従ってO型の女から生れた子供がA型であり、B型である以上は、少くともそれはO型の男子によって生れたものではない。――こう言って説明してやったものだから、彼奴、とても喜んだよ。

『やっぱり私の疑惑だったのですね。何てことだ、何てことだ！　妻を疑うなんて！　私はどうかしてる、明子、済まない、済まない。お前の愛を疑うなんて、俺はよほどどうかしていたんだ。許してくれ』

と、踊り上らんばかりだった。僕はあんな有頂天な歓喜を見たことがない。

『有難うございました。先生、先生の御蔭で私は救われたのです。有難う、有難う！』

と俄に僕を先生扱いだ。いい功徳をしたよ。全く可愛い男だ」

村主君は上機嫌です。

「だけど？」僕はふと呟きました。happy ending はどうも僕には向かないのです。

「だけど？……何だい？　ああ、そうか……」村主君は擽《くすぐ》ったそうな顔をしました。「僕も悪戯気が出てね、奴が忘れて行ったハンカチで――そのハンカチで奴は鼻汁を啜ったり口を拭ったりしていたのだ――それでやってみたのさ。奴の血型を調べたのだ。そしたら君、彼奴の血型は――何と出るべきだろう、君？」

「妻君がO、子供がAとB、すると……きまってるじゃないか、奴の血型はAB型より外にあり得ない」

「そうあるべきだろう。ところが奴の血型は紛れもないA型と出たんだ！」

「？　？　？」

僕の視線が村主君のそれとハタと出会いました。そして次の瞬間、二人は同時に噴出《ふきだ》したのです。

だが、これは確かに喜劇ではないようですが。……

米田三星

随筆篇

児を産む死人

子を孕んだままで死んだ女が埋葬せられて、その墓が後日に、何等かの機会で開かれた場合、子供が女の胎《はら》から飛出していたらどうだろう。身動きの出来ぬ棺の中で、真闇な地の底で、分娩が行われたという事実は、想像するだけでも気味が悪い。ところが実際こうした――棺内分娩や、死人が子を生んだ記録は随分沢山ある。

古いところでは、例のゴルギアス・エピリタスの話。――

この男の母親は彼を胎に入れた儘で病死して埋葬せられたのだが、数日後になって墓地に変な音がするというので発掘してみると、玉のような嬰児が女の脚元に横わって乳を求めて泣いていた。これが成人してエピ公になったというのだが、何分大昔の話で、ちと眉唾物だ。「棺内分娩」の研究家ライマンが、「信じ難し《ウンワールシャインリッヒ》」と折紙をつけている。

次は一五五一年のこと。オランダの審問所が一人の異端女を絞罪に処した。孕み女だったが、こときれてから四時間後に赤ん坊を生んだ。双生児で、二人共生きて生れたというから驚く。シカモ、母親の胴体がまだ絞首台でブランコをしていたんだと言うに至っては!――怪奇小説家エヴエールス物する所の「妖花アラウネ」以上に奇ではないか。

以上のような神話的伝説的な記録をプロローグとして、一八七七年にドクトル・ライマンの蒐《あつ》めた所によると、十九世紀までに二十八例、十九世紀に入ってから三十六例報告されている。その後もモリッツ、A・グリーン、ブライヒ、ブライシ、その他の人々が発表しているから、今では死後分娩は九十例ほど記載されている訳だ。ブライシの記載なんか詳細を極めたもので、解剖所見を叮嚀に記録した末、「産婆曰く」「家政婦は語る」「主治医の話」等と章を分って小説家もどきの冗筆を弄している。(そのくせちっとも面白くはないのだが)

東洋では、例の「洗冤録」が死後分娩に関して数文字を費している。

扨《さ》てこの「死後分娩」がどうして起るか？　に就いては、色んな人が色んな説を立てている。

一八七〇年にロンドンで開かれた産科学会でも、一八七三年のパリーの法医学会でも、これが論議せられている。当代の碩学《せきがく》達の意見では、「児を産む死人の話」なんてインチキも甚だしいということになっていた。ところが、それに対して「それではこれを見ろ！」と突出したのが、前述のライマンの根気の良い研究だ。今日では動物実験をやった人さえある。

×

独逸《ドイツ》での出来事。

一八五三年七月のある朝、下女のウイルヘルミナ・リーガルが主家の厩で縊死していた。丈夫な体格の、若い女だった。腹が膨れていて裁判医の鑑定では妊娠七ケ月。自殺と認められて埋葬を許した。ところが埋葬後になって可怪《おか》しい風説が立った。リーゲルは自殺したんじゃない。彼女の腹にいる子供の父親が秘密の暴露をおそれて、彼女を眠らせたのだ。そしてその父親というのは……等と見ていたような事を言うものが出て来た。そこで警察でも捨てておけぬとあって活動を開始したのが四ケ月後、死因の再鑑定となって、彼女の墓を掘返した。死体は割合腐敗していなかった。不思議なことには、あんなに膨れていた腹がペチャンコになっている。ハテ？　と立会の鑑定医が首を傾げた途端、ギャッ！　と言って墓掘人夫が腰を抜かした。白い、小さな骸骨が、女の両股の間に挟っていたのだった。解剖してみると、女の内臓はすっかり腐っていた。小さな骸骨は七ケ月の胎児に相当した。他殺か自殺かの診断は不明。

次はフランスで起った事件。

一八七三年六月、ある物持の下女が訳の分らぬ熱病に罹った。彼女が奉公してから恰度十ケ月目だ。招かれた医者が色々と診察してから膀胱炎だと言った。そして導尿管を挿入した。その時医者は患者の腹が膨れていることに気付いた。妊娠五ケ月！　だが彼はそれ以上のことは何もしなかった、と言っている。それから八日目の六月二十日に女が死んだ。二十三日に納棺の際、死人が分娩しているのを認めたものがあった。これが問題になって、法医解剖となったのが六月三十日。子供は大ぶん腐敗が進んでいた。四十五糎《センチ》の長さのある臍帯。胎盤は子宮壁に密着していた。子宮は翻転して内部の粘膜が外に露出し、その空所に腸の一部分が陥っていた。巴里《パリー》の衛生並びに臨床学会は、この事件を怪奇な「死後分娩」として見ようとせずに、もっと常識的な見方をしようとした。子供は母親の生きている中に外に取出されいたのだというのだ。どっちが本当かは僕も知らない。

一八五一年十二月十六日、独逸で起った事件。——

丈夫な百姓女。二回の経産婦。（お産なんか……）と、便秘でもしている位にしか思っていなかったのだが、いよいよ産気づいて破水しているのに仲々生れない。腹が裂けるほど陣痛が甚だしい。呻き続けて四十八時間目に、子供の片手が現れた。漸く医者が招ばれて行って、廻転術を試みようとしたが駄目。所謂「遷延性横位《せんえんせいおうい》」という奴。こうなっては現代の大家でも難しい。手を突込んでどうやら子供の片足を握ることが出来た時分には、子宮壁が激しい痙攣を起して、子供をしめつける。持悩んでいる中に外の出口の方の筋肉まで収縮してきた。もう診察することも出来ない。二十四時間後に女は死んだ。藁床の上に臥《ね》かせておいて、十二時間目に納棺しようとすると子供が生れていた。勿論死児。

次はロルフィンキウスの報告。——

二月の事（不都合にも年代の記載がない）アンナと呼ぶシレシア女が子癇《しかん》発作で死んで、五日目、棺を安置してある窖《あなぐら》で物凄い音がした。行って見ると、男と女の双生児が生れていた。死児。

一六七三年十一月。某女。大へんな難産で産婆が三人もつき切りで骨を折ったが、遂に生れずに死んでしまった。死後女の腹部が次第に膨脹して、ガスが溜って行くようだったが、二日後に子供が死んで産れた。

×

ウォルフの報告。——

丈夫な女だったが、陣痛と共に激しい出血が起って、遂に失血死に陥入った。死後六時間、女の腹部で盛に動き廻るものがあるのが認められた。そこで帝王切開（腹部を一文字に切開して子供を取出す手術）を医者が主張したが、親族が承知しない。と、その中に動かなくなったので棺に納めた。その夜中に棺がコトコト鳴る。で、開いて見ると女の股間に子供が居た。脚を屈めて身体を横向けにして、——もう生きていなかった。一六六七年七月の出来事。

同じような事件が一六三三年にブラッセルで起っている。子癇発作で死んだ女。死後身体から沢山水が出た。そして腹がビクビク動いている。死体はそのまま置かれていたが、三日目の朝血塗《まみ》れの子供が生れているのが発見されて大騒ぎとなった。子供の身体には仄かな温味が残っていたが、遂に生返らなかった。

一八五八年九月一日のこと。——

ロンドンの医者スノーベックはある女から往診を需《もと》められた。三日前から産気づいて陣痛が始まっていながら、未だに御降誕がないのだという。往ってみると女はもうすっかり疲憊《ひはい》していた。陣痛は甚だ微弱、脈搏は糸をひくように細小。これあいかんというので、鉗子を掛けようとして往診鞄を引寄せた途端、女の咽喉がゲッ！　と鳴って、珈琲滓《コーヒー》みたいな吐物をはき散らして、女は痙攣《ひきつ》けてしまった。そしてそれきり。——

解剖の交渉が纏って女を解剖台に載せたのが翌朝の五時。扨ていよいよという時になって、女の下着を切り裂いた時、スノーベックは、メスを握った儘で飛上るほど驚いた。真紅な血のりを被った子供の頭が女の内股に転っていたのだ。女が死んだ時に異状がなかったのは自分がよく知っている。死体を運んだ人々も気着かなかった。してみると、それはほんの少し前に生れたものに違いない。子供の下半身はまだ母体の腹腔中にあった。

男がブランコ往生をした時射精するのは、よく知られている事実である。同様な事が女でも起る。この圧力が子供を圧し出すのだとは、ピッチャフトの説明で、簡単で至極愉快である。最初に述べたオランダの異端女の例なんか、よく適合しそうに思われるが、これは記録そのものが大分臭いし、それに四時間後では少し時間が経ち過ぎる。なるほど子宮筋肉が窒息前に力強く収縮することは考えられるが、同時に出口の筋肉はもっと強く収縮するから、子宮の内容は排泄される訳に行かない。この事実は、その収縮による緊迫力を味いたいばかりに、同衾中の女を扼殺した性慾異常者の例を見ても明かである。

次に考えられるのは死後に起る筋肉の強直である。死強がすべての筋肉に同時に起るものとしても、腹部筋肉の強直による力は出口のそれより遥かに強いから、子宮内容を押し出すことの可能性はあるだろう。

更に死後時間が経つと、死強は解けて腐敗が進んで行く。一番早く、一番甚だしく腐敗の起るのは腸だ。何しろ生前から色んな黴菌《ばいきん》が活動しているのだから、人が死んで臓器に抵抗力が無くなると同時に、この黴菌共は得たり畏《かしこ》しとその暴威を発揮して、腸の筋肉を喰い荒す。そして生じる腐敗ガスが腹腔に充満して行く。このガスの圧力が次第に高くなって外に逃れようとして、出口に栓をしている子宮の内容（子供）を圧し出す。この場合出口の筋肉も死強が解けて柔軟になっているから抵抗力が少いわけだ。

以上は死人が児を生む理由の原則的な説明であるが、何れにしても「死後分娩」という以上は母体が死んだ後に起るものでなければならない。所で母体が死ねば血液循環が止る。血液循環が止れば、胎児という奴は御存知の通り、胎盤によって母体血液から酸素と養分を貰っているのだから、忽ち窒息に陥らなければならない。それじゃ死人の生んだ子供が温かかったり、生きていたりする話は皆インチキか？　と仰言る。待って下さい。ところがあるのですよ。死人が生きた子供を生んだ確かな記録が、――――（例のエピ公の話は別として）

一六五〇年四月二十日英国でエンマという女が死んだ。トーマス・トプレイスという男の細君だ。この女は陣痛が始まって六日目に、一向子供が出てこないから、何か薬を服《の》んだ。すると中毒を起したと見えて一二時間で呼吸が絶えた。夜の九時頃納棺して、その際口の中に襤褸《ぼろ》を栓《つ》めた。棺は直ぐに埋葬されることになった。ところが帰る途で一人の男が言い出した。

「棺を埋めているとき、何だか変な音が――風船が破れたような音が棺の中でした。それから恐ろしく臭くなった」

するとも一人の男が「俺も聞いた」と言い出した。「それあ神経だ」という者が出た。「いや確だ」「いや嘘だ」と言争った末で「それじゃ」というので、二人の男が戻って墓土に耳をつけて聞いた。すると聞える！　確かに子供の泣声が！

二人は蒼白《まっさお》になって、それでも感心に墓を掘返した。棺の蓋を持上げると同時に戦慄すべき光景が彼等の目に映じた。女の片手が、口の中の襤褸を摑み出していたのだ。そして子供が、片手を口にこすりつけて、身体を伸ばして泣いていたのだ。

次はワイセンブルグという街のジモン・クロイテル夫人。これも難産で死んだ。納棺後に棺内で異様な音が聞えたので、棺を開いて見ると、死んだ母親の傍に生きた子供が居た。死後数時間内の出来事。

これをどう説明するか？　合理的な説明がただ一つある。それはエンマ夫人の例で明らかなように、母体が本当に死んでいなかったのだ。彼女達は生きた儘で、——最少限度の呼吸、最少限度の血液循環をしながら、つまり仮死の状態で、埋葬せられたのだ。仮死の儘で分娩した例は、まだある。一七九三年七月二十三日に船員の妻が仮死状態で腐敗胎児を生んだ例をノールデンのヴェールネルが発表し、一八五三年五月、パン屋の奥さんがやはり死人と全く違わない状態で棺に入れられてから子を生んだ例をマイエルが報告している。

森下雨村さんと私

（一）

高知市の近郊佐川町に隠棲の雨村、森下岩太郎氏を訪ねたのは、昭和三十七年の三月末か四月の初旬だったと記憶している。

たまたま横溝氏の『悪魔の手毬唄』が本になった頃で、大阪で仕入れてきた紙装本を読み耽っていて、ひどく海が荒れたことを甲ノ浦を過ぎるまで知らなかった記憶がある。（この定期船は大阪の天保山を日昏れに出て、ほのぼの明けに高知に着く。）

森下さんの知遇を受けて以来既に三十年になり、度々お便りを貰いながら、かけ違って面接の機を得ていなかった。二・二六事件の一月程度で、吉祥寺のお宅へ私が伺った時は御不在。其後昭和十八年頃、阪大病院へ私を訪ねて下さった時は退出後。事務的な用件がある訳でないから其のままになってしまっていた。

高知市内の所用を済ませてから、鄙びた宿をとって、森下さんの住所を確認するために、（というのは所書きがいつも「佐川町」とあるだけで、佐川には「佐川駅」と「西佐川駅」と二つあるので、どっちで降りたらよいか判らなかったから）土地の新聞社に電話を入れて学芸部の人を呼出してもらったが、ご存知ない様子。

「森下さん、さあ、どんな人です？」

「博文館で長い間編集長をやっていた雨村、森下岩太郎先生ですよ」

暫く周囲と相談していたようだが結局わからず仕舞い。地方紙とは言いながら、仮にもその方面の担当者が、と思ったが、午後九時という時刻と、新聞という職場を考え合わせると、これは私の無理解というものだったのだろう。

佐川駅前のタクシー屋さんは流石に知っていて、

「ああ、あのギョロ目玉の御隠居さんとこだよ」と運転手に指示してくれた。車は二粁ばかり田圃道を走って、旧家らしい構えの生垣の前で停った。広い屋敷はひっそりと静まりかえって、ひとの気配がない。格子戸を開いて、「ごめん下さい」と声をかけると、声に応じて、短軀ながら精悍の気に溢れた老人が現れて、大きい眼玉で私を睨みつけた。円い頭蓋、鋭い目差し、広い額、いかつい口もと――瞬間私は初対面のこの人が、写真で見た田中貢太郎に何となく似ている、と思った。田中氏も確か土佐生れの筈。

慌てて「奈良県の……」と言いかけると響に応ずるように、「ああ、米田さん――？」と言われたのには驚いた。私はこの訪問を予報していなかった。唯年賀状の端に、年度末に高知へ行く用事がありますので、機会があったらお目にかかりたいものです、と追記しておいたのだ。

通されたのは濡れ縁のついた八畳だった。家自体が何の変哲もない六間取りの有りふれた田舎造りで、部屋の中には装飾のかけらも見えない。一隅に粗末な机と本棚があって、薄っぺらな紙表紙の読物や雑誌が雑然と置かれている。

主人公はズボンのポケットから、皺くちゃの「響」の袋を取出して、スパスパ吹かしている。炯々たる眼光を除けば全くの好々爺。直ぐに色の白い、年配の婦人が、サントリーの瓶を乗せた盆を持って現れた。少し病的と思われた程白いお顔の色だった。

「米田さんだよ。それいつかの——」

婦人は無言でにっこりして、盆を置いて、またひっそりと部屋から消えた。森下さんはグラスを私に押しつけて、御自身は生《き》のままで、ぐいっと咽頭にほうり込んだ。私が提げて行った塩昆布をみて、

「ほう、山崎さんとこのですね」と言った。（山崎豊子さんの忌わしい事件が起る以前で、脂ののりきっていた頃だった。）

土佐ッポは酒が強いというが、森下さんは豪快にグラスを乾しつづける。語っては乾し、乾しては語る。私より一めぐりは年長の筈だから、もう古稀だと思われるのに、酒の弱い私など到底お相手の勤まるスピードではない。

「血圧？　ううん、だいたい二百位だそうですが、なあに元気なものです。気にするのが一番いけない」

「ずっと晴耕……じゃなく晴チョウ、雨読という格好です」

「晴チョウですって？」

「釣ですよ。磯でも沖でも、どっちも来い。雨さえ降らなきゃ海へ出ていますよ。雨読の方はあんまり買いかぶってはいけません。第一この所読むに値するようなものがありますか？」顔には出ないが、舌は段々なめらかになる。

話が回顧に及んで、私が「『新青年』のような垢抜けした雑誌が、どうして消えてしまったのでしょう。戦争末期は致し方がないとしても、ぼつぼつスマートなものが復活してもよい頃ですが」と言うと、

「長い間活字に飢えてきたものだから、その反動で、こまかい活字がぎっしり詰った持ち重りのするものでなければいけないのですよ。現にこれだって（と書架から落ちかけている「文春」を指さして）こう厚くちゃ、寝ころんで読むわけにいかない、直ぐに疲れてしまって……これが半分程

の頁数だったらなと思いますよ。横溝君のこれ（と机上の『悪魔の手毬唄』を手に取って）だって、まだ読んでいません。六、七百頁もありますからね。全く厚い本というのは老人泣かせです」

夫人が後から後から肴を運んで下さる。鯛の煮付けがうまかった。

つづいて探偵作家論。小酒井さん、乱歩さんの挿話から、終戦前の、雨村さんが手塩にかけて育てた作家達、その作品の解説やら観察――だが流石は名編集者、探偵小説の保母さんだけあって、辛辣ではあるが愛情に溢れたものだった。

因みに、話の中に「探偵小説」と言葉は何回となく出たが「推理小説」という言葉はあまり出なかった。雨村さんが意識してそうしたのか、それとも唯使い馴れた言葉を使っただけなのか、私には判断がつかない。実を言うと私も「探偵小説」が好きだ。「探偵」が「推理」になったのは、「偵」の字が当用漢字から外されたことのほかにも、「文学的に」（こんな言葉を私は好まないが）本質的な大義名分があることを私も聞いてはいるが、寸分の隙も見せない理詰めの構成の偉容をみせる「推理小説」に較べて、「探偵小説」の方は、何処となくのんびりと間が抜けていて、荒唐無稽で不合理な作品というニュアンスがあるのは否定出来ない。それにも拘らず――いやそれ故にこそ、一種の、メルヘン的な情緒が、私に迫ってくる。こんな感慨は私の頭脳の老化現象――所謂「恍惚」のくり言だと思っていたのだが、近頃読んだヒュー・グリーン編集のアンソロジー The Rivals of Sherlock Holmes とその姉妹本 Cosmopolitan Crimes の序言で、やはりガス灯の朧ろな霧のロンドンを馬車でゴトゴトゆられて行く情緒を懐しんでいる。同好の士もあるものだと意を強くした。もう一つ、字引をひくと「探＝モトメル、キワメル」「偵＝ウカガウ、ヒソカニ様子ヲサグル」とあるが、これに対して「推理」ということばにはアクションがない。

（閑話休題）

森下さんは、ホームズ物の翻訳を日本語に定着させた延原謙氏が、一つの冠詞、一つの代名詞の解釈に、時としては苦吟数日、その汗と脂があの名訳に昇華していると話して、「その延原君も今中風で臥っているそうです」と、詠嘆的な感傷のかげを、その鋭い目に漂わせた。

翻訳の苦心談は、森下さんが周旋して最近（昭和三十七年初頭）博友社（博文館の後継社の一つ?）から出版に漕ぎつけた西谷退三氏に及んだ。森下さんの話によると、西谷退三氏（筆名）は近村の素封家で、札幌農大在学中に十八世紀の自然文学に魅せられて、ギルバート・ホワイトの The Natural History of Selborne の翻訳に文字通り一生を捧げた人だそうである。原著の雰囲気を肌で味わうために、現地（南イングランド）に二ヶ年住んでみて、原稿に推敲を重ね、一九四四年（昭和十九年）以後だけでも、一千枚に及ぶ草稿を浄書すること三回に及んだという。私のように本職の医者の仕事さえ、万事いい加減で済ませている生活態度などは、承ってまさに愧死に値する話だった。一九五八年七十三歳で没した遺稿を、森下さん等が尽力して、この年版に附したのだという。

「一冊上げましょう」と書架から取って下さった。それを私が置き忘れたものと見える。後から郵送して下さった。

（森下さんからの来信——ハガキ両面ぎっしり）あの時、あの本の話を申上げながら、お立ちの時、すっかり忘れ、後から老妻が思い出して差出した次第。仰せの通り寝ころんで、時折読むと面白いところもあり、英国の有名な古典というだけで、興味はあの本を五十年もかかって訳した点であります。田舎へひきこもって、友人もなく、かれがたった一人の心友でした。死なれて寂しさの限りに存じあります。でも彼は死花を咲かせました。文部省とＮＨＫの推薦図書になり、もう三版を重ね、小生も亡友へのつとめを果した気持です。

当地も寒波でおくれながら、花もすみ、急に世間が静かになってホッとしました。吉野の桜も一度は見てみたいと思います。まだしばらくは命もありそう。そのうちご案内をたのみましょう。

一寸

四月十六日　（昭和三十七年）

談論風発、森下さんがそう言うタイプの人かどうか、初対面の私に判断がつきかねたが、兎に角その場はそうだった。或は閑暇をもて余していた時に私が行き合わせたのかも知れない。ふと気がつくと既に午後二時を廻っていた。午前十時前から正味四時間あまり、ウイスキーを流し込むほかは、息もつかずというお話し振りだった。聞き惚れていた私だったが、夕方の飛行機を予約していたので其の旨を告げると、「残念だな」と言いながら、自分で時刻表を繰って、「大変だ、遅れる」と直ぐに自動車を呼んで御夫婦で門外で見送って下さった。

佐川から高知への汽車中、酒の廻った頭の中で、私は状景を反芻した。どこかに同じようなシチユエイションがある……それは半七老人の昔話を聞く綺堂の「私」の姿だった。

（二）

私は退屈すると荷風全集を引張り出して「断腸亭日乗」を拾い読みして肩の凝をほぐすことにしている。此の日記は小説より面白い。こちらの気分によっては荷風大人の小説よりも面白い時がある。昭和二年四月六日の所に森下さんが登場している。

「此夜又太牙楼（註参照）にて松平泰（松本泰の誤？　筆者）博文館編輯員森下某なる者を紹介す。挙動粗暴にして言語又甚野鄙一見政党の壮士の如き男なり、近年雑誌の編輯記者に斯くの如き者多し、余此等の輩と言語を交る毎に文壇操觚《そうこ》の士となりたる事を悲しまずんばあらざるなり。」（岩波書店、荷風全集、第二十巻一二八頁）

思うに精悍の気に溢れた森下さんの写楽張りの面魂と、炯々人を射る眼つきとが、耽美派で下町情緒礼讃家の美男子、荷風氏の体質に合わなかったのだろう。そう言えば日記の其の前後に述べられている菊池寛、近藤経一、山本改造社長、小島政二（原文のまま）、川口松太郎諸氏の描写もさんざんだ。江戸ッ子荷風さんは、「田舎者」がお嫌いだったらしい——と言うよりは、「田舎者」の持つエネルギーに半ば反撥し、半ば恐怖したのではないだろうか？　森下、菊池両氏や、小島さん、川口さんは、酸いも甘いも嚙みわけた「通人」であることは間違いない所だが、その「通人」の奥底にやっぱり田舎者の持つ一種の土根性らしいものがある。尤も「荷風日記」というものは、先人の指摘にもあるように、単なる自己の備忘録ではなく、公表を予定して書いたと思われる節があるとすれば、読者に対するサーヴィスとして、フィクションとまでは言えないが、筆勢の誇張があると思って差支えあるまい。それに此時荷風五十歳を過ぎ、（雨村は四十前）あの「あめりか物語」「ふらんす物語」に横溢した稚気、衒気、覇気が漸く沈潜し始めて、「つゆのあとさき」に至る過程にあたり、荷風自身が若かりし日の己に少々嫌悪を催していて、訳もなく若い人々の持つエネルギーに反撥したのではないだろうか？　——こんなことを、ずぶの素人が考えるのは、僭越至極だとは思うが、医者のはしくれとして、フロイドを生嚙りすると、ついこんな勘ぐりをしたくなる。

註。太牙楼。カフエ・タイガー、銀座に現れたカフエの草分け、妙齢の美女が白いエプロン姿で客の接待に当った。これを「女給」と呼んだ、「キャバレー」、「クラブ」の大正版で、「女給」はホステスの前身。従って「女給」は当時の風俗小説のヒロインであった。「タイガー」を「虎館」としたり仮名書きにしない所が荷風散人流。

（三）

昭和五年の秋、私は医学校の三年生だった。卒業試験までは間があって、暇は有り過ぎるし、金は無さ過ぎるし、仕方なしに下宿の二階でごろごろしていた私は、読み飽きた円本の小酒井不木集の頁をまさぐっている中に、思いついて不木ばりのへんてこな文章をものした。六、七十枚のものだったが、題だけは「生きている皮膚」と乙に気取ったものだった。書き上ると活字にしたくなるのが人情、と言っても不木さんに見てもらうのは気がひける。と言うのは面識はないが、不木さんの著書「闘病術」に就いての私の質問に、多忙な不木さんが数枚に亘る叮嚀な教示を下さったことがあるし、それに不木さん自身が御自身の筆のもつ体臭（?）に少しうんざりしていらっしゃるのじゃないか——理由もなくそんな気がしていたので、エピゴーネンのコピー等嘔気を催されるのが関の山だろう。

ふと読みさしの「新青年」に気付いて奥附を見ると、編集発行人森下岩太郎とある。未知の相手なら恥もかき捨てだと、目をつぶる思いで、汚い草稿を同氏宛に送ったのが十月のかかりだった（と思う。）

どうした風の吹き廻しか、昭和六年新年号の「新青年」に「新人十二ヶ月その一」と肩書つきで掲載された。新聞広告に自分の名前がでかでかと出ているのを見た時は、全く夢心地だった。目のさめるように鮮かな表紙の掲載誌を貰い、次いで「玉稿を賜わり誌上に錦上花を添え……云々」と裏書きのある振替を手にした時は、頬をつねるという言葉が、形容詞でなく、実感そのものだった。汚い文字の原稿も、活字になってイラストが入ると見違えるばかり、文章まで光って見えた。

それに味をしめて、二年ばかりの間いい気になって数篇を送りつづけて森下氏を煩わした。或日、突然、私の心に奇妙な現象が起った。何のきっかけもなしに私は自分の体臭——鼻もちのならぬ悪臭が、自分の文章に瘴気のように立ちこめているのに気付いたのだ。私は甚しい自己嫌悪に陥ちた。そうなると一行だって書けるものではない。その上恰度卒業が重なって、医局へ入ると身体の方も少々忙しくなって、何時となく徹夜でペンを握る習慣とは疎遠になった。かてて加えて、林蘂（木々高太郎）という大才能の出現だ。今で言う超大型新人。「網膜脈視症」をはじめとする一連の

「大心池もの」には全く「目から鱗のおちる」思いがした。林さんとは生理的年令にはたいした相違はないが、先方は「条件反射」の御大、パヴロフ直系の大脳生理学のホープ。当方は検査室で糞便と取組んでいるばかりで、教授の回診に金魚のうんちみたいに繋ってお伴をするだけで、満足に患者にも触れさせてもらえない新米副手。劣等感に打ちひしがれたのも無理でなかろう。

森下さんから書いたものがあるなら見てやろうと一、二度便りも貰ったが、書いたのは謝り状だけというテイタラクに終った。そして日支事変。見習士官、野戦病院付軍医として北支中支を彷徨した挙句、白衣を羽織って帰還した。

（四）

最近読んだサミュエル・ローゼンバーグのエッセイ Naked is the Best Disguise（素顔こそ最良の変装だ、と訳して、英語屋さんから Naked を素顔とするのは行過ぎだと叱られている。）この本の中で著者は作品を通じてのコナン・ドイルの心理分析を試みている。ドイルが「緋色の研究」に続いて書いた「シャーロック・ホームズの冒険」が、英語圏の読書界を沸騰させ、広汎な名声と共に、膨大な印税が彼のポケットに流れ込み始めた一八九一年十一月十一日の母親宛の手紙で、早くも彼は、ホームズを十二篇で打切るつもりだと報じている。プライベートな自伝「冒険と回想」でも同じことを繰返している。しかも「やめる」とか、「中止する」とか、「終らせる」とかいう言葉ではなく、「殺す」kill というどぎつい表現を使っている。「たとえその為に私の銀行預金がゼロになろうとも、彼をキルするつもりです」

ホームズ物の第一作「緋色の研究」があちこちの出版社に持込んで拒絶の憂き目に遭い、最後にウォード・ロック社に屈辱的条件を呑まされたのが一八八六年だから、その間五年しか経っていない時期である。そしてスイス旅行中に出会った激流岩を噛んで、水泡沸騰するライヘンバッハの滝壺こそ、彼の英雄と彼の財布の埋葬する格好の墓穴としたのだった。八年後にホームズを「復活」させたがこれはアイドルを殺された愛読者の囂々《ごうごう》たる非難に答えただけで、決してドイルの本意ではなかった。——少くとも彼は自分ではそう思っていた。（或はそう思っているふりをしていた。）その上やっぱり金も欲しかったのだ。（と、Naked の筆者はその腹話人形のアンドリウヴ夫人に語らせている。）

ドイルの言い分は、ホームズ物が自分の他の高尚で真摯な文学作品の業績を覆い隠すものだとして、憤懣と憎悪を公表している。

俺は単なる Story teller や Writer でなく小説家（Novelist）という芸術家なんだと言いたいのだろう。

だがこれは同時に、ドイルがシャーロック・ホームズを自分の一分身だと自覚していた証拠ではないだろうか？　そしてそこに出てくる自分の体臭に嫌気して反撥したのではなかろうか？（たとえ意識域下だとしても）。

試みにホームズと相棒のワトソン、此の二つのドイルの分身を捏ね合せてみると、どんな塑像が出来るだろうか？　ワトソンの属性は上品で重厚、慎重で頑固な保守伝統家、ホームズは敏捷でいくらか狡猾でスマートな気取屋。しかも二人に共通するものは信頼するに足る何等かの存在を第三者に印象づける騎士的なマナー——世に言う「ヴィクトリア王朝気質」そのものの人格化ではないか？　これこそドイルの求め望む理想像であろう。ドイルが口で何と言おうとも、意識下にホームズを愛し惹かれていたに違いない。愛憎不二。一旦殺してしまった憎いホームズを苦労して生還させ、四十年に亘って書き続けた真相の秘密がここにあるのではないだろうか？（金が欲しかったことも勿論大きな要因ではあるが。）

ここにローゼンバーグの論を長々と引用したのは、私が探偵小説の筆を折った理由を尤もらしく格付けしようとするのではない。（私の場合は何と言っても根本的には天分の欠如が最大唯一の理由であることは諸君の考える通りである。）いくら私が自信家だと言っても狂気でない限り、コナン・ドイルという大才能を比較に取って弁解を試みているのではない。唯個々の人間という微小な存在として眺めた場合に、同じ生物として、自己嫌悪という同じ生活反応が起ったとしても不思議でないことを言いたいのだ。要するにドイルには自己嫌悪を克服する偉大性があり、私にはそれに打ちのめされる卑小さしかなかったのだということだ。（こんな比較を試みる私の身の程知らずを笑わないで下さい。）

森下さんの知遇を蒙って三十年の間にお会いしたのは、始めに述べた四時間だけだが、それでも七十年に余る私の生涯の数少ない知己の一人だと私は思っている。たとえ荷風の描いたのが、雨村さんの若き日の姿の正確なスケッチであったとしても、また終戦の前に四国の田舎へ引込んでしまった森下さんの心境や環境は全く知らないが、私は私の「森下雨村」を持っている。

（附記）
最近中島河太郎氏から頂いた御教示によると「新青年」の編集は、昭和四年半ばから水谷準氏に代っている由。とすれば本文記述の森下岩太郎の名前を雑誌の奥附で見たというのは私の思い違いということになる。だがそうだとすれば雨村氏の本名を無縁の私が知ったのは何に拠ったのだろうか？

解題

横井司

戦前の大衆文学の再評価のきっかけを作ったのが、桃源社のいわゆる〈大ロマンの復活〉シリーズ（〈大ロマン・シリーズ〉ともいわれる）であることは、論を俟たない。一九六八（昭和四三）年八月刊行の国枝史郎『神州纐纈城』に始まるそれは、当時の他の小出版社のみならず、老舗の講談社や社会問題系の出版物で知られる三一書房をも巻き込み、『新青年』作家たちの再評価への道を開いたといっても過言ではないだろう。その『新青年』作家をフォローする『新青年傑作選』の刊行が立風書房から始まったのが六九年の一二月。第一回配本が第三巻の「恐怖・ユーモア小説編」だというのが、当時の版元（送り手側）の意識のありどころを示している。続いて特記すべきは、雑誌『幻影城』が一九七五年二月に（ということは、雑誌刊行の慣例からして七五年の一月に）創刊になったことと、渡辺剣次の『13の密室』（講談社、七五）に始まる13シリーズや、鮎川哲也編『下り〝はつかり〟——鉄道ミステリー傑作選』（光文社、七五）および『怪奇探偵小説集』（双葉社、七六）に始まる、鮎川編アンソロジー・シリーズの刊行だろう。こうした出版状況を通して、第二次世界大戦前の珍しいミステリが愛読者の目に触れることになった。

ただ、江戸川乱歩や横溝正史はもとより、夢野久作、小栗虫太郎、久生十蘭といった、全集を編めばそれなりの数になる作家は好運であった。城昌幸や渡辺温など、現在でいうならショート・ショートともいうべき長さの作品を書いた作家に関しても、それなりの量を残しているので、一巻本にまとめられたりもしたが（もっとも、城昌幸は膨大な数の時代小説を残しているが）、問題は半ダースになるかならないほどの創作しか残していない作家たち、いわゆる余技作家かアマチュア作家と分類されそうな作家たちの作品である。一編しか残していなくとも、それが印象に残る作品であれば、アンソロジーで採用されないことは、まずあり得ないといっても良いだろう。だが問題は、半ダース前後の作品を発表しながら、その作量が災いして一冊にまとめられることなく、アンソロジーに採用される一作品だけが一人歩きして、作家イメージや作風が規定されてしまう作家たちである。

半ダース前後の作品がある作家の一作をもって、その作家ないし作風を規定するのは、乱暴だといわざるを得ない。もちろん、優れているのは語り継がれる一作のみで、あとは駄作ということもあり得るだろう。ただ、それでも他の作品まで読みたくなるのが愛読者としての人情であり、研究者的な視点からすれば、一作をもって評価するのは、ある種のロマンティシズムないしカノン化（正典化）の弊に陥る危険性があるように思われる。

アンソロジーはカノン化の装置であると同時に、ある特定の視点からの序列化（歴史化）の文脈を醸成する装置であるといってもよい。それは例えば本書収録の作家でいえば、羽志主水《はしもんど》の「監獄部屋」の受容のされ方を見ても明らかであろう。詳しくは後述の解題に譲るが、「監獄部屋」というテクストが一人歩きすることで、羽志主水の作家性が固定化され伝説化され、その伝説化によって日本の探偵小説史が固定化され伝説化される。それを一概に悪と決めつけるわけではないが、それはやはり作家にとって不幸であり、日本の探偵小説の可能性を探るという点においては弊害となるように思えてならない。

論創ミステリ叢書はこれまで、各種のアンソロジーによってその存在を知られつつ、特定の作品ばかりが採られている作家について、一冊以上に及ぶ作品を発表している作家の作品集を中心に刊行してきた。それによって、例えば久山秀子、橋本五郎、山本禾太郎、大庭武年、西尾正、酒井嘉七、瀬下耽といった、いわゆる『新青年』作家をフィーチャーしたアンソロジーでは欠かせない作家たちの、アンソロジー・ピース（アンソロジーによく採られる作品）だけでは捉えきれない全貌を明らかにしようとしてきた。

だが問題は、一冊にも満たない作品数の作家たちである。そのような、いわゆる余技作家ないしアマチュア作家といわざるを得ない作家に関しては、刊行を見送らざるを得なかった。ところが幸いにも叢書の刊行が続き、ここに第五十巻を迎えることができた。そこで記念すべき五十巻目（いわゆるキリ番）は複数作家のアンソロジーに当てるという企画が浮上したわけである。これを機会に、作品数が少ないために（それでも半ダース前後の作品を発表している）これまで刊行の機会に恵まれなかった作家たちの、現在までに判明している作品をまとめることになった。

ここに集会することになった四作家は、これまで各種のアンソロジーにその作品が採られてきた。しかしながら、その時々のアンソロジーを購っていたとしても、その個々の全作品が読めなかった作家たちでもある。

ちなみに、今回はたまたま一九二〇年代後半から三〇年代前半の作家・作品が集成されることとなった。和暦でいえば、大正末から昭和一〇年代にあたる。この時期、作家によってはいかに先鋭的な試みがなされていることか。そしてそれがいかに共時的なありようを示していることか。分かりやすい例でいえば、米田三星《よねださんせい》「蜘蛛」（三二）と水上呂理《みなかみろり》「麻痺性癡呆《ちほう》患者の犯罪工作」（三四）におけるアイデアの類似性、探偵小説的結末に対する水上や星田三平《ほしださんぺい》の懐疑、羽志主水「天佑」（二九）と星田「せんとらる地球市建設記録」（三〇）に見られるSF的な試みとその格差、さらには医学的テーマに対する水上と米田の関心のありよう等々、同時代の最先端の科学的知見や風俗に棹さしながら（棹さすことで）、その底流である時代精神が無意識の内に立ち現われてくる様が見えてきて、とてもスリリングであるし、たいへん興味深い。

近年は、いわゆる純文学史と探偵小説史とを接続しようという試みも見られる。その意味でいえば、本書収録の作家たちは、プロレタリア文学と新感覚派（新興文学）と伝統的な文学が拮抗していた三派鼎立時代の諸相がそのまま、作品に反映されているように思われてならないのだが、そうした純文学史に即した反映論的な興味を抜きにしても、ここに収められた四人の作家および作品は、一九二〇年代から三〇年代にかけての探偵小説の、ある種の流れ、時代状況を反映させていて、興味は尽きまい。

幸いにして本書が好評を得たならば、これまで一冊にまとめるほどの作品数がなかった作家たちの、アンソロジー・ピースだけに限らない、集成を目指したアンソロジーを（それはすでにアンソロジーとはいえないかもしれないが）、今後も続けていきたいと考えている。ご愛読を請う次第である。

以下にまとめた著者略歴については、鮎川哲也の仕事に大いに助けられている。雑誌『幻影城』の連載から始まり、後には雑誌『EQ』に引き継がれた、幻の探偵作家に対するインタビューは、『幻の探偵作家を求めて』（晶文社、八五・一〇）および『こんな探偵小説が読みたい』（晶文社、九二・九）にまとめられている。本書に収録された作家でいえば、「今様赤ひげ先生――羽志主水」（初出は『EQ』八九・七）、「深層心理の猟人・水上呂理」（初出は『幻影城』七五・七）、「せんとらる地球市名誉市民・星田三平」（書き下ろし）、「ミステリーの培養者・米田三星」（初出は『幻影城』七七・六＝七）を参考にしている。以下の記述においては、鮎川の両書からの引用以外は出典を示し、両書からの引用は、煩雑になるのであえて註記しなかった。

また、作品評価について、江戸川乱歩の「日本の探偵小説」（『日本探偵小説傑作集』春秋社、三五・九。同エッセイからの以下の引用はすべて『江戸川乱歩全集25／鬼の言葉』光文社文庫、二〇〇五・二による）と中島河太郎の手になるアンソロジーからの評が多く引かれている。中島の引用は当該作品の収録アンソロジーの解題・解説、および著者略歴によった。中島が関わったアンソロジーからの無署名の記事から引いたもの（収録作品の扉ページおよび扉裏ページの作者紹介など）は、すべて中島の執筆になるものと判断している。この点についても、いちいち記載しなかったが、了とされたい。

●羽志主水《はしもんど》

一八八四（明治一七）年六月三日、長野県に生まれた。本名は松橋紋三。「処女作について」（二六・五）によれば、デビュー作「蠅の肢《あし》」を出す際、キーフェル氏作、羽志主水訳とするつもりだったという。キーフェル Kiefer というのは本名の最初の文字「松」のドイツ語訳で、残りの「橋紋三」の読みをもじって「羽志主水」とした。ところが、創作扱いとなって、訳者名として考えた名前がそのままペンネームになったそうだ。

旧制第四高等学校（現・金沢大学）を経て東京大学の医学部に進学。医学生時代に幸徳秋水に傾倒し、街頭レポなどにも参加したが、ある夜、酔った秋水の醜態に失望し、その場で袂を分かち、翌日からは歌舞伎座の三階にたむろしたという。一九〇八年に東大を卒業し、山形の済生病院に勤務。芝居を観たいがために、土曜の夕方に急行で上京し、翌日の最終で帰る、という生活を続けた末、その八、九年後に東京の日本橋で開業し始める。芝居の他に落語や講談にのめり込み、亡くなる十年前からは川柳の研究にも手を伸ばしたという。『江戸市民』という著作があるというが、現物を確認できず刊行年は不詳。

落語では柳家小さん（四代目）を贔屓にしていたそうだが、小さんに限らず、噺家と親しんでいたようで、「医は仁術なり」を処世訓として「裕福とはいえない前座の噺家たちからは治療費をとらなかった」という話が、鮎川哲也によって伝えられている。その鮎川のエッセイの中でも名前の挙がっている六代目・三遊亭圓生は、「金明竹《きんめいちく》」の解題中で松橋紋三名義の考証エッセイ「『金明竹』考」を全文転載し、その筆者について次のように紹介している。

松橋先生は、日本橋本石町《ほんこくちょう》に住んでおられた外科の先生で、松橋病院というかなり大きな病院を経営されて、落語家はずいぶんご贔屓になったものです。四代目小さんをたいへん好いておられて、その紹介で落語家は先生へ迷惑をかけています。あたくしもその一人でした。落語を深く愛された人で、席へもよく聴きにこられたし、落語の中でわからないことは、先生自身でお調べになり、教えていただいたものです。（『圓生全集』別巻下、青蛙房、六八・七）

なお、「『金明竹』考」が『圓生全集』に転載された際、その末尾に「(昭和二二年・一二月)」とあった。これは執筆時期を示したものかもしれないが、もしかしたら同エッセイが『江戸市民』の一章を成していて、その奥付の日付かもしれない。もしそうだとすれば、同書の刊行年をうかがう参考になるかもしれないので、ちょっと併記しておく。

一九二五(大正一四)年、小酒井不木の紹介で『新青年』八月号に「蠅の肢」が掲載された(前掲「処女作について」)。続いて翌二六年の『新青年』三月号に「監獄部屋」を、また一二月号に「越後獅子」を発表。前者は、年末回顧などで絶賛されたが、後者は、作中のミスを読者から指摘されることになる。それでミソをつけたと思ったか、本業の方が多忙になったのか、『新青年』へは右の三編を発表したのみで、事実上、筆を断った形となった。その後、二九(昭和四)年になって、『猟奇』に「天佑」を発表しているが、以後沈黙を守り、一九五七(昭和三二)年二月二六日、心臓大動脈瘤破裂で死去。

江戸川乱歩は、前掲『日本探偵小説傑作集』の序文として書かれたエッセイ「日本の探偵小説」の中で、羽志主水を立項しており、「論理派」の内の「社会的探偵小説」のトップにあげた上で、次のように評している。

この作者は大正末年「新青年」誌上に三つの短篇小説を発表しているに過ぎないけれど、その一作「監獄部屋」は探偵小説愛好者の間に、いつまでも消えやらぬ印象を残している。「監獄部屋」は探偵小説ではなくて、ビーストン風の「意外」の文学に属するものであるが、その題材は明かに一個の社会問題であって、プロレタリア文学風の題材と、「意外」の痛快味とが、読者をそれ程もうったのであろう。

ほぼ「監獄部屋」評といってもよいが、この乱歩の評価が羽志主水という作家のイメージを定着させ、他の短編をも視野に据えた論考の可能性を閉ざす結果となってきたように思われる。近年になって鮎川哲也によって遺族へのインタビューも行なわれ、正体が明らかになった。「監獄部屋」の作者、という飾り言葉を外した評価が期待されるところである。

以下、本書収録の羽志主水作品について解題を付しておく。作品によっては内容に踏み込んでいる場合もあるので、未読の方はご注意されたい。

「蠅の肢《あし》」は、『新青年』一九二五年八月号（六巻九号）に掲載された。単行本に収録されるのは今回が初めてである。

初出時には「創作」と角書きされていたが、前掲「処女作について」によれば、当初は翻訳ものに擬態して発表する予定だったが編集部に容れられず、創作として掲載されたそうだ。同エッセイには本作品のテーマについて詳述されており、それを読むにしくはない。

「監獄部屋」は、『新青年』一九二六年三月号（七巻四号）に掲載された。後に『新青年傑作選』第三巻（立風書房、一九六九・一二／七五／九一）、『現代推理小説大系』第八巻（講談社、七三）、『大衆文学大系』第三〇巻（講談社、七三）、中島河太郎編『新青年傑作選集Ⅲ／骨まで凍る殺人事件』（角川文庫、七七・八）、鮎川哲也編『こんな探偵小説が読みたい』（晶文社、九二）、『日本探偵小説全集』第一一巻（創元推理文庫、九六）、ミステリー文学資料館編『江戸川乱歩と13人の新青年〈論理派〉編』（光文社文庫、二〇〇八）に採録された。

羽志主水を代表する一編。この作品は同時代においても評判が良く、『新青年』一九二六年一二月号に掲載された「大正十五年度　探偵小説壇の総決算」という年末回顧記事において、国枝史郎は、平林初之輔の諸作が「緊急な社会問題を含んでゐる点で、劃時代的の作である」のと「似た意味に於て羽志主水氏の『監獄部屋』は勝れた作で、読後も感銘深く幾時間か私は考へさせられました」と述べており（「探偵文壇鳥瞰」）、甲賀三郎もまた、平林初之輔にふれたすぐあとで、次のように述べている。

羽志主水氏を以つて本年度に現はれたる新作家に擬するの当を失する事は能く之を知ると雖も、余は敢へて氏を新作家の第一位に推したいと思ふ。さきに発表せられた蠅の肢は文章洗練を欠き構想手法共に陳套の譏《そしり》を免れなかつた。然るに爾来数月にして発表せられたる監獄部屋は殆ど非の打ち所なき傑作である。『蠅の肢』時代に既に『監獄部屋』を生むべき作者の素質を見抜いた編輯者の慧眼に敬服すると共に、刮目して羽志氏の新なる発表を待つのである。（「本年度に現れたる新作家」）

その他、長文の感想を寄せてはいないものの、荒木十三郎（橋本五郎）は「羽志主水氏の『監獄部屋』新青年三月号所載、に一番感心致しました。批評の余地はないと思ひます」と述べている他、平林初之輔、川田功、本田緒生《おせい》（「考へさせられる事に於て」という理由で）らが、印象に残っている作品としてあげている。

ナンセンス短編「天佑」（二九）を引っさげて羽志が久しぶりに創作を発表した際には、『猟奇』に連載されていた時評欄「れふき」で、「更生した羽志主水氏よ。も一度『監獄部屋』をお書きなさい」と書かれている（二九・六。無署名だが執筆は国枝史郎と目されている）。また、同じく『猟奇』に発表された原田太朗のエッセイ「新人達よ！」（二九・一二）でも、「僕達は新らしい型を創造しなければならない」といって掲げている四つの型の内、第四番目「階級闘争の題材と感激」の中で、林房雄の「檻の中の四人」（二九・一）とともに、羽志の「監獄部屋」があげられるといった具合で、この時点であっても「監獄部屋」の評価の高さがうかがえるのである。

そうした評価軸は、『新青年傑作選』第三巻以来、アンソロジーに採録されることが多いことから、現在においても通用していることがうかがえる。『新青年傑作選』第三巻の解題で中島河太郎は次のように述べている。

戦前の北海道・樺太の鉄道敷設その他の肉体労働に、甘言で誘われた人々が使用され、残虐な待遇を受けたことは、今なお語り草になっている。監獄部屋ないしタコ部屋といわれたものがそれで、ことばを耳にしただけでも、古い世代の者は戦慄を覚えるに違いない。

この窮境を背景にした本編は、かれらの生き方を簡潔に描き、見事な意外性をもたらしている。好短編というだけでなく、かれらを含む社会労働問題の弱点を正面から衝いていて、国産の探偵小説でこれほどの社会性を盛りあげた作品は類がない。

後に『新青年傑作選集』第三巻でも本作品を採った中島は、「深刻な社会問題を俎上に載せながら、意外性を盛りこんだ作品で、当時のプロレタリア作家の問題意識に比べて、格段の相違がある」と解説している（作品の扉ページにある作者紹介）。こうした中島の評価が、「監獄部屋」評価の定石だったといってよいだろう。

だが、鮎川哲也は以下のような令息の言葉を伝えている。

「おやじの作品のなかで『監獄部屋』だけが評価されていますが、これがどういうわけで残ったのか、ちょっとわからないのですよ。何冊かの本に入っていますが、大変に社会性があるという評価でして。うちのおやじが生きていて、もしそれを聞いたら笑うんじゃないかと思うんですがね。おやじはあくまで芝居のどんでん返しの味を狙って書いたのですから」

鮎川自身も、令息の言葉を紹介したあとで次のように述べている。

わたしは社会性という点はさほど意識しないで読んだ。そして松橋氏のいわれるとおり意表をつくエンディングに仰天した。夢野氏（久作—横井註）の「瓶詰地獄」を読み終えた瞬間の驚きと共通したものがあり、そこにわたしは脱帽した。羽志氏や夢野氏がもっともっと書きつづけていたとしても、ああした作品を乗り越えたものが書けたかどうか疑問だ、と思ったものだ。

遺族の証言だからといって、これを絶対視する必要はないのだが、作中にゴーゴリ Николай Васильевич Гоголь（一八〇九～五二、露）の『検察官』*Ревизор*（一八三六）への言及があることを見て取るなら、「芝居のどんでん返しの味を狙って書いた」という言葉も、一概に無視するわけにはいかない。そこでいわれる芝居が、『検察官』のような海外ダネのものか、本邦の歌舞伎などを意識したものかは、考察の余地はあるだろうが。また、「監獄部屋」が発表された時期はプロレタリア文学の勃興期であり、新興文学のひとつとして知的な青年層の関心を呼んでいたことは容易に想像がつく。発表当時の好評は、そうした時代の空気を背景としてのものだったという点を留意することも必要ではないかと考える。

ちなみに小林多喜二が、やはり監獄部屋をテーマとする「人を殺す犬」を『小樽高商交友会誌』に発表したのは、二七年のことであった（同作品は後に「監獄部屋」と改題改稿されている）。羽志が本作品の構想のヒントを何から得たのかは不明ながら、同じ二六年に光人会の白石俊夫が『監獄部屋の真相と其の撲滅策』（三新社出版部）という書籍を刊行しているのが興味深い。同書は戸崎繁『監獄部屋』（北海道労働協会、五〇）には二〇《ママ》年刊だと記されていることを付け加えておく。

なお第二章の末尾に「殺人、傷害、凌辱、洞喝が尋常茶飯事で、何の理由も無く平気で行はれ、平気で始末される、淫売窟に性道徳が発達しない如く、斯る殺人公認の世界には探偵小説が生じ得ない」と語り手によって記されているが、にもかかわらず一編の探偵小説に仕立て上げた点が、本作品の面目躍如だといってもいいだろう（いわゆる論理捜査型の探偵小説ではないにせよ）。

「越後獅子」は、『新青年』一九二六年一二月号（七巻一四号）に掲載された。後に、ミステリー文学資料館編『幻の探偵雑誌10／「新青年」傑作選』（光文社文庫、二〇〇二）に採録された。

本作品には、首に手ぬぐいを巻いた焼死体が他殺と誤認されるというものと、火を出した時には被害者は生きており、同時刻に容疑者が別の場所にいたことを証明するというものと、二つのアイデア（トリック）が盛りこまれている。前者は中国中世の犯罪事例集『棠陰比事』を思わせるところがあり、同書か、ないしそれに影響された本邦の比事もの（裁判もの）や講談本からヒントを得たのではないかと想像される。後者については、鮎川哲也が「大正十四年に放送（ラジオ放送のこと―横井註）が始まったばかり、おやじの執筆が十五年でしょう、新しいなとわたしは感心しております」という令息の言葉を伝えている。この言葉に続けて鮎川は「レコードをアリバイづくりの手段に利用した小説は外国にもあったが、羽志氏のほうが早いのではなかろうか」と書いているが、これではレコードを利用したアリバイ偽装トリックだと読まれてしまうだろう。実際はレコードを利用してアリバイを証明するというアイデアなのである。ちなみに鮎川のいう外国の小説は、S・S・ヴァン・ダイン S. S. Van Dine（一八八七～一九三九、米）が一九二七年に刊行した某長編かと思われる。

このレコードのくだりに関しては、『新青年』の読者投稿欄「マイクロフオン」の二七年二月号誌上において、「葛西村人」と「小三郎好き」から次のような指摘がなされた。

◇　葛西村人

揚足取りじみてゐて失礼ですが、十二月号の羽志主水氏の「越後獅子」ラヂオに関聯して時刻証明をする思ひ附き、まことに結構ですが、かんじんの長唄「越後獅子」を尠くとも長唄を口になさる方としてはあるまじき順序転倒はいかゞなものでせうか。レコードの番号でも御間違ひになつだ《ママ》んではありますまいか。「己が姿を花と見て」が「おらが女房をほめるぢやないが」より先にある「越後獅子」はありません。

羽志主水といふ人も困りものですな。新青年十二月号の創作欄、如何に傑作が少かつたからと申してあの「越後獅子」を冒頭に置いた編輯者も罪は大きい。

小三郎好き

◇

二度読み直したがわからない。尻切トンボも少し酷い。殊に末尾の二行を読んで吹き出した。知つたか振は歯が浮いて読むに堪へない、越後獅子の長唄が、「うつや太鼓」から「己が姿」にスツ飛んで次に「おらが女房」に逆戻りするんだつて、シヨ《ママ》宜《ママ》談ぢやありませんぜ……蓄音器のレコードの順番をかけ違へたことにでもして下げをつけなきや新青年の権威にか、はるでせう。然しそれも麗々しく（完）と結んで了つて居るんぢやもう引込みはつくまいけれど——。小三郎を箔屋町と呼ぶ通人、「門並《かどなみ》に延寿の語るやかましさ」が本音に非ずや。尤も延寿は未だ放送したことなし。呵々。

余り酷いから愛する新青年の為に一筆。


小三郎とは長唄の四世吉住小三郎（後の吉住慈恭。一八七六〜一九七二）で、作中で言及される吉住小三治については不詳だが、いずれ小三郎の弟子筋に当たる唄方であろうか。小三郎好きも引いている本文最後に掲げられた一句にある「延寿」は、清元節の五世清元延寿太夫《たゆう》（一八六二〜一九四三）であろう。近所から延寿の語る清元節が聴こえてきて、やかましいという意味の狂歌で、この語りがラジオ放送かレコードによるものかは判然としない。葛西村人、小三郎好き、ともにレコードの番号や順番違いについて書いているのは、当時のレコードはSP盤で、ひとつの長唄を何枚かに分けて組で発売されていたからである。

この両者の指摘に対して答えたのが、本書に「マイクロフォン」（二七・三）の表題で収録した投稿である。ちなみに、長唄「越後獅子」の歌詞全文は以下の通り（参考までに問題となっている箇所を太字にしておいた）。

〽**打つや太鼓**の音もすみわたり
角兵衛〳〵と招かれて、
居ながら見する石橋《しやくけう》の、浮世を渡る風雅者、
うたふも舞ふも囃すのも、一人旅寝の草枕、
おらが女房を褒めるぢやないが、飯《まま》も炊いたり水仕事、
麻撚《あさよ》るたびの楽しみを、独り笑みして来りける
〽越路潟《こしぢがた》、お国名物はさま〴〵あれど、
田舎訛《なまり》の片言交り、獅子唄になる言の葉を、雁の便りに届けてほしや、
小千谷縮《をぢやちゞみ》の何処やらが、見え透く国の習ひにや
縁を結べば兄《あに》やさん、兄ぢやないもの、夫《つま》ぢやもの
〽来るか来るかと浜へ出て見ればの、ほいの、
浜の松風音やまさるさ、やつとかけの、ほいまつかとな
〽好いた水仙好かれた柳の、ほいの、
心石竹《せきちく》気はや紅葉さ、やつとかけの、ほいまつかとな
〽辛苦甚句もおけさ節
〽何たら愚痴だえ、牡丹は持たねど越後の獅子は
〽**己《おの》が姿**を花と見て、庭に咲いたり咲かせたり、
そこのおけさに異なこと言はれ、ねまりねまらず待ち明かす、
御座れ話しませうぞ、こんん小松の蔭で、

松の葉の様にこん細やかに、弾《ひ》いて唄ふや獅子の曲
〽向ひ小山のしちく竹、いたふし揃へてきりを細かに十七が、
室の小口に昼寝して、花の盛りを夢に見て候
〽見渡せば〳〵、西も東も花の顔、何れ賑ふ人の山、人の山
〽打ち寄する〳〵、女波男波の絶え間なく、逆巻く水の面白や、面白や
〽**晒す細布手にくるくると、**さらす細布手にくる〳〵と、
いざや帰らん已《おの(ママ)》が住家《すみか》へ

（中内蝶二・田村西男編『長唄全集』日本音曲全集刊行会、一七。
原文は三味線や合方の指示があるが、ここでは省略し、適宜改行した）

「マイクロフォン」欄の羽志の返答では、「晒す細布手にクル〳〵とに来た時其処です〳〵と辰公が叫んだ」と訂正したいと書いているが、それがかなり終盤であることは右の引用からも分かる通りである。

なお、「蠅の肢」が日本社会の文化的な遅れを批判することが主題だったことをふまえるなら、本作品の第六章で「実際我国では、時刻の判然《はっきり》しないのには困りますネ、西洋では五分の違ひで有罪と無罪と分れたといふ実例もありますが、左様《さう》は我国では参りませんネ」云々という山井検事の台詞が、本書のテーマというふうにも読めるだろう。

「**天佑**」は、『猟奇』一九二九年五月号（二年五輯）に掲載された。本文タイトルには「（セミナンセンス）」と副題が付されていた。単行本に収録されるのは今回が初めてである。

〇国を後ろ盾とする中国と、日本との間に戦争が勃発し、鉄不足で苦しむ日本に隕石が落下して大災害を引き起こす。ところが禍福はあざなえる縄のごとし……という諷刺小説である。鮎川哲也は、「医者が筆のすさびに書き綴っただけのことで、大した出来ではないでしょうが、開戦を予言

している点を評価したいんです」という令息の言葉を紹介したあとで、「これはもう立派なＳＦではないだろうか」と述べている。ただし羽志としては、苦境のときでも天佑が訪れるという日本人の発想を軽く皮肉ったものではないだろうか。そうであればこその「セミナンセンス」なのだと思われる。

　なお初出時には、タイトルでは「天祐」、本文中では「天佑」と表記されていたが、ここでは後者に統一した。

「処女作について」は、『探偵趣味』一九二六年五月号（二年五号、通巻第八輯）に掲載された。以下、本編を含むエッセイはすべて、単行本に収録されるのは今回が初めてである。

　デビュー作である「蠅の肢」のテーマが奈辺にあるか、またペンネームの由来などを語った、貴重なエッセイである。最後にふれられている『読売新聞』の記事は、二五年九月一七日付の文芸欄に載ったもので、「匿名作家の正体／『蠅の足《ママ》』から足がついて暴露／不木、不如丘の旧い友達」という見出しとともに、「◇法医学を専攻し／探偵小説も書く◇／松橋医学士」というキャプション付きの近影が掲載された（なお、記事中では「不如丘」に「ふによきゆう」とルビがふられているが、ここでは現在通用しているものをふっておく）。

博文館の探偵小説雑誌『新青年』の最近号に未だ聞いた事のない羽志主水といふ匿名子が『蠅の足《ママ》』といふ仲々思ひつきな短篇科学探偵小説を載せてゐる［。］筋のあらましは（略）コレラ流行の当節には頗る皮肉な諷刺たつぷりの探偵物だが、これで思出すのは慶大医科の正木不如丘《ふじょきゅう》氏の作だ。先づ病院が現はれ診案室、聴診器が現はれ、そして恋が……といふ様にこの匿名子の作にも検微鏡が出て来たり黴菌が山になつたりしてゐる点など、ど《ママ》うも変に病院臭いので此の探偵作家を更に探偵してみると果せるかなだ、匿名子実は医学士松橋紋三氏で現に帝大法学研究室で研究の傍はら日本橋区本石町一丁目に外科病院を開き、地元では古株の有名な先生だつた。早速訪問に非常な御謙遜で『つまらないものです、あんなものを兎や角おつしやられては困ります〔。〕併しあれでもつて大枚十五円という原稿料を頂きました、生れて初めてです原稿料といふものを稼いだのは、いや別に専門的に探偵小説を研究したこともありませんが大震災の時は何もかもすつかり焼かれてしまひ、読むものがなくて困つてい《ママ》た際偶然手に入つたのが探偵小説でした〔。〕それを読んで初めて案外興味のあるものだと思つたのが病みつきでそれで一つの種があればその上にだん〳〵衣を着せて行けば、何となく簡単に出来そう《ママ》だし、何これ位ならおれも書けそう《ママ》だと自惚が半分手伝つてあの『蠅の足《ママ》』を書き上げてみたのです。そして先づその道の小酒井不木君にみせたところが『こりや仲々素敵だ（新青年）へ照介《ママ》しよう《ママ》』という《ママ》やうな訳でツイ発表してしまつたのです。之からですか？　サアまだ具体的には考へて居りませんが、法医学の研究室に居る関係からこう《ママ》した方面の材料なら幾らでもあります。以《ママ》　地方にゐた時はよく警察から犯罪の鑑定を頼まれて、刑事に引張られて飛び廻つた経験もありますから、何か書けたら書きたいと思つてゐますが、まだ初めてですからどう《ママ》かないしよにして新聞へ書かずにおい《ママ》て下さいよ』と盛《さかん》に逃げる。物故した森鷗外を始め井上通泰、木下杢太郎、小酒井不木、正木不如丘〔、〕斎藤茂吉など数えて来ると杏林文運なか〳〵盛なるものだ〔。〕所感いかにと松橋医学士にたゞすと『医者といふやつは食へるだけ位はゆつくりかせげるから、随つてこう《ママ》した方面の道楽に入つて来るんでせう。私も芝居や落語や講談がめしよりも好きで地方に我慢して居られなかつたのもそのためなんです』氏は不如丘氏と長野市の同じ小学校を卒業した人であり、今はお互に同じ外科を専門にし同じ文筆を楽しむでゐる。

羽志自身はこの記事について、「小生は彼程歯の浮く様なことは申さなかつた。（略）あの談話が私のでないと同じく、あの写真は私も始《ママ》めてお目にかゝる程で、全く別人です」と述べているが、これが羽志の韜晦でないとすれば、誰が談話を発表したのだろうか。芝居などが好きで田舎から出てきたというくだりなど、令息の話と符合しているといえなくもない。まったくの捏造というのも想像しにくく、奇々怪々なことといわざるを得ないが、今となっては真相は藪の中である。

「雁釣り」は、『新青年』一九二六年六月号（七巻七号）に、「事実とは思はれぬ話」という読物欄の一編として掲載された。

最後にふれている伊藤松雄（一八九五～一九四七）の「雁つり」は、『象徴』一九二一（大正一〇）年四月号に掲載された。

「唯灸《ただきゅう》」は、『探偵趣味』一九二六年一一月号（二年一〇号、通巻第一三輯）の「喫茶室」欄に掲載された。

落とし話のようなエッセイだが、実際に事故を起こして新聞種となったのかどうかは不詳である。

「涙香の思出」は、『探偵趣味』一九二六年一一月号（二年一〇号、通巻第一三輯）に掲載された。

探偵小説に親しんだきっかけについて回想したエッセイ。黒岩涙香の『捨小舟』が『萬朝報』に連載されたのは一八九四（明治二七）年一〇月二五日から翌年七月四日にかけてで、村井弦斎の『桜の御所』は一八九四年一月二日から五月一二日にかけて『都新聞』に連載された。「春陽堂の探偵小説集」とは、探偵小説退治と称して硯友社一派に書き下ろさせた叢書で、一八九三（明治二六）年一月から刊行が始まった。泉鏡花の『活人形』はその第一回配本である。また神田孝平訳の『楊牙児《ヨンゲル》疑獄』については、そういう題名での刊本があったことを寡聞にして知らないが、「楊牙児ノ奇獄」というタイトルで『花月新誌』に連載されたものが、『楊牙児奇談』と改題されて一八八六（明治一九）年に刊行されている。松田清「『阿蘭陀美政録』解説」（『新 日本古典文学大系 明治編15／翻訳小説集 二』岩波書店、二〇〇二・一）によれば、同作品はオランダのヤン・バスチアン・クリステメイエル Jan Bastijaan Christemeijer（一七九四～一八七二）による *Belangrijke tafereelen uit de geschiedenis der lijfstraffelijke regtspleging en merkwaardige bijzonderheden uit het leven van geheime misdadigen*（一八三〇）に収録されている。ただし、宮永孝『幕末維新オランダ異聞』

（日本経済新聞社、九二）によれば、初版は一八二一年版（松田解説によれば一八二一年刊本は第二版で、初版は一八一九年刊の由）には短編が七編収録されているそうである。松田も宮永も、神田孝平が参照したのは全十二話を収める一八三〇年刊本である点は一致している。ただ松田によれば、「楊牙児奇談」の原作は、一八三〇年刊本の第八話だそうで、とすると初版ないし第二版に「楊牙児奇談」原作が含まれていたのかどうかが気になるところであり、今後の研究を待ちたい。

「マイクロフオン」は、『新青年』一九二七年三月号（八巻四号）の、同題の読者投稿欄に掲載された。その際、署名は「羽志主人」となっていた。

●水上呂理《みなかみろり》

一八九六（明治二九）年二月一八日、福島県に生まれた。本名は石川陸一郎。ペンネームの「呂理」は、本名・陸一郎の最初と最後の文字（「り」と「ろ」）をとって組み合わせたものであるという。

少年時代を神田神保町で過ごしたことがあるが、中学は福島で通った。法科へ進むという条件で学資の援助を受けることになった水上は、明治大学法科に入学。それでも学費を補うため、東京日日新聞社に勤務。夜間の編集部だったという。そこで好きな探偵小説を読んでいたところ、森下雨村と同郷の人間がいて、その紹介で雨村を訪問。何か書いてみなさいと勧められて書き上げたのが「精神分析」だった。同作品は『新青年』一九二八（昭和三）年六月号に掲載された。当時、雨村から「フロイド《ママ》を探偵小説に取り入れたのは面白い、材料も沢山転がつてゐるのだらうから今後もしつかりやれ」という激励を受けたという（「処女作の思ひ出」三六・一〇）。

こうして幸運なデビューを切った水上だったが、学生時代に引き受けた翻訳の仕事に手間取ったこと、また、卒業後に務めた時事新報社での仕事が多忙を極めたことの二つが重なり、五年間にわたって沈黙を余儀なくされることとなった。右の翻訳というのは、金剛社版『万国怪奇探偵叢書』第十四巻『ホルムスの再生』（二五）および第十五巻『食堂の殺人』（同）だった。コナン・ドイル

Arthur Conan Doyle（一八五九～一九三〇、英）『シャーロック・ホームズの生還』*The Return of Sherlock Holmes*（一九〇五）を二分冊で刊行したもので、いずれも石川陸郎名義（鮎川によれば表紙は石川陸一の由。また鮎川前掲書ではすべて「石河」となっている）で刊行された。この二冊は翌年になって合本となり、『リタアン オブ シャロック ホルムス』というタイトルで、『紅玉堂英文全訳叢書』の一冊として再刊されている。

ところで鮎川の「深層心理の猟人・水上呂理」を読むと、先にも書いた通り、東京日日新聞社時代に雨村に紹介されたというふうに読めるのだが、ホームズものの訳書が刊行されたのが二五年であること、大学を卒業したのは二六年であること（後述する『世界の化学工業』の奥付に掲げられた著者略歴による）、そして「精神分析」が『新青年』に掲載されたのが二八年であることなどを考え合わせると、雨村に紹介されたのは時事新報社に務めた後のことと考えるのが自然であるようにも思われる。フロイト精神分析を作品に取り入れた理由を聞かれて「時事新報時代のことなんです。新聞社には沢山の寄贈本がきます。それを編集部員でわけるのですが、たまたまわたしの手に入ったのがフロイトの二冊の著書でした。それを読んで精神分析に興味を持ったからですよ」と答えていることも、その証左となるだろう（このとき水上が手にしたのは安田徳太郎訳『精神分析入門』上下巻、アルス、二六であろう）。

一九三三年になって、長い沈黙を破って「蹠《あしうら》の衝動」を『新青年』に、「犬の芸当」を『ぷろふいる』に発表。翌年には「麻痺性癡呆《ちほう》患者の犯罪工作」と「驚き盤」を『新青年』に発表するが、それきりで小説の執筆は途絶えてしまった。この断筆の理由について水上は、鮎川哲也のインタビューに答えて、「造り物がいやになったからでした。どれもこれも造り物です」と答えている。しかしながら、その一方で、木々高太郎の登場に衝撃を受けたという事情もあるのではないかと思われる。後に「後年木々さんの作を読んで最先きに冷汗を流したのは恐らく私であつたらう」（前掲「処女作の思ひ出」）と回想していることからも、それはうかがえるのである。木々の「網膜脈視症」が

『新青年』に掲載されたのは、「驚き盤」が掲載された翌月、一九三四年一一月号のことであった。

断筆の理由は他に、「氏自身をふくめて家庭内に病人が多く、その看病に時間がとられたからでもあった」と鮎川は伝えている。小説の筆を折ったころから化学工業界に転身し、曹達工業同業会、通産省化学局、国民経済研究協会を経て、工業経済研究所（ＩＣＣ）に勤務。こうしたキャリアを重ねる中、本名で『世界の化学工業』（東洋経済新報社、五七）を上梓。右のキャリアのうち「曹達工業同業会」のみ『新青年傑作選』第一巻（立風書房、七〇・二）の収録作扉裏の作者紹介により、その他は『世界の化学工業』掲載の著者略歴によっている。一九七六年になって発表した「石は語らず」が化学工業界を背景とする企業ものなのは、右のようなキャリアを経験しているからであった。

長編の執筆にも意欲的であったが、その後は再び沈黙を守り、一九八九（平成元）年一〇月二三日、不帰の人となった。

江戸川乱歩は前掲「日本の探偵小説」において、特に水上呂理について項目を立てていない。「論理派」の内の「心理的探偵小説」の項目中で、「プロットそのもの、探偵や犯人の行動そのもの、作者の描き出す世界そのものが、心理的な探偵小説」というものがないにもかかわらず、「日本には、少くとも私の想像する所では英米にも比類がない程の、精神分析の探偵小説があるから」、「心理的探偵小説」の項目を立てたといい、木々高太郎の作風について論じた後で次のように述べている。


　其他の精神分析的探偵小説の作家としては、小栗虫太郎の作中にそれが屢々取入れられている外に、**水上呂理**を挙げることが出来る。彼の「精神分析」と「蹠の衝動」とは精神分析学の様々の題目が克明に取入れられている意味で、注意を惹くに足ると思う。

この乱歩の評価が定着し、後に前掲『新青年傑作選』第一巻に「精神分析」が採られた際、中島河太郎は解題で「水上呂理なども編数こそすくないが、新鮮な領域に挑んだその一人である。（略）精神病専攻の大学生をもってきて、就眠儀礼やエジプスコンプレックスで謎を解かせているのは、当時としてはきわめて清新な試みといってよい。（略）これも物的証拠を振り回す従来の作風にあきたらないところに由来する、大胆な反動であった」と評している。

だがこうした題材主義の評価は皮相的でありすぎはしないだろうか。そしてそうした評価が、精神分析的な題材を取り扱わない作品を忘れさせ、また精神分析的でない作品をもその文脈で評価させてしまうことで、水上作品がもっていた可能性を掬い損ねているように思えてならない。

以下、本書収録の水上呂理作品について解題を付しておく。作品によっては内容に踏み込んでいる場合もあるので、未読の方はご注意されたい。

「**精神分析**」は、『新青年』一九二八年六月号（九巻七号）に掲載された。後に、『新青年傑作選』第一巻（立風書房、七〇／七四／九一）、中島河太郎編『新青年傑作選集Ⅱ／モダン殺人倶楽部』（角川文庫、七七）およびその改題再刊『君らの狂気で死を孕ませよ』（二〇〇〇）に採録された。

先にも引いた通り江戸川乱歩は、本作品と次の「蹠の衝動」について、「精神分析学の様々の題目が克明に取入れられている」と評しているが、現在の目からするとやや図式的といわざるをえない点があるのも致し方がないところといえようか。ただし、本作品で探偵役を務める、フロイト精神分析学徒・青柳の友人・翠川がマルキストとして設定されており、「経済家《ママ》の助教授といふ肩書き」を持ちながら「まだ講座を受持つには至ら」ず、「現に今も彼が踏んでゐるところの絢爛たる絨毯が如何に高価な贅沢物であることを知らないほどのお坊ちゃんであり、一般にマルクス信徒が刺戟なしには踏み躙らぬところを、彼は日常土足にかけて何の不審も起さないところに、一個の理論家に過ぎないことが正直に表白されてゐた」と、語り手によって揶揄気味に紹介されている点には注目される。流行としてのマルクス主義信奉者を置くことで、その友人たる青柳が研究しているフロイト精神分析学もまた、当世流の、身の丈に合わない理論であることが、無意識のうちに示唆されてしまっているからだ。それが全体的に、結婚をめぐる風俗喜劇的な軽味を醸し出しているように思われる。シューベルトの幻想曲のレコードもまた、そうした風俗小説的雰囲気を醸成する小道具だといえよう。

「蹠《あしうら》の衝動」は、『新青年』一九三三年三月号（一四巻四号）に掲載された。単行本に収録されるのは今回が初めてである。

土踏まずを地面や靴の底に押しつけたいという衝動に駆られる神経衰弱症を煩う二人の男を登場させて、猟奇的な展開を見せつつ、精神分析的な推理そのものを相対化する推理が描かれる作品としてまとめられている。二重のどんでん返しが仕掛けられ、「精神分析」に比べると、叙述の仕掛けも深刻度も数段勝った出来映えを示している。

第二章で言及される『プラーグの大学生』*Der Student von Prag* は、H・H・エーヴェルス Hanns Heinz Ewers（一八七一～一九四三、独）原作、シュテラン・ライ Stellan Rye（一八八〇～一九一四、デンマーク）監督による、一九一三年制作のドイツ映画だが、ここで意識されているのは、二六年にヘンリック・ガレーン Henrik Galeen（一八九二～一九四九、チェコスロヴァキア）監督によってリメイクされた方だろうか。というのも、第五章で謎の人物が観たという、G・W・パプスト George Willhelm Papst（一八八五～一九六七）監督によるドイツ映画『心の不思議』Geheimnisse einer Seele（一九二六）（本作中では『心の秘密』となっているが）に出演しているヴェルナー・クラウス Verner Krauss（本作中での表記はウエルネル・クラウス）が、『プラーグの大学生』リメイク版にも出演しているからなのだが。

なお『心の不思議』については、紀田順一郎「思慕と憧憬の文学」（『日本探偵小説全集7／木々高太郎集』創元推理文庫、八五・五）に、パンフレットの写真入りで紹介されている。それによれば日本公開が一九二八年四月、武蔵野館においてで、紀田も言及している通り、それに先立つ『新青年』

二八年三月号には「精神分析映画『心の不思議』を中心とする 新青年座談会」が掲載された（出席者は甲賀三郎、江戸川乱歩、辻潤、水谷準、村山知義、渡辺温、飯島正、武田忠哉、横溝正史、飯田心美）。日本公開年度と公開館から考えて、「蹠の衝動」も「精神分析」と同じ頃に、もしくは間を置かずに続けて執筆されたのではないかという可能性もある。確証はないが付言しておく次第。

「犬の芸当」は、『ぷろふいる』一九三三年一二月号（一巻八号）に掲載された。単行本に収録されるのは今回が初めてである。

「蹠の衝動」においてすでに、鋭すぎる観察と推理に対する疑義がどんでん返しのきっかけとなっていたが、本作品もまた「まるで名探偵の記録のやうに見事な陳述が即席に（略）出来るものとは一寸想像されない」という疑義が、どんでん返しのきっかけとなっている。本作品ではさらにイプセン Henrik Johan Ibsen（一八二八〜一九〇六、ノルウェー）の戯曲を例に引きながら「こいつ（見事な陳述―横井註）は作りものぢやないかといふ疑問を持つたのだ」と岡田刑事が説明しているが、ここで思い出されるのは、鮎川哲也に断筆の理由を聞かれて「造り物がいやになったからでした。どれもこれも造り物です」と答えていたことだ。つまり、しょせんは「造り物」ではないかという思いが作品に内在化する形で繰り込まれているのが、「蹠の衝動」以後の水上作品の特徴だといえるのである。

「麻痺性癡呆《ちほう》患者の犯罪工作」は、『新青年』一九三四年一月号（一五巻一号）に掲載された。初出時には「（検事局書記の私的調書）」という副題が付けられている。後に、鮎川哲也編『あやつり裁判』（晶文社、八八）に採録された。

本作品については『新青年』の読者投稿欄「マイクロフオン」（三四・二）において、ヤ・クツぺという投稿者の「前作より劣ること甚だしい。あんまり盛沢山の膳立のために解決に苦しんだ様だ」という感想が掲載されている。

ただし水上にとっては自信作だったようで、鮎川哲也は「法律を専攻した氏がそれを作品中に活かした唯一の例であることも、気に入った理由になっているようだ」と推察している。いわゆる刑法第39条の問題、不能犯の犯罪をテーマとしたもので、後年の特撮ドラマ『怪奇大作戦』（一九六八～六九、円谷プロ）の第24話「狂鬼人間」を先取りした作品だともいえよう。

本作品でも「最初の訊問に対する供述が余りに整然としてゐるのに寧ろ疑問を抱き」真相に到達するという、「蹠の衝動」以来のプロットが採用されているが、ここではさらに、新聞が伝える真相と、それに対する青柳検事の真相、さらには検事局書記の「私」の解釈を併置して、「未完結劇」として幕を閉じるという結末が採用されている点が興味深い。その意味では「解決に苦しんだ様だ」という先のヤ・クツペの感想は、ひとつの結末に落とすという従来の型を抜け出せておらず、作品の要諦を捉え損ねているといわざるを得ないのである。

なお現在普通に使われている「犯罪工作」という熟語は、本作における水上の造語だそうである。

「**驚き盤**」は、『新青年』一九三四年一〇月号（一五巻一二号）に掲載された。単行本に収録されるのは今回が初めてである。

これまでの作品で名探偵のような推理が実は「造り物」であるというプロットをとってきた水上だが、本作品では探偵役の失敗を露骨に描くことになる。失踪した同僚のアパートで、原稿用紙に書き残された二つの言葉を材料に、得々として語られる推理が、最後の最後でまったくの的外れであることが分かり、容疑者に擬していた男から真相が告げられるという展開は、水上作品の特徴をよく示しているといえよう。速度盤《ストロボスコープ》を利用した自動殺人装置が、メイン・トリックとしての扱いをズラされているために、機械的トリックにつきまといがちな悪印象を免れているのも読みどころ。

冒頭で宿の女中が言う「外国の映画でよくギヤングになるバンタとかパンクとかいふ怪漢」というのは、アメリカの俳優ジョージ・バンクロフト George Bancroft（一八八二～一九五六）のことだろうか。

「**石は語らず**」は、『幻影城』一九七六年一月号（二巻一号）に掲載された。後に、『甦る「幻影城」』

第二巻（角川書店、九七）に採録された。

戦前の作品とは打って変わって、新しい化学繊維の製法の権利を取得しようとして対立する企業戦士の運命を描いた社会派風の作品に仕上げられている。ただし、個人の思惑は「現代の社会機構には通用しっこない」という進藤の述懐に、「造り物」を否定する水上の思想をかいま見ることができるかもしれない。

「**処女作の思ひ出**」は、『探偵文学』一九三六年一〇月号（二巻一〇号）に掲載された。以下、本編も含めエッセイはすべて、単行本に収録されるのは今回が初めてである。

「**お問合せ**」は、『シュピオ』一九三七年六月号（三巻五号）に掲載された。

「**燃えない焔**」は、『シュピオ』一九三八年二月号（四巻一号）に掲載された。

渡辺啓助「決闘記」は『新青年』三七年五月号に、ヒュー・オースチン Hugh Austin（?〜?、米）『鼻欠け三重殺人事件』*Murder in Triplicate*（三五）は『新青年』三七年二月増刊号に掲載された。龍膽寺雄「美女を生んだ仏像の話」は『婦人公論』三七年一二月号に、「恋の千夜一夜」第一話として掲載された。翌年一月号に掲載された第二話は「特選実話」特集中の記事のひとつという扱いだった。

●**星田三平**《ほしださんぺい》

一九一三（大正二）年二月二日、愛媛県松山市に生まれた。本名は飯尾傳《つとう》。ペンネームは、遺族の話によれば「菊池寛氏の初期の短篇に登場する人物の名を、少し変えて使った」のだそうである。

旧制松山中学在学中の十七歳のころに「ヌル・ベチヨオ」の原型となる作品を書くほどの早熟児だったが、その後の学歴などは不詳。一九三〇（昭和五）年、『新青年』主催の「一千円懸賞創作探偵小説募集」に投じた「せんとらる地球市建設記録」が三等に入選。同誌の同年八月増刊号に掲載されてデビューを果たした（ちなみに一等はなく、二等は大庭武年の「十三号室の殺人」だった）。その後、職業作家として立つ志を持って横浜の友人宅に寄宿し、創作に打ち込み、書き上げたものを携えて当時の『新青年』編集長だった水谷準に見せていたが、いずれも採用されなかったため、失意の内に松山へ帰郷したという。「せんとらる地球市建設記録」掲載後も、年に一～二作の割合で掲載されていたのだから、当時としては恵まれていた方ではなかったろうか。しかしながら、三四年に「偽視界」を『ぷろふいる』に発表したのを最後に、商業誌などへの掲載はとだえてしまう。先に述べた上京が、懸賞募集に当選してすぐなのかどうなのかは判然としないのだが、鮎川が遺族へのインタビューで横浜での滞在期間を訪ねると、「半年間ぐらいでした。乱歩先生を頼って上京したのですが」と答えていることから察するに、『ぷろふいる』掲載後すぐか、その翌年あたりに上京したものだろうか。乱歩との面会がかなったのかどうかも不明である（おそらくかなわなかったのだろう）。

帰郷してから、地元の新聞社に勤務していたと思われるが（戦後復職したという遺族の証言から判断される）、その傍ら創作の筆は執っていたようで、遺族の話によれば「試作は戦争になるまでつづき」「リンゴ箱と石炭箱に、原稿や書きかけのものがいっぱい詰ってい」たという（それはすべて戦災を受けて焼失してしまったそうである）。三九年に太平洋戦争が勃発し、星田は応召して牡丹江へ向かった。その後、南方戦線に向かう途中、輸送船が沈められたが、台湾に上陸し、そこで終戦を迎える。帰国したのは終戦から二年後のことだった。いったんは新聞社に復職したが、戦地で罹患したマラリヤが再発して退社。義姉が嫁いだ九州にある焼酎の醸造所に勤めたが、身体を壊して松山に帰郷。それから床についたまま、八年後の一九六三（昭和三八）年五月三一日、持病の心臓弁膜症で歿した。

先にもふれた通り、星田は乱歩を頼って上京しているのだが、何度も参照している「日本の探偵小説」では、大庭武年とともに「近年現われた作家」で「共に理智探偵小説の色彩が濃厚」と簡単にふれられているだけに過ぎない。これに対して中島河太郎は、『新青年傑作選』第一巻（立風書房、七〇・三）の扉裏の著者略歴において、「江戸川乱歩は理智探偵小説に分類しているが、その枠にとどまる作家ではなかった」と応じている。近年では「独特の舞台設定や発想法は、海野十三と並んで、日本ＳＦの先駆を成したといっても過言ではない」（末國善己「星田三平」『日本ミステリー事典』新潮社、二〇〇〇・二）という評価も見られる。

発表当時は違和感を持たれたデビュー作も、現在ではさほど抵抗なく受け入れられている。しかし作品総数が半ダースほどであるため、一冊にまとめられることがなく、これまでアンソロジーに散発的に採録されるだけであった。そのためデビュー作の印象が一人歩きし、「独特の舞台設定や発想法」（末國、前掲書）が見えにくかった嫌いがある。今回、これまで確認されてきた六編に加え、新発見の一編を紹介することができた。これがきっかけとなって再評価が進めば幸いである。

以下、本書収録の星田三平作品について解題を付しておく。作品によっては内容に踏み込んでいる場合もあるので、未読の方はご注意されたい。

「せんとらる地球市建設記録」は、『新青年』一九三〇年八月増刊号（一一巻一一号）に掲載された。後に、『新青年傑作選』第二巻（立風書房、七〇・三／七四／九二）、『世界ＳＦ全集34／日本のＳＦ（短篇集）古典篇』（石川喬司編、早川書房、七一）、中島河太郎編『新青年ミステリ倶楽部』（青樹社、八六）に採録された。

『新青年』創刊十周年記念として行なわれた「一千円懸賞 創作探偵小説募集」に投じ、第三等に入選したデビュー作である。本作品と同時に掲載された「一千円懸賞創作探偵小説 当選発表」における選評（無署名だが、当時編集長を務めていた水谷準だと目されている）では、「その構想と筆致はなかなか面白く思つた。／但し本格探偵小説愛好者には少々問題がある作であらう。が、かうした味のものが出ることは、一方創作探偵小説を救ふ道でもあると信じて、三等に推選した」と評されている。この選評を引いた中島河太郎は「本格物でなく、ＳＦ的発想に戸まどった感じが歴然としている」といい、その上で本作品については次のように評している。

人界から離れていたものだけが生き残って、残りの日本全国民が死滅した原因は、結末まで伏せられていて興味を唆るが、ＳＦと推理を結びつけようとする苦心の現われであろう。飢えて獰猛になった野犬との闘争場面など迫力があるが、阿片窟の支那人などは折角の役割を果たしていない。締まりのないところは方々にあるが、型が出来つつあった当時の探偵小説界には斬新な発想であった。作者は後編を書きたがっているが、実現しなかったのは、まだこういうものへの欲求がなかったからであろうか。（「解題」『新青年傑作選２／怪奇・幻想小説編』立風書房、七〇・二）

直接、引用されてはいないものの、やはり当時の選評をふまえて、九鬼紫郎が次のように書いている。やや曖昧ながら、当時の読者の反応を伝えているのが興味深い。

第三位作品のほうが、早く活字になったものの、読者は大いにとまどいを感じた。とくに年少の探偵小説ファンには、この作品を理解することができなかった。なぜならばこれは、よく消化されていない〈ＳＦ探偵小説〉のハシリであったからだ。空想科学と犯罪を結びつけた海野十三の作品群も、この時点ではまだ現われていず、探偵小説に目新しいアルファ（何か）が、招来されることを期待して、選者たちは『せんとらる地球市』を、二分の一だけ否定しながら、選んだのである。（『探偵小説百科』金園社、七五・八）

『新青年傑作選』に採られた翌年、『世界ＳＦ全集』第34巻（早川書房、七一・四）として刊行された石川喬司の編集になる「日本のＳＦ（短篇集）古典篇」にも本作品が採録された。その解説「ＳＦ以前」において石川は、中井英夫が「この作品の存在を筆者に教えてくれた」といって、次のような中井の言葉を紹介している。

「もしかりに星田氏が一等に推されていたならば、大喜びで続篇を書いていただろうし、さらに空想を飛躍させて、アメリカやイギリスに先んじて日本に近代SFを樹立していたかも知れないと思うと、やはり残念な気がする。……早く生まれすぎた哀しみ――SFというレッテルができていなかったばかりに、埋もれ、忘れられた作品は、まだこのほかにもいくつかあるのかもしれない」と嘆いている。

ちなみに、右の引用で中井のいう「近代SF」とは何を指すのかが、はっきりしない。いったんは破滅の淵にたった国家が、生き残った人間によって再建される、という点だけとれば、後に小松左京が書いた『日本沈没』（七三）およびその第二部（二〇〇六。谷甲州との共著）を連想させなくもないので、その先駆的作品になっていたといえるかもしれない。とはいえ、発表時期の社会背景からすれば、五族共栄ないし五族共和的なイデオロギーがうかがえなくもない。日本が満洲国を建国したのは、本作品の二年後、一九三二年のことなのだが。そうした時代背景を考えると、仮に一等に推されていたとしても、「近代SFを樹立」することができていたかどうかは疑わしい（というのも、読者がそうした作品を受け容れる必要があり、読者がそこまで成熟していたかどうか疑問が残るからだが）。

いずれにせよ以上のような紹介のされ方から、「せんとらる地球市建設記録」がSFないしSF探偵小説の先駆的作品として受容されてきたことがよくうかがえよう。

「探偵殺害事件」は、『新青年』一九三一年二月号（一二巻二号）に掲載された。後に、鮎川哲也編『鮎川哲也と13の殺人列車』（立風ノベルス、八九・七）に採録された。

M高等学校（松山高等学校か?）文科三年で「探偵屋」のあだ名を持つ青年・涼《すずむ》が、瀬戸内沿線を走る夜行列車内で遭遇した殺人事件の謎を解く一編。ダイイング・メッセージや、雨の夜中だったのに、なぜ窓は開いていたのか、という謎が扱われているが、論理的な推理よりもスピーディーな展開を主とした作品である。そのスピーディーさが、章の冒頭で日付と時間を示したり、「銀行の秘書、女一人」「客間《サロン》」「再び客間《サロン》」などト書き風の表現を挿入したり、短い章を積み重ねたりといった書き方《スタイル》で演出されているのがミソ。

本作品をアンソロジー採録した鮎川哲也は解題で「ここで作者は自分のホームグラウンドを舞台にして、軽いタッチの犯罪ドラマを書いた」と述べている。

「落下傘嬢《パラシュートガール》殺害事件」は、『新青年』一九三一年一二月号（一二巻一六号）に掲載された。後に、中島河太郎編『恐怖の大空』（ワールドフォトプレス、七六・四）に採録された。

本作品をアンソロジーに採録した中島河太郎は「解説」において、「当時の女性でも、もっとも尖端を歩むパラシュート・ガールの殺害を扱っている。（略）ニュース映画で解明の端緒をつかんだ警部補が、事件関係者を一堂に会して、真犯人を指摘するなど懐しい場面だが、それで目出たく解決せず、ひとひねりした工夫が、この作を救っている」と評している。また江戸川乱歩は前掲「日本の探偵小説」において本作品にふれ、「映画のトリックにクィーンの『アメリカン・ガン』を偲ばしむるものがある」と書いている。なお、クィーン Ellery Queen の『アメリカン・ガン』*The American Gun Mystry*（三三）の本邦初訳は戦後になってからである。そもそも『アメリカン・ガン』の方が後に発表されているので、星田に読みようはないのだが。

日本女性で初めてパラシュート降下に成功したのは、当時十九歳の宮森美代子で、一九三一年三月六日のことだという記録が残っている（場所は千葉県の津田沼）。同じ年の二月には、東京航空輸送会社が初のエア・ガール採用試験を行なっており、モダンガールと飛行機の組み合わせは当時もっともホットな話題であったといえる。アリバイ破りにニュース映画が利用されるのも当時としては新しいだろうが、それだけでなく、「探偵殺害事件」でも見られた書き方《スタイル》による場面展開の早さやケレン味あふれる謎ときの場面などと共振して、全体として活字による映画のような印象を与えるテクストに仕上がっている。

「ヱル・ベチヨオ」は、『新青年』一九三二年九月号（一三巻一一号）に掲載された。後に、中島河太郎編『新青年傑作選集Ⅳ／ひとりで夜読むな』（角川文庫、七七・一〇／角川ホラー文庫、二〇〇一）に採録された。

『新青年傑作選集』に収録された際、各作品の扉に掲載された無署名の著者略歴では「事件の謎はすべて解決されたかと思われたが、果たしてそれで片づけていいものかという、無気味な余韻を漂わせている」と評されている。

最初にふれた通り、十七歳の頃にすでに書き上げられていた作品だという。前作までとは打って変わって、語り手の口調が「です・ます」体に変わっているのは、そのためかとも思われるが、後に発表する「もだん・しんごう」でもそういう書き方がされているので、意識的に文体を変えたのだと考えるのが妥当だろう。全体のプロットはコナン・ドイルが書きそうなタイプの話だが、採用された文体と、ラストの無解決の解決によって、ユーモラスな話が一転するあたりが読みどころ。なお、作中に言及されているような伝染病やそれを媒介する蚊がいるのかどうかは不詳。

「米国《アメリカ》の戦慄」は、『ギヤング』一九三三年一月号（二巻一号）に掲載された。単行本に収録されるのは今回が初めてである。

刑務所に収監されているはずのアル・カポネ Alphonse Gabriel Capone（一八九九～一九四七、米）がシカゴで目撃されるという事件が続き、刑務所にいるのは偽物ではないかという噂が流れる。司法当局はニューヨークの名探偵フィロ・ヴァンス Rhilo Vance に偽カポネ事件の調査を依頼する。さっそくシカゴにやってきたヴァンスは、カポネの恐るべき計画を突き止め、それを阻止せんとするのだが……。

フィロ・ヴァンスはいうまでもなくS・S・ヴァン・ダインの探偵小説に登場する架空のキャラ

クターで、当時、小説はもとより銀幕においてもシリアスな本格ミステリのキャラクターとして知られていた。その名探偵と現実のギャングスターであるカポネとを対決させるという奇想天外なアイデアを、どこから思いついたものか（映画から影響を受けたとしか思えないのだが……）。ナンセンスきわまりない最後の一文も含め、ユーモア・ミステリの珍品といえよう。

なお、本編がどういう経緯で掲載の運びとなったかは不詳。あるいは水谷準の紹介だろうか。

「もだん・しんごう」は、『新青年』一九三三年三月号（一四巻四号）に掲載された。単行本に収録されるのは今回が初めてである。

昨年の雪辱を晴らそうと特訓を重ねていたボクサーが、その甲斐もなく簡単にノックアウトされてしまった背後に隠れていた秘密を語るユーモア編。推理味は乏しいが、結末が「ヱル・ベチヨオ」同様、オープン・エンドになっているのが興味深い。

ジェスチャーでメッセージを伝えることを「もだん・しんごう」と実際に称していたのかどうかについては不詳だが、ボクシング・ファンの女学生というキャラクター設定は、当時のボクシング熱を背景としたものであるようだ。例えば、『近代生活』三二年二月号に掲載された「女・エンサイクロペヂア」という記事中にある、人気ダンサー相良よし子の「ボクシング」という文章では、次のように書き始められている。

　ボクシング、都会に住む殊に東京に住む少くとも近代娘と云われるマドモアゼル等には、この言葉が如何に多くの魅力を持って響くことでしょう。（略）少くとも銀座のペーブメントを男の子等と腕を組んで歩くのを何とも思わないようなマドモアゼルがボクシングを怖がったりしたら、それは近代娘として欠けているんじゃないかと思います。（略）今に観客の半数は女性に依って占められるのではないかと思われます。（引用は『モダン都市文学Ⅱ　モダンガールの誘惑』平凡社、八九・一二から）

「私の殺した男」The Man I Killed は一九三二年制作のアメリカ映画で、監督はエルンスト・ルビッチ Eenst Lubitsch（一八九二〜一九四七、独）。ポールというのは、西部戦線でドイツ兵を殺し、罪の意識に苛まれるフランス人青年の名である。

「偽視界」は、『ぷろふいる』一九三四年一〇月号（二巻一〇号）に掲載された。単行本に収録されるのは今回が初めてである。

光が眼球を通して末梢神経に刺戟を与え、それが脳に伝達されることで物が見える、その刺戟とは電流である、という生理学的事象をふまえ、光が末梢神経に与える刺戟と同じように電流を脳に流した場合、光とは無関係な視覚を得ることができるのではないか。そこで実験したところ、視覚を起こすことに成功する。こうして得られた「偽視界」に関係して、やがて殺人事件が起る……。

奇妙な雰囲気に包まれたSFミステリの秀作である。ここでも最後にオープン・エンドの結末が用意されており、もはやひとつのスタイルになっているといえそうだ。

●米《よね》田《だ》三星《さんせい》

一九〇五（明治三八）年二月一二日、奈良県に生まれた。本名・庄三郎。旧制中学時代、『受験と学生』という受験雑誌（研究社発行）に「短い小説まがいのもの」を投稿し、活字になったことがあり、米田三星というペンネームはその時から使用していたという。そのペンネームは、高取藩の祐筆を務めていた祖先が、隠棲して始めた醸造業の内、酢のトレードマークに使われていた三星《みつぼし》印から採って付けたものであった。

大阪帝国大学医学部在学中の三〇（昭和五）年の秋、医学校の三年生だった米田は「卒業試験までは間があって、暇は有り過ぎるし、金は無さ過ぎるし、仕方なしに下宿の二階でごろごろしていた」ときに、「読み飽きた円本の小酒井不木集の頁をまさぐっている中に、思いついて不木ばりのへんてこな文章をものした」（「森下雨村さんと私」八五・一〇。ちなみに鮎川のインタビューでは「医学部五年生のとき」となっている）のだという。それが「生きてゐる皮膚」であった。小酒井不木には以前、不木の著書『闘病術』（二六）に疑問があって手紙を送り、返事をもらったことがあったが、書きあげた作品はあまりに不木臭が強く「エピゴーネンのコピー等嘔気を催されるのが関の山だろう」（前掲「森下雨村さんと私」）と遠慮がされた（ちなみに、不木は前年の四月、すでに鬼籍に入っていたので、読んでもらうことはできなかったわけだが）。そこでたまたま手もとにあった『新青年』の奥付に目がとまり、未知の相手ならと森下雨村の許に送ったところ、幸いに掲載の運びとなった。

「生きてゐる皮膚」は『新青年』三一年一月号に掲載された。それから同年四月号に「蜘蛛」が、九月号に「告げ口心臓」が、さらには翌年四月号に「血劇」が、という具合に、コンスタントに掲載されていった。だが、その「血劇」を書いたころから阪大の医局勤務が始まり、多忙のため書く時間がとれなくなった。と同時に、「自分の体臭——鼻もちのならぬ悪臭が、自分の文章に瘴気のように立ちこめているのに気付い」てしまい、「甚だしい自己嫌悪に陥ち」てしまう（前掲「森下雨村さんと私」）。そうこうしている内に木々高太郎が「網膜脈視症」を引っさげてデビュー（『新青年』三四年一一月号掲載）。「先方は『条件反射』の御大、パヴロフ直系の大脳生理学のホープ。当方は検査室で糞便と取組んでいるばかりで、教授の回診に金魚のうんちみたいに繋ってお伴をするだけで、満足に患者にも触れさせてもらえない新米副手」（前掲「森下雨村さんと私」）というわけで劣等感に苛まれてしまい、とうとう一行も書けなくなってしまったというのが、断筆の経緯であった。

一九三七年、盧溝橋事件に端を発する日中戦争が勃発。米田も召集され、見習士官として野戦病院付き軍医となって、中国北部を皮切りに各地を転戦。そのうちに病を得て帰国の途につく。堺市の健康相談所長、奈良県立医学専門学校（現・奈良県立医科大学）教授を経て、終戦後の四八年から内科医として開業を始める。こうして医師・米田庄三郎としての生涯を全うするに至った。

江戸川乱歩は前掲「日本の探偵小説」において、米田三星については、「論理派」の内の「医学的探偵小説」の項目で、小酒井不木、木々高太郎と並べて立項しており、注目される。

この作者は昭和六年度の「新青年」に三つの犯罪小説を発表しているに過ぎないけれど、その悉くが医学知識を豊富に取入れている点、怪奇と恐怖とを主調としている点など、小酒井不木の作風の系統に属するものであって、「告げ口心臓」の瞳孔拡大のため闇の中だけで物の見える眼病医の着想、「蜘蛛」のアンドレエフの「思想」の引用など、怪奇犯罪文学の真髄に触れているものがあり、文章も又優れている。一応記憶されてよい作家であろう。

これまでの三作家に比べると、扱いに格段の違いがみられる。乱歩趣味の琴線にふれるものがあったのだろうか。

近年になって細川涼一が「米田三星論ノート――探偵小説と医学」(『ヒストリア』一七七号、二〇〇一・一二)において、「生きてゐる皮膚」「蜘蛛」をふまえ、小酒井不木の作風との比較を通して、米田の作品世界を次のように位置づけている。

「生きている皮膚」「蜘蛛」を通じて読後に感じるのは、作者である若い医師の内面に漂う暗いニヒリズムである。「生きている皮膚」も「蜘蛛」も、作者は、登場人物を解剖台上の死者を腑分けする解剖学者のように冷徹に突き放している。不木(小酒井―横井註)の作風の系統に属するといいながら、そこには、不木にあった医療の人間疎外に対する警鐘といった要素は見られない。米田の探偵小説にあっては、その医学的知識は、作品をグロテスクに色づけする材料として使われているといっていいであろう。

二人の医学的探偵小説の違いは、大正デモクラシーの余韻が残っていた一九二〇年代の不木の時代と、不景気としのびよる戦争への不安と憂鬱から、国民がエロ・グロ・ナンセンスの風潮を求めた満州事変前夜の米田の時代との違いでもあろう。米田が三本の探偵小説を発表した一九三一年の九月に、満州事変は起こるのである。

細川は、「告げ口心臓」におけるハンセン病患者の扱いを検討した上で、当該論文の最後で、「医学的探偵小説の怪奇性を高める材料として」「ハンセン病患者の離島隔離」を「無批判に利用」していると結論づけているから、右に引用した位置づけは、細川の米田観をまとめたものと見てもいいだろう。

医学的探偵小説としてそうした限界があることは否めず、細川の論考には説得力がある。だとしても、米田ミステリの可能性を考えるにあたっては、医学的知識の偏頗性をとりあえずは括弧に入れて、探偵小説としての可能性を改めて考えてみてもいいだろう。それが、わずか四編しか発表しなかったにもかかわらず、日本の探偵小説を俯瞰する長大なエッセイの中で、あえて立項せずにはいられないほどの関心を乱歩に抱かせたものを解くことに、つながるのではないか。

なお、鮎川哲也がインタビューした前後から九〇年代あたりまでは様々なアンソロジーに採録されていたが、近年では消息不明になっているらしく、最新のアンソロジーであるミステリー文学資料館編『江戸川乱歩と13人の新青年〈論理派〉編』（光文社文庫、二〇〇八）では著作権継承者に連絡を求める断り書きが付されている。

ところがインターネットで検索してみたところ、下市町の米田医院の連絡先がヒットした。さっそく論創社編集部から連絡を取ってもらったが、電話は通じず病院もすでにその住所にはないことが分かった。そこでさらに奈良県内の米田医院・米田病院にあたってみたところ、その内の元開業医だった方が下市町の米田医院のことを知っていらしたそうである。その方からの情報によれば、米田庄三郎は九十五歳で亡くなり、その後、令息が病院を引き継いだが、現在は休診中とのことであった。

論創社の方ではそこで調査を打ち切ったようだが、元開業医だった方の情報に基づき享年を九十五歳とするなら、米田三星の歿年は一九九九年か二〇〇〇年ということになるだろうか。今後の調査を待ちたい。

以下、本書収録の米田三星作品について解題を付しておく。作品によっては内容に踏み込んでいる場合もあるので、未読の方はご注意されたい。

「生きてゐる皮膚」は、『新青年』一九三一年一月号（一二巻一号）に、「（新人十二ケ月ノ一）」と付記の上、掲載された。後に、鮎川哲也編『怪奇探偵小説集』（双葉社、七六）およびその文庫化『怪奇探偵小説集』1（双葉文庫、八三／ハルキ文庫、九八）、ほんの森編『恐怖ミステリーBEST15』（シーエイチシー、二〇〇六）に採録された。

母親の恨みを晴らすためにある計画を実行するが、数年後、その計画に足をすくわれることになる……。典型的な因果応報譚といえそうだが、胸の腫物を切り取って顕微鏡を通して見たときに、その細胞の並びから人間の顔のように見えるというあたりに、谷崎潤一郎の「人面疽」（一八）を連想させるところが興味深い。

細川涼一は、前掲「米田三星論ノート」において、本作品における因果応報譚のプロットをふまえ、「医師としての『立身出世』のため、他者を踏み台にした大村博士が復讐されるストーリーを通して（略）医師にも人間としての倫理性が必要であることを示唆していることは、若い医師が書いた小説としては一応評価していいであろう」と述べている。

また、本作品をアンソロジーに採録した鮎川哲也は「解説」で次のように評している。

> 犯人の告白がいささか新派悲劇調であったりして、全体的に素人っぽいのは第一作だから止むを得まい。なお、医師の夫人が誘拐される件りは、当時さかんに読まれていたルパン物の影響と

みて誤りではないだろう。

文中のイットというのは英語の it のことで、文字どおり「それ」「あれ」のこと。つまり口にだしていうと顰蹙を買う言葉、つまり「性的魅力」の意味である。その頃、アメリカから同じタイトルの映画が入ってきて、日本でも流行語となった。肉体派の女優、クララ・ボウが主演した。

なお、後に鮎川のインタビューが実現した際、米田は本作品の冒頭部分について次のように述べている。

「あれは編集部でちょん切られてしまったのですよ。わたしの原稿では、医局員がまちがったドイツ語でカルテに記入したのを教授が訂正するという形になっていたのです。ところがその辺を削られて、間違ったドイツ語の部分だけが一、二行残されてしまいました。どうにも恥ずかしくてねえ」

そこで、『あやつり裁判』に改めて採録するにあたって、原稿を復元してはどうかと提案し、そのやりとりを通して、米田が自信作だと考えているのが「蜘蛛」であると分かったそうである。

「**蜘蛛**」は、『新青年』一九三一年四月号（一二巻五号）に掲載された。後に、『新青年傑作選』第二巻（立風書房、七〇／七四／九一）、鮎川哲也編『あやつり裁判』（立風書房、八八・三）、ミステリー文学資料館編『江戸川乱歩と13人の新青年〈論理派〉編』（光文社文庫、二〇〇八・一）に採録された。

先に「生きてゐる皮膚」の解題でも述べた通り、鮎川哲也は『あやつり裁判』に最初「生きてゐる皮膚」の収録を考えていたが、それについてのやりとりした手紙の中で「さり気なく、自分は『蜘蛛』のほうが出来がいいと思うという意味のことが書き添えられていた」と、同書の「作品解説」で書かれている。つまり後年の作者にとっての自信作ということになるわけである。

本作品をアンソロジーに採録した中島河太郎は「解題」において、「思い切って残酷味を二重三重にダブらせ、主人公を徹底的に叩きのめしている趣向は珍しい」と評している。また、やはり本作品をアンソロジーに採録した山前譲は「医学知識より残酷味が濃厚だ」と評した。

本作品の最後は確かに救いがないという意味では「残酷味」を漂わしているが、それよりも、自分でも罪を犯したかどうか分からない主人公が、精神的に追いつめられて行く中で考え抜いて真相にたどり着くというストーリーがサスペンスを醸成しているだけでなく、自己探求的な推理の面白さをメインに据えているあたりに、夢野久作の『ドグラ・マグラ』(三五)を連想させるところもあり、今日的な新しさが感じられる。また、主人公が落ちる陥穽は、水上呂理の「麻痺性痴呆患者の犯罪工作」(三四)と類似点が感じられる点も注目されよう。

ちなみに、乱歩が前掲「日本の探偵小説」言及していたアンドレエフ Леонид Андреев(一八七一～一九一九)はロシアの作家で、『思想』*Мысль* は戯曲版の邦題(熊沢復六訳『世界戯曲全集25／露西亜篇3／露西亜近代劇集』近代社、二七)。小説版の邦題は『心』(上田敏訳、春陽堂、〇九)である。

「告げ口心臓」は、『新青年』一九三一年九月号(一二巻一二号)に掲載された。後に、中島河太郎編『新青年傑作選集Ⅳ／ひとりで夜読むな』(角川文庫、七七／角川ホラー文庫、二〇〇一)、鮎川哲也・島田荘司編『ミステリーの愉しみ1／奇想の森』(立風書房、九一・一二)に採録された。

本作品が『新青年傑作選集』に採録された際、作品の扉に書かれた著者略歴欄では、最初の手紙で事件の発生と究明、それに由来する復讐を描いた後、「あとの手紙がすべての疑惑を一掃する手際があざやかだ」と評されている。

やはり本作品をアンソロジーに採録した島田荘司は、その解説「奇想の昏い森」において「先の

『蜘蛛』（同時収録の甲賀三郎作―横井註）が、現代のリアリズム感覚に照らして最も危うい作品なら、最も現代的で、なかなか好感をもって迎えられそうに思われるものが本作である」といい、次のように評している。

本作品は、二通の手紙のみによるという、思いきった構成になっている。（略）もう一通の手紙の最後の最後で、意表を突くどんでん返しがある。しかもその内容が、医学の心得がない者には、まず思いつけないような種類のものである。／中段に、少々時代を感じさせるグロ趣味が垣間見えるが、節度の利いた適度のもので、結末の意外性を高めている。／専門家の知識が、あまり専門的に走ることなく、一般読者を納得させる方向でうまく機能した好例であると思う。現在の文壇にも、このような作品は大いに期待したいところではあるまいか。

右で島田荘司が好意的に評価している「専門家の知識」とは、乱歩も優れていると見なしていた「眼病医の着想」と同じだと思われる。

作品中で扱われている犯跡を見つけにくい殺人トリックは、ドロシー・L・セイヤーズ Dorothy L. Sayers（一八九三〜一九五七、英）の某長編に使われているものと同じだが、細川涼一は「日本では、米田の『告げ口心臓』がはじめてこのトリックを探偵小説に用いたといっていいであろう」（前掲「米田三星論ノート」）と評価している。このトリックを用いたセイヤーズの長編に対しては、R・フィリモア R. Philmore（ハーバート・エドマンド・ハワード Herbert Edmund Howard〔一九〇〇〜六三、英〕の別名）が「探偵小説の審問」Inquest on Detective Story（井内雄四郎訳、鈴木幸夫編『推理小説の詩学』研究社、七六／同改訳「探偵小説の吟味」、仁賀克雄編『ミステリの美学』成甲書房、二〇〇三）において、科学的に確実性の薄い方法だと指摘していることを付け加えておく。

細川はまた、戦前の探偵小説におけるハンセン病の扱いを概観した上で、「伝染病説にもとづく隔離政策の影響をはっきりと受け、それを創作に取り入れたのは、米田三星をもって嚆矢とするといえよう」と述べ、「それは、彼が若い医師でもあっただけに、『告げ口心臓』を創作した同じ年に進行していた長島愛生園の開設と患者の収容政策に敏感に反応したためであろう」と解釈している。ちなみに、ハンセン病の伝染力は非常に弱く、発症しても現在の医学においては適切な治療を行なえば治癒が可能であることを付け加えておく。

「**血劇**」は、『新青年』一九三二年四月号（一三巻五号）に掲載された。単行本に収録されるのは今回が初めてである。

血液型による父子鑑別を題材とするコント風の作品。なお本文タイトルのルビは「けつげき」なのだが、これを「喜劇」「悲劇」のもじりとするなら「ちげき」と読むのが妥当なようにも思えてくるのだが……（それとも「血液」のもじりだろうか）。

「**児を産む死人**」は、『新青年』一九三二年七月号（一三巻八号）に、「ひとりで・夜読むな！」という怪奇読物コーナーの一編として掲載された。単行本に収録されるのは今回が初めてである。

「怪奇小説家エヴエールス」は前出H・H・エーヴェルスのことで、『妖花アラウネ』*Alraune* は一九一一年に発表され、二七年に映画化された。監督は前出『プラーグの大学生』と同じくヘンリック・ガレーン。

「**森下雨村さんと私**」は、鮎川哲也『幻の探偵作家を求めて』（晶文社、八五・一〇）に初めて収録された。隠棲した雨村の消息や、米田の伝記的事実や探偵小説観などを伝える好個の資料である。

文中「山崎豊子の忌まわしい事件」とあるのは、七三年に朝日新聞社との間で訴訟問題にまで発展した「盗用」事件のことであろう。雨村が「山崎さんとこのですね」と言っているのは、山崎の生家が昆布屋であり、手土産の塩昆布はそこの商品だったからであろう。

サミュエル・ローゼンバーグ Samuel Rosenberg（一九一二～九六、米）の *Naked Is the Best*

Disguise（七四）は、『シャーロック・ホームズの死と復活』という邦題で、八二年に河出書房新社から翻訳が刊行されている（小林司、柳沢礼子訳）。

［解題］**横井 司**（よこい つかさ）
1962年、石川県金沢市に生まれる。大東文化大学文学部日本文学科卒業。専修大学大学院文学研究科博士後期課程修了。95年、戦前の探偵小説に関する論考で、博士（文学）学位取得。『小説宝石』で書評を担当。共著に『本格ミステリ・ベスト100』（東京創元社、1997年）、『日本ミステリー事典』（新潮社、2000年）など。現在、専修大学人文科学研究所特別研究員。日本推理作家協会・日本近代文学会会員。

星田三平・米田三星両氏の著作権継承者と連絡がとれませんでした。ご存じの方はご一報下さい。

戦前探偵小説四人集《せんぜんたんていしょうせつよにんしゅう》　〔論創ミステリ叢書 50〕

2011年6月20日　初版第1刷印刷
2011年6月30日　初版第1刷発行

著　者　羽志主水・水上呂理・星田三平・米田三星
叢書監修　横井　司
装　訂　栗原裕孝
発行人　森下紀夫
発行所　論 創 社
〒101-0051 東京都千代田区神田神保町2-23 北井ビル
電話 03-3264-5254　振替口座 00160-1-155266
http://www.ronso.co.jp/

印刷・製本　中央精版印刷

Printed in Japan　ISBN978-4-8460-1065-2